## Zu diesem Buch

Eigentlich hat Katharina mit der Zeitreisemission, der Newton-AG und dem *Vermächtnis* ihres Urahnen abgeschlossen. Vor ihr liegt ein anstrengendes letztes Schuljahr. Zudem verbringt sie viel Zeit in Albrechts Bibliothek. An Newton und alles, was mit dem *Vermächtnis* zu tun hat, ist dabei wahrlich nicht zu denken.

Das ändert sich schlagartig, als sich eines Tages merkwürdige Vorfälle in der Bibliothek ereignen: Zwei Unbekannte dringen heimlich in Albrechts geliebtes Archiv ein. Wenig später findet Katharina eine mysteriöse Geheimbotschaft in einem der Bücher... Ehe sie es sich versieht, steckt sie zusammen mit John und ihrem Freund Paul in einem neuen Abenteuer, um das letzte Rätsel des Vermächtnisses zu lösen.

**Judith Pientschik**

# Das Vermächtnis

### Oder die Suche nach dem letzten Elixier

Bibliografische Information der Deutschen National-bibliothek:
Die Deutsche Nationalbibliothek verzeichnet diese Publikation in der Deutschen Nationalbibliografie; detaillierte bibliografische Daten sind im Internet über http://dnb.dnb.de abrufbar.

Herstellung und Verlag: BoD – Books on Demand, Norderstedt

ISBN: 978-3-7448-9573-6

*Für alle kleinen und großen*
*Wissenschaftler,*
*die davon träumen,*
*die Welt zu verändern*

# - *Prolog* -

Die Abendsonne war längst von einer grauen Wand aus Regenwolken verdrängt worden. Mattes Dämmerlicht legte sich in gespenstischen Schatten auf die vom Regen nasse Landschaft, tauchte alles in ein trübes Gemisch aus grauen und matschig braunen Farbtönen und ließ Bäume und Sträucher wie Dämonen wirken. Unheimliche Stille hatte sich ausgebreitet.

Der Platz, der als Einfahrt zum Gasthof diente, wurde von Sträuchern gesäumt, die im Sommer zwar von Grün strotzen mochten, nun aber mit ihren mickrigen, dürren Zweigen ein jämmerliches Bild abgaben. Selbst die sonst majestätisch anmutenden Bäume wirkten mit ihren triefenden Ästen verlassen.

Alles was Beine hatte, vermied es, an diesem scheußlichen Abend die gute Stube zu verlassen. Wer konnte, blieb zu Hause. Dem Gasthof schien jegliches Leben entwichen zu sein. Einsam und verloren stand er da und unterschied sich in seinen eintönigen Farben kaum von seiner Umwelt.

Eigentlich hatte der Wirt nicht damit gerechnet, dass bei solch widerlichem Wetter Reisende den Weg zu ihm finden würden. Und doch waren vor geraumer Zeit zwei junge Männer eingekehrt - Wanderer, wie es schien (denn sie hatten kein Reittier bei sich). Vom Regen völlig durchnässt hatten sie um Einlass gebeten und das freundliche Angebot des Wirts, sich an den Ofen zu setzen, dankend angenommen. Sie hatten nicht gesagt, woher sie kamen und wohin sie des Weges waren. Auch ihre Namen wusste der Wirt nicht. Begierig, mehr über die beiden Unbekannten zu erfahren, lugte er mit halbem Auge aus der Küche und schielte neugierig zu den beiden Gästen hinüber, von denen einer den warmen Platz am knisternden Kamin inzwischen verlassen hatte und, von einem Bein unruhig auf das andere tretend, hinaus aus dem Fenster in die trübe Winterland-schaft starrte. Der andere wärmte sich, seinem Mitreisenden den Rücken zugekehrt, noch immer an den züngelnden Flammen.

„Er müsste jeden Moment eintreffen.", murmelte der Mann am Fenster gedankenverloren und zupfte mit den Fingern nervös am Ärmel seines Hemdes herum.

„Hm...", brummte der andere.

„Wäre es nicht besser, wenn wir draußen auf ihn warten?" Doch der Mann am Kamin gab keine Antwort. Die Hände über das knisternde Feuer gehalten, saß er da - die Augen geschlossen - und genoss die wohltuende Wärme.

„Hast du mir soeben zugehört?", ertönte es vorwurfsvoll vom Fenster.

„Bitte was?" Erschrocken war der Mann am Kamin zu-sammengezuckt und drehte sich nach seinem Gesprächs-partner um.

„Ich wollte wissen, ob es nicht besser wäre, draußen zu warten.", erklärte der und deutete mit der Hand in Richtung Ausgang.

„Och, muss das denn sein?"

„Ich denke schon. Schließlich soll das doch unser Ge-heimnis bleiben." Er lächelte vielsagend.

„Aber..."

„Nichts aber!" Mit seinen Augen wies er in die Richtung des Wirts, dem bewusst geworden war, dass man seine Absicht als Lauscher durchschaut hatte. Schnurstracks verschwand er in der Küche. „Hier sind wir nicht sicher. Und es wird auch nicht von langer Dauer sein."
Er nickte seinem Gefährten aufmunternd zu. Der trat leise seufzend einen Schritt zurück, griff nach dem nassen Man-tel, den er auf einen der Tische gelegt hatte, warf ihn sich über und folgte dem Mann vom Fenster nach draußen. Der Wirt, dem die Neugierde unter den Fingernägeln brannte, beschloss, um der Vorsicht willen erst noch ein Weilchen in der Küche zu bleiben, um nicht gleich abermals als Lau-scher entlarvt zu werden.

In nasser Kleidung dem scheußlichen Regen ausgeliefert standen die beiden Gestalten auf dem Vorhof und warteten. Und als wäre der Regen nicht schon schlimm genug gewesen, kam nun auch noch Wind auf, der schneidend durch die Luft peitschte.

„Zum Henker mit diesem vermaledeiten Treffen!", schnaufte der Mann vom Kamin. „Wir haben aber auch immer Glück mit dem Wetter. Ich bin ja nach wie vor dafür, drinnen zu warten. Der Bote ist doch noch nicht einmal in Sicht!"

„Jetzt hab dich nicht so! Im 17. Jahrhundert kannst du unmöglich verlangen, dass hier alles so geregelt und pünktlich abläuft wie bei uns.", wies ihn der andere zurecht. „Und außerdem schadet uns etwas frische Luft nicht die Bohne. Das bisschen Regen wird uns schon nicht gleich umbringen."

„Ich glaube kaum, dass unser Freund sonderbar darauf erpicht ist, sich hier draußen den Hintern abzufrieren.", entgegnete die erste Person mit finsterer Miene und rieb sich die Handflächen, um gegen die nasse Kälte anzukämpfen.

„Mensch, David! Es geht um deinen Vorfahren! Ein bisschen mehr Engagement deinerseits wird da ja wohl nicht zu viel verlangt sein."
David seufzte und schüttelte einen Regentropfen von seiner Nasenspitze.

„Was bin ich froh, wenn wir wieder zu Hause sind!", murmelte er. „Du glaubst ja gar nicht, wie sehr ich mich auf meine Heizung freue."

„Oh ja!" Sein Begleiter lachte bitter. „Und ganz besonders freue ich mich natürlich auch aufs Studium und die ganzen Prüfungen. Viel Vergnügen beim Lernen."

„Augen auf beim Studium! Hat dich doch niemand dazu gezwungen, Geschichte zu studieren, was? Also ich bleib dabei: Ich büffel lieber, als hier im 17. Jahrhundert zu ersaufen."

„Jetzt hab dich nicht so! - Außerdem kann ich auch nichts fürs Wetter."

Doch David zuckte nur mit den Schultern. Einige Sekunden lang starrte er geradeaus in den matschig-grauen Brei aus Landschaft vor ihnen, bis er plötzlich zusammenzuckte.

„Ich glaube, da kommt jemand.", murmelte er nur, deutete mit seiner Nase in Richtung geradeaus und schniefte.

„Geht es vielleicht auch ein bisschen genauer? Ich sehe nämlich nichts."

Aber David gab keine Antwort.

Der dunkle Fleck, den er am Horizont zwischen den Bäumen erspäht hatte, wurde Stück für Stück etwas größer.

„Ein Reiter.", wisperte David. Sein Atem verdoppelte sich. „Glaubst du, dass *er* es ist?"

Sein Begleiter zuckte die Schultern.

„Was weiß ich?", entgegnete er. „Vielleicht ist er's, vielleicht auch nicht. - Mann, woher soll ich das wissen! Bin ich vielleicht der liebe Gott?"

Mit einem grunzenden Geräusch gab David unmissverständlich zu verstehen, dass er die Antwort seines Begleiters am liebsten auf den nächsten Misthaufen geworfen hätte.

„Ich möchte dich nur daran erinnern, keinen Scheiß zu machen, falls er es ist, Ron."

„Ja klar - ich und Scheiß!"

Ron lachte kurz auf und zeigte seinem Gefährten den Vogel, verstummte dann aber plötzlich. Die Gestalt, die David entdeckt hatte, war ziemlich rasch näher gekommen.

„Ich glaube, er ist es wirklich.", flüsterte Ron aufgeregt und wischte sich mit seinem Handrücken über das triefende Gesicht.

David nickte stumm, bevor er wenig später dem Ankömmling mit zurückhaltendem Lächeln entgegentrat.

„Es ist mir eine außerordentliche Freude, dass Sie so rechtzeitig eintreffen!", begrüßte er den Reiter, der mit einem eleganten Satz aus dem Sattel gesprungen war. Sein schnaufendes Tier hatte er ohne große Umstände einfach neben sich stehen gelassen. Die Flanken des armen Pferdes bebten förmlich. Doch anstelle sich zuerst einmal darum zu kümmern, ließ der Fremde es einfach nur da stehen. Er hatte offenbar nicht vor, lange zu bleiben, sondern wollte wohl bald weiterreiten.

„Die Freude liegt ganz meinerseits.", erwiderte der Fremde und musterte die beiden jungen Herren vor sich mit gerunzelter Stirn.

„Darf ich fragen, wer Sie sind?", fuhr er mit spitzer Stimme fort.

Ron nickte seinem Kumpel zu.

„Gestatten, wenn ich mich vorstellen darf: David Dixon.", übernahm David also das Wort. Dann deutete er auf seinen Begleiter. „Und mein Gefährte nennt sich Ron Thunder."

Der Reiter nickte. Unruhig und nervös scharrte sein Pferd mit den Hufen. Es schnaubte leise.

„Mir steht nicht viel Zeit zur Verfügung.", erklärte der Fremde achselzuckend, während er seinem Tier rasch über die Nüstern streichelte. „Darum möchte ich es kurz machen. Mein Name ist Taylor. Ich bin Angestellter im Hause Dixons. Also bei Grayson Dixon." Er lächelte arrogant auf die beiden jungen Herren hinab. „Welches Anliegen haben Sie, dass Sie mich eigens hierher riefen?"

David holte tief Luft.

„Es geht um Grayson Dixon. Richten Sie ihm aus, dass wir uns mit ihm am 18.12. des nächsten Jahres treffen möchten."

Taylor rümpfte die Nase.

„Und *wo*, wenn ich fragen darf?"

„In München."

„München?", wiederholte Taylor irritiert. „Aber das liegt ja..."

„Genau aus diesem Grund soll Dixon es ja erfahren!", fiel Ron ihm ungeduldig ins Wort. „Es ist eine sehr wichtige Angelegenheit. Sie dürfen es auf keinen Fall versäumen, ihm diese Nachricht zu überbringen."

„Also am 18.12.1675 in München."

David nickte.

„Im *Gasthof zum Goldenen Ochsen*.", ergänzte er schnell.

„Gibt es noch etwas, das Sie mir anvertrauen möchten?"

Ron zögerte einen Moment. Dann blickte er zu David hinüber, der ihm mit einer knappen Kopfbewegung zu verstehen gab, dass er ruhig sprechen dürfe.

„Ja.", sagte er also. „Es gibt ein Losungswort."

Der Fremde hatte den Kopf schief gelegt.

„Und das wäre?", fragte er daraufhin.

„Es geht um das *Vermächtnis*."

„Vermächtnis?"

Taylor begriff offensichtlich so viel wie Bahnhof.

*Auch Recht.*, dachte sich David nur. *Dann kann er sich wenigstens nicht verplappern.*

„Es ist höchst dringend!", schärfte Ron dem Unbekannten ein und wiederholte noch einmal alles genauestens: „Am 18.12.1675 in München *beim Gasthof zum Goldenen Ochsen*. Losungswort: *Vermächtnis*."

Nachdem nun alles geklärt war, bestieg Taylor wieder sein Pferd.

„Ich werde es Grayson ausrichten.", sagte er und verabschiedete sich höflich. David und Ron erwiderten seine Worte. Keine Minute später standen die beiden alleine da und starrten der immer kleiner werdenden Gestalt auf ihrem Rapphengst hinterher.

„Ich glaube, wir können uns jetzt auf den Rückweg machen.", meinte Ron plötzlich. David zuckte zusammen.

„Sehr gut.", sagte er und kramte aus seiner Hosentasche etwas kleines Leuchtendes hervor. „Bereit für die nächste Etappe?"

Ron schnitt eine schiefe Grimasse.

„Sag mal, was denkst du eigentlich von mir?", empörte er sich gespielt beleidigt. „Ich bin doch kein Volldepp!"

„Nein.", erwiderte David mit ruhiger Stimme. „Aber verrückt. Sonst würdest du hier nie mitmachen."

Er musterte den kleinen Stein in seinen klammen Fingern. Im nächsten Augenblick waren er und sein Gefährte wie vom Erdboden verschluckt. Und dem Wirt, der all dies vom Fenster aus heimlich beobachtet hatte, blieb vor lauter Staunen der Mund offen stehen.

## 1

Eingemummelt in eine Wolldecke, die Beine im Schneidersitz, saß ich auf meinem Bett, bewaffnet mit Stiften und
Einmerkern. Neben mir stapelten sich unzählige Bücher,
die es alle durch zu wälzen galt.

Da saß ich nun also. Ich, Katharina, ein eigentlich ganz
normales Mädchen von 17 Jahren. Naja, das „eigentlich"
nur deshalb, weil es ja *eigentlich* eben nicht normal ist, in
seinen Ferien Zeitreisen zu seinem Vorfahren zu unternehmen und quasi auf „Schnitzeljagd" zu gehen, um eine geheime Mission zu erfüllen. Also daher stimmt das schon
mit dem „eigentlich".

Auch wenn es sehr ungewöhnlich ist, mittels einer Zeitreise
die Vergangenheit zu besuchen, war ich zu meinem persön-
lichen Leid dann doch noch so gewöhnlich, um mich mit
alltäglichen Sachen wie der Schule herumschlagen zu müssen. Und Letztere würde in wenigen Tagen wieder beginnen, genauer gesagt würde ich dann in die 12. Klasse kommen. Mein letztes Schuljahr hatte damit geschlagen.

Da ich, wie mein außergewöhnliches Zeitreise-Hobby bereits vermuten lässt, in den vergangenen Wochen leider
sehr wenig Zeit dafür hatte, mich mit schulischen Aktivitä-
ten auseinanderzusetzen, hatte ich nun das Schlamassel und
musste mich durch zahlreiche Bücher kämpfen, die mehr
oder weniger spannend waren. Es half kein Seufzen und
kein Jammern: Da musste ich durch. Eine Seminararbeit
schreibt sich ja schließlich nicht von allein.

Wenigstens hatte John, mein großer Bruder und treuer Zeitreisebegleiter in den fast vergangenen Sommerferien, mir
versprochen, das Ding, also die Seminararbeit, dann am
Ende, das heißt, wenn ich sie fertig geschrieben hatte, Kor-
rektur zu lesen. Seinen Adleraugen entging normalerweise
kein Fehlerchen. Und Paul wollte auch noch einen Blick
darauf werfen, sofern er zwischen Hörsaal, Bibliothek und
Anatomie-Buch eine ruhige Minute fand.

Ach ja, Paul.

Müde schloss ich für einen Moment die Augen.

Nein, es wäre besser, ich würde mich jetzt hinlegen und morgen in aller Frische weiter an meiner Arbeit werkeln. Kurzerhand klappte ich das Buch auf meinem Schoß zu, räumte die Stifte in die Schublade unter meinem Schreibtisch und stapelte die Bücher fein säuberlich auf dem Teppichboden vor meinen Kleiderschrank. Dann schlüpfte ich unter die Bettdecke, knipste das Licht aus und war gleich darauf eingeschlafen.

Die nächsten Tage verbrachte ich, auch wenn ich freilich nicht immer zu 100% motiviert war, größtenteils damit, meine Seminararbeit zu schreiben. Einmal am Tag, meistens am Abend, tippte ich an meinem Laptop eine Nachricht an Paul und berichtete ihm von meinen Fortschritten hinsichtlich meiner schulischen Aktivität. Ansonsten übte ich täglich nach dem Mittagessen Flöte und wiederholte am Abend noch mindestens eine Stunde lang meine Mathematikkenntnisse aus der vergangenen Jahrgangsstufe. Wenn ich bei der Gregory dieses Jahr bestehen wollte, war das auch wirklich dringend angeraten.

Mein Tag war also bestens durchgeplant. Zeit für Langeweile blieb mir wirklich nicht.

Und auch wenn ich mit den Vorbereitungen für das neue Schuljahr nicht ganz so schnell vorwärts kam, wie ich es mir zunächst vorgestellt hatte, freute ich mich allmählich dann doch auf den ersten Schultag. Und der war schließlich schneller da, als ich gedacht hatte.

Auf den Gängen wuselte es von den neuen Fünftklässlern, die unerklärlicherweise jedes Jahr noch kleiner, zappeliger und unaufmerksamer wurden, was mich aber nicht aus meiner Honigkuchen-Laune brauchte, denn...

„Mensch, Katharina! Da bist du ja endlich!" Wie eine Verrückte war Susan von ihrem Platz aufgesprungen und auf mich zugerannt, noch bevor ich das Klassenzimmer richtig betreten hatte. Jetzt drückte sie mich so fest, dass ich für einen Moment glaubte, zerquetscht zu werden.

„Wie schön, dich endlich mal wieder zu sehen!" Mittlerweile hatte Susan mich wieder losgelassen. „Sag, was hast du in den Ferien alles gemacht? Ich hab gar nichts von dir gehört!"

Naja, aus zweierlei Gründen war das kein Wunder: Erstens hatte Susan ihre Cousine in Australien besucht und war erst vor wenigen Tagen wieder in Deutschland eingetroffen - zumindest, wenn es stimmte, was sie mir am letzten Schultag vor den Sommerferien erzählt hatte. Zweitens war ich über die Ferien ja auch ganz gut beschäftigt gewesen. Wir hatten also beide kaum Zeit gehabt. Wen wundert es da, dass keine von der anderen was gehört hatte?

„Tja, also das ist eine etwas längere Geschichte.", meinte ich und kratzte mich verlegen am Kopf. „Kann ich sie dir nachher erzählen? Auf dem Klo oder so, wo wir unsere Ruhe haben?"

„Na, sicher doch! Und dann will ich dir unbedingt von Australien erzählen!" Susan knuffte mich in die Seite und ließ sich zurück auf ihren Stuhl plumpsen. „Bin schon ganz gespannt, wie unser Stundenplan so wird.", meinte sie.

„Oh ja!" Ich stöhnte.

Glücklicherweise stellte sich der Stundenplan für uns wesentlich entspannter als noch vor einem Jahr heraus, was daran lag, dass wir ein paar Stunden weniger hatten - zwecks Kursreduzierung. Trotzdem würde es kein Zuckerschlecken werden: Mit Mathe begann die Woche und mit Mathe endete auch die letzte Stunde am Freitag.

„Och ne!", stöhnte Olle von Hinten. „Die Gregory am Anfang und am Ende - da machen wir ja Überstunden!"

„In der Tat!", war mit einem Mal eine keifende Stimme zu vernehmen. „Gute Noten wollen erarbeitet werden. Von selbst fallen die nämlich nicht vom Himmel."

„Die Gregory!", seufzte Susan neben mir. „Wieso kommt die immer mindestens fünf Minuten zu früh?!"

„Wenn du dich weiter so verhältst wie im letzten Schuljahr, Olle, wirst du erneut einige Male deine Freitagnachmittage in der Schule verbringen. Ich habe damit kein Problem." Mit diesen Worten hatte die Gregory ihre Tasche auf dem Pult abgestellt und ihr Mathebuch gezückt.

„Die kann wirklich nervig sein!", stöhnte Susan und verdrehte die Augen.

„Na, kein Wunder, dass die damit kein Problem hat, ihre Schüler an Freitagnachmittagen nachsitzen zu lassen: Irgendwann muss die gute Frau ja auch mal die ganzen Tests korrigieren, die sie mit uns so schreibt...", flüsterte ich meiner Freundin zu und hatte Glück, dass unsere Mathelehrerin gerade damit beschäftigt war, Carlos zu erklären, weshalb sie es für angebracht hielt, dass das Fenster zum Lüften geöffnet wurde.

„Aber heute ist der erste Schultag, Miss Gregory!", platzte Olle dazwischen. „Da machen wir doch keinen Unterricht, sondern bekommen nur die nötigen Informationen für das neue Schuljahr..."

Unsere Mathelehrerin unterbrach ihn jedoch gnadenlos: „Ich hoffe, ihr habt nicht vergessen, in welchem Schuljahr wir uns befinden? In diesem Jahr schreibt ihr eure *Abschlussprüfungen*! Da wird ein bisschen Engagement eurerseits doch nicht zu viel verlangt sein?"

Als Olle daraufhin keine passende Antwort einfiel, hielt er ausnahmsweise einfach mal seine Klappe.

Dann hatte der Zeiger der Uhr auch schon die letzte der fünf Minuten zurückgelegt. Der Matheunterricht begann.

Die Gregory hatte sich dazu entschlossen, gleich eine volle Doppelstunde zu investieren. Kein Wunder also, dass Susan und ich uns nach zwei Stunden intensivstem Mathe-Wiederholungs-Crash-Kurs schleunigst auf dem Mädchenklo verkrümelten. Susan hatte sich auf den zugeklappten Klodeckel gesetzt, lehnte sich mit dem Rücken an die kalten, in Blümchenmuster gehaltenen Wandfliesen und verschränkte grinsend die Arme.

„Jetzt erzähl schon! Was hast du so alles erlebt in den Ferien?"

Ich hatte mir schon im Voraus überlegt, ihr nicht von jeder Kleinigkeit zu berichten und ihr auch nicht zu sagen, dass

John und ich in die Vergangenheit gereist waren, obwohl Susan wirklich meine allerbeste Freundin war. Möglicherweise hielt sie mich dann doch für verrückt und ließ mich in die Geschlossene einweisen. Das wollte ich auf keinen Fall riskieren.

So erzählte ich ihr also von meinem ersten Flug, meinen kläglichen Versuchen beim Reiten und unseren Trips durch London. Und am Ende meiner Erzählung war Susan sichtlich beeindruckt.

„Das würde ich auch gerne mal erleben!", seufzte sie und drehte ihre Armbanduhr zurecht. „Oh nein, nur noch zwei Minuten - dann ist die Pause zu Ende! Ich fürchte, von Australien kann ich dir erst in der nächsten Pause berichten."

Rasch war sie aufgesprungen und hatte mich aus der Klokabine geschoben, wobei ich um ein Haar in jemanden hineingestolpert wäre. Die Person, an der ich um nur wenige Zentimeter vorbeigeschrammt war, hielt ich erst für eine etwas zu groß geratene Fünftklässlerin, die sich auf die Toilette der Oberstufenmädels verirrt hatte (die kleinen Mädels waren nämlich in einem anderen Stockwerk). Noch im selben Moment musste ich mit großem Entsetzen feststellen, dass es sich bei der Person um niemand anderen handelte als...

„Miss Gregory!", quiekte ich erschrocken auf. „Bitte entschuldigen Sie - ich..."

Doch unsere Mathelehrerin reagierte zu meinem Erstaunen freundlich und gelassen.

„Aber Katharina, keine Ursache!" Sie lächelte mich mit ihren weiß blinkenden Zähnen an. „Beeilt euch hübsch, damit ihr noch rechtzeitig in den Unterricht kommt!"

Kaum waren Susan und ich zurück auf unseren Plätzen, als wir leise zu tuscheln anfingen.

„Was bitte macht die Gregory auf einem Schülerinnenklo? Die Lehrer haben doch ihr eigenes...", zischte ich meiner besten Freundin zu.

„Keine Ahnung!", meinte die und notierte sich schnell den Termin der Abgabe für die Seminararbeit. „Vielleicht gab es dort Stau..." Sie kicherte.

„Susan!" Mr Bryn, unser Geschichtslehrer, der uns in diesem Jahr sämtliche Formalien für die Oberstufe mitteilte, ließ meiner Freundin einen tadelnden Blick zukommen.

„Glaubst du, sie hat uns belauscht?", flüsterte ich weiter.

„Die Gregory? Hm." Susan überlegte kurz. „Zutrauen könnte man es ihr durchaus, ja. Die hört ja sonst auch immer alles."

„Oh nein!" Ich verdrehte die Augen. Das war mir dann doch etwas peinlich. Meine Mathelehrerin musste ja wirklich nicht wissen, was ich in meinen Ferien alles so machte. Und vor allem...

„Hoffentlich gibt sie dir jetzt keine schlechten Noten, weil sie denkt, dass du dich nur noch mit deinem Freund triffst.", zischte Susan mir zu. Natürlich hatte ich meiner besten Freundin von Paul erzählt.

„Das hoffe ich auch!", bestätigte ich leise. „Aber andererseits ist er mehr ein Guter-Kumpel-Freund als..."

„Das klang vorher aber anders!"

„Susan! Ich erkläre gerade die Formalien dieses Schuljahres. Findest du nicht, dass es da angemessen wäre, seine Ohren zu spitzen?" Unser Geschichtslehrer zog verärgert eine Augenbraue hoch.

„Wenn Sie mir einen Spitzer leihen...", murmelte Susan leise und grinste mich von der Seite an.

„Habe ich da etwas gehört?"

Susan setzte ihr Unschuldslächeln auf.

„Aber nein, Mr Bryn, gewiss nicht."

Mr Bryn glotze ein bisschen dumm und widmete sich dann weiter seinen Formalien.

Nachdem wir also alles erfahren hatten, was für das neue und damit auch letzte Schuljahr alles wichtig war, ging es weiter mit einer Geschichts-Wiederholungsstunde. Mr Bryn schien ebenfalls wie die Gregory äußerst viel Wert darauf zu legen, dass wir bereits ab dem ersten Schultag alles dafür taten, um unsere Abschlussprüfungen so gut wie möglich zu bestehen.

Als der Zeiger der Uhr irgendwann auf die Mittagsstunde vorgerückt war, durften wir endlich nach Hause gehen: Am ersten Schultag endete der Unterricht nicht nach Stundenplan, sondern früher, ein Glück für uns Schüler.

Susan und ich quatschten den ganzen Nachhauseweg über und als sich unsere Wege trennten, beeilte ich mich, um schnell zum Mittagessen zu kommen, denn John hatte Pizza gebacken. Noch hatte er Zeit dazu, weil die Uni bei ihm erst ein bisschen später losging als unser neues Schuljahr.

Den Nachmittag über löste ich meine verzwickten Matheaufgaben, fertigte einen Übungsaufsatz zu unserem neuen Geschichtsstoff an und schrieb weiter an meiner Seminararbeit. Ich konnte es mir selbst nicht richtig erklären, aber seit unserer Zeitreise hatte ich mich irgendwie verändert: Ich war auf einmal so strebsam geworden. Vielleicht, weil mir bewusst geworden war, wie bedeutend die anstehenden Prüfungen sein würden, und ich keineswegs mit einer schlechten Abschlussnote von der Schule gehen wollte.

Erst als Mum mich zum Abendessen rief, fiel mir auf, dass ich den gesamten Nachmittag an meinem Schreibtisch verbracht hatte.

Seufzend stand ich auf und fühlte mich ziemlich erleichtert, zur Abwechslung mal auf andere Gedanken gebracht zu werden und nicht nur Formeln, Zahlen und Buchstaben in meinem Gehirn zu ordnen. Später am Abend übte ich auf meinem Instrument und müde, aber glücklich, legte ich mich wenig später schlafen.

Ähnlich wie diesen Tag verbrachte ich auch die nächste Zeit. Neben Schule und Lernen, Flöte und Essen hatte ich keine Zeit für Langeweile. Gelegentlich erhielt ich von Paul eine Mail oder eine kurze SMS. Und die Sache mit Albrecht hatte ich eigentlich schon vollkommen vergessen, bis Paul mir eines Abends eine Nachricht schrieb:

*Na, hast du Lust, Albrechts Bib kennen zu lernen?*
*Morgen um 15:00 Uhr.*
*LG Paul*

Einen Moment lang war ich ganz verdutzt. Doch dann erinnerte ich mich.
Na, und ob ich Lust hatte! Hastig flogen meine Finger über die Tastatur: *Klar! Soll ich zu dir kommen?*

Keine halbe Stunde später erhielt ich eine Rückantwort:
*Ne, ich hol dich ab. Bis dann!*

Morgen war Samstag, das heißt, ich hätte eigentlich ausschlafen können. Aber wenn ich nachmittags schon ein Date mit Paul und Albrecht hatte, wollte ich wenigstens in der Früh etwas für die Schule tun. Wie gesagt: Keine Ahnung, woher mein innerer Antrieb so plötzlich kam.
Nicht nur John war ziemlich überrascht, als er bemerkte, dass ich bereits vor ihm aufgestanden war und fleißig lernte: Ich wunderte mich in letzter Zeit immer häufiger über meine merkwürdigen Gewohnheiten.
Um kurz nach zwei klingelte es an der Tür. Paul war mit seinem Rad gekommen. Er meinte, es sei nicht besonders weit zu Albrecht. Wir würden ein Stück durch den Englischen Garten radeln und dann wären wir eigentlich auch schon bald angekommen.
Wir brauchten tatsächlich nicht sehr lange und waren bereits eine Viertelstunde vor der ausgemachten Uhrzeit am Ziel. Dort ketteten wir unsere Räder an und Paul betätigte die Klinke an einer zwischen all den vielen Häusern ziemlich schlichten und dadurch wenig auffallenden Türe. Während ich Paul folgte, überlegte ich mir, ob ich an diesem Haus schon einmal vorbeigekommen war.
Hm, möglich wäre es schon. Aber erinnern konnte ich mich beim besten Willen nicht. Wahrscheinlich deshalb, weil

dieses Gebäude so unscheinbar wirkte und in der Menge der umstehenden Häuser völlig unterging.

Kaum war ich über die Türschwelle getreten, als es einige Stufen nach unten ging. Der eher schmale als breite Gang führte in einen nicht sehr großen Vorraum, in dem ein kleiner, in dunkelbraunem Holz gefertigter Tresen stand, auf dem ein dickes Buch mit ledernem Umschlag lag.

„Ah, wie schön! Ihr beide habt den Weg also nicht verfehlt!" Wie aus dem Nichts tauchte Herr Albrecht hinter dem Tresen auf, sodass ich überrascht einen Schritt rückwärts trat.

„Verzeihung, Katharina! Ich wollte dich nicht erschrecken!" Er lächelte mich hinter einer Brille mit dicken Gläsern an. Dann trat er hinter dem Tresen hervor.

„Ich freue mich wirklich sehr, dass ihr beide hier seid! Katharina, du möchtest sicherlich meine Sammlung sehen?"

Ich nickte. Genau deswegen war ich hier.

„Ich muss gestehen: Es ist keine normale Bibliothek." Albrecht lächelte und nahm dabei seine Brille ab. „Es ist... Also ich habe überwiegend Bücher, die sich mit Staatsphilosophie und antikem Gedankengut beschäftigen. Es stehen sämtliche Werke von Platon und anderen antiken Griechen in meinen Regalen. Auch lateinische Autoren sind dabei. Und dann..." Er senkte seine Stimme und hob vielsagend die Augenbrauen. „...habe ich auch Bücher zum Bereich Zeit, Macht und Unsterblichkeit." Die letzten Worte hatte er beinahe geflüstert.

Erstaunt hielt ich die Luft an.

„Ein weiteres Spezialgebiet ist Newton."

Mittlerweile hatte seine Stimme wieder den gewohnten knarrenden Ton und die normale Lautstärke angenommen.

„Du siehst also: Es ist keine gewöhnliche Bibliothek."

Paul zwinkerte mir zu.

„Oh, ich würde sagen, Katharina ist auch kein gewöhnliches Mädchen."

Herr Albrecht schenkte meinem Begleiter ein bedächtiges Nicken.

„Ja, junger Freund, dann würde ich sagen, ich nehme euch beide mit zu meinen Schätzen."

Er bat uns, unsere Jacken an die Häkchen an der Wand zu hängen. Dann führte er uns durch einen Torbogen neben dem Tresen mitten in seine *heilige Sammlung*.

Im ersten Moment blieb mir glatt die Luft weg. Regale an Regale reihten sich aneinander, gefüllt mit Büchern von oben bis unten. Die meisten von ihnen wirkten anmutig antik. Sie sahen aus, als seien sie bereits einige hundert Jahre alt, aber dennoch gepflegt. Ein angenehm beruhigender Duft ging von ihnen aus. Es roch ein wenig nach vergilbten Seiten, ein bisschen nach Leder, nach unendlich viel Mühe, die es gekostet hatte, die Bücher zu schreiben, zu drucken und sorgfältig einzusortieren, und letztlich nach Zeit - Zeit, die die Bücher über all die Jahre hin schon hier standen.

„Bitte wundere dich nicht, Katharina, dass diese Bibliothek eine seltsam scheinende Anordnung der Regale aufweist.", riss mich Albrechts Stimme aus meinen Gedanken. „Auf den ersten Blick mag es vielleicht verwirrend sein, aber pass auf, ich will es dir kurz erklären."

Er fing also an, mich in sein Bibliothekssystem einzuweisen: „Wir stehen nun in der Mitte der Bibliothek. Von hier aus gibt es vier Gänge, die in Kreuzform angeordnet sind." Seine Hand wies in die entsprechenden Richtungen. Ich folgte ihr stumm mit meinen Augen. „Dazwischen stehen, wie du siehst, die einzelnen Regale. Sie verbinden die Gänge miteinander."

Mit einem Nicken gab ich ihm zu verstehen, dass ich begriffen hatte.

„Sehr schön." Er lächelte zufrieden. „Und dieser Gang hier, der geradeaus weiterführt, gegenüber vom Eingang, dieser Gang bringt uns in den hinteren Raum der Bibliothek. Lass uns gleich hineingehen."

Schweigend folgten Paul und ich ihm. Wir schritten an den zahlreichen Büchern vorbei, den Gang entlang, bis wir zu einem weiteren Torbogen gelangten. Von dort ging es eine schmale Treppe von sieben Stufen hinab und dann befanden wir uns im hinteren Raum. Das Licht hier unten war spärlich, die Regale standen nun dichter beisammen und es roch seltsam muffig.

„Hier befinden sich alle Bücher zum Thema Zeit, Macht und Unsterblichkeit.", erklärte Herr Albrecht leise flüsternd, als ob er fürchtete, die Bücher durch lautes Sprechen aus ihrem gefühlt tausendjährigen Schlaf aufzuwecken.

„Vielleicht denkst du, hier unten stehen nur ganz alte Bücher, aber es sind auch ein paar neuere Exemplare dabei." Er gab einige kichernde Laute von sich. „Hier ist der Lichtschalter. Wenn man ein Buch sucht, darf man ihn betätigen, aber ansonsten möchte ich, dass die Bücher weitgehend im Dämmerlicht stehen. Außerdem denke ich pragmatisch: Das spart Strom und damit Geld und schont die Umwelt."

Unfähig zu sprechen, brachte ich nur ein stummes Nicken zustande.

„Dann lasst uns wieder zurückgehen." Herr Albrecht hatte sich auf dem Absatz umgedreht und war bereits die ersten Stufen empor gestiegen.

„Hier unten gibt es keine Möglichkeiten, sich hinzusetzen und die Bücher zu lesen." Er erklärte uns, dass es am Ende eines jeden Ganges, ausgenommen natürlich desjenigen, welcher zum hinteren Raum führte, einen Tisch gibt, ausgestattet mit einer Leselampe, sodass es möglich war, die Bücher in Ruhe zu lesen, zu studieren und mit ihnen zu arbeiten.

„Nun, wie gefällt dir meine kleine Sammlung?", wollte Herr Albrecht am Ende der kurzen Führung wissen.

„Ich bin schwer beeindruckt.", gestand ich, wobei ich selbst darüber verwundert war, meine Stimme so schnell wiedergefunden zu haben.

„Nun, das freut mich!" Er hüstelte leise. „Weißt du, es ist so, dass ich wohl in der kommenden Zeit des Öfteren auf Reisen unterwegs sein werde und die Bibliothek dann geschlossen wäre. Das wäre an und für sich nicht das große Problem, aber die Bücher müssen abgestaubt, der Boden sauber gehalten und die Ordnung beibehalten werden." Er seufzte. „Das wäre nicht weiter schlimm, sofern ich regelmäßig hier wäre."

Ich ahnte bereits, worauf er hinauswollte.

„Du könntest, wenn du magst, die nächste Zeit einfach immer wieder vorbeikommen und dich in meiner Bibliothek einleben.", fuhr er fort. „Und wenn es dir gefällt, darfst du auch während meiner Abwesenheit die Aufsicht übernehmen. Natürlich nur, wenn ich dir auch vertrauen kann."

Er lächelte mich aus seinen kleinen Äuglein scharfsinnig an.

„Um ehrlich zu sein - ich würde gerne wieder vorbeikommen. Aber ich weiß nicht, ob ich gut genug bin, eine Bibliothek zu beaufsichtigen."

„Das musst du auch nicht.", sagte er schnell. „Es war nur so eine Überlegung von mir. - Ich freue mich trotzdem, wenn du kommst."

Nachdem Paul und ich uns verabschiedet hatten, ketteten wir unsere Räder wieder los und machten uns auf den Rückweg.

„Na, ist doch wirklich urig, die Bibliothek von Albrecht, nicht wahr?"

„Irgendwie schon. Ich finde es richtig gemütlich dort."

„Mir ging es ähnlich. In der Zeit vor dem Abitur bin ich dort Abende gesessen und habe gelernt."

„Und Helena? Die hast du ganz vergessen, was?"

„Nein, erst war ich bei Helena und dann habe ich gelernt. Manchmal hat aber auch meine Mutter ausgeholfen und sich um mein Pferd gekümmert."

„Sag mal, wie hast du Herrn Albrecht eigentlich kennen gelernt?"

Paul legte eine Vollbremsung hin.

„Immer diese blöden roten Ampeln!", schimpfte er. „Naja...", murmelte er dann. „Herr Albrecht ist ein recht guter Freund meines Vaters. - Aber frag jetzt bitte nicht, woher die beiden sich kennen!"

„Schon gut."

Wenig später waren wir an der Stelle angelangt, an der sich eigentlich unsere Wege hätten trennen müssen.

Paul war stehen geblieben.

„Sag mal, heute noch was vor?"

Ich legte meinen Kopf schief und grinste ihn frech an.

„Wie meinst du das?"

„Na, wenn du magst, kann ich dich mit zu Helena nehmen. Die braucht heute nämlich noch etwas Bewegung."

„Ach so meinst du das!" Ich überlegte einen Augenblick lang. „Ist es weit?"

„Nein, im Englischen Garten."

„Na gut, aber dir ist schon klar, dass ich weder richtig reiten kann noch eine Ausrüstung dafür besitze, oder?"

Er schüttelte lachend seinen Kopf.

„Na und ob mir das klar ist! Aber du hast ja bereits eine Jogginghose und Turnschuhe an. Das passt schon. Den Reithelm kann ich dir leihen. Wir werden ein bisschen ins Gelände gehen und ich kann dich auch am Zügel führen. Einverstanden?"

Na, das ließ ich mir nicht zweimal sagen!

So kam es also, dass ich den Rest des Nachmittages im Reitstall verbrachte. Pauls Pferd war nicht nur eine richtig hübsche Stute, sondern auch noch lammfromm. Nachdem Helena geputzt und gesattelt war, führten wir sie aus dem Hof. Paul wollte unbedingt, dass ich mich zuerst auf ihren Rücken setzte und mit viel Mühe war ich dann endlich in den Sattel gekraxelt. Oben angekommen, hoffte ich inständig, in den nächsten Minuten nicht gleich wieder abgeworfen zu werden. Aber da Paul seine Tierfreundin am Zügel führte und im gemütlichen Schritttempo neben ihr herlief, blies ich meine Sorgen einfach fort. Es war ein wunderschönes Gefühl im Sattel und anders als bei meinen ersten Reitversuchen in London machte es mir richtig Spaß.

Nach einer Weile wechselten wir. Paul brauchte ich natürlich nicht zu führen. Er war ein exzellenter Reiter und Helena und er verstanden sich quasi blind.

Nachdem wir wieder zum Hof zurückgekehrt waren, übersprang er auf dem Übungsplatz noch ein paar kleinere Hindernisse. Und als Helena gut versorgt in ihrer Box stand und Paul und ich uns auf den Heimweg machten, war es bereits dunkel geworden. Wir versprachen, in den nächsten Tagen weiterhin Kontakt zu halten. Und Albrechts Bibliothek wollte ich auf jeden Fall noch einmal besuchen.

## 2

Die nächste Zeit verging wie im Flug: Nachdem ich mich in der Früh aus dem Bett geschält hatte, verbrachte ich (...wie sollte es auch anders sein?) meine Vor- und Nachmittage in der Schule. Zu unserem Leidwesen legten die Lehrer ein noch strengeres Tempo vor als noch vor einem Jahr. Das bedeutete für uns, dass wir ständig irgendwelche Proben schreiben mussten: Kurzarbeiten, Exen oder Kleine Stegreifaufgaben (wie die Gregory immer zu sagen pflegte). Und dann rückten auch irgendwann die Schulaufgaben immer näher.

Apropos Gregory: Seit sie wusste, dass ich meine Ferien größtenteils in London verbracht hatte, schrieb ich erstaunlicherweise nur noch gute Noten bei ihr. Ich erhielt keine Arbeit zurück, die unter einer zweistelligen Zahl lag. Susan erging es ebenso, aber sie meinte, dass das eher an ihrem exzellenten Mathetraining in den Ferien lag. Meine Freundin hatte nämlich, fleißig wie sie war, ihr Mathebuch mit nach Australien genommen und dort zwischen Ausflügen im Outback, Surfen im Meer oder Chillen am Strand Mathe gebüffelt. Sogar ihre Seminararbeit hatte sie dorthin begleitet.

Meinen Erfolg führte sie dagegen auf die Sympathie der Gregory zurück. Na, was letztlich die Ursache für meine guten Mathenoten war, konnte mir ja eigentlich egal sein. Die Hauptsache war, dass ich endlich einmal gute Noten hatte.

Auch in den anderen Fächern steigerte ich mich, abgesehen von meinem Lieblingsfach Geschichte. Aber da stand ich sowieso durchgehend auf voller Punktzahl. Und das sollte auch schön so bleiben.

Es verging also ein Schultag nach dem anderen, meist ziemlich langweilig und eintönig. Die einzige Abwechslung stellten unsere Beste-Freundinnen-Gespräche in den Pausen auf dem Klo dar. Eines schönen Vormittages erzählte mir

Susan dabei von ihrem wirklich peinlichen Gestern-Nachmittag-Erlebnis...

„Du hast doch sicherlich mitbekommen, dass ich in diesem Schuljahr im Schulgartenteam dabei bin, oder?", fing sie an. Natürlich wusste ich das! Susan schwärmte seit den Sommerferien seltsamerweise für Gartenarbeit. Ich fand das ja völlig ok, nur wunderte ich mich darüber, weil sie sich früher so wenig dafür interessiert hatte. Vielleicht lag das an Australien?

„Weißt du, man kann prima damit punkten!", hatte sie mir erklärt, als ich sie gefragt hatte, weshalb sie denn bitteschön zur Gärtnerin mutierte.

Naja, ihre Liebe zum Gärtnern hatte ihr am gestrigen Tag eine schöne Panne beschert. Übereifrig wie eh und je war Susan gleich nach der Mittagspause in den Schulgarten marschiert. Es gab unheimlich viel zu tun, weil im Herbst die Laubbäume bekanntlich ihre Blätter verlieren. Susan rechte und fegte den ganzen Nachmittag. Als nach einer Doppelstunde die Anwesenheitspflicht vorbei war und sich der Rest aus dem Schulgartenteam nach Hause trollte, machte sie noch so lange munter weiter, bis die Dunkelheit hervorkroch und ihr einfiel, dass sie ja eigentlich noch Hausaufgaben machen musste.

„Ich wollte schon mein Fahrrad abketten, da ist mir auf einmal eingefallen, dass ich ja noch alle meine Schulsachen im Spind hatte!"

Entgeistert starrte ich meine Freundin an. Die saß auf dem Toilettendeckel und hob entschuldigend die Schultern.

„Ich war so in meinem Element gewesen, dass ich vollkommen vergessen habe, dass..."

„Oh, Susan! Das kann aber auch nur dir passieren, oder? Ich meine, du lernst auch jedes Mal so intensiv auf unsere Matheprüfungen, dass du vergisst, dass es Zeit wäre, mal was zu essen..." Ich schüttelte den Kopf. „Wo wird das bloß hinführen?"

„Tja, jedenfalls stand ich da so vor verschlossener Türe und hab ein bisschen blöd geguckt."

„Und trotzdem hast du es geschafft, alle Hausaufgaben für heute zu erledigen? Und gelernt hast du auch noch? Wie bitte hast du das denn gemacht?" Manchmal war meine beste Freundin echt ein Rätsel. „Heute noch so schnell vor der ersten Stunde?"

Susan schüttelte den Kopf.

„Der Hausmeister hat mich zufällig aufgegabelt. Ich will lieber gar nicht wissen, was er sich gedacht hat, als er mich in Tränen aufgelöst vor dem abgesperrten Schuleingang gesehen hat."

Oh ja, die Szene konnte ich mir wirklich gut vorstellen!

„Ich habe ihm dann erklärt, dass ich meine Schulsachen im Spind vergessen habe, weil ich so lange gegartelt habe und..."

„...da hat er dir aufgesperrt."

„Nein. Der Hausmeister hat gesagt, dass er leider selber schon los muss und mir nicht aufsperren kann. Aber im Geräteschuppen soll ein Zweitschlüssel liegen. Mit dem kann man problemlos über den Hintereingang in die Schule, mehr nicht. Also Klassenzimmer oder so kann man damit nicht aufsperren. Aber das habe ich ja auch nicht gebraucht. Ich musste ja nur irgendwie ins Schulhaus reinkommen."

„Du also nichts wie zurück zum Geräteschuppen, Schlüssel geholt, Schulhaus aufgesperrt, Sachen raus aus dem Spind, wieder abgesperrt, Schlüssel zurück und heim."

„Ja, genau." Einen Moment lang schaute Susan mich verdutzt an. „Woher bist du dir eigentlich so sicher, dass ich den Schlüssel nicht mitgenommen habe?"

„Ganz einfach: Du bist viel zu ehrlich, um heimlich Schuleigentum zu entwenden." Ich grinste sie an.

„Ob der Schlüssel wirklich Schuleigentum ist, weiß ich gar nicht. Vielleicht gehört er auch dem Hausmeister."

„Zuzutrauen wäre es ihm.", murmelte ich. „Aber echt, Susan, so was kann auch nur dir passieren, oder?"

„Naja, jedenfalls haben wir uns amüsiert."

In der Tat, das hatten wir.

Grinsend wie ein Honigkuchenpferd verließ ich kurz darauf das Mädchenklo. Susan stapfte hintendrein, das Mathebuch unter den Arm geklemmt. Zum Lernen war sie jetzt in der Pause doch nicht mehr gekommen. Aber als die Gregory uns auf dem Gang begegnete, lächelte sie uns zu. Wahrscheinlich freute sie sich darüber, dass wir jetzt sogar in der Pause freiwillig Mathe lernten.

„Ach ja...", flüsterte Susan noch, bevor die nächste Stunde los ging. „Das mit dem Schlüssel bleibt unser Geheimnis, ja?"

Nach der Schule radelte ich wie gewöhnlich nach Hause, wo Mum wie jeden Tag mit einem leckeren Mittag- oder besser Frühabendessen auf mich wartete. Und dann machte ich mich auf den Weg in Albrechts Bibliothek. Ich liebte den Geruch der unendlich vielen Bücher dort. Außerdem hatte ich dort meine Ruhe. - Gut, die hätte ich zu Hause im Grunde auch gehabt, aber der Unterschied bestand darin, dass ich durch nichts abgelenkt wurde: Kein Telefon. Keine Türklingel. Die Bücher standen fein säuberlich aufgereiht auf ihren Plätzen in den Regalen und schauten mir geduldig zu, wie ich Matheformeln auswendig lernte oder Geschichtszahlen wiederholte. Und wenn ich mit meinen Hausaufgaben fertig war, schlenderte ich die Regalreihen entlang und griff hier und da nach einem Buch, um ein wenig darin herum zu blättern. Leider schloss die Bibliothek schon um 18:00 Uhr, sodass es sich für mich an manchen Tagen überhaupt nicht lohnte, dorthin zu fahren: Wenn um 17:00 Uhr die letzte Schulstunde endete und ich dann erst einmal zu Abend aß, blieb ich gleich zu Hause. Hin und wieder ließ sich auch Paul in der Bibliothek blicken. Er erklärte, dass er hier viel besser lernen könne. Zwar gibt es in der Uni auch jede Menge Bibliotheken und sonstige Lernbereiche, aber da seien ihm viel zu viele Menschen. In diesem Punkt konnte ich ihn gut nachvollziehen. Der zweite (und natürlich viel gewichtigere) Grund war der, dass er sich darauf freute, mich zu sehen. Ich konnte nicht leugnen, dass es mir ebenso erging.

Eines schönen Tages, ich saß gerade über meinen Schulbüchern, überraschte mich Herr Albrecht, als er sich von hinten an mich heranschlich und mir einen ordentlichen Schrecken einjagte. Ich war ihm aber nicht lange böse, weil er nämlich ein kleines Geschenk für mich hatte: Einen Zweitschlüssel der Bibliothek. Dadurch konnte ich nun länger in der Bibliothek bleiben, musste allerdings beim Gehen die Regalreihen ablaufen und darauf achten, dass sich auch ja niemand mehr in den Räumlichkeiten aufhielt. Und dann hatte ich natürlich auch die Bibliothek abzusperren.

Dass Herr Albrecht mir dieses Vertrauen entgegenbrachte, war eine große Ehre für mich. Die Folge war, dass ich jetzt noch öfter bei den Büchern saß und paukte, weshalb Mum häufiger als sonst klagte, dass sie mich gar nicht mehr zu Gesicht bekäme. An den Wochenenden war ich aber normalerweise immer zu Hause. Das tröstete sie ein wenig.

Der Oktober war ins Land gegangen, der November so gut wie vorbei. Und Anfang Dezember bekam ich von Herrn Albrecht den Auftrag, die komplette Bibliotheksaufsicht zu übernehmen. Da ich ja nachmittags durchaus in der Schule saß, durfte ich die Öffnungszeiten ein wenig ändern, sodass die Bibliothek nun später öffnete und dafür auch ein bisschen später geschlossen wurde. Ich saß nun also am Tresen bei der Eingangstüre und musste darauf achten, dass sich die Besucher in das dicke Buch mit dem Ledereinband eintrugen. Wenn sie die Bibliothek wieder verließen, musste ich unterschreiben. Aber wie gesagt: Es waren nicht viele Leute dort und so hatte ich größtenteils meine Ruhe und konnte meist ungestört für die Schule lernen.

Eines Abends, die Öffnungszeit war bereits vorbei, aber ich wollte noch nicht nach Hause gehen, hörte ich leise Stimmen aus dem hinteren Raum.

*Komisch*, dachte ich mir. *Ich habe doch schon vor zwei Stunden abgeschlossen. Wie kann es dann sein, dass jemand in der Bibliothek ist?*

Schnell warf ich einen Blick in das Logbuch. Aber alle Personen (es waren insgesamt drei an diesem Tag gewesen) hatten die Bibliothek laut meiner Unterschrift bereits vor drei Stunden verlassen.

Angespannt lauschte ich.

Jetzt waren die Stimmen verschwunden. Sollte ich am Ende etwa irgendwelche Wahnvorstellungen haben?

Ich stand auf, um der Sache auf den Grund zu gehen. Es konnte doch nicht sein, dass ich mir etwas einbildete!

Meine ersten Schritte führten zur Türe: Aber die war nicht mehr abgeschlossen. Verwirrt fasste ich mit der Hand in meine Hosentasche, in der ich den Schlüssel aufbewahrte. Oder hatte ich es mir letztlich nur eingebildet, dass ich abgesperrt hatte und es war doch noch jemand hereingekommen - und ich hatte den Besucher gar nicht bemerkt?

Unsicher schüttelte ich meinen Kopf, zog den Schlüssel aus der Hosentasche und sperrte ab. Und damit ich wirklich sichergehen konnte, dass tatsächlich abgeschlossen war, drückte ich die Türklinke herunter und ließ den Schlüssel stecken.

Bevor ich mich umdrehte, um zurück zum Tresen zu gehen, blieb ich einen Moment lang stehen und spitzte meine Ohren. Doch nicht das allerkleinste Geräusch war zu hören.

*Na schön, dann mache ich jetzt meinen abendlichen Rundgang und gehe dann nach Hause.*

Gedacht, getan. Schon schritt ich die einzelnen Wege durch die Bibliothek ab, ein Regal nach dem anderen ließ ich zurück. Ich bewegte mich beinahe lautlos durch den Raum. Daher hielt ich verwundert inne, als ich mit einem Mal schlurfende Schritte in meiner Nähe vernahm. Wie versteinert blieb ich stehen. Eine Gänsehaut kroch mir den Nacken entlang. Mein Puls beschleunigte sich.

Fieberhaft überlegte ich mir, wer oder was sich hier in der Bibliothek um diese Uhrzeit befinden konnte. Ein rascher Blick auf meine Armbanduhr verriet mir, dass es bereits halb neun war.

Meine Gedanken überschlugen sich fast. Vielleicht war Albrecht ja schon früher zurück und er wollte noch schnell nach dem Rechten sehen. Zumindest versuchte sich das mein Gehirn einzureden, damit ich mich aus meiner verkrampften und angespannten Haltung löste.

Aber diese Theorie von Albrecht konnte niemals stimmen, denn heute war erst der dritte Dezember. Es war unmöglich, dass Herr Albrecht hier war: Erstens wollte er erst wieder am 21.12. in Deutschland eintreffen, zweitens würde er sich nicht abends um halb neun blicken lassen, wenn er die Bibliothek sonst um 18:00 Uhr abschloss und drittens würde er mich dann nicht heimlich aufsuchen, sondern mich begrüßen, ohne mich dabei zu erschrecken. Damit stand für mich sofort fest: Wenn es nicht Herr Albrecht war, der hier herumschlich, dann war es jemand anderes. Möglicherweise auch mehrere. Warum hatte ich vorhin sonst *Stimmen* gehört - und es war ganz sicher nicht nur *eine* Stimme gewesen...

Ängstlich drückte ich mich mit dem Rücken an eines der Regale und lauschte weiter. Und da war es wieder: Keine drei Regalreihen von mir entfernt huschten leise Schritte über den Boden.

Vielleicht war ja Paul hier?

Doch auch diesen Gedanken schob ich schnell beiseite: Selbst wenn er mich spaßeshalber erschrecken wollte, so weit würde er bestimmt nicht gehen.

Die Schritte waren inzwischen gefährlich nahe gekommen. Behutsam schob ich mich am Regal entlang hin zum Ende der Reihe, ganz darauf bedacht, nur kein Geräusch von mir zu geben. Einen Moment lang hielt ich inne und atmete tief ein. Dann beugte ich mich nach vorne und lugte vorsichtig um die Ecke. Es war niemand zu sehen und so huschte ich in die nächste Reihe, um dann erneut in Deckung zu gehen. Noch ein Regal und dann -

„Au, Scheiße!", ertönte es plötzlich. Wie vom Blitz getroffen zuckte ich zusammen. Vor mir war wie aus dem Nichts das Gesicht eines jungen Mannes aufgetaucht, der den Kopf rasch wieder zurückgezogen hatte. Und nicht nur er war gehörig zusammengeschreckt. Mir war, als würde das Blut in den Adern gefrieren.

„Los, hier entlang!", hörte ich ihn rufen.

Ehe ich es recht begriffen hatte, waren er und sein Begleiter die Regalreihe entlang gerannt. Jetzt waren sie gerade dabei, in Richtung Ausgang zu sprinten. Dass es zwei waren, konnte ich nur allzu gut sehen, da sie auf der anderen Seite des Regales an mir vorbei jagten.

Es dauerte einen Augenblick lang, bis ich mich aus meiner Schreckstarre löste. Als ich die Verfolgung der beiden Männer aufnahm, hatten die bereits die Stufen zur Türe erklommen, den Schlüssel umgedreht und waren auf und davon.

Heftig schnaufend war ich wenige Sekunden später ebenfalls an der Türe angekommen, knallte sie zu und drehte den Schlüssel um.

„Puh!", schnaubte ich. „Jetzt sind sie weg..."

Den Rücken an die Türe gelehnt, atmete ich einige Male tief durch, froh darüber, dass die Kerle weg waren und mir nichts zugestoßen war. Doch meine Erleichterung war nicht von langer Dauer. Vielmehr verwandelte sie sich in Wut darüber, dass ich mich vor lauter Ängstlichkeit eingeschlossen und die Verfolgung nicht weiter aufgenommen oder zumindest versucht hatte, die Identität der beiden Typen festzustellen. Ruckartig drehte ich mich um und schloss die Türe wieder auf. Vorsichtig spähte ich durch den Türspalt. Doch von den zwei Männern war weit und breit nichts mehr zu sehen. Sie waren spurlos verschwunden.

Nachdem sie nun offensichtlich das Weite gesucht hatten, war ich alleine in der Bibliothek. Ich hatte die Türe wieder abgesperrt und starrte mit finsterem Gesicht auf das Logbuch. Wohl war mir ganz und gar nicht. Einerseits fühlte ich mich wütend darüber, dass ich offensichtlich die beiden vollkommen übersehen hatte, als sie die Bibliothek betreten hatten (denn sonst hätte ich sie doch in das Buch eingetragen), andererseits klammerte sich panische Angst an mein Herz. Vielleicht waren das ja zwei Einbrecher gewesen. Das würde auch erklären, weshalb sie so unauffällig hereingekommen waren. Allerdings war mir nicht aufgefallen, dass sie bei ihrer Flucht etwas mitgenommen hätten. Sie hatten keinen Gegenstand bei sich getragen, kein Buch, nichts... Oder hatte ich etwas übersehen?

Bei dem Gedanken, dass mir eine Nachlässigkeit unterlaufen war oder ich es mit Einbrechern zu tun hatte, stieg ein schreckliches Unbehagen in mir auf. Rasch lief ich zurück zu den Büchern, um einen Blick auf die Regalreihen zu werfen, und stellte dabei glücklicherweise fest, dass erstens niemand Fremdes mehr hier war und zweitens keines der Bücher fehlte oder eine Beschädigung aufwies.

Kaum zurück von meinem Rundgang, packte ich schleunigst meine Tasche zusammen, schloss das Logbuch und verstaute es in einer Schublade, schlüpfte durch die Türe und sperrte sorgfältig ab.

Draußen war es trotz der Straßenbeleuchtung stockfinster und unangenehm gruselig. Einen Augenblick lang überlegte ich, vielleicht meine Mum anzurufen. Aber den Gedanken schob ich schnell beiseite: Ich beschloss, ihr erst einmal nichts von dem Vorfall zu erzählen. Ich kannte meine Mum zu gut, um zu wissen, dass sie sich nur Vorwürfe machen würde, wenn sie mich abends ganz alleine in der Bibliothek sitzen ließ. Zuletzt erteilte sie mir Aufsichtsverbot!

Unter einer Straßenlaterne blieb ich stehen und überlegte weiter.

Ich könnte Paul anrufen. Vielleicht hatte er Zeit und wir könnten uns zusammen auf den Heimweg machen...

Hastig tippte ich seine Nummer ein. (Ich hatte sie zwar längst eingespeichert, aber dennoch kannte ich sie auswendig und daher ließ ich es mir natürlich nicht nehmen, sie selber einzugeben.)

Mit klopfendem Herzen stand ich da und lauschte angespannt dem Piepen, in der Hoffnung, dass Paul rangehen würde. Während ich da stand und dem eintönigen Klingeln lauschte, hoffte ich inständig, dass die zwei fremden Typen aus der Bibliothek wirklich über alle Berge waren.

Hoffnung Nummer zwei erfüllte sich: Die ganze Zeit über war keine Menschenseele zu sehen. Hoffnung Nummer eins hingegen zerplatzte wie eine Seifenblase: Nach gefühlten hundert Pieptönen war immer noch kein Paul rangegangen, dafür aber seine Blechbox, die ich jedoch über alles verabscheute und auf die ich folglich auch keine Nachricht sprach. Dann machte ich mich eben alleine auf den Nachhauseweg.

So schnell wie an diesem Abend hatte ich die Strecke von der Bibliothek zu unserer Wohnungstüre noch nie zurückgelegt.

Kurz vor dem Schlafengehen bemerkte ich, dass mein Handy mir einen verpassten Anruf anzeigte. Während ich mir die Bettdecke über die Knie zog, schaute ich schnell nach, wer mich denn vergeblich zu erreichen versucht hatte. Ich hatte da schon so einen Verdacht, der sich auch bestätigte. Die Nummer war von Paul, um 22:15 Uhr. Na, da war ich noch beim Abendessen gesessen, kein Wunder also, dass er mich nicht erreichen hatte können. Ich drückte die Rückruftaste. Piep, piep, piep ...

„Hallo Katharina!"

„Hallo Paul. Schön, dass du anrufst."

Für einen Augenblick hatte ich die unheimlichen Szenen in der Bibliothek vergessen. In Gedanken an Paul huschte mir ein Lächeln über mein Gesicht.

„Tja, weißt du, auf meinem Display leuchtet auf: Katharina-Schätzchen ruft an... Da dachte ich mir, ich muss zurückrufen."

„Du alter Scherzkeks, du!"

„Na, was hast du denn gedacht? Natürlich schaue ich, von wem der Anruf kommt. Und dann überlege ich mir dreimal, ob ich mich melde oder nicht."

Einen Moment lang war es still. Ich wusste genau, dass Paul gerade die Augen zu hatte und vergnügt vor sich hin grinste.

„Du hast mich vorhin angerufen?", unterbrach er die kurze Schweigepause. Und damit war ich wieder auf den Boden der Tatsachen zurückgekehrt und meine Gedanken kreisten erneut um die zwei Typen aus der Bibliothek.

„Ja, aber ich habe dich nicht erreichen können.", meinte ich.

„Für was gibt es denn eine Sprachbox?"

„Das sagst du!" Ich musste mir ein Lächeln verkneifen. „Du sprichst genauso gerne wie ich auf Blechtrommeln."

„Stimmt. Na, dann schieß mal los, was es so gibt. Es muss doch einen Grund geben, weshalb du das Handy so lange klingeln lässt, bis die Sprachbox hingeht."

„Tja, ähm - also ..."

„Na, was ist?"

„Also ich war doch heute in der Bibliothek..."

„Bist du da nicht jeden Tag?"

„Fast jeden Tag."

„Na schön, also du bist fast jeden Tag in der Bibliothek. Was gibt es denn Neues, dass du ausgerechnet deswegen anrufst?"

„Woher weißt du...?"

„Na, hör mal: Wenn du damit anfängst, dass du heute in der Bibliothek warst, obwohl du da eigentlich immer - ähm, fast immer - bist, dann muss das einen Grund haben. Und jetzt erzähl endlich! - Was ist denn nur los mit dir?"

Ja, was war eigentlich los mit mir? Wie ich so da saß und mir die Decke noch fester um die Knie wickelte, fiel mir auf, dass die Hand, die das Handy hielt, zu zittern begann.

*Reiß dich zusammen, Katharina!*, meldete sich meine innere Stimme zu Wort. *Du bist nicht mehr in der Bibliothek, sondern zu Hause - und damit in Sicherheit. Also hab dich nicht so!*

„Es war so gegen halb neun...", begann ich. „Ich wollte eigentlich schon bald gehen - da waren auf einmal Stimmen und Schritte zu hören..."

Am anderen Ende der Leitung hielt Paul die Luft an.

„Es waren den ganzen Tag über nur drei Leute da gewesen - und die sind bereits alle gegangen. Zumindest stand das so im Logbuch."

Noch immer schwieg Paul.

„Da habe ich vorsichtig nachgeschaut, wer da heimlich in der Bibliothek herumschleicht...“

„Und?“ Er klang ganz aufgeregt. So kannte ich Paul gar nicht.

„Ich bin von zwei Typen überrascht worden, ziemlich jung. Sie sind auf und davon, durch die Bibliothek gerannt, durch die Türe und dann weg - über alle Berge.“

Schweigen.

„Ich habe dann erst einmal zugesperrt, aber dann wieder aufgeschlossen, um zu schauen, wohin sie gelaufen sind oder wie sie aussahen, aber sie waren weg. Und dann habe ich wieder zugesperrt und bin nochmal durch die Bibliothek gelaufen und als ich niemanden gefunden habe, bin ich dann wieder zum Logbuch und habe alles aufgeräumt und...“ Es sprudelte nur so aus mir heraus. Wie gut, dass Paul mich unterbrach. Sonst wäre mir wahrscheinlich die Luft ausgegangen.

„Sag bloß, du bist danach mutterseelenallein nach Hause?“, erkundigte sich mein Gesprächspartner.

Ich zuckte die Schultern. Als von Paul keine Antwort kam, wurde mir klar, dass er das gar nicht sehen konnte, da unser Telefon ja keine Bildübertragung hatte.

„Ja...“, sagte ich mit kläglicher Stimme.

„Oh, Katharina!“ Er stöhnte. „Dir ist schon klar, dass das echt gefährlich war, oder?“

Ich nickte.

„Die Typen hätten irgendwo auf dich lauern können. Die haben dich bestimmt gesehen und würden dich hundertprozentig wiedererkennen...“

Ich nickte erneut.

„Katharina, jetzt sag doch mal was!“

Erschrocken zuckte ich zusammen.

„Entschuldige...“, murmelte ich. „Aber das war mir gar nicht klar.“

„Dass du vielleicht zu Hause anrufst? Ist dir das nicht vielleicht eingefallen?“

„Nein, erzähl Mum bloß nichts davon!" Ich senkte meine Stimme. „Bitte! Sie soll nicht wissen, dass... Weißt du, sie lässt mich vielleicht sonst gar nicht mehr in die Bibliothek - aus lauter Angst..."

„Ok, schon klar." Er atmete tief durch. „Also wenn das dein einziges Problem ist."

Ein paar Sekunden lang blieb die Leitung wie tot.

„Paul?"

„Hm?"

„Was machen wir jetzt?"

„Wieso *wir*?"

Verärgert biss ich mir auf die Unterlippe.

„Tut mir leid. Ich wollte natürlich fragen, was *ich* jetzt machen soll."

„Nein, schon gut. Naja, also... Ich an deiner Stelle wäre extrem vorsichtig. Wenn die Typen es einmal in die Bibliothek geschafft haben, dann gelingt es ihnen bestimmt auch ein zweites Mal."

„Aber ich kann die Bibliothek doch nicht alleine lassen!"

„Haben sie denn etwas gestohlen? Fehlt irgendwas?"

„Nein, ich glaube nicht."

„Was heißt das?"

„Naja, ich bin doch nochmal durchgegangen. Aber mir wäre nicht aufgefallen, dass irgendwas abhanden gekommen ist."

„Hm."

Erneutes Schweigen.

„Was ist, Paul?"

„Ach, mir ist nur gerade eingefallen, dass wir damals in der Bibliothek ja auch schon eine nette Überraschung erlebt haben."

„In welcher Bibliothek? Die von Albrecht?"

Nachdenklich legte ich meine Stirn in Falten. Aber mir wollte beim besten Willen nichts einfallen.

„Nein, nicht in der Bibliothek von Albrecht, sondern in der von Lady Dorothy. Erinnerst du dich nicht?"

Doch, natürlich!

„Oh je!" Ich stöhnte auf. „Aber das hier wird doch hoffentlich nicht auch was mit dem *Vermächtnis* zu tun haben, was meinst du?"

„Nein, ich glaube nicht. - Wieso sollte es auch? Dafür gäbe es nicht den geringsten Anlass, nicht wahr?"

„Ja." Ich nickte schwach. „Aber manchmal frage ich mich wirklich, was nicht doch noch alles möglich ist."

„Ach, komm schon! Du wirst sehen, in einer paar Tagen hast du das längst vergessen."

„Meinst du?" Paul hatte mich noch nicht richtig überzeugt.

„Aber sicher doch! Am besten lässt du die Bibliothek für die nächsten Tage zu, bis zum Ende der Woche oder so. Und dann denkst du einfach nicht mehr daran."

„Und dann?"

„Dann kannst du ja nächste Woche wieder in die Bibliothek und die Aufsicht übernehmen. Und wenn du möchtest, komme ich am Montag auch. Dann musst du nicht alleine sein."

„Aber du hast doch..."

„...Uni?" Er lachte. „Das schon. Aber nur bis 18:00 Uhr. Dann bin ich bis halb sieben bei dir. Wenn du also die Öffnungszeit ausnahmsweise von 18:30 bis meinetwegen 20:30 Uhr..."

„Ach, Paul!"

„Ich höre...?"

„Du bist einfach der Beste!"

„Ich habe nichts anderes erwartet." Er lachte vergnügt. „Und jetzt schlaf gut, Katharina. Bis demnächst!"

In dieser Nacht schlief ich erstaunlich gut, obwohl mich eine böse Vorahnung geplagt hatte, ich würde nur von Einbrechern träumen. Stattdessen träumte ich, wie Paul und ich im Englischen Garten spazieren gingen. - Was mir mein Unterbewusstsein damit wohl sagen wollte?

Der Rest der Woche verging ziemlich schnell. Ich war nur ein einziges Mal bei der Bibliothek vorbeigekommen und das auch nur, um ein Schild an die Türe zu hängen - mit der

Aufschrift, dass diese bis einschließlich Wochenende nicht geöffnet sei. Mit Susan hatte ich nur kurz über den Vorfall geredet. Auch sie war der Meinung, dass es gut sei, die Bibliothek vorläufig geschlossen zu lassen. Sie hatte allerdings nichts dagegen, dass ich am Montag schon wieder dort aufkreuzen wollte. Immerhin wollte Paul bei mir sein. Meine Mum fragte nicht nach, weshalb ich in dieser Woche keinen Bibliotheksdienst übernahm. Entweder wusste sie durch ihren Mutter-Instinkt ohnehin schon Bescheid oder sie dachte, dass ich einfach mal eine kurze Auszeit bräuchte.

Und dann begann die neue Schulwoche.

Der Montagabend verlief gut. In den zwei Stunden, in denen die Bibliothek geöffnet war, kam nur eine ältere Frau vorbei, die für eineinhalb Stunden blieb und sich dabei auffallend unauffällig verhielt, was bedeutete, dass sie sich mit einem Buch an einen der Tische setzte, darin herumblätterte und las.

Als das Logbuch geschlossen und die Türe zugesperrt war, begleitete Paul mich noch bis nach Hause. Zum Abschied gab er mir einen Kuss auf die Wange. Es war eigentlich wieder wie immer. Ja, wie immer.

Und das wäre wahrscheinlich auch so geblieben, wenn nicht der Dienstag gekommen wäre. Ja, der Dienstag...

Der Dienstag schien erst einmal relativ harmlos zu beginnen: Unser Geschichtslehrer machte den glorreichen Vorschlag, dass wir doch alle noch ein Referat halten könnten. Als ob uns armen Schülern die Arbeit ausgegangen wäre! Mr Bryn dachte bestimmt, wir säßen den ganzen Tag nur herum und drehten Däumchen...

Aber offensichtlich hatten wir Referate (wieder einmal) dringend nötig - wir würden dadurch sogar unsere „mündlichen Kompetenzen verbessern" (Ende des Zitats). Außerdem hätte unser Lehrer dann gleich noch eine Note von uns. Im Unterrichtsstoff würden wir „auch gleich noch weiterkommen" (...und Mr Bryn musste keine Stunden vorbereiten).

Seufz.

Geplant war, dass die einzelnen Themen, die es für die jeweiligen Referate zu vergeben gab, aufeinander aufbauten und sich gegenseitig ergänzten. Die Themenübersicht begann mit der Antike und endete in der Frühen Neuzeit.

„Seht ihr...", flötete unser Geschichtslehrer begeistert.

„...so könnt ihr auch gleich noch euer Grundwissen wiederholen, das ihr für die nächste Klassenarbeit dringend nötig habt."

„Und wenn es so weiter geht, explodiere ich *auch gleich noch*.", nuschelte Susan leise neben mir.

Nie im Leben hätte ich auch nur daran zu denken gewagt, welche Folgen mein Referat nach sich ziehen würde...

Die besten Themen waren natürlich, also wie immer, sogleich weg. Susan hatte es geschafft, sich das antike Griechenland zu schnappen. Unschlüssig starrte ich auf die Folie an der Wand. Geschichte war zwar mein absolutes Lieblingsfach, aber die Themen waren mir diesmal entweder zu schwammig oder zu eng eingegrenzt für ein Referat. Mr Bryn verteilte eifrig ein Thema nach dem anderen. Zum Schluss war ich als einzige übrig - und alle Referate vergeben.

„So, dann wären ja jetzt alle versorgt..." Unser Geschichtslehrer schaltete bereits den Overheadprojektor aus, während ich meinen Finger zögerlich nach oben streckte.

„Ja, Katharina, was gibt es denn?"

„Entschuldigen Sie, aber ich habe noch kein Referatsthema bekommen.", erklärte ich zaghaft.

„Wirklich?" Mein Lehrer schaute mich verblüfft an.

Ich nickte bestätigend.

Mr Bryn drückte das Lichtknöpfchen und erneut leuchtete die Folie an der Wand auf.

„Tatsächlich...", murmelte unser Geschichtslehrer überrascht. „Dann - dann bekommst du einfach noch ein Thema von mir." Er überlegte kurz und nach ein paar Sekunden begann sein Gesicht zu strahlen. „Katharina, mir ist da soeben etwas Wunderbares eingefallen!"

„Na, da bin ich aber mal gespannt!", raunte Susan mir leise ins Ohr.

„Wir behandeln ja verschiedene chronologische Epochen. Da ist es doch sehr schade, dass wir rein gar nichts über die *Zeit* wissen."

Hatte ich ihn da soeben richtig verstanden?

Ein Blick zur Seite verriet mir, dass Susan mich entgeistert anstarrte.

„Wie wäre es mit dem Thema *Die Zeit in der Wissenschaft und ihre Bedeutung für den Menschen*?" Er strahlte mich aus großen Augen an. „Das ist doch ein geniales Thema, nicht wahr?"

Mir rutschte das Herz in die Hose. Also eigentlich fand ich dieses Thema nicht sonderbar prickelnd. Interessant war es auf jeden Fall. Das ließ sich gar nicht leugnen. Aber der Aufwand, der damit verbunden war... Da würde ich jede Menge Eigenarbeit reinstecken müssen, im Gegensatz zu meinen Klassenkameraden, die nur vier bis fünf Seiten aus dem Grundwissensbereich am Ende unseres Geschichtsbuches zusammenfassen mussten.

„Nun, Katharina, was hältst du davon?"

„Wirklich - wunderbar...", murmelte ich und vermisste das Klo, um mich zu übergeben.

„Ach, das habe ich mir gleich gedacht! Das freut mich. Dann möchtest du sicher gleich als erste dein Referat halten, ja?"

Oh nein, auch das noch!

„Wann ist denn mein - ähm - Termin?" Hastig kramte ich in meiner Tasche nach meinem Kalender.

„Hm, einen Moment..." Mr Bryn zückte sein Notizbüchlein und blätterte darin herum. „Sagen wir: Die erste Stunde nach den Weihnachtsferien?"

Erleichtert atmete ich auf. Da hatte ich ja wenigstens noch jede Menge Zeit!

„In Ordnung."

Ändern würde ich es ohnehin nicht können. Dann musste ich mich eben damit abfinden.

Sogleich notierte ich den Termin.

Bis zum Ende der Stunde erzählte uns Mr Bryn sämtliche Kriterien für die Referate. Und als es gongte, drängelten Susan und ich uns durch die Schülermasse in Richtung Klo.

„In Ordnung?!", keuchte meine Freundin neben mir. „Du findest es in Ordnung, dass der Rest von uns Pippifax-Referate bekommt, für die man nichts machen muss außer die Buchseiten zusammenzufassen? Du findest es in Ordnung, dass du ausgerechnet auch noch als ERSTE dein Referat halten musst?!"

Hinter uns war die Klotüre ins Schloss gefallen. Ich drehte den Schlüssel um und sperrte ab. Schließlich wollten wir unsere Ruhe haben.

„Naja...", versuchte ich mich auszureden.

„Du findest das in Ordnung?" Sie schüttelte verständnislos den Kopf, klappte den Klodeckel herunter und ließ sich darauf plumpsen. Die Blümchenfliesen waren wieder einmal stumme Zuhörer unserer Pausendiskussion.

„Also so uninteressant ist das Thema eigentlich nicht.", murmelte ich, klang aber selbst nicht so ganz überzeugt.

„Hm, also mein Ding wäre das ja nicht." Susan verschränkte die Arme vor der Brust.

„Immerhin ist es nicht so langweilig wie manch anderes Thema.", meinte ich. „Und außerdem habe ich ja jede Menge Literatur in der Bibliothek. Schon vergessen, dass ich noch bis mindestens einundzwanzigsten Dezember Regale voll von Büchern beaufsichtige?"

Meine beste Freundin schüttelte den Kopf.

„Könntest mich übrigens ruhig mal besuchen kommen.", neckte ich sie.

„Wie, in der Bibliothek? Da, wo lauter Einbrecher sind?"

„Mensch, Susan!" Ich lachte. „Das war ein einziges Mal. Und vielleicht habe ich an dem Abend wirklich nicht gut aufgepasst."

„Ok, also das mit dem Es-war-ja-nur-an-*einem*-Abend nehme ich dir ab, aber du hast selbst oft genug betont, wie gewissenhaft du Regie über das Logbuch führst. Du brauchst weder dir noch mir was vormachen: Das waren wirklich *Einbrecher*."

Ich starrte betreten auf meine Fußspitzen.

„Hey, schon gut, das war nicht so gemeint." Susan legte mir freundschaftlich den Arm um die Schulter. Dann zuckte sie zusammen und fing an, wie eine Verrückte in ihrer Tasche herumzuwühlen.

„Och nein!", stöhnte sie dann. „Meine Wurstsemmel! Ich habe sie wohl im Klassenzimmer liegen lassen..."

„Tja, dann würde ich mal sagen, wir machen uns auf den Weg zurück. Nicht, dass du mir noch verhungerst."

Susan stand auf und sah mich entschuldigend an.

„Tut mir leid - aber ohne Wurstsemmel geht einfach nichts."

Wir trotteten also zurück zu unserem Klassenzimmer. Auf dem Weg dorthin unterhielten wir uns noch ein wenig über mein Referatsthema.

Nachdem ich meine beste Freundin dank unserer rechtzeitigen Rückkehr von der Pausenklodebatte hatte retten können und sie genüsslich ihre Wurstsemmel verdrückt hatte, stand

Religion auf dem Stundenplan. Susan und ich haben bis heute keine Ahnung, wie unser Reli-Lehrer darauf gekommen war, ob er uns belauscht hatte (es war ja nichts unmöglich hier an dieser Schule) oder ob Mr Bryn im Lehrerzimmer geplaudert hatte - auf jeden Fall wollte er zu Beginn der Reli-Stunde wissen, ob ich denn nicht Lust hätte, ein Referat zum Thema „Die Zeit in der Wissenschaft und ihre Bedeutung für die Menschheit" zu halten.

Spätestens nach dieser Stunde hatte ich Susan vollkommen davon überzeugt, dass ich das beste Referatsthema aller Zeiten bekommen hatte. Wenn ich mich ordentlich anstrengen und ein gutes Referat abliefern würde, hatte ich zweimal eine Spitzennote sicher in der Tasche. Tja, das konnte eben nicht jeder.

Auf wundersame Art und Weise entfiel der heutige Nachmittagsunterricht und so machte ich mich gleich nach dem Mittagessen auf den Weg zu Albrechts Bibliothek, um für mein geniales Referatsthema zu recherchieren. Wikipedia und Co. hatte ich mir schon lange abgeschminkt. Wenn ich Märchen lesen wollte, holte ich mir unser altes Märchenbuch aus dem Wohnzimmer.

Reihe für Reihe klapperte ich nun die Regale ab. Ein paar Bücher schienen ganz geeignet für mein Thema zu sein. Ich wollte mich gerade umdrehen und mich dem Bücherstapel widmen, der sich bereits auf einem der Tische auftürmte, als mein Blick auf ein Buch fiel, das noch gar nicht so lange in der Bibliothek stand.

Es hieß „Leibniz, Newton und die Erfindung der Zeit" und war von Thomas de Padova geschrieben. Als ich den Namen „Newton" las, huschte mir eine Gänsehaut über den Rücken. Rasch zog ich das Buch aus dem Regal und schlug es auf, als sich mit einem Mal ein Blatt Papier löste und lautlos zu Boden glitt. Beschämt, weil ich dachte, ich hatte eine Seite ausgerissen, bückte ich mich, um das Papier aufzuheben. Hoffentlich würde es keinen Ärger mit Herrn Albrecht geben, wenn er feststellte, dass eine Seite des Buches beschädigt war...

Als ich das Blatt Papier zu fassen bekam, stellte ich jedoch verwundert fest, dass es gar nicht aus dem Buch stammen konnte. Es war ordentlich zusammengefaltet und hatte einen minimal anderen Farbton.

Nein, diese Seite gehörte nicht zu diesem Buch. Jemand hatte das Papier dort hineingelegt.

Neugierig öffnete ich das zusammengefaltete Blatt. Doch schon nach wenigen Sekunden wandte ich den Blick enttäuscht ab: Es schien zwar nur ein Satz zu sein, aber ich konnte ihn nicht lesen.

$$\text{ἴερ οὔρ ζείουνδζανζιγ οὔμ } 12.10. \text{ ἄμ οὔνς θρέφφεν}$$

Meiner Meinung nach handelte es sich um Griechisch. Zumindest schienen mir einige Buchstaben aus dem Matheunterricht bekannt zu sein. Aber da ich ja nicht einmal Latein konnte, sah es bei mir im griechischen Sprachraum noch magerer aus.

Als ich den Zettel in meine Hosentasche steckte und zu meinem Bücherstapel lief, wunderte ich mich ein wenig, weshalb in einem Buch über *Leibniz, Newton und die Zeit* ein Zettel mit einem griechischen Satz lag.

Ich schleppte meinen Bücherstapel zum Logbuch, wo ich es mir gemütlich machte und anfing, die einzelnen Werke zu durchforsten.

Die Omi von gestern kam eine halbe Stunde nach Öffnung. Ansonsten war es sehr ruhig, sodass ich mich voll und ganz auf meine Schularbeiten konzentrieren konnte. Gegen 18:00 Uhr verließ die ältere Dame die Bibliothek wieder. Gewissenhaft trug ich die Änderung in das Logbuch ein.

Kaum war sie gegangen, brachte ich die Bücher zurück auf ihre Plätze. Ich war gerade auf dem Rückweg, als ein junger Mann durch die Türe trat. Für einen kurzen Augenblick hatte ich das Gefühl, ihn zu kennen oder ihn zumindest schon einmal irgendwo gesehen zu haben. Als ich jedoch ein zweites Mal hinsah, konnte ich ihn keinem der bisherigen Bibliotheksbesucher zuordnen. Es kamen ja nicht viele Leute hier zu Besuch. Von daher kannte ich die meisten von ihnen nicht nur vom Aussehen her, sondern auch namentlich.

Der junge Herr wirkte ein wenig unsicher, als er die Treppen hinunterstieg und sich auf den Tresen zu bewegte. Wie die übrigen Besucher musste auch er sich in das Logbuch eintragen.

„Möchten Sie, dass ich Ihnen die Bibliothek zeige?", erkundigte ich mich höflich bei ihm, als er mir den Stift zurückgab.

Mein Gegenüber zuckte zusammen.

„Ach, nein... Das - ähm - ist nicht nötig.", erwiderte er. „Ich war - ähm - ich werde mich schon zurecht finden..."

Ich dachte mir nichts dabei, dass er sich versprochen hatte, beobachtete ihn aber dennoch, als er sich auf den Weg in Richtung Bücher machte. Er lief zielstrebig in die Richtung, in der sich sämtliche Bücher über Zeit, Macht und Unsterblichkeit befanden - direkt in den hinteren Raum. Ich konnte es mir nicht erklären, aber ich hatte das Gefühl, dass er nicht zum ersten Mal hier war.

Da ich ihm jedoch nicht hinterher schnüffeln wollte und außerdem auch weitaus wichtigere Dinge (nämlich meine Mathe-Hausaufgaben) zu erledigen hatte, ließ ich ihn in Ruhe.

Es waren noch nicht einmal fünfzehn Minuten um, als er bereits zurückkehrte.

„Möchten Sie schon gehen?", fragte ich verwundert, als sein Gesicht über dem Tresen auftauchte.

„Ja.", erwiderte er knapp.

„Dann sind Sie wohl nicht fündig geworden, wie?", fragte ich ihn, während ich das Logbuch auf den neuesten Stand brachte.

„Sozusagen."

Oh je, das schien ihm aber sehr zu Herzen zu gehen, dass keines der Bücher zu passen schien.

„Vielleicht haben Sie in der falschen Reihe gesucht?"

„Ganz bestimmt nicht."

Spätestens bei diesem Satz hätte ich stutzig werden müssen. Vielmehr blubberte ich ahnungslos weiter.

„Naja, dann wünsche ich Ihnen einen schönen Abend."

„Danke, ich auch.", brummelte der junge Mann und griff nach seiner Jacke.

„Auf Wiedersehen!", rief ich ihm hinterher, als die Türe hinter ihm ins Schloss fiel.

Wirklich merkwürdig, dass er schon wieder ging...

Wie lautete sein Name noch gleich?

Ein kurzer Blick in das Logbuch genügte: Ron Thunder.

Ein wenig seltsam kam es mir schon vor, dass er einen englischen Namen hatte, aber vielleicht konnte er auf eine ähnliche Familiengeschichte wie ich zurückblicken. Außerdem war München international. Ich widmete mich also wieder meinen Mathe-Aufgaben.

Um 20:00 Uhr machte ich mich auf den Heimweg. Das Logbuch und die Bibliothek waren gut verschlossen. Es war Dienstagabend, was bedeutete, dass auch John zu Hause sein würde.

Gut gelaunt sperrte ich mein Fahrrad vor der Haustüre ab und klingelte Sturm.

„Katharinalein! Wäre hätte das gedacht, dass du es bist!", begrüßte mich mein großer Bruder lachend und umarmte mich.

„Hey, John, wie geht's?"

„Prima, wie immer." Er grinste. „Demnächst werde ich mich für ein Stipendium bewerben."

„Mensch, du alter Streber!"

Er zuckte die Schultern.

„Kannst ja auch Musik studieren.", schlug er vor.

„Warten wir mal ab."

Ich hatte mir meine Stiefel ausgezogen und tappte in den Flur.

„Katharina, schön, dass du da bist!" Mum kam aus der Küche, wischte sich die Hände an ihrer Schürze ab und umarmte mich. „Wie war dein Tag, Schätzchen?"

John verdrehte gespielt die Augen und machte sich auf den Weg in Richtung Essen.

„Schön, ich darf zwei Referate zum Thema *Zeit* halten."

„Prima!", kam es aus der Küche. „Da kannst du gleich von deinem Besuch bei Newton erzählen."

Lachend schlüpfte ich aus meinem Mantel und hängte ihn über den Jackenständer.

„Was gibt es denn Leckeres zum Essen?", erkundigte ich mich, während ich meine Hände mit viel Seife wusch.

„Mum macht Lasagne.", beantwortete John meine Frage.

„Hm!"

„Aber es dauert noch ein bisschen. Du wirst dich noch etwas gedulden müssen.", vertröstete mich Mum. Ich folgte ihr in die Küche.

„Nicht so schlimm, ich habe da nämlich noch ein kleines Rätsel...", meinte ich.

„Aus der Schule?"

„Nein, John, aus der Bibliothek."

„Oh je!"

„Ich dachte eigentlich, dass *du* mir vielleicht weiterhelfen könntest, nachdem du so ein Genie bist."

„Dann zeig mal her."

Neugierig streckte er mir seinen Kopf entgegen. Ich hielt ihm den inzwischen etwas zerknitterten Zettel unter die Nase. Und für ein paar Sekunden hatte ich es doch tatsächlich geschafft, meinen großen Bruder zum Schweigen zu bringen.

„Also das sind eindeutig griechische Buchstaben.", fachsimpelte er. „Aber übersetzen kann ich es dir leider nicht."

Auch ich warf noch einmal einen Blick auf das Schreiben.

ἴερ οὖρ ζείουνδζανζιγ οὖμ 12.10. ἄμ οὖνς θρέφφεν

„Das hier sieht jedenfalls wie ein Datum aus." John zeigte auf das „12.10.", runzelte jedoch gleich darauf seine Stirn.

„Wenn das stimmen sollte, stellt sich nur die Frage, ob der 12.10. schon war oder erst kommen wird."

„Du meinst, dass der Zettel da vielleicht schon seit ein paar Jährchen drinnen liegt?"
Mein Bruder nickte.

„Hm, wenn ich mich recht entsinne, existiert das Buch noch nicht sehr lange in Albrechts Bibliothek. Gelegentlich erhält er ein paar neuere Bücher. Und ich meine, dass das auch vor ein paar Wochen dabei war."

„Na, dann scheint sich das Problem ja schon geklärt zu haben."

„Du meinst also, dass das eine Geheimbotschaft sein könnte?"

„Möglich wäre es, auch wenn es für mich keinen Sinn ergibt. Denn wenn der 12.10. ein Datum ist, fehlen noch die Uhrzeit und der Ort und der Adressat und der Anlass und..."

„Vielleicht ist das ja eine Autorenlesung oder so.", überlegte ich.

„Autorenlesung?" Mein Bruder glotzte ein bisschen blöd. „In welchem Buch lag der Zettel überhaupt?"

„Es war von Thomas de Padova.", erklärte ich ihm.

„Ok, dann lass uns die Fakten nochmal sammeln: Du hast in dem Buch von Thomas de Padova diesen Zettel gefunden. Der Text ist auf Griechisch verfasst. Es scheint ein Datum darauf vermerkt zu sein. - Um eine Autorenlesung handelt es sich meiner Meinung nach nicht, weil so etwas ganz anders angegangen wird. Ich glaube, das hier ist eine Geheimbotschaft. - Sag mal, hast du nicht mal erzählt, dass dein Freund Paul Griechisch kann?"

„Ja klar!" Ich schlug mir mit der flachen Hand auf die Stirn. Da hätte ich ja gleich drauf kommen können.

„Gut, dann frag ihn doch. Er wird dir bestimmt mehr weiterhelfen können. Es ist doch viel sinnvoller, wenn man erst einmal weiß, was da geschrieben steht. Dann können wir uns immer noch Gedanken machen."

„Du bist ein Goldschatz, weißt du das eigentlich?"
Natürlich wusste John das.

Die Lasagne schmeckte köstlich, sogar so lecker, dass ich den Zettel mit der Geheimbotschaft vorübergehend ganz vergaß. Erst am nächsten Morgen fiel er mir wieder ein. Noch vor Schulbeginn schrieb ich Paul eine kurze SMS, ob er nicht Zeit hätte, sich mit mir heute kurz zu treffen.

Während ich in der Schule saß, überlegte ich, ob ich meinen Geschichtslehrer einweihen sollte. Als Historiker kannte er sich mit den antiken Sprachen doch bestimmt aus! Aber heute hatten wir kein Geschichte und normalerweise verbrachte ich meine Pausen nie vor dem Lehrerzimmer. Es wäre vielleicht ein bisschen auffällig, wenn ich ausgerechnet heute dort aufkreuzte und nach Mr Bryn fragte. Also beschloss ich kurzerhand, das kleine Geheimnis für mich zu bewahren.

Bei jedem Stundenwechsel starrte ich wie gebannt auf mein Handy, aber Paul hatte mir noch keine Antwort gegeben. Etwas enttäuscht machte ich mich am späten Nachmittag auf den Heimweg. Ich war gerade dabei, mein Fahrrad abzuketten, als jemand von hinten an mich herantrat und mir die Hand vor die Augen hielt. Schon wollte ich empört um mich schlagen, als mir der Duft eines unglaublich gut riechenden Parfums in die Nase stieg, von dem ich wusste, dass nur eine Person aus meinem Bekanntenkreis es benutzte.

„Paul!"

„Die Kandidatin hat hundert Punkte!"

Paul hatte die Hände aus meinem Gesicht genommen. Ich drehte mich um und fiel ihm lachend um den Hals.

„Und ich dachte, du hast meine SMS nicht gelesen."

„Natürlich habe ich das. Aber ich dachte, ein kleiner Besuch wäre viel netter als eine kurze Antwort. Und treffen wolltest du mich ja ohnehin."

„Müsstest du nicht in der Uni sein?"

Paul schüttelte den Kopf.

„Nein, also eigentlich schon, aber unser Dozent ist heute krank. Er liegt mit Grippe im Bett."

„So richtig mit vierzig Grad Fieber und Gliederschmerzen und allem?"

Paul nickte.

„Oh je, dann kann er einem leidtun."

„He! Wenn er gesund wäre, könnte ich jetzt nicht bei dir sein."

„Das stimmt auch wieder." Ich lächelte vergnügt.

„Also, was gibt es, dass du so sehnlichst auf mich wartest?", wollte er sogleich wissen.

„Ich habe gestern einen interessanten Zettel in der Bibliothek gefunden. John und ich sind der Meinung, dass es Griechisch ist."

„Zeig mal her!"

Rasch hatte ich das Blatt aus der Hosentasche hervorgezogen und hielt es ihm entgegen.

Aus den Augenwinkeln beobachtete ich, wie Paul die Zeile einige Male überflog.

„Also mein Griechisch liegt ja schon einige Jährchen zurück, aber um zumindest einen Satz zu übersetzen - dazu müsste ich eigentlich schon noch in der Lage sein."

Er kratzte sich an der Stirn.

„Tut mir leid. Irgendwie komme ich da nicht aus dem Stegreif drauf. Macht es dir was aus, wenn ich den Zettel mitnehme und zu Hause darüber grüble?"

„Bitte, du kannst ihn gerne mitnehmen. John hat sich überlegt, dass die Zahlen ein Datum sein könnten."

Paul musterte den Zettel erneut.

„Damit könnte dein Bruder richtig liegen."

„Aber selbst wenn das stimmt, hilft uns das nicht viel weiter. Wir glauben nämlich, dass es eine geheime Botschaft ist."

„Und du hast den Zettel gestern gefunden, sagst du?"

„Ja, es war eigentlich eher Zufall. Wenn ich nicht für ein Referat recherchieren hätte müssen, hätte ich niemals das Buch gesucht und es niemals aufgeschlagen und -" Ich hielt inne. „...niemals den Zettel gefunden."

„Ein bisschen viel *niemals*, was?" Paul lächelte mich an.

„Und was schließen wir daraus? - Dass trotz allem ein *niemals* nicht bedeutet, dass nicht doch etwas möglich wäre."

Inzwischen hatten wir den Schulhof verlassen und waren losgeradelt. Dank der vielen roten Ampeln, die es hier zu Hauf gab, waren wir stehen geblieben.

„Das war jetzt einer deiner philosophischen Augenblicke, Paul."

„Schon möglich."

„Weißt du, dass ich diese Augenblicke über alles liebe?"

„Ach, wer hätte das gedacht?"

Er beugte sich über die Fahrradstange und drückte mir einen Kuss auf die Wange.

Bis zur Haustüre begleitete er mich noch, dann musste er weiter. Er hatte im Anschluss gleich noch ein Seminar und wollte nicht zu spät kommen.

„Ich weiß nicht, ob ich heute noch dazu komme, die Griechisch-Wörterbücher zu wälzen...", meinte er zum Abschied. „...aber zumindest bis morgen Abend werde ich hoffentlich eine Übersetzung haben."

„Ist in Ordnung. Wirst du mir dann schreiben?"

„Nein, ich glaube, ich ruf dich an."

„Na, dann fröhliches Büffeln in der Uni!"

„Danke!" Er lächelte gequält. „Glaub mir, ich würde viel lieber bei dir sein."

Den ganzen nächsten Tag über war von Paul nichts zu hören. So wie ich ihn kannte, verbrachte er seine Stunden damit, in der Uni zu sitzen und zu lernen. Und in den Pausen brütete er höchstwahrscheinlich über den griechischen Wörterbüchern.

Nach der letzten Unterrichtsstunde radelte ich gleich zur Bibliothek. Es war ein ruhiger Spätnachmittag. Nur wenige Leute kamen zu Besuch. Sie gingen auch recht bald schon wieder. Um halb neun schloss ich die Türe sorgfältig ab und machte mich auf den Nachhauseweg.

Zu Hause angekommen klingelte es kurz nach dem Abendessen an der Tür.

„Bleib sitzen, Katharina, ich geh schon hin." Noch ehe ich etwas erwidern konnte, hatte Mum sich auch schon in Bewegung gesetzt. Ich blieb dennoch nicht sitzen, sondern räumte meinen Teller und das dazugehörige Besteck auf. Im Geheimen hatte ich ja schon so eine Ahnung, wer da gerade in den Flur trat. Und genau aus diesem Grund musste dieser Jemand ja nicht unbedingt sehen, wie unordentlich ich unseren Küchentisch hinterließ... Also lieber schnell alles ins Spülbecken gestellt.

„Nur herein in die gute Stube!", war Mums Stimme vom Flur zu hören. „Sie ist in der Küche."

Schon spürte ich, wie mein Herz schneller klopfte.

„Hallo, Katharina!"

„Schön, dich zu sehen, Paul!"

Unser Besuch umarmte mich zur Begrüßung.

„Na, du schaust so gespannt.", meinte er dann.

„Ist ja auch kein Wunder. Schließlich müssen wir doch das Rätsel lösen."

„Das Rätsel, ja." Er lachte kurz.

„War es denn schwer?", erkundigte ich mich.

„Schwer? Das wäre wohl etwas übertrieben."

In diesem Moment trat Mum in die Küche.

„Möchtest du etwas zu trinken, Paul?", wollte sie sogleich wissen. „Wasser, Tee, Kaffee, Saft...?"

Blöd, dass ich da nicht schon darauf gekommen war...

Verärgert biss ich mir auf die Unterlippe.

Doch Paul wehrte ab.

„Das ist wirklich sehr lieb, aber ich fühle mich rein gar nicht durstig."

„Tut mir leid, Paul, ich hätte dich auch fragen können.", murmelte ich verlegen.

„Ach, jetzt hör aber auf, Katharina! Frag mich einfach in fünfzehn Minuten nochmal - vielleicht habe ich dann mehr Durst als jetzt."

Mit diesen Worten knuffte er mich liebevoll in die Seite.

„He!" Mit gespielter Empörung schlug ich nach seiner Hand. „Los, sag mir lieber, auf welche Lösung du gekommen bist."

„Na schön."

Wir ließen uns auf zwei Stühle plumpsen. Paul zog das inzwischen halb zerfledderte Stück Papier aus der Hosentasche hervor und faltete es fein säuberlich auseinander.

„Also - ich habe in jeder freien Minute über dem Ding gebrütet, aber irgendwie konnte ich mir keinen Reim daraus machen. Die Wörter waren für mich wie Hieroglyphen.", fing er an.

„Oh je, was soll ich denn da erst sagen?"

„Die Formen kamen mir rein gar nicht griechisch vor. Zumindest habe ich sie in meiner ganzen Griechisch-Schullaufbahn nie kennengelernt. Und ich hatte das Fach wirklich sehr lange und außerdem..." Er brach ab und kratzte sich verlegen hinterm Ohr.

„...und außerdem warst du auch echt gut darin, nicht wahr?"

Er zuckte die Schultern.

„Es war sogar eines meiner Lieblingsfächer.", gestand er mit kleinlauter Stimme.

„Oh je, du bist der gleiche Streber wie mein Bruderherz." Ich seufzte. „Aber ein Streber mit Geschmack."

„War das ein Kompliment?" Paul sah mich mit schiefgelegtem Kopf grinsend an.

„Such es dir aus.", meinte ich. „Aber erzähl weiter!"

„Na schön." Er streckte sich. „Also die Endungen schienen mir eher chinesisch oder sonst was zu sein, aber keineswegs griechisch. Und solche Wörter habe ich überhaupt noch nie gesehen, nicht bei Platon, nicht bei Herodot..."

Etwas verständnislos blickte ich ihn an. Platon kannte ich ja noch, aber Herodot...?

„Für mich sah es schon so aus wie ein Scherz.", fuhr Paul fort. „Zu Hause ist mir dann die glorreiche Idee gekommen, dass ich es ja mal laut lesen könnte. Griechisch wurde ja immerhin gesprochen. Und spätestens nach dem ersten

Wort war mir klar, mit welcher Art von Botschaft wir es zu tun haben."

Mit angehaltenem Atem starrte ich gespannt auf Paul, der den Zettel in die Hand nahm und anfing, die einzelnen Wörter so zu lesen, wie sie dran standen.

„Liest man die Wörter so, wie sie notiert sind, dann erhält man einen völlig deutschen Satz.", erklärte er. „Wenngleich auch ein kleines Rätsel eingebaut ist. Von vorne nach hinten gelesen heißt es: *hier Uhr zeiundzanzig um 12.10. am uns treffen.*"

Ich runzelte die Stirn.

„Liest man die Wörter von hinten nach vorne, wird klar, was für eine Botschaft hier vorliegt: *treffen uns am 10.12. um zeiundzanzig Uhr hier.* - Ähm, also du musst dir ein *w* dazu denken, dann heißt es zweiundzwanzig..."

Sprachlos fixierten meine Augen die griechischen Buchstaben.

„Es war eigentlich ein Kinderspiel.", meinte Paul. „Wirklich komplett einfach. Aber man muss halt erst einmal darauf kommen."

„Ja...", murmelte ich. „Da muss man erst einmal darauf kommen."

„Nur mit dem Datum bin ich mir noch nicht so ganz sicher.", warf Paul selbstkritisch ein. „Theoretisch liest man die Wörter ja von links nach rechts, einzig die Satzstruktur ist von rechts nach links aufgezogen. Du verstehst, was ich meine?"

Ich nickte.

„Dann müsste ich eigentlich 12.10. lesen. Aber da die beiden Zahlen ja jeweils für sich stehen, glaube ich, dass es 10.12. heißen muss. Wie dem auch sei: Wer auch immer das Schreiben verfasst hat, war nicht sonderbar schlau, sonst hätte er sich eine wesentlich schwierigere Geheimschrift einfallen lassen." Er grinste mich triumphierend an. „John und du - ihr hattet jedenfalls Recht mit der Überlegung, dass es eine Geheimbotschaft sein sollte."

„Geheimbotschaft, ja... Moment mal! Heute ist doch der 10.12., oder?"

Paul nickte.

„Wir haben jetzt..."

„21:45 Uhr. Tja, wenn wir davon ausgehen, dass der Zettel nicht schon seit Jahren in dem Buch liegt und mit den Zahlen tatsächlich der 10.12. und nicht der 12.10. gemeint ist, dann findet das Treffen in genau fünfzehn Minuten statt." Paul legte die Stirn in Falten. „Katharina, wo genau hast du den Zettel nochmal gefunden?"

„Er lag in dem Buch von Thomas de Padova. Es ging über Newton und die Zeit und so..."

„Also im hinteren Raum der Bibliothek..."

„Genau. - Aber wer..."

„Derjenige, der den Zettel erhalten sollte, wusste damit automatisch den Treffpunkt: *Treffen uns hier*. Das ist doch sonnenklar! Der Treffpunkt ist der hintere Raum der Bibliothek von Albrecht!"

Ich stöhnte.

„Oh je! Das schaffen wir nie! Wir können nicht in fünfzehn Minuten in der Bibliothek sein..."

„Wieso sollten wir auch?"

Überrascht schaute ich Paul an. „Warum?"

„Naja, weil der Empfänger des Schreibens die Nachricht gar nicht erhalten hat, oder? Der Zettel war doch die ganze Zeit über bei dir oder bei mir."

„Das stimmt. Aber vielleicht ist der Empfänger ja anders in Kenntnis gesetzt worden."

„Wozu dann das Getue mit dem Zettel und der Geheimbotschaft? Nein, selbst wenn das Treffen für heute angesetzt sein sollte, brauchen wir uns gar nicht erst zur Bibliothek aufmachen, weil das Treffen nicht stattfinden wird."

Kompliziert, aber einleuchtend.

„Aber sollten wir uns nicht viel eher Gedanken darüber machen, um wen es sich handeln könnte?", fuhr Paul fort. „Ich meine, wer trifft sich schon nachts um zehn in einer Bibliothek?"

„Keine Ahnung, vielleicht ein Liebespärchen - oder so?"

„Na, du hast ja romantische Liebesvorstellungen."

Ich zuckte die Schultern.

„Also wenn ich mich mit dir treffen wollte, dann würde ich mir einen schöneren Ort aussuchen als ausgerechnet den entlegensten Winkel einer Bibliothek."

„So, und das wäre dann wo?"

„Das wirst du noch früh genug erfahren." Er lächelte mich verschmitzt an. „Außerdem ist die Uhrzeit sehr ungewöhnlich. Weshalb sollte sich ein Liebespaar die Mühe machen, nach Öffnungsschluss in die Bibliothek einzusteigen? Das wäre ja Einbruch. Also wirklich superromantisch, findest du nicht?"

Da musste ich Paul leider zustimmen.

„Aber wenn du schon Einbruch sagst...", fuhr ich fort. „Es wäre ja möglich, dass es sich hierbei wirklich um Einbrecher handelt."

„Apropos Einbrecher: Denk mal an neulich! Vielleicht besteht da ein Zusammenhang zwischen den beiden Typen und dem Zettel. Immerhin kannst du dich ja nicht daran erinnern, die beiden jemals eingelassen zu haben."

Ich schüttelte den Kopf.

„Beim besten Willen nicht.", bestätigte ich Pauls Worte. „Ich habe ordnungsgemäß aufgepasst, dass jeder, der die Bibliothek betritt, sich im Logbuch registriert. Und beim Verlassen muss sich jeder bei mir abmelden."

„Vielleicht warst du ganz kurz bei den Büchern. Da reicht eine Minute aus oder so. Denk mal nach!"

Ich ließ meine Gedanken zurückschweifen und ging noch einmal jeden Augenblick, an den ich mich erinnern konnte, durch.

„Doch!", meinte ich dann. „Ich war ganz kurz nochmal bei den Büchern. Ich hatte vergessen, etwas zurückzulegen. Die ältere Dame, die regelmäßig vorbeischaut, wusste nicht mehr, aus welchem Regal sie ihr Buch genommen hatte. Und sie hatte es eilig und wollte weg. Sie erklärte mir, dass sie noch einen Termin wahrzunehmen hatte. Ich meinte, dass das kein Problem sei und ich das Buch für sie an den richtigen Platz zurückstellen könnte. Die Frau ging raus, dann habe ich abgesperrt - zumindest glaube ich das -, den Schlüssel in die Hosentasche gesteckt und bin sofort zu den Büchern, um für die nötige Ordnung zu sorgen. Es waren maximal zwei Minuten oder so."

„Zeit genug, um unbemerkt die Bibliothek zu betreten. Meines Wissens nach gibt es nur den einen Eingang. Man gelangt einzig und allein über die Eingangstüre hinein. Die zwei Typen, die dich also heimlich überrascht haben, müssen in diesem Augenblick eingetreten sein." Nachdenklich legte Paul seine Stirn in Falten. „Angenommen, du hast nicht abgesperrt: Wenn sie nichts im Schilde geführt hätten, hätten sie gewartet, bis du zurück bist. Und sie hätten sich ordnungsgemäß in das Buch eingetragen. Und wenn abgesperrt war, dann ist ohnehin klar, dass es sich um Einbrecher gehandelt hat."

Ich nickte und fuhr nach Pauls Unterbrechung mit meiner Erzählung fort: „Nachdem ich das Buch in das richtige Regal gestellt hatte, bin ich zurück zum Logbuch. Mir war nichts Besonderes aufgefallen."

„Und doch müssen kurz vorher die zwei Unbekannten eingedrungen sein. Und ich sage dir: Wer sich tagsüber schon heimlich in eine Bibliothek schmuggelt, der scheut auch nicht davor zurück, nachts einzudringen."

„Du meinst also, dass die zwei Typen dahinter stecken? Dass die was mit dem Zettel und der geheimen Nachricht zu tun haben?"

„Ich will mich nicht hundertprozentig festlegen, aber ein Zusammenhang wäre schon möglich, ja."

„Und was machen wir jetzt?"

„Was sollen wir schon groß tun? Ein Beweis ist das ja keineswegs." Paul faltete den Zettel wieder zusammen. „Wenn wirklich am 10.12. ein Treffen geplant ist, dann wäre das der heutige Tag. Das Buch steht noch nicht sehr lange in der Bibliothek, davon wüsste ich. Vor meiner Zeitreise bin ich oft genug im hinteren Raum gesessen und habe sämtliche Bücher gewälzt. Fazit: Das Buch ist erst seit Kurzem im Bestand, enthält diese seltsame Nachricht, noch dazu kreuzen zwei merkwürdige Typen auf. Irgendwas ist da faul. - Katharina, am besten schaust du morgen in aller Ruhe in der Bibliothek nach, ob irgendetwas fehlt, beschädigt ist oder sonst irgendwie nicht passt."

„Und wenn alles in Ordnung ist?"

„Dann freust du dich. Entweder ist das Treffen wirklich nicht zustande gekommen oder es war ein billiger Jugendscherz. Wäre ja auch möglich."

Ich nickte.

„Heißt das, dass ich jetzt in jedem Buch im hinteren Raum nachsehen muss, ob etwa eine Nachricht drinnen steckt?"

„Wenn du sonst keine Hobbies hast, kannst du es gerne tun. Aber wie gesagt: Vielleicht haben wir es wirklich nur mit ein paar jugendlichen Angebern zu tun, einer Mutprobe oder so etwas. Wer bitteschön ist sonst so dämlich, eine solche Geheimbotschaft zu hinterlassen, wo es doch heutzutage sehr viel schlauere Methoden gibt?" Er lächelte mich beruhigend an. „Mach dir lieber nicht zu viele Sorgen. - Ach, ähm, könnte ich vielleicht doch etwas zu trinken haben?"

„Klar, was kann ich dir denn bringen?"

„Einen Früchtetee - wäre das möglich?"

„Natürlich, ich muss nur kurz Wasser aufsetzen."

Ich stand auf, um den Wasserkocher zu füllen und anzuschalten. Während ich eine Kanne aus dem Schrank holte und einen Teebeutel füllte, blieb Paul am Küchentisch sitzen und blickte gedankenverloren aus dem Fenster.

„Wie läuft es eigentlich gerade so in der Uni?", erkundigte ich mich. Der Wasserkocher gab bereits erste blubbernde Geräusche von sich.

„Ach, ganz gut soweit. Man muss halt viel lernen. Du kennst doch den Spruch: *Nil sine magno vita labore dedit mortalibus...*"

Irritiert starrte ich Paul an.

„Tut mir leid, ich habe ganz vergessen, dass du ja kein Latein kannst." Im ersten Moment wirkte er etwas betreten, doch dann grinste er frech. „Du weißt ja gar nicht, was dir ohne die alten Sprachen alles entgeht."

„Danke..."

Mir blieb gar nicht die Zeit, um mich groß zu ärgern, denn inzwischen spie der Wasserkocher weiße Rauchwölkchen aus und gab dabei Geräusche von sich wie eine Dampflock kurz vor der Explosion. Schnell schaltete ich ihn ab und goss das dampfende Wasser in die Kanne mit dem Teebeutel.

„So, hier kommt dein Tee. Die Tasse bringe ich dir gleich noch." Schon lief ich erneut zum Schrank und holte zwei Tassen. „Möchtest du lieber eine Tasse mit Bärchen oder eine Tasse mit Entchen?"

„Dann doch lieber mit Bärchen."

„In Ordnung, mein Entchen."

Paul und ich sahen uns an und mussten dann auf einmal beide lachen.

„Weißt du eigentlich, dass du mir unter der Woche extrem fehlst?", brachte Paul schließlich unter Lachtränen hervor.

„Woher sollte ich? Immerhin dauert es gefühlte Ewigkeiten, bis du mal auf eine Nachricht antwortest."

„Ich habe eben zu wenig Zeit."

„Was soll ich denn sagen?"

„Jaja, ich weiß schon: Abizeit ist Stresszeit. Aber glaube mir, danach wird es auch nicht viel besser. - Darf ich dir was einschenken?"

„Gerne."

Da saßen wir also mit unseren dampfenden Tassen, zwischen uns der ordentlich zusammengefaltete Zettel aus der Bibliothek.

„Ach, ähm, was ich dich eigentlich schon länger mal fragen wollte...", fing ich an.

„Nur zu!"

„Du warst ja schon vor uns in der Vergangenheit."

„Ja?"

„Was hast du denn da so alles gemacht?"

„Na, unter anderem war ich bei Thomas Morgan."

„Bevor er ermordet wurde?"

„Genau an demselben Tag sogar."

Überrascht zog ich meine Augenbrauen zusammen.

„Nein, um Gottes Willen!" Paul hob abwehrend die Hände. „Glaub jetzt ja nicht, dass *ich* ihn umgebracht habe!"

„Keine Sorge, tu ich schon nicht. Ich frage mich nur gerade, ob es nicht ein bisschen gefährlich war für Morgan, einfach so Leute in sein Haus zu lassen. Wusste er nicht, dass er sich in Gefahr befand?"

„Ich glaube, er war ziemlich froh, dass er mal Besuch bekam und mit jemandem reden konnte. Er muss sich ziemlich einsam gefühlt haben."

„Über was habt ihr denn geredet?", forschte ich weiter.

„Ich habe Morgan sämtliche Informationen über das *Vermächtnis* gefragt. So habe ich zum Beispiel erfahren, dass es eine Abschrift der Zeitreiseanleitung gibt und diese sich bei Sophia in *Castle Hill* befindet."

„Sophia ist...?"

„Die Frau von Morgan. Thomas war gewissermaßen unfreiwillig nach London gekommen, weil das seiner Meinung nach einer der wenigen Orte war, wo er sich in Sicherheit wiegen konnte, sozusagen sein Exil. Sophia sollte in *Castle Hill* bleiben. Morgan verriet mir, dass sich bei ihr eine Kopie der Anleitung für das Zeitreisen befindet. Später, nach dem Vorfall beim Gasthof - du erinnerst dich schon - bin ich dorthin, aber ich habe nichts gefunden."

„Aha."

„Ja, am Anfang habe ich auch gebraucht, um komplett dahinter zu steigen. Aber eigentlich ist es ganz einfach."

„Das sagst du jetzt, wo wir alles wissen!" Ich kicherte und nippte vorsichtig an meinem noch ziemlich heißen Tee. „Aber, dass dich Morgan einfach so eingelassen hat, ist mir trotzdem ein Rätsel."

„Naja, wie gesagt: Morgan fühlte sich wohl ziemlich einsam."

Ich schüttelte den Kopf. So ganz konnte ich Pauls Erzählung noch nicht nachvollziehen.

„Sag mal, hättest du am Wochenende Zeit und Lust, mit mir Helena zu besuchen?"

„Wieso nicht? Wenn ich es weiß, dann arbeite ich schon ein paar Sachen vor, damit ich am Wochenende nicht so viel für die Schule machen muss."

„Du bist vielleicht eine. Weißt du eigentlich, dass ich neulich deinen Bruder in der Uni getroffen habe?"
Verwundert setzte ich die Tasse ab.

„Nein, davon hat mir John gar nichts erzählt."

„Naja, es war auch eher Zufall. Auf jeden Fall hat er gemeint, er würde seine kleine Schwester gar nicht wieder erkennen, seitdem sie so fleißig geworden ist."

„So eine alte Petze, mein großer Bruder."

„Also mir gefällst du so oder so, egal ob mit oder ohne viel Lernen."

„Danke! Wenigstens einer, der ehrlich ist."
Paul grinste mich über den Rand seiner Tasse an, bevor er einen Schluck nahm.

„Oh je!", meinte er dann mit einem Blick auf seine Armbanduhr. „Schon so spät..."

„Ups, halb elf. Tja, ich fürchte, ich muss morgen auch wieder früh raus."

„Na dann... Ich hoffe, du bist nicht beleidigt, wenn ich schon gehe."
Paul war aufgestanden. Die Tasse hatte er in wenigen Zügen leergetrunken.

„Behalte die Bücher in der Bibliothek im Auge und auch sonst alles, was so passiert. Ansonsten mach dir lieber nicht allzu viele Sorgen. Wie gesagt: Vielleicht war es auch nur ein Jugendscherz."
Ich begleitete Paul noch bis zur Türe. Zum Abschied umarmte er mich. Dann verschwand er in der kalten Dezembernacht.

## 4

Die Zeit plätscherte so dahin. In der Schule gab es weiterhin jede Menge zu tun. Die Lehrer hetzten uns mit sämtlichen Arbeiten, eine nach der anderen. Wenn ich abends nach der Bibliotheksaufsicht nach Hause kam, schwirrte mir nur so der Kopf.

Apropos Bibliothek: Aufgefallen war mir rein gar nichts. Ich prüfte täglich mindestens ein Regal im hinteren Raum auf irgendwelche geheimen Zettel mit verschlüsselten Nachrichten. Aber alles war vollkommen in Ordnung. Es war nicht der geringste Hinweis darauf zu finden, dass sich hier jemand Fremder auf irgendeine Art und Weise zu schaffen gemacht hatte. So aber war und blieb alles friedlich und ich hielt den Zettel für einen dummen, belanglosen Zufall.

Weihnachten rückte immer näher, was auch bedeutete, dass Herr Albrecht bald wieder in Deutschland eintreffen würde. Ein bisschen schade fand ich es schon, dass dann meine Aufsichtszeit in der Bibliothek kürzer treten würde. Aber vielleicht täte mir eine Pause auch mal ganz gut. Über die Weihnachtsfeiertage würde das Archiv sowieso geschlossen haben.

Ich werkelte ständig vor mich hin, erledigte meine Arbeiten mechanisch wie ein Roboter. Mein Referat schien so gut wie fertig zu sein und doch war ich irgendwie nur mit halbem Kopf bei der Sache. Ich wollte es vor den Weihnachtsferien noch unbedingt fertig haben. Also setzte ich mich am Abend des siebzehnten Dezembers an meinen Schreibtisch und überflog meine Aufzeichnungen. In der letzten Zeit vergaß ich öfter mal, welchen Tag wir eigentlich hatten. Aber dieses Datum blieb in meinem Gedächtnis haften.

„Newton, Zeit, Newton...", murmelte ich gedankenverloren und blätterte um. Jetzt hatte ich schon zehn Seiten meines karierten Blocks beschrieben und trotzdem hatte ich das Gefühl, dass noch etwas Wesentliches fehlte. Mein Blick schweifte hinüber zu meiner Zimmeruhr: Auweia, schon

21:00 Uhr. Mum würde mich gewiss nicht mehr zur Bibliothek radeln lassen. Sie war ja ohnehin der Meinung, dass mir das viele Sitzen dort nicht gut bekäme. Vielleicht sagte sie das aber auch nur, weil sie sich in unserer Wohnung so einsam fühlte, wenn John in der Uni war und ich im Archiv. Ich starrte zurück auf mein von oben bis unten vollgeschriebenes Blockblatt. Und mein Gefühl des Unwohlseins wurde immer stärker. Mit einem Grummeln im Magen stand ich auf und tappte nervös hin und her. Kurzerhand öffnete ich die Zimmertüre einen Spalt breit und lauschte angespannt nach draußen. In der Tat hatte ich richtig vermutet: Mum saß vor dem Fernseher und schaute sich irgendeine ihrer Lieblingsserien an. Wenn sie das tat, befand sie sich in einem Zustand, in dem man ohne Weiteres das Haus in die Luft hätte sprengen können, ohne dass Mum etwas davon mitbekam...

Gut, ich könnte mich also heimlich nach draußen schleichen. Mum würde es ja ohnehin nicht merken. Sollte sie allerdings später am Abend nach mir sehen und ich wäre nicht in meinem Zimmer, käme sie womöglich auf den Gedanken, die Polizei zu rufen. Das wäre dann weniger witzig.

Alternative: Ich könnte sie beim Fernsehschauen stören, würde dabei aber einen ordentlichen Anschiss riskieren (weil ich sie in ihrer abendlichen Zeremonie unterbrach). Auch keine prickelnde Option.

Gut, ich musste mir also etwas noch Besseres einfallen lassen.

*Denk nach, Katharina, denk nach! Du hast doch sonst so schlaue Ideen...*

Ja, richtig! Ich könnte einen Zettel mit der Nachricht hinterlassen, dass ich noch unterwegs war, ein bisschen Frischluft tanken oder so. Mum wusste nur zu gut, wie viel Zeit ich innerhalb irgendwelcher muffiger Räume verbrachte, sei es nun in der Schule oder in Albrechts Bibliothek.

Ja, das würde ich machen. Ich würde eine Nachricht hinterlassen. Dann musste ich Mum nicht stören und konnte sie gleichzeitig darüber informieren, dass ich unterwegs war und sie sich keine Sorgen zu machen brauchte.

Gedacht, getan. Schon kritzelte ich ein paar Worte auf eines meiner unbeschriebenen Blockblätter, riss es heraus und legte es auf den Küchentisch. Dann schnappte ich mir meine bereits gepackte Schultasche (ich packte meine Schultasche immer schon am Abend vorher - sicher war sicher...) Und nur, weil ich im Moment zur Bibliothek und nicht zur Schule ging, wollte ich sie nicht eigens umpacken - irgendeine Tasche brauchte ich aber...

Vorsichtshalber legte ich noch mein Handy dazu. Wenig später schlüpfte ich, dick und fest in meine Winterjacke eingemummelt, nach draußen.

Es war ein scheußlich kalter Dezemberabend. Ein eiskalter Wind fegte durch die menschenleeren Straßen. Eine der Straßenlaternen flackerte ungewöhnlich stark. Sicherlich würde sie bald den Geist aufgeben. Irgendwie gruselig.

Um die Gänsehaut, die still und heimlich über meinen Rücken kroch, loszuwerden, kettete ich rasch mein Fahrrad ab, stülpte eine Plastiktüte über den feuchten Sattel, um keinen nassen Hintern zu bekommen, und gleich darauf trat ich in die Pedale. Ich wusste, dass wir Minusgrade hatten und die Straße mit Sicherheit gefroren war. Immerhin hatte es heute Nachmittag ein paar Schneeflocken vom Himmel geweht. Aber ich achtete nicht auf die glatten Straßenverhältnisse, sondern raste wie wild um die nächste Kurve, nur um so schnell wie möglich diese gespenstische Straßenbeleuchtung hinter mir zu lassen.

Kaum war ich bei Albrechts Bibliothek angekommen und aus dem Sattel gesprungen, als ich ein unangenehmes Stechen in meiner Seite wahrnahm. Erst jetzt bemerkte ich, dass meine Nase lief und meine Lunge schmerzhaft brannte. Ich war eindeutig zu schnell unterwegs gewesen. Für ein paar Sekunden lehnte ich mich mit dem Rücken an die kalte Hauswand und atmete tief durch, dann zog ich ein Taschentuch aus meiner Jackentasche und schnäuzte mich ordentlich, bevor ich mein Fahrrad absperrte und den Schlüssel für die Bibliothek ins Schloss steckte. Es fühlte sich überraschend ungut an, außerhalb der Öffnungszeiten und außerdem auch noch nachts in die Bibliothek zu gehen. Ein bisschen kam ich mir vor wie ein Einbrecher.

Schnell trat ich ein und schloss die Türe hinter mir. Meine Hand tastete suchend nach einem Lichtschalter. Jetzt, in vollkommener Dunkelheit, schien der Weg zum Licht viel weiter zu sein als gewöhnlich. Aber endlich flackerte das kalte Neonlicht grell auf. Ich musste einige Sekunden lang blinzeln, weil ich Esel direkt in das Lampenlicht gestarrt hatte.

Als sich meine Augen an das helle Licht gewöhnt hatten, stapfte ich die Stufen hinunter und lief die Bibliothek entlang bis hin zum hinteren Raum. Jacke, Schal und Mütze hatte ich auf die Stuhllehne hinter dem Tresen gelegt. Ich hatte nicht vor, die Nacht über zwischen all den Büchern zu verbringen. Aus diesem Grund griff ich mir das gesuchte Buch und machte mich auf den Rückweg in Richtung Tresen. Es würde ja niemand außer mir wissen, dass ich eines der Bücher kurzzeitig entwendet hatte. Außerdem würde ich sehr gut darauf aufpassen und es morgen ganz bestimmt wieder zurückbringen.

Gerade hatte ich die Hälfte des Weges zurückgelegt, als ich hörte, wie sich etwas oder vielmehr jemand an dem Schloss zu schaffen machte. Wie vom Blitz getroffen blieb ich stehen. Wer um alles in der Welt wollte um halb zehn abends in die Bibliothek eindringen? - Gut, ich hatte es auch gemacht. Aber das war ja auch etwas anderes. Und vor allem: Niemand außer mir besaß den Schlüssel zur Bibliothek.

Unwillkürlich wurde ich an jenen Abend erinnert, an dem mir die zwei unbekannten Typen begegnet waren. Vielleicht waren sie es ja...?

Ohne nachzudenken sprang ich nach vorne und klatschte mit der Hand auf den Lichtschalter, sodass es in weniger als einer Sekunde stockdunkel um mich herum wurde. Dann hechtete ich hinter das nächste Regal, wo ich regungslos auf dem Boden sitzen blieb.

Angespannt kauerte ich da und wartete ab, was geschehen würde.

Von der Tür her waren seltsame Geräusche zu hören, als ob sich ein Schlüssel im Schloss umdrehte. Leise knarrend schwang die Türe auf. Irgendwer musste die Bibliothek betreten haben. Aber wer und wie viele es waren, konnte ich beim besten Willen nicht feststellen.

„War da nicht eben noch Licht?", flüsterte eine Stimme, die eindeutig einem Mann gehörte. Die Schritte verharrten. „Ich werde mich umschauen."

Keine zehn Sekunden später huschte der Lichtkegel einer Taschenlampe suchend über den Boden zwischen den einzelnen Regalen.

Angespannt hielt ich den Atem an. Der Typ war mir bereits gefährlich nahe gekommen. Gleich würde er um die Ecke biegen und dann...

Wie aus heiterem Himmel zerriss auf einmal der schrille Klingelton eines Handys die gespenstische Stille.

Der Lichtkegel blieb stehen. Vorsichtig spähte ich zwischen den Büchern hindurch und sah dabei den Schatten des Unbekannten, der leise fluchend sein Handy aus der Hosentasche zog.

„Ja, David, ich bin's." Kurzes Schweigen. „Ja, ich bin im Archiv. Nein, es ist niemand da." Abermals eine kurze Stille. „Ich dachte, wir treffen uns heute!" Seine Stimme klang vorwurfsvoll. Nach einer kurzen Pause fuhr er fort: „Wie, wir hätten uns schon vor sieben Tagen treffen sollen? Am zehnten? - Welche Nachricht? Ich habe keine Nachricht erhalten." Sein Gesprächspartner übernahm nun das Wort, zumindest schwieg der Unbekannte für eine Weile, drehte sich dann um und eilte den Gang entlang, direkt auf den hinteren Raum zu.

„Du hast doch gesagt, dass du die Nachricht in einem Buch hinterlegst, du Blödmann!" Gerade stapfte er die Treppen hinunter. „Ich hab geschaut, aber da war nichts!

Hörst du: Gar nichts! Und ja, ich war im hinteren Raum. Das heißt, ich bin es jetzt wieder. Und ich habe in dem Buch von Thomas de Padova nachgeschaut. Aber da lag kein Zettel drinnen."

Mir stockte der Atem.

*Thomas de Padova. Der Zettel.*

Meine Gehirnzellen arbeiteten auf Hochtouren. Die einzelnen Puzzleteile schienen sich nun zu einem Ganzen zusammenzufügen.

Offensichtlich hätte an dem besagten zehnten Dezember (dann war Paul mit seiner Überlegung richtig gelegen: die Zahlen musste man jeweils für sich von rechts nach links lesen) tatsächlich ein Treffen stattfinden sollen und Paul und ich hatten es verhindert, weil wir den Zettel entwendet hatten...

Ohne zu überlegen war ich aufgestanden und dem Fremden auf leisen Sohlen hinterhergeschlichen. Ich schmiegte mich eng an die Regale und war dem hinteren Raum bereits ziemlich nahe gekommen. Nun konnte ich die Stimme besser und deutlicher hören.

„Ja, David, ich weiß, dass morgen der besagte Tag ist. -- Und ja, ich weiß auch, was auf dem Spiel steht. -- Natürlich werde ich da sein. Immerhin geht es um Newton und das Elixier."

*Newton? Elixier?!*

Verwundert rieb ich mir die Augen. Träumte ich das nicht etwa nur?

„Pst! Sei mal still! Ich dachte, da war was..."

Wie zur Salzsäule erstarrt lauschte ich in die Dunkelheit. Der Unbekannte schien einige Regalreihen abzulaufen. Dann blieben seine Schritte stehen.

„Ja, du wirst Recht haben...", grunzte er in sein Handy. „Ich höre wahrscheinlich nur Gespenster." Er lachte kurz auf und seine Stimme klang unnatürlich hohl, als er fortfuhr: „Gut, dann treffen wir uns morgen - hier - um 19:00 Uhr. -- Ja, natürlich werde ich da sein. Schließlich wollen wir an das Elixier kommen. -- Klar, du kannst auf mich zählen. -- Also gut, dann bis morgen Abend."

Anscheinend war das Gespräch des Fremden beendet. Sicher würde er gleich wieder die Treppe nach oben stapfen. Wenn ich dabei nicht von ihm entdeckt werden wollte, musste ich mich schleunigst aus dem Staub machen. Ängstlich ließ ich meine Blicke umher schweifen. Ich musste mich hinter der nächsten Regalreihe verstecken. Ob mir die Zeit dazu reichen würde?

Hastig rannte ich los. Dabei musste ich höllisch aufpassen, nicht gegen irgendwelche Gegenstände zu laufen, Regale oder Elefantenhocker... - Puh! Ich hatte es geschafft. Mit klopfendem Herzen lehnte ich rücklings an der Schmalseite von einem der zahlreichen Regale und wartete darauf, dass der Unbekannte endlich die Bibliothek verließ. Doch der schien sich Zeit zu lassen. In aller Ruhe schlenderte er die Treppe aus dem hinteren Raum nach oben und schritt gemütlich in Richtung Ausgang. Das Licht seiner Taschenlampe warf gruselige Schatten an die Wände. Es dauerte eine gefühlte Ewigkeit, bis er die Türe erreicht hatte. Aber dann war er endlich draußen.

Einige Sekunden lang verharrte ich in meiner regungslosen Stellung, dann atmete ich deutlich hörbar auf.

„Uff! Das war knapp...", stöhnte ich erleichtert und wischte mir mit dem Handrücken über die feuchte Stirn. „Das war wirklich saumäßig knapp."

Zitternd kroch ich hinter dem Regal hervor und tappte wie ein Waldmäuschen in der Dunkelheit den Gang entlang. Ich wagte es nicht, den Lichtschalter zu betätigen. Viel zu groß war meine Angst, dass der Unbekannte noch einmal zurückkehren könnte. Was dann geschehen würde, wollte ich mir lieber nicht ausmalen...

Ich versuchte, meine Armbanduhr abzulesen, um herauszufinden, wie spät es bereits war. Aber es war zu dunkel. Hoffentlich war es nicht so spät - und hoffentlich machte Mum sich nicht inzwischen Sorgen um mich!

Mittlerweile hatte ich den Tresen erreicht und als ich von draußen das schwache Licht der Straßenbeleuchtung herein schimmern sah, wurde mir bewusst, was sich soeben eigentlich alles ereignet hatte. Wie in Trance ließ ich mich auf den Boden gleiten, den Rücken an den Tresen gelehnt, meine Arme um die Knie geschlungen.

In dieser Stellung verharrte ich einige Sekunden lang und ließ die Szenen der vergangenen Minuten noch einmal vor meinem inneren Auge ablaufen. Was hatte der Unbekannte gleich noch gesagt? Er hatte von Newton gesprochen und von einem Elixier. Und dass sie sich morgen hier um 19:00 Uhr treffen wollten.

Newton, Elixier... - Vor meinen Augen begannen sich bereits die ersten kleinen Punkte auf- und abwärts zu bewegen.

Ok, ich musste dringend auf andere Gedanken kommen. Was hatte der Typ gleich noch alles am Handy gesagt? Dass er in dem Buch von Thomas de Padova nachgeschaut habe, aber dort kein Zettel zu finden gewesen war... Klar, den Zettel hatte ich vor ihm ausfindig gemacht und mitgenommen. Er und sein Gesprächspartner am Handy hatten sich am 10.12. um 22:00 Uhr hier in der Bibliothek treffen wollen. Aber dank Paul und mir war das Treffen gescheitert.

*Gut kombiniert, Katharina. Denk weiter!*

Urplötzlich fiel mir der Mann wieder ein, der an dem besagten zehnten Dezember aufgekreuzt und nach nicht einmal fünfzehn Minuten Aufenthalt auch schon wieder verschwunden war. Und noch eine Sache machte mich stutzig: Er hatte sich nur im hinteren Raum aufgehalten.

Moment mal - konnte es vielleicht sein, dass zwischen ihm und diesem Unbekannten von gerade eben vielleicht ein Zusammenhang bestand? Was hatte der vorhin noch gesagt? Er habe keinen Zettel in dem Buch von Thomas de Padova gefunden. Dann war *er* es möglicherweise gewesen, der am 10.12. so kurz hier gewesen war. Er war nur deshalb gekommen, um im hinteren Raum nach dem Zettel zu suchen. Aber er hatte die Nachricht nicht gefunden, weil ich kurz zuvor bereits das Schreiben entdeckt und für mich behalten hatte. Natürlich, so musste es gewesen sein! Dieser Typ, der da vor ein paar Tagen hier gewesen war, war nur gekommen, um in dem verabredeten Buch nach der Nachricht zu suchen. Und als er keine gefunden hatte, ist er auch gleich wieder gegangen. Das würde zumindest sein merkwürdiges Verhalten erklären.

Wie von Sinnen war ich aufgesprungen und hatte das Logbuch aufgeschlagen. Ich knipste die kleine Tischlampe an und hielt die aufgeschlagenen Seiten unter den Lichtstrahl. Dann blätterte ich hastig herum, bis ich endlich das gesuchte Datum gefunden hatte. Möglichst schnell überflog ich die eingetragenen Besucher. Mein Blick blieb bei Ron Thunder hängen. Ja, Ron Thunder, das war der merkwürdige Typ gewesen. Und möglicherweise war er auch das gerade eben. Wie hatte er seinen Gesprächspartner gleich noch genannt? Ich überlegte kurz. David. Mehr nicht. Nur David.

Wie eine Verrückte fing ich erneut an, die Seiten nach einem Namen abzusuchen. Aber so sehr ich auch blätterte, ein David war nicht dabei.

Erschöpft klappte ich das Buch zu.

Nun gut, ich war auf jeden Fall einen großen Schritt weitergekommen: Es bestand mit hoher Wahrscheinlichkeit tatsächlich ein Zusammenhang zwischen diesem mysteriösen Ron Thunder und dem nächtlichen Besucher von gerade eben. Gemeinsam mit seinem Freund oder Komplizen David war er drauf und dran, irgendetwas auszuhecken. Dabei drehte es sich um ein Elixier und um Newton.

Allein die Kombination *Newton* und *Elixier* erinnerte mich so sehr an unsere Vermächtnis-Mission, dass das Blut wie wild in meinen Schläfen pulsierte. - Sollte es etwa möglich sein, dass Ron Thunder und David Irgendwer sich auf eine Zeitreise begeben wollten?

Schon spürte ich eine starke Übelkeit in mir aufsteigen. Nein, das alles wurde mir zu viel. Ich musste da dringend mit jemandem darüber reden. Und zwar mit jemandem, der sich in der Sache *Vermächtnis* auskannte. Wie gut, dass ich vorsorglich mein Handy mitgenommen hatte! Während ich mich in meine Winterklamotten stürzte, kramte ich mein Handy aus meiner Schultasche hervor und trat ins Freie. Das Handy zwischen Ohr und Nacken geklemmt, sperrte ich die Türe ab und wartete darauf, dass jemand das nervige Piepen unterbrach. Aber niemand ging ran. Ich wollte gerade auflegen, als sich die Sprachbox meldete: „Schönen guten Abend, Sie sind verbunden mit John Turner. Leider bin ich zurzeit nicht erreichbar. Ich befinde mich in den nächsten Tagen auf einem Cello-Seminar in Würzburg, werde Sie aber umgehend zurückrufen, sobald Sie mir eine Nachricht hinterlassen haben. Sprechen Sie dazu nach dem Signal."

Enttäuscht hatte ich das rote Knöpfchen gedrückt. Natürlich wusste ich, dass John heute Morgen nach Würzburg gefahren war, um sich auf einem Cello-Seminar fortzubilden. Aber es wäre ja immerhin möglich gewesen, dass er trotzdem an sein Handy ging.

Einige Sekunden lang starrte ich auf das Display meines Handys. Wenigstens wusste ich jetzt, dass es bereits 22:00 Uhr war. Mums Fernsehserie war auf jeden Fall längst aus. Wenn ich Glück hatte, war sie vor dem Fernseher eingeschlafen und machte sich um mich keine Sorgen. Wenn nicht, würde sie vielleicht doch die Polizei rufen oder mich erwartete bei meiner Rückkehr zumindest ein ordentlicher Anschiss. Nachricht hin oder her.

Mit klammen Händen fingerte ich an meinem Fahrradschloss herum. Es war eisig kalt. Aber von oben fielen keine Schneeflocken, sondern ekelhafter Eisregen.

Endlich war es mir gelungen, meine Fahrradkette zu lösen. Ich packte den Lenker und schob das Fahrrad in Richtung zu Hause. Gleichzeitig wählte ich mit gefühlt gefrorenen Fingern Pauls Handynummer.

Piep, piep, piep, piep...

„Oh, bitte! Paul, geh ran! Bitte!"

Verzweifelt drückte ich das Handy noch fester an mein Ohr. Mein Atem verwandelte sich in weiße Luftkringel, die gespenstisch durch die Regenluft tanzten.

Aber auch Paul ging nicht an sein Handy. Verflixt!

Eigentlich musste ich dringend nach Hause, aber meine Füße wollten mir nicht gehorchen. Sie schlugen nicht den Weg ein, der direkt zu unserer Haustüre führte, sondern bogen ab in die Richtung, in der Paul wohnte. Die Wege waren eisglatt, der Regen peitschte mir mit ekelhaft beißendem Wind um die Wangen. Trotz des scheußlichen Wetters kletterte ich irgendwann auf meinen Fahrradsattel, der mit und ohne Plastiktüte vollkommen nass war. Wie auf Eiern radelte ich den vereisten Weg entlang. Ich brauchte mindestens doppelt so lang wie gewöhnlich und stand um etwa Viertel nach elf vor Pauls Haustür. Einen Moment lang zögerte ich, ob ich überhaupt klingeln sollte. Es war verrückt, um diese Uhrzeit noch jemanden zu besuchen. Mum würde sich bedanken, wenn Paul einfiel, mitten in der Nacht bei mir aufzukreuzen.

Kurzerhand kramte ich mein Handy hervor und versuchte es noch einmal, Paul telefonisch zu erreichen. Aber auch diesmal ging niemand ran. Also gut. Ich atmete tief durch. Es half ja nichts. Ich würde klingeln. Und zwar sofort.

Schon tastete meine Hand nach dem Klingelknopf. Mit wackeligen Knien stand ich da und lauschte dem Klingelton. Dabei wusste ich nicht, ob ich nun vor Kälte zitterte oder vor Angst, dass jeden Moment Pauls Eltern herausstürzen und mich wie einen lästigen Köter davon jagen würden. Ich hatte es etwa fünf Sekunden läuten lassen. Gerade überlegte ich, ob man das Klingeln vielleicht gar nicht gehört hatte, als von drinnen plötzlich schlurfende Schritte zu vernehmen waren und ein Geräusch ertönte, als ob jemand einen Schlüssel im Schloss umdrehte. Dann öffnete sich die Haustür und vor mir stand - Pauls Vater.

„Nanu, Katharina, was machst du denn hier?" - *Und um diese Uhrzeit...*, schien er ergänzen zu wollen. Aber er verkniff es sich wohl.

„Entschuldigung...", flüsterte ich und bereute es schon, dass ich überhaupt hierhergekommen war.

„Du möchtest sicherlich zu Paul, nicht wahr?"

Ich nickte stumm.

„Na, dann komm rein."

Mein Fahrrad hatte ich längst abgestellt. Mit steifgefrorenen Gliedern quälte ich mich durch die Haustüre. Es gelang mir gerade noch, die Stiefel von den Füßen zu ziehen.

Pauls Vater war so freundlich, mir meine durchnässten Winterklamotten abzunehmen. Er versprach, sie zum Trocknen zu bringen. Wie er hinter der Kellertür verschwand, wurde mir bewusst, dass ich ihn ja noch nie im Schlafanzug gesehen hatte. Etwas verloren blieb ich im Gang stehen. Als er wieder nach oben kam, fiel mir auf, wie müde seine Augen wirkten. Bestimmt hatte ich ihn aus seinem tiefsten Schlaf gerissen... Oh je, wenn das mal kein Nachspiel haben würde...

„Weißt du, wo Pauls Zimmer ist?"

Da ich mich noch immer wie ein Eiszapfen fühlte, war ich nicht einmal im Stande, auf die Frage von Pauls Vater mit einer Kopfbewegung zu antworten. Wie ein Eisklotz stand ich da und rührte mich nicht.

„Komm mit, ich zeig dir den Weg."

Pauls Vater ging voraus und irgendwie, ich weiß gar nicht wie, stapfte ich ihm hinterher.

Vor Pauls Zimmertür angelangt, verharrte der Vater kurz und klopfte dann an.

„Es ist gut möglich, dass Paul bereits schläft. Normalerweise lernt er bis spät in die Nacht. Aber zurzeit ist er immer sehr früh müde. Das viele Lernen strengt ihn unheimlich an.", erklärte er. Ich nickte wortlos.

„Ja?", ertönte es wenig später hinter der Türe.

„Paul, du hast Besuch."

Es dauerte keine drei Sekunden, bis die Türe aufsprang.

„Wer...?", wollte Paul noch fragen. Doch als er mich sah, erübrigte sich jede Frage. „Katharina! Mensch, was machst du denn...?" *Hier - und um diese Uhrzeit - und in diesem Zustand?!*

Verlegen und beschämt starrte ich auf meine Fußspitzen.

„Es tut mir leid, Paul...", flüsterte ich zaghaft.

„Mensch, du bist ja total durchnässt! Los, du musst dich umziehen. In dem Zustand holst du dir ja den Tod!"
Schon war er verschwunden.

„Nun, wie ich sehe, kümmert sich mein Sohn um dich. Dann hast du sicher nichts dagegen, wenn ich mich wieder schlafen lege, ja?" Gähnend hatte sich Pauls Vater umgedreht und ehe ich noch etwas antworten konnte, war er auch schon auf und davon.

„Hier, es ist zwar ein Jogginganzug für Jungs, aber besser als nichts." Paul hielt mir auf einmal ein Bündel an Kleidern entgegen. „Kannst du beruhigt anziehen. War mit Sicherheit in der Wäsche, seit ich ihn zum letzten Mal getragen habe." Er zwinkerte mir zu. „Kannst schon mal in mein Zimmer gehen und dich umziehen. Ich koch dir inzwischen mal einen heißen Tee."
Dankbar lächelte ich ihn an und als er in der Küche verschwand, schlüpfte ich aus meinen nassen Klamotten und zog mir Pauls nach Frühling duftenden Jogginganzug an, der mir zwar in der Länge etwas zu groß war, aber ansonsten ganz gut passte.
Keine fünf Minuten später kehrte Paul mit zwei dampfenden Tassen zurück.

„Jetzt hab ich dich wahrscheinlich vollkommen von deinem Schreibtisch weggerissen.", meinte ich betreten.

„Ach, Quatsch! Es wird schon einen Grund haben, weshalb du mitten in der Nacht bei mir aufkreuzt." Paul deutete mit seiner Hand in Richtung Bett. „Los, setz dich doch."
Ich gehorchte und setzte mich auf die Bettkante.

„Magst du eine Decke? Dir muss bestimmt schrecklich kalt sein. Wie lange warst du denn bei dem Sauwetter draußen?"

„Geht schon..."

„Ach, Quark mit Soße. So, du wickelst dich jetzt schön in die Decke ein." Er hatte unter seinem Bett eine kuschelweiche Decke hervorgezogen und legte sie mir um die Schultern. „Na, dann schieß mal los!"

Paul hörte mir geduldig zu und unterbrach mich kein einziges Mal. Erst als ich mit meinem Bericht und meinen Vermutungen geendet hatte, meldete er sich zu Wort. Auch er war der Meinung, dass der nächtliche Unbekannte dieser besagte Ron Thunder gewesen sein musste und mit diesem gewissen David Irgendwer irgendetwas im Schilde führte, was ganz sicherlich mit dem Vermächtnis zu tun hatte. Allerdings war auch er sich nicht sicher, woher die beiden Typen davon wissen konnten. Aber die Begriffe *Newton* und *Elixier* konnten nur etwas mit dem Vermächtnis zu tun haben. Eigentlich hatten wir ja längst mit dieser Mission abgeschlossen. Aber so wie es aussah, fing alles gerade erst richtig an.

Gegen ein Uhr nachts beschlossen wir, uns schlafen zu legen. Paul wollte unbedingt, dass ich in seinem Bett schlief. Er schleppte aus dem Obergeschoss eine Matratze herunter und machte es sich damit auf dem Fußboden seines Zimmers gemütlich. Als ich ihm erzählte, was für ein schlechtes Gewissen mich deswegen plagte, lachte er nur und meinte, dass ich mir keine Vorwürfe machen sollte. Solange ich in der Nacht nicht zu schnarchen anfing, wäre alles in Ordnung.

Am nächsten Morgen fühlte ich mich wie gerädert. Ich hatte gefühlte zwei Stunden Schlaf gehabt und sah aus wie eine aufgeschwemmte Wasserleiche. Paul meinte, ich solle mich nicht so haben. Es wäre alles halb so wild.

Am Frühstückstisch waren seine Eltern, besonders sein Vater, erstaunlich freundlich. Und während ich Pauls Früchtetee trank, telefonierte mein Freund mit meiner Mum. Ich hatte bereits das Schlimmste vermutet. Aber wie mir Paul berichtete, war Mum gestern Abend tatsächlich vor dem Fernseher eingeschlafen. Und als sie gegen halb eins aufgewacht war und ins Bett gehen wollte, hatte sie nicht mehr bei mir vorbeigeschaut - aus Sorge, sie könnte mich dadurch aufwecken. Erst jetzt in der Früh sei ihr der Zettel auf dem Küchentisch aufgefallen. Sie habe sich schon ein wenig gewundert, dass ich noch nicht aufgestanden war. Gerade, als sie nach mir sehen wollte, habe das Telefon geklingelt.

„Ich würde sagen, da hast du nochmal ordentlich Schwein gehabt, was?" Paul grinste mich herausfordernd an. Ich nickte erleichtert. Wer hätte schon gedacht, dass das nächtliche Abenteuer so gut ausgehen würde?

Paul bot mir an, mich mit dem Auto in die Schule zu fahren. Aber ich lehnte ab und meinte, dass ich ja sonst nach Hause laufen musste. Doch als ich wenig später nach draußen trat, musste ich feststellen, dass mein Fahrrad einen Platten hatte.

„Das ist echt nicht zu fassen!" Paul war neben mich getreten und schlug sich mit der Hand an die Stirn. „Da radelst du erstens bei eisigen Winterverhältnissen umher, zweitens auch noch in tiefster Nacht und drittens merkst du dabei noch nicht mal, dass du dir irgendwie einen Platten geholt hast. Mensch, das kann aber auch nur dir passieren, was?" Betreten nickte ich.

„Tja, dann wirst du jetzt ja wohl nichts mehr dagegen haben, wenn ich dich mit zur Schule nehme, oder?"

„Aber ist das nicht ein Umweg für dich?"

„Also erstens muss ich heute sowieso in diese Richtung. Wir haben einen Praxistag im Klinikum und das liegt direkt auf dem Weg. Und zweitens wäre mir für dich kein Umweg zu weit."

Über eine solche Antwort war ich ein bisschen sprachlos.

„Na, was ist? Los, nimm deine Tasche und steig ein!"

Paul hatte sich schon hinters Steuer gesetzt und den Motor gestartet. Es fühlte sich verdammt gut an, neben ihm zu sitzen und durch den morgendlichen Massenverkehr Münchens zu fahren. Leider war die Fahrt viel zu früh vorbei.

„Also, denk dran: Wir treffen uns heute Abend um 18:00 Uhr in der Bibliothek, eine Stunde, bevor Ron Thunder und

David Irgendwer auftauchen.", erinnerte er mich, als ich aus seinem Wagen stieg.

„Klar, wie könne ich das vergessen?"

## 5

Meine Mitschüler glotzten nicht schlecht, als sie mich aus Pauls schickem Wagen aussteigen sahen. Zum Abschied hatte mich mein Freund kurz auf die Wange geküsst.
Während er davon brauste, konnte ich sehen, wie er mich durch den Rückspiegel angrinste.

„Da kann man ja richtig neidisch werden!", meinte Susan, die mit ihrem Fahrrad kurz vor mir eingetroffen war und mir freundschaftlich auf die Schulter klopfte. „Sag bloß, du hast die Nacht bei ihm verbracht?" Verschwörerisch zwinkerte sie mir zu. Ein klein wenig fühlte ich mich ertappt, aber da sich die Sache mit Paul wahrlich nicht leugnen ließ, erzählte ich ihr lieber gleich die ganze Wahrheit. Susan war ganz und gar nicht davon begeistert, dass ich nachts einfach so durch München radelte, noch dazu bei klirrender Kälte und gefährlich vereisten Straßen.

„Du musst wirklich vorsichtiger sein, Katharina." Sie bedachte mich mit einem vorwurfsvollen Blick. „Du kannst doch nicht mitten in der Nacht durch München radeln! Und du solltest auch nicht nachts in irgendwelchen Bibliotheken rumschnüffeln."
Sie hatte ihr Rad abgesperrt und lief in Richtung Schuleingang.

„Ich habe doch gar nicht rumgeschnüffelt!", verteidigte ich mich, während ich Mühe hatte, mit ihr Schritt zu halten. „Was kann ich denn bitteschön dafür, wenn dieser Ron Thunder einfach so auftaucht?"
Schon bogen wir in den Gang zu unserem Klassenzimmer ein.

„Na, wenigstens bist du dann heute Abend nicht allein, sondern hast einen Beschützer bei dir."

„Oh ja!" Ich lachte. „Paul wird sich bestimmt in seine Fechtklamotten schmeißen."
Kaum hatten wir uns auf unsere Plätze gesetzt, als der Schulgong auch schon zur ersten Stunde läutete.

Irgendwas war faul an diesem Schultag. Keine der Stunden wollte so recht vergehen. Alles zog sich hin wie ein alter, zäher Kaugummi. Ich weiß nicht, wie ich diesen Schultag überlebt habe, aber irgendwann war dann auch die letzte Schulstunde vorbei und ich machte mich nach einem leckeren Mittagessen zu Hause auf den Weg in Richtung Bibliothek.

Dort fand sich an diesem Nachmittag kein einziger Besucher ein. Dadurch blieb mir immerhin genügend Zeit, um alle Hausarbeiten zu erledigen, mein Referat endlich fertigzustellen und das heimlich ausgeliehene Buch ordnungsgemäß an seinen alten Platz zurückzubringen.

Paul kam wie versprochen pünktlich auf die Minute um exakt 18:00 Uhr. Er hatte seinen Wagen in der Nähe der Bibliothek geparkt und als er eintrat, brachte er eine Duftwolke mit, die nicht verkennen ließ, dass er den Tag in einer Klinik zugebracht hatte. Als er mich umarmte, hatte ich das Gefühl, dass sogar seine Haare nach Desinfektionsmittel rochen. Seinen Degen hatte er übrigens nicht dabei.

„Puh, ich dachte schon, dass du die Bibliothek wirklich abgesperrt hast und ich den Abend draußen verbringen muss. Ist nämlich ganz schön kalt." Er lächelte. „Immerhin hast du das Schild bereits rausgehängt. Es ist wirklich nicht zu übersehen, dass die Bibliothek *heute schon um 18:00 Uhr geschlossen* hat."

„Tja, ich würde mal sagen, dass du wirklich großes Glück hattest. Eigentlich wollte ich gerade absperren." Ich grinste ihn frech an.

„Dann nur zu! Ran an die Arbeit!"

Ich steckte den Schlüssel ins Schloss und drehte ihn so oft um, bis es nicht weiter ging.

„Ich bin mir ziemlich sicher, dass Ron und sein Komplize bestimmt nicht verspätet eintreffen.", meinte Paul hinter mir. „Am besten, wir schalten auch das Licht gleich aus. Die zwei Kerle sollen schließlich denken, dass alles ganz normal ist."

Wir verstauten unsere Jacken unter dem Tresen. Dort wollten wir uns auch verstecken. Bevor Paul und ich allerdings darunter krochen, zog mein Freund ein kleines glitzerndes Fläschchen aus seiner Hosentasche.

„Du hast doch sicherlich nichts dagegen, wenn ich den Klinikgeruch durch ein Parfum ersetze?", fragte er mit hochgezogenen Augenbrauen.

„Natürlich nicht." Nur mit Mühe konnte ich mir ein Grinsen verkneifen.

Während Paul sein Parfumfläschchen zurücksteckte, holte er eine Taschenlampe hervor.

„Du willst lieber gar nicht wissen, was in so einer Hosentasche alles Platz hat.", murmelte er, als er meinen überraschten Blick bemerkte.

„Nein - das, ähm, will ich lieber gar nicht wissen."

„Los, kriech unter den Tresen. Ich mach das Licht aus und komm dann hinterher."

Da saßen wir zwei also wenig später zusammengekauert im Stockdunkeln und hofften, dass Ron und David möglichst bald aufkreuzten.

„Hoffentlich schöpfen sie keinen Verdacht.", flüsterte ich sorgenvoll. „Zumindest riecht es hier gewöhnlich eher nicht nach Desinfektionsmittel und Herrenparfum."

„Also wer eine solch dämliche Botschaft in einem Buch hinterlegt, kommt bestimmt nicht auf die Idee, dass wir zwei hier unter dem Tresen versteckt sind."

„Still! Ich glaube, ich habe was gehört..."

Angestrengt lauschten wir in die Dunkelheit. Doch nichts war zu hören. Ich musste mich wohl getäuscht haben.

Es herrschte eine gespenstische Stille in der gesamten Bibliothek. Und wäre Paul nicht neben mir gewesen, hätte ich vermutlich angefangen, mich zu fürchten. Wir hatten keine Ahnung, wie spät es bereits war. Mein inneres Bauchgefühl sagte mir, dass es kurz vor sieben sein musste. Und tatsächlich dauerte es nicht mehr lange, als ein unheilvoll knirschendes Geräusch vom Schloss zu hören war. Die Tür schwang wie von Geisterhand leise knarrend auf. Und die

Schatten, die wir an den Wänden tanzen sahen, ließen darauf schließen, dass die zwei mit einer Taschenlampe eindrangen. Mit angehaltenem Atem kauerten wir noch immer unter dem Tresen und lauschten angespannt.

„Die Luft ist rein. Es ist niemand da.", raunte eine Stimme. „Seltsam, dass die Aufsicht heute schon um 18:00 Uhr den Laden hier abgeschlossen hat. Manchmal bleibt sie bis spät abends hier."

„Und ein bisschen seltsam, dass es hier so penetrant nach Krankenhaus und Parfum riecht."

Ängstlich presste ich die Lippen aufeinander. Das konnte ja mal heiter werden! Hoffentlich würde Pauls Duft uns nicht verraten!

„Na, macht ja nichts, David. Jedenfalls sind wir allein. Dann brauchen wir jetzt auch eigentlich keine Taschenlampen mehr. Wir können getrost das Licht anschalten."

Gesagt, getan. Schon flackerte die Deckenbeleuchtung. Kurz darauf war es glockenhell im Archiv.

Ich hielt die Luft an.

„Ok, also du hast alles dabei?"

„Klar, David."

„Wir werden zurück ins Jahr 1675 reisen, das Jahr, in dem das Vermächtnis entstanden ist."

Erschrocken und überrascht zugleich presste ich mir die Hand vor den Mund. Das, was ich da soeben hörte, konnte doch - konnte doch unmöglich wahr sein! Paul bedeutete mir mit einer kurzen Kopfbewegung, dass ich auf jeden Fall meinen Mund halten sollte. Ich nickte lautlos.

„Als Nachfahren von William Rosehill wird es uns sicher ein leichtes Spiel sein, alles zu Ende zu bringen.", fuhr eine der Stimmen fort.

Die beiden lachten.

„Los, zieh dir die Klamotten an. Schließlich soll Grayson nichts merken, wenn wir uns mit ihm beim *Gasthof zum Goldenen Ochsen* treffen."

Den Geräuschen nach zu urteilen, fand gerade ein Kleiderwechsel statt. Wenn ich mich nicht verhört hatte und die beiden wirklich in das Jahr 1675 reisen wollten, schlüpften sie wahrscheinlich in barocke Kostüme, ganz so, wie John und ich es bei unseren Zeitreisen getan hatten.

„Fertig?", fragte der eine.

„Fertig.", ertönte es gleich darauf.

„Weißt du den Spruch?"

„Aber sicher doch."

„Gut. Ich mach das Licht aus und dann nichts wie los."

Wie zur Salzsäule erstarrt saß ich da und wartete. Es dauerte keine zehn Sekunden, bis das Licht ausging. Paul und ich verharrten noch etwa eine Minute, ehe er seine Taschenlampe anknipste und unter dem Tresen hervorkroch.

„Die Luft ist rein.", hörte ich ihn murmeln. Dann beugte er sich zu mir hinunter und reichte mir die Hand, um mir aufzuhelfen, was auch bitter nötig war: Meine Knie waren weich wie Butter und wabbelten wie Wackelpudding.

„Die zwei sind tatsächlich in die Vergangenheit gereist. Hier, da liegen noch ihre Kleider."

Er leuchtete mit seiner Taschenlampe auf die achtlos auf den Boden geworfenen Hosen und Hemden.

„Genau so ein Hemd hat Ron getragen, als er vor ein paar Tagen hier in der Bibliothek nach dem Zettel gesucht hat!", platzte es aus mir heraus. Paul nickte wortlos.

„Denkst du auch, was ich gerade denke?", fragte er und seine Stimme klang mit einem Mal erschreckend kalt.

„Die zwei sind hinter dem Vermächtnis her. 1675, das Jahr, in dem das Vermächtnis entstand."

Paul nickte noch intensiver.

„Die zwei haben bestimmt nichts Gutes vor.", knurrte er.

„Das glaube ich auch.", bestätigte ich.

„Eine Sache verwundert mich allerdings: Woher haben die zwei die Reisesteine? Es sind bestimmt auch solche Feueropale, wie wir sie haben. Meines Wissens nach gibt es aber nur drei."

„Aber sagtest du nicht, dass Morgan nicht heimlich den dritten Stein in das Elixier gelegt hat? Vielleicht gab es noch jemanden, der Steine hineingelegt hat..."

„Oh je, ich will lieber gar nicht wissen, wie viele zeitreisende Feueropale es noch gibt!" Paul stöhnte. „Aber die zwei Kerle müssen ja auch die Anleitung für das Zeitreisen kennen."

„Vielleicht stecken sie auch mit der Newton-AG unter einer Decke?"

Paul runzelte die Stirn. „Und da reisen sie dann *heimlich* umher?"

„Naja, du hast dir ja auch eine Abschrift angefertigt..."

„Egal. Jedenfalls haben sie die Steine. Sie wissen, wie man damit in die Vergangenheit kommt und außerdem ist mindestens einer von ihnen ein Nachkomme von William Rosehill."

„Damit ist schon der Junior gemeint, oder?"

„Davon ist auszugehen. Der Rest der Familie hat mit dem Vermächtnis doch rein gar nichts zu schaffen." Er schaute mich einige Sekunden lang eindringlich an. „Du hast schon deinen Feueropal dabei, oder?"

Erschrocken machte ich einen Schritt zurück. „Bitte?"

„Na, du hast mir doch erzählt, dass sie von einem Reisestein gesprochen haben.", erklärte Paul.

Langsam dämmerte mir etwas...

„Klar! Natürlich - damit war der Zeitreisestein gemeint. Jetzt sag nicht, dass du..."

„Doch, ich habe meinen dabei." Er verdrehte die Augen. „Du nicht. Oh Mann..."

„Dann musst du ohne mich hinterher..."

„Kommt überhaupt nicht in Frage! Los, raus aus der Bibliothek, wir fahren schnell zu dir nach Hause. Du holst den Stein und dann..." Er hielt inne. „Verdammt! Wir können doch nicht in den Kleidern..." Verärgert sah er an sich herab.

Ich schüttelte den Kopf.

„Nein, Jeans und Hemd kommen nicht gut an im 17. Jahrhundert.", meinte ich.

„Damit ist die Sache erledigt. Das können wir vergessen." Enttäuscht ließ sich Paul auf den Boden sinken und legte die Arme um seine angewinkelten Knie.

„Moment mal..." Mir war da soeben eine Idee gekommen. „Wir spielen doch im Schultheater gerade *Much ado about nothing...*"

„Also ehrlich gesagt, ist mir das momentan egal, was ihr in der Schule spielt. Katharina, wir müssen uns was einfallen lassen, wie wir an möglichst authentische Barockkleidung kommen!"

„Paul, lass mich doch ausreden!" Energisch stemmte ich die Hände in die Hüften. „Genau das ist es doch! Wir spielen das Stück in altertümlichen Klamotten. Es sind zwar keine Originalkleider, aber zumindest sind die Dinger besser als unsere modernen Jeans."

Einen Augenblick lang starrte Paul mich ungläubig an. Es dauerte ein paar Sekunden, bis er zu kapieren schien.

„Ja, klar! Das ist es!" Blitzschnell war er auf die Beine gesprungen. „Dann los! Worauf warten wir noch?"

Hastig steckte ich den Schlüssel ins Schloss. Paul sprang sofort in sein Auto, ich hinterher und schon düsten wir los.

„Mist!", fluchte er leise neben mir. „Wieso müssen ausgerechnet jetzt noch die Straßen so voll sein? - Ein Blaulicht wäre nicht schlecht..."

Da wir aber weder beim Rettungsdienst noch bei der Polizei noch bei sonst irgendeiner Berufsgruppe mit Blaulicht arbeiteten, mussten wir uns mit roten Ampeln und leicht verstopften Straßenkreuzungen begnügen. Nach einer gefühlten Ewigkeit hielt Paul mit einer der derzeitigen Straßensituation entsprechend gefährlichen Bremsung direkt vor unserer Haustür.

„Schnapp dir den Stein und komm gleich wieder runter!", rief er mir noch hinterher, als ich an der Türe läutete. „Ich wende schon mal den Wagen."

Mum staunte nicht schlecht, als ich sie an der Haustüre beinahe über den Haufen rannte, in mein Zimmer stürmte und gleich darauf mit dem Feueropal in der Hand wieder

nach draußen sprang. Ich hatte noch nicht einmal die Auto-
türe richtig zugeschlagen, da brauste Paul auch schon los.

„Was meinst du, was die vor haben?", fragte ich im Hinblick auf Ron und David.

„Keine Ahnung...", hörte ich Paul neben mir murmeln.

„Sag mir lieber, wie wir in die Schule kommen."

Fieberhaft dachte ich nach. Es war weit nach sieben Uhr.
Um diese Zeit war die Schule längst geschlossen. Das
Haupttor war abgesperrt, die Eingänge verschlossen. Es
würde kein Hineinkommen geben.

Und ich Esel hatte Paul auch noch dazu geraten, die Kostüme aus dem Schulspielfundus zu nehmen!

Noch knappe fünf Minuten und wir würden vor dem ver-
rammeltem Schulgebäude stehen.

Eine viel zu scharfe Vollbremsung riss mich aus meinen
trüben Gedanken.

„Mist!" Paul schlug mit seiner Hand auf die Hupe. „So
ein Idiot! Wir hatten Grün! Was macht der bei Rot auf der
Kreuzung?!"

Beruhigend legte ich meine Hand auf seinen Unterarm.

„'Tschuldige.", murmelte Paul. „Ich weiß, man soll nicht
mit Wut Auto fahren."

„Schon ok. Solange wir heil ankommen."

„Keine Sorge, ich pass schon auf, dass dir nichts zustößt."
Er beschleunigte und schaltete hoch.

„Das ist es!" Aufgeregt rutschte ich auf meinem Sitz hin
und her. „Paul, habe ich dir schon erzählt, dass Susan seit
diesem Herbst im Schulgartenteam ist?"

„Nein. Was hat denn das bitte jetzt mit unserer Sache zu
tun?" Paul wirkte dezent gestresst.

„Alle Schüler haben uneingeschränkten Zutritt zum Gerätehaus. Und da liegt ein Zweitschlüssel, mit dem man über
den Hintereingang in die Schule reinkommt."

„Bitte was?" Vor lauter Überraschung hätte mein Freund
beinahe das Lenkrad losgelassen.

„Also offiziell weiß das niemand. Aber Susan hat es mal
geschafft, ihre Schulsachen in ihrem Schulspind liegen zu

lassen. Und als sie mit dem Gärtnern fertig war, war die Schule bereits abgesperrt. Der Hausmeister hat ihr dann verraten, dass im Geräteschuppen immer ein Ersatzschlüssel liegt."

„Ja, dann..."

Wir bogen um die letzte Ecke und damit kam das Schulhaus in Sicht. Paul setzte den Blinker, bremste und gleich darauf standen wir perfekt in einer Parklücke.

„Ich möchte wissen, wer heute noch so spät abends vor der Schule parkt.", murmelte ich im Hinblick auf die anderen Autos, während ich mich aus dem Sitz schälte und nach draußen kletterte.

„Na, immerhin parken wir auch vor dem Schulhaus." Paul ließ die Türe zufallen und verriegelte seinen Wagen. Er machte ein paar Schritte vorwärts. „Na genial!" Er seufzte. „Das Gerätehaus mag zwar den Schlüssel beherbergen, aber das Eingangs*tor* zum Schulhof ist trotzdem verschlossen. Da nützt es gar nichts, dass wir wissen, wie wir durch die Eingangs*tür* kommen."

„Komm mit!", zischte ich ihm zu und huschte die Schulmauer entlang. „Es gibt da eine Stelle, an der selten jemand vorbei kommt. Man kann da ganz herrlich gut über die Schulmauer klettern."

In meinem Nacken spürte ich Pauls warmen Atem.

„So kenne ich dich ja gar nicht, Katharina... Muss ich mir jetzt etwa Sorgen machen?"

Ich verdrehte die Augen.

„Nein, musst du nicht. Aber du erinnerst mich schwer an meinen großen Bruder!"

Paul kam nicht mehr zu einer Antwort, denn die besagte Stelle war erreicht. Früher waren hier einmal ein paar kleine Bänke gestanden, deren Sitzflächen mittlerweile jedoch längst abmontiert waren. Nur noch zwei Mülleimer verrieten, dass es hier einmal ein halbwegs gemütliches Eckchen gewesen war im Schatten zweier Nadelbäume.

„Du willst nicht allen Ernstes...?"

„Los, jetzt mach schon!" Ohne zu zögern war ich auf einen der beiden Mülleimer geklettert. Paul stand eine Schrecksekunde lang da und starrte mich entgeistert an.

„Fall ja nicht runter!", warnte er mich. „Ich studiere zwar Medizin, aber deinen gebrochenen Arm werde ich dir trotzdem keineswegs reparieren."

„Musst du auch nicht.", schnaufte ich, während ich das erste Bein über die Mauer schwang. Als wir noch kleiner waren, hatten wir uns öfter mal über die Schulmauer geschmuggelt. Es war eine Art Mutprobe gewesen. Irgendwann hatten wir uns zu alt dafür gefühlt. Früher war es immer ein Kinderspiel gewesen. Der Abstand zwischen Mülleimer und Mauer war zwar nicht erschreckend groß, aber doch ausreichend genug, um sich ordentlich zu verletzen, falls man es nicht schaffte, Halt zu finden.

Wie ich mit einem Bein auf dem leicht schwankenden Mülleimer stand und mit dem anderen versuchte, irgendwie über die Mauer zu kommen, wurde mir bewusst, dass ich zwei entscheidende Dinge missachtet hatte: Erstens war ich nicht mehr so jung, dynamisch, sportlich, beweglich und klettergewandt wie früher und zweitens herrschten keine sommerlichen Temperaturen vor, sondern Grade um den Gefrierpunkt. Es würde verdammt schwer werden, heil über die Mauer zu kommen.

Aus den Augenwinkeln konnte ich sehen, wie Paul bereits rittlings auf der Mauer saß und gerade dabei war, auf die Schulgartenseite hinunter zu springen.

*Los, jetzt hab dich nicht so! Zähne zusammenbeißen! Früher hat das auch geklappt!*

Oh ja, früher! Was hätte ich dafür gegeben, wieder ein bisschen jünger zu sein und vor allem keine steifgefrorenen Finger zu haben. Wir waren zwar noch nicht lange in der Kälte, aber lange genug, um das Gefühl erster Erfrierungen zu spüren. Mit zusammengepressten Lippen streckte ich mich noch weiter. Ich fühlte eine unangenehme Dehnung in meinem Oberschenkel. Das Gefühl breitete sich in die Wade aus. Noch wenige Zentimeter, noch ein Stückchen, noch ein winziges Stück - und...

„Los, gib mir deine Hand!"

Ehe ich es mir versah, war Paul urplötzlich schräg unter mir aufgetaucht und streckte mir seine Hand entgegen. Es gelang mir gerade noch rechtzeitig, sie zu packen. Sonst wäre ich wahrscheinlich rückwärts von der Mauer gerutscht und ziemlich unsanft auf den Boden geprallt.

„Mensch, zu mir sagst du, ich soll mich nicht so haben - und selber hängst du auf der Mauer wie ein angeschossener Cowboy." Paul schüttelte lächelnd seinen Kopf, während ich unter meinem Hintern die gefrorene Mauer spürte. „Komm, spring runter! Ich fang dich auch auf, wenn du willst."

Schon schwang ich mein Bein über die Mauer und ließ mich vorsichtig nach unten gleiten. Paul fing mich tatsächlich auf. Naja, nicht wirklich. Aber zumindest linderte er den Aufprall. Das war besser als nichts.

Seit unserer Ankunft mit dem Auto waren maximal zwei Minuten vergangen. Wie zwei Verrückte stürmten wir nun in Richtung Geräteschuppen. Zu unserem Glück war der Hausmeister nachlässig genug, um den Schuppen nicht abzusperren. Vielleicht dachte er sich, dass im Winter sowieso niemand auch nur irgendein Gartengerät benötigte und das Schloss bei den Eisestemperaturen womöglich noch verrosten könnte.

„Wo liegt denn dieser verdammte Schlüssel?" Paul hüpfte und sprang in dem Schuppen umher, als habe ihn eine Tarantel gestochen. „Hat dir deine Freundin denn nicht verraten, wo genau er liegt?"

Nein, das hatte Susan nicht. Aber so schwer konnte es ja eigentlich nicht sein. Ich drehte mich ein paar Mal um die eigene Achse und blickte suchend um mich. Doch Paul war schneller als ich. Während meine Augen noch immer hilfesuchend den herumliegenden Krempel abtasteten, schwenkte er triumphierend den Schlüssel in der Hand.

„Hier! Das sieht doch gut aus, oder? Jetzt können wir nur hoffen, dass der auch wirklich in das Schloss passt."

Der Schlüssel passte tatsächlich. Ein klein wenig mulmig war mir schon zumute, als Paul den Schlüssel im Schloss umdrehte und hinter der Türe verschwand. Ich folgte ihm lautlos.

„Ich bin noch nie heimlich in die Schule eingedrungen.", flüsterte ich. „Hoffentlich ist wirklich niemand hier!" Unsicher sah ich mich immer wieder um. Paul hingegen lief zielstrebig los.

„Ach, Quatsch! Es ist stockdunkel draußen. Wenn wirklich jemand hier wäre, dann würde irgendwo ein Licht brennen. Aber das tut es nicht. Du kannst also beruhigt sein." Er sprang eine Treppe hinauf und nahm dabei gleich drei Stufen auf einmal.

„Wo müssen wir eigentlich hin?", rief er mir über die Schulter zu.

„Wenn du nicht so schnell laufen würdest...", schnaufte ich. „...dann könnte ich dir zeigen, wo es langgeht."

„Na, dann nur zu!" Paul war stehen geblieben und deutete mir mit einer übertriebenen Verbeugung an, dass ich an ihm vorbeilaufen sollte.

„Wir müssen hier entlang. Es gibt nur den einen Weg zum Theaterfundus. Und der ist glücklicherweise nie abgeschlossen, weil da eh nur Klamotten drinnen liegen, die niemand tragen will. Also mach dich auf Motten und Würmchen gefasst!"

„Ist das dein Ernst?"

Wenig später knieten wir vornüber gebeugt vor schweren Holztruhen, in denen altertümliche Klamotten lagen. Es roch nach Stoff, der lange ungetragen gelagert hatte, nach Staub und nach Schmutz.

„Hier, was hältst du davon?" Paul hatte eine kanariengelbe Strumpfhose hervorgezogen.

„Super!" Ich konnte mir ein Grinsen nicht verkneifen. „Ich habe ja keine Ahnung, was die Leute damals so alles im Barock getragen haben. Aber zieh dich doch am besten einfach so ähnlich an wie bei deinem letzten Besuch im 17. Jahrhundert."

„Gute Idee, Katharina! Dann werde ich das jetzt mal machen."

Wir staunten beide nicht schlecht, als wir uns nach knappen zehn Minuten komplett verwandelt hatten.

„Zugegeben, wirklich stilecht ist das hier nicht." Paul blickte an sich hinab. „Ich glaube kaum, dass die Männer damals einen Reißverschluss auf der Innenseite hatten."

„Ist doch egal." Ich zuckte die Schultern. „Zumindest von außen sieht man nichts. Und auf den ersten Blick schon zweimal nicht."

„Dann los."

„Weißt du denn den Spruch?"

„Ach so!" Paul bückte sich rasch und kramte in der Tasche seiner Jacke, die er soeben noch getragen hatte, nach einem kleinen, in Leder gebundenen Büchlein.

„Ich habe die Abschrift fürs Zeitreisen vorsorglich mit meinem Feueropal eingesteckt. Nachdem es um ein Elixier und um Newton geht, habe ich mich auf alles gefasst gemacht.", erklärte er feierlich.

„Nur nicht auf die Barockkleidung.", ergänzte ich.

„Ja, aber dafür habe ich ja dich." Er zog einen Kugelschreiber, den er an sein Lederbuch geklippt hatte, ab und kritzelte mir auf eine herausgerissene Seite einen Spruch.

„Hier!", sagte er. „Der bringt dich in das besagte Jahr."
Beklommen griff ich nach dem Zettel.

„Und - und das funktioniert wirklich?", fragte ich vorsichtshalber.

„Ja, auf jeden Fall." Er grinste mich zuversichtlich an. „Und solltest du wirklich in der Steinzeit ankommen, dann brauchst du den Spruch ja nur nochmal zu murmeln und du kommst augenblicklich hierher zurück."
Ach ja, richtig, das hatte ich glatt vergessen!

„Dann - fröhliche Reise! Ich warte auf dich..."
Pauls Finger schlossen sich fest um den glitzernden Stein. Er schloss die Augen, murmelte leise seinen Spruch und

war gleich darauf wie vom Erdboden verschluckt. Nun stand ich alleine da und blickte unsicher um mich

*Ok, jetzt ich...*, fuhr es mir durch den Kopf. *Und wenn ich wirklich in der Steinzeit rauskomme? Und vor mir steht ein Säbelzahntiger? Oder ein Mammut?*

„Dann bin ich immer noch schneller als jedes wilde Tier. Ich kann so schnell reden, dass ich sofort wieder hier bin.", sprach ich mir selbst Mut zu.

Einige Sekunden lang starrte ich auf den Zettel in meiner Hand. Dann schloss auch ich die Augen, flüsterte meinen Reisespruch und wurde im selben Augenblick von einem heftigen, wirbelartigen Sturm erfasst. Der Moment, in dem ich wieder festen Boden unter den Füßen zu haben glaubte, fühlte sich unglaublich hart an. Mir war speiübel, meine Magensäfte schienen sich zu attackieren und am liebsten hätte ich mich sofort zurückgezaubert.

„Gute Reise gehabt, Katharina?"

Als ich die Augen aufschlug, blickte ich direkt in Pauls Gesicht über mir.

„Sag mal, landest du immer so rasant?", fragte er, während er mir seine Hand entgegenstreckte, um mir aufzuhelfen. Er wartete gar keine Antwort ab, sondern fuhr ungehindert fort: „Also erst dachte ich, du kommst gar nicht mehr oder bist aus Versehen wirklich in der Steinzeit gelandet."

„So wie sich das angefühlt hat, dachte ich auch, dass ich mindestens in der Steinzeit angekommen bin. Vielleicht aber auch schon vor der Sintflut."

Mittlerweile stand ich wieder mit beiden Füßen auf dem Boden. Ein klein wenig tat mir der Hintern weh. Was musste ich auch so dumm sein und ausgerechnet eine Rückenlandung machen?!

„Also alles ok bei dir, oder?"

Ich nickte stumm.

„Na, dann mal los! Bis du angekommen bist, habe ich mich ein klein wenig umgesehen. Wir sind, wie ich gedacht habe, irgendwo im damaligen München gelandet, sofern man das hier schon als München bezeichnen kann. Aber wenn wir Glück haben, kann uns jemand Auskunft geben, wo genau wir uns befinden." So wirklich konnte ich Pauls Worte nicht nachvollziehen. Ich war noch viel zu sehr mit meinem Kleid beschäftigt, das völlig verrutscht war.

„Was sagst du?", murmelte ich gedankenverloren.

„Da drüben ist ein Gasthof. Wir können reingehen und uns einfach mal erkundigen, ob hier vielleicht zufällig zwei Herren eingetroffen sind."

„Ist das nicht ein bisschen einfach?"

Paul wiegte den Kopf hin und her.

„Einen Versuch ist es wert. Vielleicht haben wir Glück. Und wenn nicht - ach, egal! Komm! Es ist schweinekalt und ich möchte so schnell wie möglich zurück."

Erst jetzt fielen mir die dicken weißen Schneeflocken auf, die ruhig und bedächtig vom Himmel fielen. Das glitzernde Weiß überall auf den Bäumen und den Hausdächern erhellte die Dunkelheit der Nacht ein klein wenig. Von dem plötzlichen Sturz aus ein paar Jahrhunderten hatte ich eine ordentliche Schneehaube auf den Haaren. Hastig schüttelte ich ein paar Schneeflocken auf den Boden.

Nur mit Mühe konnte ich mit Paul Schritt halten, der den Gasthof inzwischen schon fast erreicht hatte. Ich hatte keinen blassen Schimmer, wo genau wir uns in München überhaupt befanden, sofern man - wie Paul schon überlegt hatte - von München überhaupt sprechen konnte. Das hier war mehr ein Kaff. Womöglich waren wir in einem kleinen Kuhdorf *vor* München gelandet. Ich kannte mich hier jedenfalls nicht aus. Stockdunkel war es noch dazu. Und eisig kalt.

Paul klopfte an der Türe, öffnete sie und trat ein. Als ich ihm unauffällig folgte, wurde mir zudem bewusst, dass ich noch nicht einmal genau wusste, weshalb wir den beiden Typen einfach hinterher gereist waren. Gut, sie hatten von Newton gesprochen und von Dingen, die auf das Vermächtnis schließen ließen. Besonders die Tatsache, dass die zwei wussten, wie sie in der Zeit reisen konnten, bestätigte

Letzteres. Also schön - jemand, der in die Geheimnisse um das Vermächtnis eingeweiht war, hatte möglicherweise etwas damit vor. Und damit schloss sich der Kreis. Paul und ich hatten uns also auf den Weg gemacht, das zu verhindern, von dem wir nicht wussten, was es eigentlich war, aber was höchstwahrscheinlich nicht gut war. Denn wer irgendetwas mit dem Vermächtnis zu tun hatte, konnte wohl nichts Gutes im Schilde führen. Zumindest hatte es sich ja bei der Newton-AG so erwiesen.

Mir rauchte der Kopf.

Aber wenigstens hatten wir den Gasthof erreicht, sodass wir, wie ich hoffte, nicht jämmerlich hier draußen in der Kälte erfrieren mussten. Von innen schlug mir eine stickig-muffige Luft entgegen, erfüllt von Feuerrauch und Fleischgeruch.

„Entschuldigen Sie...", wandte Paul sich an einen Mann, der hinter einem Kessel stand und so aussah, als sei er der Wirt des Gasthofes. „Wir sind fremd hier in der Gegend und auf Durchreise."

Nun ja, das war immerhin nicht gelogen.

„Und wir haben unsere beiden Begleiter verloren. Sind hier zufällig zwei junge Männer vorbeigekommen?"

„Ja, wenn Sie zwei Männer meinen, deren Alter ungefähr dem Ihrigen gleichkommt..." Der Wirt spuckte sich in die Hand und kratzte sich dann am Ohr. „Es ist nicht lange her, dass zwei junge Burschen eingekehrt sind. Ich habe seitdem vielleicht zwei neue Holzscheite aufgelegt..." Nun wischte er sich die vollgespuckte Hand an seiner fleckigen Schürze ab. „Die beiden Kerle haben nur flüchtig etwas getrunken und sind dann auch schon wieder los." Mit seinen kleinen runden Schweinsaugen musterte er uns scharfsinnig. „Aber sie haben nichts davon erzählt, dass sie zwei Begleiter verloren hätten. Und von einer Dame war schon zweimal keine Rede."

„Ja - ähm - natürlich." Paul trat verlegen von einem Bein auf das andere.

„Ist Ihnen kalt? Möchten Sie auch etwas zu trinken?", erkundigte sich der Wirt und zupfte dabei an seiner Schürze herum.

„Nein, wir haben es eilig. Aber vielleicht können Sie uns noch kurz mitteilen, wohin die beiden Burschen unterwegs waren?"

„Aber sicher doch." Der Wirt gluckste. „Zwei dumme Burschen sind das gewesen. Sie wollten zum *Goldenen Ochsen*. Dabei kehrt es sich bei mir viel besser ein. Nicht wahr?" Bei diesen Worten nickte er einem Mann zu, der in einen grauen Umhang gehüllt und mit einer über die Stirn gezogenen Kapuze an einem der Tische saß und mit halb geschlossenen Augen zu uns hinüber sah. Er gab keinen Laut von sich. Aber als er sein Gesicht ein wenig hob, war mir, als würde er zusammenzucken. Bei seinem Anblick spürte ich ein Unwohlsein in mir aufsteigen, für das es eigentlich keinen Grund gab. Er war doch nur ein Mann in einem grauen Umhang. Gut, sein Gesicht war verhüllt. Er wirkte düster und zugleich geheimnisvoll. Aber dennoch...
Paul riss mich durch ein tiefes Luftholen aus meinen Gedanken.

„Ja, das werden wir den beiden ausrichten, wenn wir sie erwischen.", sagte er. „Teilen Sie uns nur bitte noch mit, wie man zum *Goldenen Ochsen* kommt."

„Also Ihre beiden Gefährten kennen sich weitaus besser aus als Sie, das muss ich schon anmerken!" Beinahe beleidigt drehte sich der Wirt von uns weg und füllte einen Krug voll mit einer Flüssigkeit, die aussah wie Bier. Noch während er uns den Weg beschrieb, trug er den Krug zu dem uns unbekannten Mann. Keine fünf Minuten später traten Paul und ich wieder ins Freie.

„Wie kommen wir jetzt dorthin?", fragte ich und hielt mir schützend die Hände auf die Ohren. Ich hätte mir aber auch denken können, dass es im 17. Jahrhundert um diese Jahreszeit nicht viel wärmer sein konnte als in unserer eigentlichen Gegenwart!

„Ganz einfach.", erklärte Paul. „Wir laufen!"

## 6

Beißender Wind peitschte uns um die Ohren.

Es konnte doch nicht mehr weit sein! Wir hatten bestimmt schon mehr als die Hälfte des Weges zurückgelegt.

Immer wieder warf ich einen Blick zurück, als ob ich fürchtete, jemand könne uns folgen. Doch auf der schneebedeckten Straße war es menschenleer. Keine Seele war hier um diese Uhrzeit und noch dazu bei einem solchen Sauwetter draußen unterwegs.

„Der *Gasthof zum Goldenen Ochsen* liegt etwas außerhalb der Ortschaft, ziemlich mutterseelenallein in der Pampa.", wiederholte Paul nun schon zum bereits fünften Mal. „Ein idealer Ort für ein Verbrechen."

Bei seinen letzten Worten kribbelte mir eine Gänsehaut über die Arme. Als wäre das nicht allein genug, wurden wir plötzlich von einem vorbei stürmenden Reiter fast zu Tode erschreckt: Eine Gestalt in einem langen dunklen Umhang, die Kapuze weit über das Gesicht gezogen, jagte dicht an uns vorbei. Die Hufe des galoppierenden Pferdes wirbelten Schneestaub auf.

„Keine Sorge, Katharina, der hatte es bestimmt nur eilig. Glaub mir, hier draußen ist sonst niemand.", meinte Paul und legte seinen Arm um meine Schulter, nachdem die plötzliche Gefahr vorüber war. Aber so wirklich beruhigen konnte er mich dadurch nicht.

Inzwischen war der Schneefall stärker geworden und die Flocken fielen nun so dicht, dass man nur wenige Meter weit sehen konnte. Als vor unseren Augen wie aus dem Nichts auf einmal ein kleines graues Häuschen auftauchte, beschleunigten wir unsere Schritte, voll froher Hoffnung, nun endlich am Ziel angelangt zu sein und die beiden Kerle aus dem Hinterhalt überwältigen zu können.

Dass an der Tür nicht weit von uns entfernt ein Pferd angebunden war, nahm ich nur aus den Augenwinkeln wahr. Das Tier scharrte mit den Hufen im Schnee, seine Nüstern stießen weiße Kringel in die kalte Dezemberluft und seine

Flanken bebten. Es trug noch seinen Sattel und schien vor nicht langer Zeit angekommen zu sein. Aus einem Gebäude neben dem eigentlichen Gasthof drang leises Pferdewiehern zu uns hinüber. Vielleicht hatte der Reiter sein Pferd hier draußen abgestellt, weil er gleich wieder weiter wollte.

„Der *Goldene Ochse*.", hörte ich Paul neben mir murmeln. „Lass uns vorsichtig sein. Die zwei sollen ja nichts merken. Wir wollen sie heimlich überraschen." Er bückte sich und schlich auf flinken Füßen in die Nähe eines der Fenster.

Ich blieb einen Augenblick lang stehen und sah ihm hinterher. Als er beinahe das Haus erreicht hatte, überkam mich ein Gefühl der Angst. Mit einem Mal fühlte ich mich nicht mehr sicher. Und das lag nicht daran, dass Paul nun nicht mehr direkt neben mir stand. Nein, meine Angst rührte von dem Pferd her, das noch immer angebunden da stand und unruhig mit den Hufen scharrte. Ich musterte das Tier, konnte mir aber beim besten Willen nicht erklären, weshalb ich mich durch die Anwesenheit des Pferdes so unwohl fühlte. Keinen Atemzug später vernahm ich hinter mir leise Schritte im Schnee. Und noch ehe ich mich umdrehen konnte, hatte sich eine eiskalte Hand von hinten auf meinen Mund gelegt. Panik überkam mich. Ohne nachzudenken fing ich an, um mich zu treten und mich mit meinen Händen frei zu schlagen. Ich wollte um Hilfe schreien, aber es ging nicht, da mich mein heimtückischer Angreifer fest in seiner Gewalt hatte.

„Ihr wollt uns heimlich überraschen?", zischte eine tiefe Stimme hinter mir. „Dann träumt mal schön weiter, ihr zwei!"

Spätestens jetzt wurde mir klar, dass wir in einen Hinterhalt geraten waren. Und gleichzeitig begriff ich nun, was es mit dem Pferd auf sich hatte. Es musste dem Reiter gehören, der Paul und mich fast über den Haufen geritten hatte. Und der Reiter wiederum war der Mann, der vorhin in der Schenke gesessen war. Es war der Mann mit der Kapuze über dem Kopf. Er hatte uns belauscht. Da Paul und ich uns nach Ron und David erkundigt hatten, war ich mir nun auch sicher, für wen der mir noch Unbekannte im Dienst war: Er war ein Komplize von Ron und David.

Nach dieser schrecklichen Gewissheit, in einen Hinterhalt geraten zu sein, schienen meine Kampfgeister erst richtig zu erwachen. Auch Paul schlug sich gerade mit jemandem. Zwar konnte ich ihn nicht sehen, doch hörte ich unweit von mir Degen klirren. - Woher Paul so plötzlich eine Waffe herbekommen hatte? Nun, inzwischen schien mir nichts mehr unmöglich zu sein.

Da mich mein Angreifer noch immer fest umklammert hielt und ich mich seinem Griff nicht entwinden konnte, biss ich kurzerhand in die Hand vor meinem Mund.

Für einen kurzen Moment lockerte sich die Umklammerung. Meine Hände wirbelten durch die Luft. Mir gelang es tatsächlich, meinen Angreifer abzuschütteln und ihm mit meiner Faust auf die Nase zu schlagen, der mit einem lauten Schmerzensschrei zu Boden ging. Durch die Wucht meines eigenen Schlages geriet ich jedoch ins Straucheln. Ich taumelte einige Schritte nach vorne, stolperte dann über meine eigenen Füße und landete unsanft auf dem Bauch, das halbe Gesicht voller Schnee.

Prustend und nach Luft schnappend richtete ich mich auf. und blickte ängstlich um mich. Zu meiner Erleichterung war der Mann, der mich soeben noch festgehalten hatte, mit sich selbst beschäftigt. Er kniete auf dem Boden und hielt sich seine Nase. Obwohl es später Abend war, konnte ich deutlich genug sehen, dass dunkelrotes Blut auf den glitzernden Schnee tropfte.

„Dieses Mistvieh hat mir die Nase gebrochen!", jammerte er lautstark.

„Blödmann, dann fang die Göre wieder!", brüllte ihn einer der zwei Männer an, gegen die Paul sich verbissen zu wehren versuchte. Mit seinem Degen, den er weiß Gott woher hatte, schlug er sich recht wacker, wenngleich er der Anzahl seiner Gegner nach unterlegen war und die Kälte ihm offensichtlich zu schaffen machte.

Ich dachte nicht lange nach, sondern sprang auf die Beine und hastete auf den Mann mit der blutenden Nase zu, der mir verdutzt hinterher sah, als ich ihm seinen Degen aus der Scheide riss und damit auf die drei Kämpfenden zustürmte.

„Spinnst du, Katharina?", rief Paul mir zu. „Bring dich in Sicherheit! Los, weg von hier!" Im selben Moment rutschte er auf dem glatten Boden aus. Wie auf einer Eisbahn sauste er einem seiner Widersacher direkt unter den Beinen hindurch, brachte seinen Gegner dabei zu Fall und sprang gleich danach wieder auf die Füße. Keine Sekunde später streckte er den Mann mit der blutenden Nase zu Boden, der versucht hatte, auf die Beine zu kommen und seinen Komplizen zu helfen.

Das alles ging blitzschnell. Viel zu schnell für mich. So stand ich einfach nur da, starrte völlig baff auf Paul und vergaß dabei völlig, dass es ja noch jemand Dritten im Bunde gab. Meine Unaufmerksamkeit sollte ich allerdings schon im nächsten Atemzug bereuen: Denn wie eine Raubkatze sprang besagter Dritter von hinten auf mich zu, schlug mir den Degen aus der Hand und stieß mich unsanft zu Boden. Vor Schreck war mir die Luft weggeblieben.

„So, junge Dame, jetzt hat es sich ausgetrickst!" Mit einem hämischen Lachen beugte sich die Gestalt über mich. Das Letzte, das ich wahrnahm, war ein harter Schlag gegen meine Schläfe, bevor mir schwarz vor den Augen wurde.

Als ich merkte, dass ich keineswegs gestorben war, sondern mich noch unter den Lebenden befand, blinzelte ich behutsam und stellte fest, dass ich mich in einem Bett in einer warmen Stube befand. Ruckartig versuchte ich mich aufzurichten, musste jedoch schmerzlich feststellen, dass mein Schädel brummte. Mit einem leisen Stöhnen ließ ich mich zurücksinken und dachte nach. War ich vielleicht noch immer beim *Goldenen Ochsen*?

Aber der Überfall!

„Paul...", murmelte ich schwach und rieb mir meinen schmerzenden Kopf. Ein bisschen fühlte ich mich wie vorhin nach dem Zeitsprung. Wobei - war das wirklich vorhin gewesen oder war seitdem nicht schon viel mehr Zeit vergangen?

„Also wir wissen alles, was wir wissen müssen.", waren auf einmal Stimmen aus einem anderen Raum zu hören. „Der Junior hat uns alles gesagt, was von Bedeutung ist. Wir brauchen das Blut eines Nachfahren von Turner, die Spucke eines Sprösslings aus der Morgan-Reihe und ein Haar von unserem guten alten Newton." Die Worte, die ich soeben vernommen hatte, rasten wie wild durch meinen Kopf. Turner, Morgan, Newton... - Also wenn es hier nicht um das Vermächtnis ging, dann träumte ich das hier alles entweder nur oder ich litt wirklich unter Wahnvorstellungen.

„Das Haar von Newton hat uns der Junior persönlich mitgebracht." Die Person lachte hässlich. „Jetzt fehlt uns nur noch die Spucke von Morgans Nachfahren."

„Und vergiss nicht das Blut eines Turner-Nachkommens!", schaltete sich eine zweite Stimme mit ein.

„Ja, David, aber das werden wir bald haben." Er senkte seine Stimme, aber trotzdem war sie noch laut genug, um alles deutlich zu hören. „Wenn mich nicht alles täuscht, haben wir es mit einem Morgan und einer Turner zu tun. Schon vergessen? Wer sonst könnte in der Zeit reisen und hier mir nichts, dir nichts auftauchen?"

„Ja, dumm nur, dass dieser Morgan entwischt ist."

Paul war entkommen?

Mein Herz klopfte schneller.

Paul war also nicht tot? Er lebte noch und war in Sicherheit?

„Ich hab es ganz deutlich gesehen, dass er einen oval facettierten Feueropal in der Hand gehalten hat. Seine Begleiterin muss demnach ebenfalls eine Zeitreisende sein."

„Genau wie wir."

„Musst du das denn immer so laut herum posaunen?", ertönte es vorwurfsvoll.

„'Tschuldige..."

„Schon ok. Also, ich schlage vor, wir schnappen uns erst das Blut von dieser Turner. Und dann knöpfen wir uns diesen Morgan vor. Schade, dass wir von ihm kein Blut brauchen. Ihn würde ich sogar ganz umlegen dafür. Dieser Mistkerl."

Außerhalb meines Zimmers war nun zu hören, wie Stühle gerückt wurden und Schritte sich meinem Zimmer näherten. Gleich darauf wurde die Türe aufgerissen und zwei junge Männer traten ein, von denen mir einer, wie ich sogleich feststellte, bereits bekannt war...

„Ron Thunder!", zischte ich.

„Offensichtlich erinnert sich da jemand an meinen Besuch, wie?" Spöttisch grinsend kam Ron näher. „Und mit wem habe ich die Ehre? Doch nicht etwa mit Katharina Turner höchstpersönlich?"

Wütend biss ich die Zähne aufeinander.

„Also gut, dann stimmt es. Tja, Süße, wir sind uns schon einmal begegnet. Und wir haben nichts Schönes mit dir vor."

„Ihr wollt mich umbringen?", zischte ich unter zusammengepressten Lippen.

„Das wäre wohl ein bisschen viel. Wobei - überlegen könnten wir es uns ja. Deinen Begleiter, diesen Paul Morgan, würden wir auf jeden Fall umlegen, auf der Stelle. So ein Bastard!"

„Wag es ja nicht, so über Paul herzuziehen!", fauchte ich ihn an.

„Och, hat da jemand ein bisschen Herzschmerz, was?"

Die beiden Jungs sahen sich an und prusteten dann lautstark los.

„Dieser Schuft hat unseren Verbündeten umgelegt. Dafür, dass der die Radieschen ab heute von unten anschaut, wäre es eigentlich ein angemessener Lohn, ihn ebenfalls ins Gras beißen zu lassen, was?", fuhr Ron Thunder seelenruhig fort.

„Das wird euch nicht gelingen!", erwiderte ich aufgebracht. „Paul ist viel besser als ihr beide zusammen."

„Ach ja? Ist er das? Och, der arme kleine Paul. Schade, dass er dann trotzdem bald tot sein wird..."

„Ihr gemeinen Schufte! Woher wusstet ihr, dass...?"

„Glaubt ihr denn, wir zwei sind doof? Es ist nicht das erste Mal, dass wir in der Zeit reisen." Er lief einige Schritte vor mir auf und ab, während sein Gefährte starr wie ein Stein vor der Türe verharrte, als ob er fürchtete, ich könnte jeden Moment aufspringen und davon laufen.

„Wir haben viele gute Verbündete, Komplizen.", fuhr Ron fort. „Und wir reisen immer in dem besagten Gasthof an, genau dort, wo auch ihr eingetroffen seid. Bis jetzt ist uns nie jemand gefolgt, aber diesmal hat es sich offensichtlich gelohnt. Unser Komplize hat euch belauscht. Dank seines Pferdes ist es euch zuvorgekommen. Als ihr eingetroffen seid, hier, beim *Goldenen Ochsen*, waren wir bereits über alles informiert. Unser Komplize sagte, es sei ihm gleich komisch vorgekommen, dass sich zwei junge Leute ausgerechnet nach uns erkundigen und sich noch dazu die Wegbeschreibung zum *Goldenen Ochsen* geben lassen. - Wie blöd kann man eigentlich sein?"

Wie gelähmt saß ich auf dem Bett und starrte abwechselnd auf Ron und seinen Gefährten.

„Wir hatten uns mit Rosehill verabredet.", erzählte Ron weiter.

„Mit dem Junior...", knurrte ich.

„Ja, genau, richtig!" Er funkelte mich aus hasserfüllten Augen zornig an. „Tja, ihr seid leider wirklich zu spät gekommen, du und dein Zeitreisebegleiter."

„Da habt ihr euch getäuscht - und zwar gewaltig!"

„Ach ja?" Ron drehte sich um und schritt gemütlich seinen Weg zurück auf die andere Seite des Raumes. „Wir wissen, was wir brauchen, um das Elixier herzustellen, mit welchem das Vermächtnis umgesetzt wird. Damit sind wir nicht nur unglaublich mächtig, sondern auch unsterblich - für alle Ewigkeiten!" Seine Worte verklangen in einem asthmatischen Lachen. „Ein Haar von Newton - das hat uns glücklicherweise bereits der nette Herr Rosehill mitgebracht. Außerdem ein bisschen Spucke von Morgans Nest-häkchen. Uns wäre ja ein bisschen Blut oder Gehirnmasse lieber gewesen. Hauptsache, dieser Morgan ist endlich weg." Er schnaubte verächtlich. „Und von dir, Schätzchen, brauchen wir ein bisschen Blut."

Erschrocken war ich zusammengezuckt.

„Keine Sorge, Püppchen, wir lassen dich am Leben. Aber ein bisschen aufschlitzen werden wir dich schon müssen." Mit kleinen bedrohlichen Schritten näherte er sich dem Bett, auf dem ich wie angewurzelt festsaß.

„Aber..."

„Nichts aber!", schnitt er mir das Wort ab. „Eine Schnitt-wunde, nichts Schlimmes. Hab dich nicht so!" Er machte eine abfällige Handbewegung. Dann zog er aus seinem Gürtel ein kleines, scharf blinkendes Messer. Panik machte sich in mir breit. Ich musste unbedingt Zeit gewinnen. Viel-leicht tat sich doch noch eine Möglichkeit zur Flucht auf...

„Woher wusstet ihr, dass ihr uns hier in der Vergangen-heit findet?", fragte ich hastig.

„Eigentlich hatten wir ja nicht damit gerechnet, dass uns jemand im 21. Jahrhundert auf die Schliche kommt. Wir haben versucht, alles so gut wie möglich zu tarnen." Dies-mal war es David, der sprach. „Aber natürlich wussten wir, dass es mindestens einen Nachfahren von Turner geben muss und einen von Morgan, sodass wir beide nicht die einzigen sind, die in die Kunst des Zeitreisens eingeweiht wurden. - Und außerdem sind wir uns ja schon einmal be-gegnet. Erinnerst dich wohl nicht, was?"

Nein, daran erinnerte ich mich beim besten Willen nicht. Aber vielleicht auch deshalb, weil mir der Atem stockte: Denn Ron war nur noch einen halben Meter von mir ent-fernt. Das Messer blitzte verdammt scharf.

„Und da uns klar war, dass es mindestens zwei weitere Zeitreisefähige gibt, haben wir beschlossen, von Anfang an auf der Hut zu sein, und aus diesem Grund haben wir uns in der Vergangenheit zahlreiche Komplizen gefügig gemacht. Wir haben es geschickt eingefädelt, um uns genau an diesem Abend mit Rosehill zu treffen. Und unser Plan ist aufgegangen. Wir haben Newtons Haar und wir wissen nun endgültig über alles Bescheid." Er fuhr sich triumphierend mit der Hand durch die fettigen Haare. „Es kam uns merkwürdig vor, dass der Zettel in der Bibliothek verschwunden ist. Das besagte Buch von Thomas de Padova. Es war unser Code-Buch."

Ich schluckte.

„Alle geheimen Vereinbarungen liefen über das Buch."

„Wie seid ihr in die Bibliothek gekommen?", fragte ich mit trockener Kehle.

„Ganz einfach. Aber das willst du lieber gar nicht wissen." Er lächelte mich überlegen an. „Über Wochen hinweg hat es gut geklappt. Bis eines Tages die Nachricht nicht angekommen ist. Uns war klar, dass das kein Zufall gewesen sein konnte mit dem Zettel. Selbst wenn wirklich einer der Besucher ausgerechnet das Buch über Newton und die Zeit und lauter so ein Geblubber benutzen sollte, würde er den Zettel zurücklegen."

„Oder wegschmeißen. - Es war eine primitive Geheimschrift.", unterbrach ich ihn und versuchte, auf meinem Bett nach hinten zu rutschen, um möglichst viel Abstand zu Rons Messer zu wahren.

„Ach ja? Primitiv, sagst du? Dass ich nicht lache! Du bist vielleicht primitiv, weil du glaubst, dass du uns entkommen kannst, indem du das Bett entlang robbst." Er lachte gehässig. „Es kam uns jedenfalls seltsam vor, die Sache mit dem Zettel. Und als Ron an jenem Abend in der Bibliothek war und mit mir telefonierte, hatte er das ungute Gefühl, beobachtet worden zu sein."

„Wer ist auch so blöd und steigt eigens in eine Bibliothek ein, nur um zu telefonieren?", entgegnete ich. Meine Bemühung um jegliche Coolness schlug fehl. Vielmehr bebte meine Stimme vor Furcht und Angst.

„Und welcher normale Mensch ist so blöd und schleicht nachts in einer Bibliothek umher so wie du? Was hast du dort gesucht?"

„Literatur.", erwiderte ich patzig.

„Och, das kleine Schulmädchen will sich literarisch fortbilden." Die beiden Jungs sahen sich an und gackerten dämlich.

Innerlich spürte ich kochende Wut in mir aufsteigen.

„Das konnte ja wirklich ein Blinder sehen, dass uns da jemand auf die Schliche kommen wollte. Dummerweise war heute der Tag der Verabredung mit Rosehill und die konnten wir keineswegs platzen lassen. Zeit, um herauszufinden, wer uns da hinterher schnüffelte und auszuspionieren versuchte, blieb uns daher nicht. Wir mussten alle nötigen Vorbereitungen für die Zeitreise treffen."

„Woher habt ihr die Steine? Und die Anleitung?" Ich spürte, dass ich mit meinen Fragen allmählich dem Ende zusteuerte, genauso wie ich mit meinem Rücken mittlerweile die Wand erreicht hatte.

„Das geht dich gar nichts an! Du würdest es uns ja sowieso nicht glauben.", fauchte Ron und stand nach einem kurzen Sprung direkt neben mir. Er packte meinen Arm, riss den Saum meines Ärmels auf und drückte mir das Messer direkt auf die Haut.

„Eigentlich wollten wir das heute in aller Ruhe zu Ende bringen. Wir hatten Rosehill verabschiedet und wollten gerade zurück in die Gegenwart, als uns die Nachricht erreichte, dass zwei junge Herrschaften eingetroffen seien, die ein auffälliges Interesse an uns beiden zu zeigen schienen." Ein breites Grinsen huschte über sein Gesicht. „Kurzerhand beschlossen wir, herauszufinden, wer uns da auf der Schliche war. Und wie durch Zufall hat sich herausgestellt, dass Paul Morgan und Katharina Turner so mir nichts dir nichts einfach mal hierher gehüpft sind. - Damit habt ihr uns entscheidend geholfen. In der Anleitung für das Elixier heißt es nicht, welchen Nachfahren von Morgan und Turner man benötigt. Wichtig ist nur, dass es nicht die beiden Wissenschaftler selbst sind, sondern das Blut eines direkten Nachkommen."

Mit weit aufgerissenen Augen starrte ich ihn an.

„Ursprünglich hatten wir beschlossen, im 21. Jahrhundert die Nachfahren Morgans und Turners um ein bisschen Blut und Spucke zu bringen. Zeitreisen zu unternehmen ist nicht sonderbar spaßig." Er sah mich mit schiefgelegtem Kopf scheinbar mitleidig an. „Aber nein! Es ist ja umgekehrt: Morgans Spucke und Turners Blut. Tja, damit bist *du* jetzt wohl an der Reihe. Und wie gesagt: Eigentlich hättet ihr unsere Opfer in der Gegenwart werden sollen. Nochmals vielen herzlichen Dank für eure Bereitschaft, uns so freundlich zur Verfügung zu stehen. Dein Paul ist leider nicht ganz so nett wie du. Aber weit kann er nicht sein. Schließlich wird er doch sein Katharina-Schatzilein nicht im Stich lassen, nicht wahr?"

Ein kurzer Schmerz zuckte durch meinen Unterarm. Fassungslos starrte ich auf den etwa fünf Zentimeter langen Schnitt, der sich quer über meine Haut zog und aus dem hellrotes Blut hervorquoll.

„Los, Reagenzglas her!"

Ich wollte meinen Arm wegziehen, aber Ron hielt mich zu sehr fest. David pflückte aus der Innenseite seiner Weste ein aus dem 21. Jahrhundert mitgebrachtes Reagenzglas und drückte es auf meine Wunde. In wenigen Sekunden hatte sich das Röhrchen bis zur Hälfte gefüllt.

„Das müsste genügen.", entschied er und verschloss das Reagenzglas. Als er meinen entgeisterten Blick sah, meinte er nur: „Ich studiere Chemie. Da trifft es sich doch gut, dass ich in jeder Lebenslage ein Reagenzglas bei mir trage, nicht wahr? Und stell dir vor: Für deinen allerherzliebsten Freund habe ich auch noch eines übrig."

Ohne ein weiteres Wort zu verlieren, hatten sich die beiden umgedreht und waren verschwunden.

Ich blieb allein zurück mit meiner Angst, mit meinem Schmerz. Ich hatte Angst, dass sie Paul finden und ihm Schreckliches antun würden. Ich hatte Angst, dass sie das Elixier tatsächlich umsetzen und damit noch viel Schrecklicheres anrichten würden.

Mit zusammengebissenen Zähnen wickelte ich mir den von Ron aufgeschlitzten Stofffetzen fest um meine Schnittwunde am Unterarm. Keine Sekunde später ließ ich mich zurück in mein Kissen sinken und überlegte, was ich nun tun konnte. Statt einen zielführenden Gedanken zu fassen, musste ich bereits nach kurzer Zeit eingeschlafen sein. Die Zeitreise, die klirrende Winterkälte, der Schock - das alles hatte mich hundemüde gemacht.

Ich musste wohl die ganze Nacht über geschlafen haben, denn als ich erwachte, war es bereits taghell. Benommen blieb ich auf meinem Lager und rührte mich nicht. Hunger oder Durst verspürte ich keinen. Ich wollte nur nach Hause, weg von hier, heim, irgendwohin, wo ich in Sicherheit war. Reflexartig fasste ich nach meinem Handgelenk, um das ich bei meiner letzten Zeitreise immer den Stein getragen hatte, den Stein, der mich zurück in die Zeit bringen würde, in die ich hingehörte. Wieso war ich nicht gleich darauf gekommen?

Aber meine Hand bekam keinen Stein zu fassen. Er war weg.

In diesem Augenblick wurde die Türe aufgestoßen und das Gesicht einer mir fremden Frau blickte mir entgegen. Fassungslos starrte ich sie an.

„Ah, Sie sind wach!" Verwunderte blinzelte sie. „Und ich dachte schon, jetzt hätte Ihr letztes Stündlein geschlagen."
Nein, das wäre mir dann doch noch etwas zu früh gewesen.

„Ich habe mir erlaubt, die Wunde an Ihrem Arm zu verbinden. Das ist ja schrecklich, was diese Herren Ihnen angetan haben. Solange sie sich noch hier befanden, haben sie uns auf Leben und Tod verboten, auch nur in die Nähe Ihres Zimmers zu kommen."
Ich nickte schwach.

„Was diese Herren nur wollten! Ständig haben sie so geheimnisvoll herumgeredet. Sie seien auf der Suche nach einem Mann, dem sie das Handwerk legen wollten."

„Wohin sind sie genau unterwegs?", fragte ich aufgeregt.

„Sie sind gleich heute Morgen aufgebrochen. Wie durch ein Wunder hat es kurz nach dem heftigen Vorfall von gestern Abend aufgehört zu schneien. Die Spuren des Geflüchteten sind noch deutlich genug zu sehen."

Enttäuscht schloss ich die Augen. Wenn es dumm ging, würden sie Paul schnappen. Und ihren Worten nach würden sie kurzen Prozess mit ihm machen.

„Ja - und dann wollten sie zur *Sternenhöhe*."

Auch wenn mir die Frau im derzeitigen Augenblick tierisch auf die Nerven ging, weil ich viel lieber meine Ruhe und vor allem meinen Feueropal gehabt hätte, konnte ich von Glück sprechen, dass sie da war, denn so erfuhr ich alles, was ich wissen musste.

„Was ist denn diese *Sternenhöhe*?", murmelte ich.

„Ach, Sie sind wohl fremd hier, was? Naja." Sie lachte kurz auf. „Das ist ein Hügel, auf dem man eine herrliche Aussicht hat. Es heißt, dass sich hier in lauen Sommernächten verrückte Liebespaare treffen." Sie kicherte, fuhr gleich darauf aber mit gesenkter Stimme fort: „Und in dunklen Nächten, in denen nur der Vollmond Licht spendet, sollen Werwölfe und Geister dort ihr Unwesen treiben. Es ist kein Ort, an dem man sich nachts aufzuhalten hat."

Ja, das würde ich auch sagen. Die Leute hatten nachts in ihren Betten zu liegen.

„Noch heute Nacht wollen sie dort sein. Sie sprachen von Blut und einem Elixier..." Die Frau flüsterte inzwischen nur noch. „Wenn Sie mich fragen: Die beiden haben Teuflisches vor. Gnade ihnen Gott!"

Erschöpft nickte ich. Wenn ich die Worte der Frau richtig verstanden hatte, waren Ron und David also hinter Paul her. Dank der guten Wetterlage würde es ihnen ein Leichtes sein, ihn aufzuspüren, denn Paul hatte mit Sicherheit Spuren im Schnee hinterlassen.

Mit seiner Spucke, Newtons Haar und meinem Blut wollten sich Ron und David dann nachts auf diesem besagten Sternenhügel treffen, um ein Elixier herzustellen, dessen Wirkung ich mir bereits in den schlimmsten Bildern ausmalen konnte.

„Die Burschen beabsichtigen, ein Gebräu zu zaubern, welches mächtiger sein soll als alle bisher gebrauten Zaubertränke!" Jammernd schlug sich die Frau mit der flachen Hand auf die Stirn und humpelte von meinem Lager fort. „Das geht nicht mit rechten Dingen zu! Der Teufel selbst hat seine Hand mit im Spiel..." Sie öffnete die Türe und drehte sich noch einmal nach mir um. „Was bin ich froh, dass Sie noch am Leben sind, junge Frau. Was die Kosten für Ihre Unterbringung anbelangt: Ich habe mir erlaubt, Ihren Stein an mich zu nehmen. Er sieht sehr kostbar aus und wird gewiss sämtliche Unkosten zu decken vermögen. Sie glauben ja gar nicht, wie mager es in meiner Vorratskiste sonst immer aussieht..." Dann schloss sie die Türe.

## 7

Noch immer konnte ich es nicht fassen, dass die Frau sich meines Feueropals bemächtigt hatte. Musste der Zufall denn überall seine Finger mit im Spiel haben?

Da waren Paul und ich den beiden Kerlen also rein zufällig auf die Schliche gekommen, hatten im richtigen Augenblick die richtigen Schlüsse gezogen und hatten rechtzeitig die Vermutung geäußert, dass die zwei offensichtlich in irgendeiner Verbindung zu dem Vermächtnis standen. Das *Wie und Warum* war vorläufig einmal egal. Fest stand, dass Ron und David anscheinend Verdacht geschöpft und geahnt hatten, dass ihnen jemand dicht auf den Fersen war. Nur hatten sie nicht gewusst, wer es ist.

Durch ihre zahlreichen Verbündeten, die sie in der Vergangenheit haben, hatten sie schließlich von Pauls und meiner Ankunft gehört, eins und eins zusammengezählt und uns ordentlich eines über die Mütze gezogen.

Jetzt saß ich hier wie festgenagelt auf meinem Bett, meinen Feueropal hatte eine mir noch immer völlig fremde Frau, Paul irrte da draußen in der Winterlandschaft wahrscheinlich vollkommen orientierungslos herum und Ron und David waren ihm mit Sicherheit dicht auf den Fersen. Sie würden seine Spucke gewiss und vielleicht sogar seinen Tod bekommen und dann würde ihnen nichts mehr im Weg stehen, in der heutigen Nacht auf dem Sternenhügel das Elixier herzustellen, was das Ziel ihres ganzen Vorhabens gewesen war.

„Heute ist Vollmondnacht!", hallten die Worte der fremden Frau in meinen Ohren nach, als diese schon längst die Wohnstube verlassen hatte. Zumindest ging ich davon aus, dass es so etwas wie die Wohnstube war, denn mein Zimmer grenzte offensichtlich an einen Raum, in dem gekocht und gegessen wurde.

Vollmondnacht - das schienen ja glänzende Aussichten zu sein! Eine perfekte Nacht für ein so gruseliges Vorhaben,

Blut mit Spucke und Haaren zu vermischen. - Ob man das Elixier trinken musste?

Angewidert schüttelte ich mich. Das war wirklich ekelerregend. Blieb nur noch zu hoffen, dass Paul es irgendwie schaffen würde, Ron und David zu entkommen. Apropos entkommen. Wenn ich hier weg wollte, musste ich mir auch etwas einfallen lassen. Und vor allem wieder an meinen Feueropal gelangen.

Kurzerhand schälte ich mich aus dem Bett und setzte die Füße auf dem Boden ab. Ein wenig schwindelig war mir schon, während ich so da saß und angestrengt nach unten auf meine Schuhspitzen blickte. Dann stand ich mit einem Ruck auf. Leicht schwankend bewegte ich mich durch den Raum. Aber schon nach wenigen Schritten hatte ich mein Gleichgewicht wiedergefunden.

An der Türe angekommen, lauschte ich angestrengt, ob ich auch wirklich alleine sein würde, wenn ich die Wohnstube betreten würde. Doch alles war still.

Vorsichtig öffnete ich die Türe und betrat (wie ich vermutet hatte) eine Art Wohnstube, in der sich wohl besonders abends gerne die Gäste tummelten und aßen und tranken. Zumindest wurde sie um die momentane Tageszeit nicht besucht. Von der Frau war weit und breit keine Spur zu sehen und auch sonst hielt sich niemand hier auf.

Fieberhaft spulte ich noch einmal die Worte der Frau in meinem Kopf ab: *„Ich habe mir erlaubt, Ihren Stein an mich zu nehmen. Er sieht sehr kostbar aus und wird gewiss sämtliche Unkosten zu decken vermögen. Sie glauben ja gar nicht, wie mager es in meiner Vorratskiste sonst immer aussieht..."*

Sie hatte meinen Zeitreisestein als Entschädigung für die für sie entstandenen Kosten angesehen. Dementsprechend musste ich nun nach besagter *Vorratskiste* suchen.

Meine Augen schweiften durch den gesamten Raum und blieben hinter einer Art Tresen an einem Wandschrank hängen. Nun ja, nicht der Wandschrank direkt. Vielmehr eine kleine Kiste, die sich darauf befand. Es sah aus, wie...

Gerade wollte ich mich der Kiste nähern, als von draußen auf einmal Schritte zu hören waren.

*Mist!*

Schnell eilte ich zurück in mein Zimmer, um nur ja nicht entdeckt zu werden. Wer konnte schon wissen, ob es hier nicht noch weitere Verbündete von Ron und David gab? Angespannt saß ich auf der Bettkante und lauschte. Die Schritte verharrten für einen Augenblick in der Wohnstube und entfernten sich bald darauf auch schon wieder.

Obwohl die Luft rein zu sein schien, blieb ich eine gefühlte Ewigkeit auf dem Bett sitzen und wartete, ob nicht doch noch jemand zurückkam. Aber als sich nichts rührte, wagte ich mich erneut vor. Behutsam bahnte ich mir einen Weg zum Wandschrank. Doch so sehr ich mich auch streckte und reckte, ich kam nicht an die blöde Kiste ran. Sie stand zu hoch. Oder ich war einfach zu klein.

Na schön, dann musste ich es eben anders anpacken. Schon drehte ich mich um und schleppte einen der Stühle heran, in der Hoffnung, er würde mein Gewicht tragen. Mit zitternden Knien stieg ich auf das Hockerchen. Meine Finger tasteten nach der Kiste und ich war erfolgreich: Kurze Zeit später hielt ich das hölzerne Ding in den Händen. Jetzt musste ich es nur noch öffnen. Aber wie? Die Kiste war verschlossen.

Meine Augen blieben bei einem schäbigen Kochlöffel hängen, der in einem dicken Kessel steckte und darauf wartete, die nächste Fleischbrühe umrühren zu dürfen. Kurzerhand griff ich danach und drosch damit auf den Holzdeckel ein, der tatsächlich nicht so robust war, ganz so, wie ich es vermutet hatte. Zunächst gab das Holz knackende Geräusche von sich, bevor es sich bog und schließlich auseinander barst. Zum Vorschein kam nicht der erhoffte Stein. Stattdessen talerartige Gegenstände. Nervös wühlte ich mit meinen Händen darin herum, griff nach dem Zeug und schmiss es achtlos auf den Boden. Plötzlich bekam ich Stoff zwischen meinen Fingern zu fühlen. Aufgeregt schlug ich das Tuch auseinander.

Es folgte eine Lage Heu und schließlich - ein kleines, glänzendes, edelsteinartiges Etwas.

„Mein Feueropal!", murmelte ich erleichtert und presste den Stein glücklich an meine Brust. Die Kiste hatte ich achtlos fallen gelassen. Sie war nun unwichtig für mich geworden.

Jetzt nur noch weg von hier und zwar so schnell wie möglich! Hals über Kopf stürmte ich aus der Wohnstube. Draußen musste ich für einige Sekunden stehen bleiben und blinzeln, so sehr wurden meine Augen von dem grellen Licht, das sich im Schnee spiegelte, geblendet. Ein leises Wiehern riss mich aus meiner Starre.

*Pferde!*, fiel mir ein. *Das ist es! Ich schnapp mir ein Pferd!*

Ich zögerte keine Sekunde, sondern stapfte zielstrebig auf den nicht weit vom Haus entfernt stehenden Schuppen zu, aus dem das Wiehern zu hören war. Ohne zu überlegen riss ich die Stalltüre auf und taumelte in den warmen, nach Stroh und Mist riechenden Gang. Gleich direkt vor mir war ein Rappe angebunden. Er trug keinen Sattel, dafür aber ein Zaumzeug. Ich dachte nicht lange nach, sondern band das Tier kurzerhand los, drehte es um und brachte es neben einem hölzernen Trog zum Stehen. Schnurstracks kletterte ich auf die Holzbox und bestieg von dort aus den Pferderücken.

*Jetzt oder nie!*

Mein Puls beschleunigte sich.

*Zeig, was du kannst!*

Mit einer Hand die Zügel fest umklammernd, mit der anderen mich in der Mähne festhaltend, gab ich dem Tier einen leichten Schenkeldruck und ritt auf dem Rappen hinaus in die weiße Winterlandschaft, die Augen fest auf den Boden gerichtet, der ein einziges Wirrwarr aus Fuß- und Hufabdrücken zu sein schien. Zunächst glaubte ich, mich in diesem Durcheinander aus Spuren zu verlieren, doch dann sah ich, wie einige der Spuren um das Haus herum und hinaus auf eine Ebene führten, die meinem Bauchgefühl nach hundertprozentig so aussah, als habe Paul sie zu einer Flucht benutzt.

„Los, mein Pferdchen, los!"

Ich schnalzte mit der Zunge und drückte meine Schenkel gegen den warmen Pferdekörper. Der Rappe verstand und trabte los, direkt neben der Spur entlang, die ich Paul zuordnete. Während die Hufe den glitzernden Schnee aufwirbelten, hatte ich große Mühe, mich auf dem Pferderücken zu halten: Wie ein Gummiball hüpfte ich auf und ab.

Der aufgewirbelte Schnee flog mir um Ohren und Nase. Eisiger Wind peitschte mir ins Gesicht und die scheußliche Winterkälte legte sich stramm und fest um meine Glieder.

Ich wurde das Gefühl nicht los, dass es noch nicht allzu lange her sein konnte, dass Ron und David vom *Goldenen Ochsen* aufgebrochen waren. Ich war mir sicher, bald auf sie zu stoßen, selbst dann, wenn sie ebenfalls zu Pferd unterwegs waren, wovon ich schwer ausging, denn neben der Fußspur, der ich folgte, waren noch Hufabdrücke von mindestens zwei anderen Pferden zu sehen.

Über mir zog ein großer Vogel mit mächtigen Schwingen bedächtig seine Kreise. Die Sonne schien als großer gelber Fleck vom kristallblauen Himmel und doch brachte sie keine Wärme.

Von der Kälte entkräftet spürte ich sehr bald, wie meine Erschöpfung immer mehr Besitz von mir ergriff, sodass ich mich schließlich vornüber auf den Pferdehals beugte. Jegliches Zeitgefühl schien mir hier draußen in der eisigen Winterlandschaft abhanden gekommen zu sein. Als ich mich irgendwann wieder aufrichtete und ängstlich um mich blickte, wo ich denn überhaupt war, konnte ich weit und breit keine Spuren mehr sehen außer meine eigenen. Mein Reittier war längst in ein langsames Schritt-Tempo übergegangen. Ich befand mich nun also irgendwo und zugleich nirgendwo, hatte nicht den leisesten Hauch einer Ahnung, wo mein Pferd und ich nun umher trotteten. Schräg vor uns lag ein Wäldchen, dem wir uns langsam näherten. Ich beschloss, ihm keine große Aufmerksamkeit zu schenken, sondern ließ mich wieder zurück in die weiche Mähne sinken. Mehr dösend als wach hing ich schlapp auf dem Pferdehals und fühlte die ruhigen Bewegungen des Rappen unter mir.

*Vielleicht*, dachte ich. *Vielleicht ist es besser, ich mache mich gleich auf den Heimweg. Jetzt, solange ich mich noch auf die Rückreise machen kann. Nicht, dass es zu spät dafür wird...*

Als ich meine Augen wieder öffnete, stellte ich fest, dass wir dem kleinen Wald bereits ein beachtliches Stück näher gekommen waren. Nicht weit von mir ragte eine Gruppe von kahlen Sträuchern aus den weißen Schneemassen hervor. Während mein Pferd sich stetig auf die Strauchgruppe zu bewegte, warnte mich eine dunkle Vorahnung, dass mich jemand von einem Versteck aus beobachtete. Meine Augen suchten die Umgebung ab, konnten aber weit und breit nichts Verdächtiges entdecken. Als wollte ich mich über meine eigene Angst lustig machen, schüttelte ich den Kopf.

Auf einmal blieb mein Pferd stehen. Ruckartig bewegte es seinen Kopf nach oben, sodass ich beinahe von seinem Rücken gerutscht wäre.

Meine Angst, die ich soeben noch abzuschütteln versucht hatte, war mit einem Schlag zurückgekehrt. Ich richtete mich auf und blickte erschrocken um mich, während mein Pferd angespannt die Ohren aufstellte und die Nüstern blähte. Hörte es etwas? War da jemand? Ein wildes Tier? Oder vielleicht viel schlimmer...

Mein Reittier trat unruhig einige Schritte zurück und peitschte mit dem Schweif. Vorsorglich fasste ich auch mit der zweiten Hand in die pechschwarze Mähne, was allerdings nichts gegen ein plötzliches Aufbäumen helfen sollte: Als der Rappe unter mir mit einem lauten Wiehern in die Höhe stieg und mit den Vorderhufen um sich schlug, rutschte ich gegen meinen Willen den glatten Pferderücken hinunter und landete rücklings mitten im Schnee. Wenige Sekunden später war von meinem Pferd weit und breit nichts mehr zu sehen. Der Rappe war auf und davon. Irgendetwas hatte ihn dermaßen erschreckt, dass er das Weite gesucht hatte.

Verletzt hatte ich mich bei meinem Sturz glücklicherweise nicht. Doch dafür hatte ich einen umso größeren Schrecken erlitten.

Ich spürte, wie sich das kalte Weiß rasend schnell in meine Kleidung fraß und meiner unbedeckten Haut schmerzhafte Nadelstiche zufügte. Meine Augen füllten sich in Sekundenschnelle mit Tränen.

Nicht weit von mir hörte ich knirschende Schritte im Schnee, die immer schneller näher kamen und schließlich neben mir Halt machten. Noch konnte ich nicht erkennen, um wen es sich handelte, da ich meine Umgebung durch meinen Tränenschleier nur verschwommen wahrnahm. Deshalb machte sich in mir die böse Vorahnung breit, dass es sich um Ron und David oder zumindest um einen von ihnen handeln könnte. Andererseits: Wenn es einer von ihnen gewesen wäre, hätte er sich wohl längst zu erkennen gegeben. Stattdessen...

„Katharina...", murmelte eine Stimme betroffen. Und als ich sie hörte und erkannte, wem sie gehörte, wäre ich am liebsten gestorben. Ich hörte, wie die Person neben mir in die Knie ging. Eine Hand fasste nach meinem Gesicht und wischte mir die Tränen aus den Augen.

„Katharina, was haben sie mit dir angestellt?" Pauls Augen tasteten meine Wunde ab. „Haben - haben sie dir weh getan?"

Ich wollte antworten, aber konnte es nicht sogleich. Meine Stimmbänder schienen jeglichen Dienst versagt zu haben. Der Schnee, die Winterluft - das alles fühlte sich zu kalt an. Und meine Erschöpfung war zu groß.

„Katharina, du musst, so schnell du kannst, zurück ins 21. Jahrhundert. Hörst du?"

Meine Augen wurden mit einem Mal so schwer. Erneut verschwamm alles um mich herum zu einem grau-weißen

Nebel. Pauls besorgtes Gesicht löste sich in einem undefinierbaren Farbgemisch auf.

Auf meiner Wange fühlte ich eine Hand, die mich erst behutsam, dann aber immer stärker tätschelte.

„Katharina, du darfst jetzt nicht einschlafen!", redete Paul auf mich ein. „Nur du kannst dich zurück in deine richtige Gegenwart bringen. Nimm den Stein."

Ich fühlte, wie er etwas Kaltes in meine Hand drückte und meine Finger fest darum schloss.

„Los, sag den Spruch! Ich komme hinterher."

Vor meinen Augen geisterten plötzlich wilde Zahlenkombinationen herum, nur nicht diejenige, die ich für die Rückreise brauchte.

Panikartig riss ich meine Augen auf und fand mit einem Mal meine Stimme wieder.

„Paul...", flüsterte ich. „Paul, sie sind hinter dir her. Sie haben mein Blut - und Newtons Haar - und sie brauchen dich. Sie wollen ein Elixier herstellen - damit sie mächtiger sind und - unsterblich." Mein Atem ging flach. „Du musst mit mir kommen. Sie wollen dich - umbringen."

Paul wirkte schockiert.

„Katharina, ich bin nur so lange hier geblieben, um dich zu suchen. Erst habe ich überlegt, ob du zurück ins 21. Jahrhundert gesprungen bist. Vergangene Nacht aber dachte ich, dass du genauso geflohen bist wie ich und hier irgendwo herumgeisterst. Aber ich habe deine Spur nirgends finden können. Dann habe ich gemerkt, dass mir jemand hinterher reitet und deshalb habe ich eine falsche Fährte gelegt. Ron und David müssen wohl darauf hereingefallen sein. Aber ich war mir nicht mehr sicher, ob du nun wirklich geflohen bist oder vielleicht irgendwo gefangen oder vielleicht sogar schon tot... Darum bin ich zurück, um in der Nähe des *Goldenen Ochsen* nach dir zu suchen."

„Ich war die ganze Zeit dort.", flüsterte ich.

„Ja, das leuchtet mir ein. Du warst die ganze Zeit dort."

„Und als ich Ron und David sprechen hab hören, habe ich mir so große Angst um dich gemacht, dass ich dich unbedingt finden wollte."

„Du wusstest, dass ich noch hier in der Vergangenheit bin?" Paul streichelte mir liebevoll über die Wange. „Du wusstest, dass ich hier bin und bist trotz deiner Verletzung nicht zurück ins 21. Jahrhundert gesprungen?"
Ich nickte.

„Du würdest mich doch auch nicht im Stich lassen, oder? - Da war eine Gewissheit, dass du noch irgendwo hier herum geisterst.", erklärte ich matt.

„Nein, ich hätte dich nie im Stich gelassen und würde es auch nie tun. Deswegen bin ich ja noch hier." Er lächelte schwach.

„Und du kommst mit mir zurück, ja?"

„Das wollte ich bis soeben, ja." Bei diesen Worten erschrak ich. Paul jedoch fuhr fort: „Aber was du mir über Ron und David erzählt hast - ich muss unbedingt verhindern, dass sie dieses Elixier herstellen! Wir befinden uns im Gründungsjahr des Vermächtnisses und wenn die beiden vollenden, was sie begonnen haben, wird unsere bisherige Zeitreisemission vollkommen umsonst gewesen sein. Ron und David werden entscheidend in den Lauf der Zeiten eingreifen und vielleicht werden wir später sogar nie wieder geboren werden!"
Ich schluckte eine Träne hinunter.

„Aber - das kannst du doch auch im 21. Jahrhundert tun, oder?"

„Nein, Katharina es ist dringend. Ich spüre das."
Ich nickte stumm, weil ich wusste, dass ich ihn nicht zurückhalten konnte.

„Katharina, ich verspreche dir, dass ich auf mich aufpassen werde. Ich werde die Spur der beiden aufnehmen und sie zur Strecke bringen. Das kannst du mir glauben." Er ließ seine Hand sanft durch mein zerzaustes und vom Schnee durchnässtes Haar gleiten. „Und du machst dich jetzt auf den Rückweg. - Ich werde so schnell es geht zurückkommen und bei dir sein." Bei diesen Worten sah er mich liebevoll an. „Das ist ein Versprechen."

Er hielt meine Hand fest umschlossen, meine Finger, die sich um den Feueropal gekrallt hatten.

*Der Spruch! Du brauchst den Spruch, Katharina!*

Mein Gehirn arbeitete auf Hochtouren. Ich rief mir die Szene in unserer Schule in Erinnerung. Wie Paul und ich im Theaterfundus gestanden hatten und wie er auf einmal neben mir verschwunden war...

Für einen kurzen Moment öffnete ich meine Augen und sah über mir Pauls sorgenvolle Augen. Schon im nächsten Augenblick löste sich sein Gesicht vor mir in graue Nebelschwaden auf. Ich spürte, wie ich durch Raum und Zeit wirbelte, und wieder einmal wusste ich nicht mehr, wo oben und unten war.

Den Aufprall spürte ich kaum. Ein leichter Schlag auf meinen Hinterkopf verriet mir, dass ich gelandet war. Unsanft, aber dafür im 21. Jahrhundert.

## 8

Leise stöhnend tastete meine linke Hand den Untergrund ab, auf dem ich lag. Ich fühlte nassen Schnee auf meiner Haut. Als ich blinzelte, blickte ich in das kalte Licht einer Straßenlaterne. Darüber breitete sich der schwarze Nacht-himmel aus. Ein paar Sterne hingen blinkend am Firma-ment. Vielleicht war es auch ein Flugzeug.
Verwirrt fasste ich mir an den Kopf und versuchte mich aufzurichten. Mir war auf einmal schrecklich kalt. Meine Zähne klapperten, meine Haut fühlte sich an wie ein Stück gefrorener Fisch aus der Tiefkühltruhe. Halb ohnmächtig ließ ich mich zurück auf den Schnee sinken. Auf die Ellen-bogen aufgestützt lag ich da und atmete einige Male tief durch, um halbwegs wieder zu Besinnung zu kommen. Aus der Ferne drangen die Geräusche fahrender Autos an meine Ohren. Die Straße, in der ich lag, schien hingegen men-schenleer zu sein.
Halt, nicht ganz. Wenn ich es mir nicht einbildete, waren in ein paar Metern Entfernung Schritte zu hören, die auf dem verschneiten Weg knirschten. Ich wollte meinen Mund öffnen, etwas sagen, rufen, um Hilfe schreien. Aber vor lauter Kälte brachte ich nicht einmal ein schwaches Piepen von mir.
„Um Gottes Willen!" Über die plötzliche Stimme er-schrak ich selbst mindestens genauso sehr wie die Person, die die Worte gerufen hatte und nun mit vor den Mund gehaltenen Händen da stand und sich fassungslos über mich beugte. „Hallo, Sie da! Können Sie mich hören?"
Eigentlich wollte ich etwas erwidern, aber meine Lippen zitterten zu sehr, als dass ich etwas Vernünftiges hätte sa-gen können. Mit letzter Kraft gelang mir ein schwaches Kopfnicken. Meine Hand streckte sich hilfesuchend ein paar Zentimeter nach oben, fiel dann aber schlapp zurück auf den Boden. Für einen Moment schloss ich meine Au-gen. Als ich sie wieder öffnete, war die Person, die mich

gefunden hatte, nicht etwa verschwunden, sondern kniete nun neben mir und tätschelte meine Wange.

„Hallo? Können Sie mich hören? Hallo!"
Endlich fand ich meine Stimme wieder.

„Ja, ich höre Sie...", flüsterte ich matt.

„Ah!" Die Gestalt neben mir seufzte erleichtert auf. Erst jetzt erkannte ich, dass es sich um einen Mann im Rentenalter handelte.

„Ist Ihnen etwas passiert? Soll ich den Rettungsdienst rufen?", überhäufte er mich mit Fragen.

„Nein - keinen Arzt..." Ich schüttelte meinen Kopf.

„Aber ich kann Sie hier doch nicht einfach liegen lassen!", widersprach er mir und musterte mich sorgenvoll. „Hören Sie, gibt es jemanden, den ich verständigen soll? Jemanden, der sich um Sie kümmern kann?"
Ich nickte schwach.

„Ja, meine Mama."
Der Rentner fing an, in seiner Jackentasche herumzuwühlen. Endlich schien er gefunden zu haben, wonach er suchte. Triumphierend zog er ein Handy der Marke *made for old people* hervor, eine Art schnurloses Telefon mit überdimensional großen Tasten. Aber immerhin: Es schien zu funktionieren.

„Die Nummer, bitte.", murmelte er, während er damit beschäftigt war, das vorsintflutliche Gerät einzuschalten.
Auch wenn mir kalt bis auf die Knochen war, jeder Muskel schmerzte und sich mein Schädel anfühlte wie nach einer heißen Partynacht mit zu viel Alkohol, war ich dann doch noch imstande, unsere Telefonnummer wiederzugeben. Danach musste ich allerdings meine Augen wieder schließen, weil sich in meinem Kopf alles nur noch drehte. Zeitreisen, eisige Winterkälte und unsere Telefonnummer waren dann wohl doch zu viel des Guten gewesen.

„Ja, hallo, hier Gutmann..." Anscheinend war meine Mum zu Hause und ans Telefon gegangen. Welcher Tag war heute gleich nochmal? Lief nicht zufällig eine ihrer Lieblingsserien im Fernsehen? Ob sie mich schon vermisst hatte und deshalb ans Telefon ging?

Zu viele Fragen auf einmal.

Seufz.

„Ich habe Ihre Tochter gefunden. - Nicht wirklich, aber sie scheint sehr mitgenommen zu sein. - Wir sind in der Blutenburgstraße. - Nein, mit der U-Bahn würde ich sie lieber nicht fahren lassen. In ihrem Zustand... Sie kommen? Gut, bis wann? - Ja, ich bleibe so lange bei ihr. - Bis gleich."

Es kam mir vor wie eine halbe Ewigkeit, bis meine Mum bei uns eintraf. In der Zwischenzeit war ich mit Hilfe des abendlichen Spaziergängers einige Meter zur Seite gerutscht, sodass ich mich nun mit dem Rücken an eine Hauswand lehnen konnte. Der Mann sprach weiter nicht viel. Ihm schien kalt zu sein, trotz seiner dicken Winterklamotten. Unruhig lief er die Straße auf und ab, blieb dabei aber stets in meiner Nähe.

Als meine Mum um die Ecke bog, mich entdeckte und bestürzt auf mich zu rannte, schien der Rentner ziemlich erleichtert darüber zu sein, dass er nun nicht länger meinen Aufpasser spielen musste. Es war aber auch scheußlich kalt heute Abend.

Mums Gesicht war kreideweiß. Ihre Haare waren achtlos zu einem Pferdeschwanz zusammengebunden. Alles in allem wirkte sie müde, erschöpft und richtig mitgenommen. Sie tat mir leid.

„Oh Gott, Katharina!" Bei der Vollbremsung, die sie hinlegte, hätte sie beinahe den Halt verloren. Gerade noch fand sie ihr Gleichgewicht wieder, bevor sie auf dem vereisten Boden ausrutschte. Sie kam neben mir zum Knien und beugte sich über mich, um mir einen Kuss auf die Stirn zu drücken.

„Ich habe mir solche Sorgen um dich gemacht, Katharina-Schatzilein. Und dann der Anruf..." Immer wieder streichelte sie mir mit ihrer Hand durch die Haare. „Wo warst du nur die ganze Zeit über, hm?"

„Frau Turner?" Der Rentner räusperte sich leise hinter ihr. „Sie haben sicherlich nichts dagegen, wenn ich mich nun wieder weiter auf den Weg mache, ja?"

„Ach, Herr Gutmann! Ich bin ja so froh, dass Sie auf meine Tochter aufgepasst haben. Und das bei dieser Eiseskälte. Und noch dazu um diese Uhrzeit... Bitte, können wir das irgendwie wieder gutmachen?"

Doch der Rentner schüttelte nur den Kopf.

„Alles in Ordnung, Frau Turner. Mir reicht es, zu wissen, dass es Ihrer Tochter gut geht."

„Ich danke Ihnen, Herr Gutmann. Kommen Sie gut nach Hause!"

Mein Retter verabschiedete sich von uns und verschwand in einer der Seitenstraßen.

„Nun zu dir, Katharina, was hast du bloß angestellt?" Mum musterte mich mit kritischen Blicken. Sie staunte nicht schlecht, als ich ihr von Pauls und meiner Zeitreise erzählte und wie es überhaupt dazu gekommen und was mir alles widerfahren war.

Auf dem Weg zur U-Bahn erzählte sie mir dann, dass sie noch keine Vermisstenanzeige aufgegeben hatte, aber kurz davor gewesen war. Zuerst nämlich hatte sie gedacht, dass ich einfach noch eine Nacht bei Paul verbringen würde. Nachdem sie dann sicherheitshalber bei Paul zu Hause angerufen hatte und so herausfand, dass ich nicht bei meinem Freund war und der weder in der Uni noch zu Hause war, hatte sie angefangen, sich Sorgen zu machen.

„Schätzchen, weißt du eigentlich, wie lange du fort warst?", fragte sie mich immer wieder, während sie mir von ihrer abenteuerlichen Suche nach mir erzählte. „In vier Tagen ist Heilig Abend. Und da begibst du dich auf Verbrecherjagd - noch dazu wieder einmal ins 17. Jahrhundert." Sie schüttelte den Kopf.

Ich wickelte das große Badetuch, das sie mir mitgebracht hatte, noch ein bisschen fester um die Schultern.

Die wenigen Leute, die um diese Uhrzeit mit uns das Abteil der U-Bahn teilten, schauten uns, insbesondere mich, mit großen Augen an. Aber Mum und ich ignorierten ihre Blicke einfach.

„Sag mal, was um alles in der Welt hast du da eigentlich an?", fragte sie, während sie neben mir auf der gepolsterten Sitzbank Platz nahm. „Und wie bist da dran gekommen?"

„Tja, das - ähm..."

„Los, raus mit der Sprache!" Mum zwickte mich liebevoll in die Seite.

„Der Theaterfundus der Schule.", erklärte ich kleinlaut.

„Ich fasse es nicht! Wie seid ihr denn da ran gekommen?" Sie starrte mich einen Augenblick lang an. „Sag jetzt nicht, Paul und du - ihr beide seid heimlich in deine Schule eingestiegen?"

Ich nickte beschämt.

„Ich fasse es nicht!" Mum atmete einmal tief durch. „Meine Tochter - eine Einbrecherin!"

„Psst, nicht so laut!", flüsterte ich. „Außerdem sind wir nicht eingebrochen. Paul und ich haben den Ersatzschlüssel genommen. Von Susan weiß ich davon."

„Und dann seid ihr zum Theaterfundus und habt euch umgekleidet, was?"

„Au Backe!", entfuhr es mir. „Da liegen jetzt noch meine anderen Klamotten... Und die von Paul auch."

„Wenn das mal keinen Ärger gibt."

„Bitte, Mum, erzähl keinem was davon, ja? Ich werde das Kleid auch wieder zurückbringen. Ich habe es ja nicht gestohlen, sondern nur ausgeliehen."

„In dem Zustand? Glaubst du allen Ernstes, jemand will so ein Kleid nochmal anziehen?"

Betreten zog ich meinen Kopf ein.

„Vielleicht könntest du mir helfen, es wieder ein wenig auszubessern?"

Einige Sekunden lang versuchte Mum, mich böse anzublicken, doch dann wich ein herzliches Lachen ihren vermeintlich verärgerten Gesichtszügen.

„Ich werde schauen, was sich machen lässt.", meinte sie und schloss mich liebevoll in ihre Arme. „Aber bitte, mach so etwas nie, nie wieder, ja?", hauchte sie mir ins Ohr. „Ich habe solche Angst um dich gehabt, als ich diesen Anruf erhalten habe. Du willst lieber gar nicht wissen, wie viele graue Haare mir in der Zwischenzeit gewachsen sind!"

„Mum, du bist und bleibst einfach die Beste!"

Auch wenn es bereits sehr spät war, als wir zu Hause ankamen, nahm ich erst einmal ein heißes Vollbad. Von Kopf bis Zeh wurde mir wieder richtig warm.

Anschließend versorgte Mum meine kleine Schnittwunde mit einem Pferde-Pflaster, wie ich sie früher immer bekommen hatte, wenn ich mir als kleines Kind das Knie aufgeschlagen hatte. Es tat gut, eine so liebevolle und verständnisvolle Mum zu haben. Balsam für Leib und Seele.

Meine gute Laune verflog allerdings am nächsten Morgen, als ich erfuhr, dass Paul noch nicht zu Hause aufgekreuzt war. Gleich nach dem Frühstück hatte ich bei seinen Eltern angerufen, die allerdings keine Ahnung hatten, wo sich ihr Sohnemann gerade aufhielt. Enttäuscht legte ich das Telefon zur Seite.

„Ob man ihn gefunden und in ein Krankenhaus gebracht hat?", überlegte ich laut.

„Dann hätte man seine Eltern aber sicherlich informiert, meinst du nicht?", rief mir Mum vom Gang aus zu, während sie gerade ihre Sachen für die Arbeit packte.

„Aber er ist doch schon längst volljährig.", gab ich zu bedenken. „Muss man denn da die Eltern noch informieren?"

„Weiß nicht." Mum hastete in die Küche, um ihre Teekanne einzupacken. „John würde mich jedenfalls informieren, wenn etwas passiert ist und er im Krankenhaus liegt. Volljährigkeit hin oder her. Und wie ich Paul einschätze, wird er deinem großen Bruder in dieser Sache ziemlich ähnlich sein."

Mum wuschelte mir mit ihrer Hand durch die Haare.

„Mach dir nicht zu viele Sorgen, Katharina. Paul wird schon noch auftauchen, glaub mir." Sie drückte mir einen dicken Schmatz auf die Wange. „Du ruhst dich heute ordeutlich aus. In der Schule melde ich dich nachher noch ab. Mach dir einen schönen Vormittag auf dem Sofa. Mittags bin ich wieder da."

Sie schlüpfte in ihren Mantel, wickelte sich einen dicken Wollschal um den Hals und winkte mir zum Abschied, bevor sie das Haus verließ.

Ich blieb alleine zurück.

Kummervoll starrte ich die Zeiger der Küchenuhr an.

Was Paul wohl gerade machte?

Zu Hause war er nicht.

War er denn überhaupt schon in die Gegenwart zurückgekehrt? Oder steckte er noch in der Vergangenheit fest? Was, wenn sein Unternehmen gescheitert war? - Nein, ich wollte lieber gar nicht daran denken.

Da mich das Ticken unserer Wanduhr nicht glücklicher machte, beschloss ich, Mums Worten zu gehorchen und mir einen gemütlichen Sofatag zu gönnen. Ich schlurfte hinüber ins Wohnzimmer, machte es mir auf dem Sofa bequem, kuschelte mich in warme Decken und schlief wenig später ein.

Zum Mittagessen war Mum wieder zu Hause. Ich quälte mich vom Sofa und löffelte die leichte Nudelsuppe, die Mum warm gemacht hatte, still und leise in mich hinein. Mum hatte vor, erst auf Abend zu kochen, weil da auch John nach Hause kommen wollte. Sein Seminar in Würzburg endete diese Woche. Über die Weihnachtstage hatte er keine Uni und so würde er die kommenden zwei Wochen zu Hause sein.

Nach zwei Tellern Suppe und einer Tasse Tee hatte ich wieder meinen Platz auf dem Sofa eingenommen und wartete. Wartete darauf, dass das Telefon klingelte. Wartete darauf, dass mir jemand sagte: „Ellebätsch, alles nur ein böser Traum! Wach auf, Paul ist wieder hier!"

Mit geschlossenen Augen lag ich da, lauschte in die Stille, hoffte auf ein Lebenszeichen von Paul. Wartete.

Irgendwann am Nachmittag rumpelte Mum über den Gang, als sie das Bügelbrett in die Küche schleppte, um dort die

Wäsche zu machen. Kurz darauf klingelte das Telefon. Große Enttäuschung. Paul war es nicht.

Wieder vollkommene Stille. Der Zeiger der Uhr rückte vorwärts auf halb drei.

Ich überlegte mir, was Paul, vorausgesetzt er lebte noch, wohl noch so alles im 17. Jahrhundert zu erledigen hatte, sodass er sich nicht blicken ließ. Aber es kamen keine sinnvollen Gedanken dabei heraus.

Müde, leer und ausgebrannt lag ich da, traurig und entmutigt. Ich wollte weinen, aber meine Augen hatten keine Tränen. Meine Hände ballten sich solange zu Fäusten, bis meine Schnittwunde wegen der Spannung auf der Haut zu schmerzen anfing. Ich fühlte mich so machtlos und zugleich spürte ich diese unbändige Wut in meinem Inneren kochen. Wut darüber, dass Paul und ich so dumm gewesen waren, uns auf diese blöde Zeitreise einzulassen, dass wir so dumm gewesen waren, ohne Professionalität vorzugehen, dass wir so dumm gewesen waren, uns von zwei so hinterhältigen und fiesen Typen überrumpeln zu lassen, und dass ich es nicht geschafft hatte, Paul wirklich zur Seite zu stehen. Stattdessen hatte ich mich außer Gefecht setzen lassen und ihn alleine zurückgelassen. Wenn er in dieser fremden Zeit wirklich umkommen sollte, dann trug ich eine Teilschuld. Und das würde ich mir niemals verzeihen können.

Irgendwann klingelte es an der Türe.

*Vielleicht der Postbote*, dachte ich und kümmerte mich nicht weiter um die Geräusche draußen auf dem Gang. Ich war wieder allein mit mir und meinen traurigen, vorwurfsvollen Gedanken. So merkte ich auch nicht, wie sich leise die Türe zum Wohnzimmer öffnete und sich ein dunkler Haarschopf herein beugte.

„Katharina...", hörte ich eine Stimme flüstern, hielt sie jedoch zunächst für eine reine Vorstellung in meinem Kopf. *Jetzt fang ich auch noch an, verrückt zu werden. Glückwunsch!*

„Mensch, Katharina, ich bin es. Hallo!"

Erst jetzt begriff ich, dass die Stimme, die ich zu hören glaubte, auch tatsächlich existierte. Und zwar nicht nur rein in meinen Gedanken.

Überrascht hob ich meinen Kopf. Erstaunt und voller Freude blieb mir das Wort wahrlich im Hals stecken.

Mein Besuch kam neben dem Sofa zum Knien und legte seine Hand liebevoll auf meine Wange.

„Du lebst!", flüsterte ich atemlos.

„Na klar!" Paul grinste breit. „Was dachtest du denn?"

„Ich habe mir Vorwürfe gemacht, dich allein zurückgelassen zu haben."

„Im 17. Jahrhundert? Wenn jemand so dringend wie möglich wieder hierher in die richtige Gegenwart gemusst hat, dann du." Mit schiefgelegtem Kopf grinste er noch breiter. Und erst jetzt bemerkte ich, dass ihm ein Schneidezahn fehlte.

„Autsch!", entfuhr es mir.

„Hab ich dir weh getan?" Sofort zog Paul seine Hand zurück. Aber ich schüttelte den Kopf.

„Nein, nicht. Dein Zahn... Tut das nicht weh?"

Paul stutzte einen Moment, dann fasste er sich an den Mund.

„Ach so, das!" Er lachte. „Halb so wild. Den musste ich leider ein paar Jahrhunderte früher abgeben. Ich muss schon sagen: Dieser Ron hat einen ordentlich Schlag drauf. Der macht mir echt Konkurrenz."

„Und ein blaues Auge hast du auch!"

Besorgt streichelte ich ihm durch die Haare.

„Ach, das Auge. Tja, ein Veilchen in Ehren kann niemand verwehren. Das war übrigens David."

„Hast du es geschafft? Hast du es verhindern können, dass die zwei das Elixier herstellen?"

Paul nickte.

„Ja", sagte er. „Aber es war sau-knapp. Kaum warst du weg, als ich mich gleich auf den Weg gemacht habe. Beim *Goldenen Ochsen* habe ich mir ganz illegal ein Pferd geborgt und damit war es nicht schwer, die Spuren von David und Ron zu finden und zu verfolgen. Dumm wie sie waren, haben sie wirklich geglaubt, sie seien mir dicht auf den Fersen. Aber dann habe ich sie plötzlich von hinten überrascht. Es hat einen kleinen Kampf gegeben, bei dem ich allerdings den Kürzeren ziehen musste und Hals über Kopf abgehauen bin. Die zwei Kerle sind mir natürlich hinterher. Ich bin auf eine Anhöhe gekommen, ein kleiner Hügel. Und dort konnte ich erst einmal nicht weiter."

„Die *Sternenhöhe*...", murmelte ich, woraufhin mich Paul etwas verständnislos anblickte.

„Wie bitte?"

„Ach, nicht so wichtig.", sagte ich schnell. „Los, erzähl weiter."

„Ron und David waren so was von nahe dran, mich zu erwischen. Ich wollte aber nicht einfach zurück ins 21. Jahrhundert. Dann hätten sie ja immer noch dein Blut und, was noch weitaus wichtiger ist, Newtons Haar gehabt. Also bin ich stehen geblieben und habe die zwei zum Duell herausgefordert. Aber sie haben nur gelacht und gemeint, sie würden mich auch ohne Duell ins Jenseits befördern. Das habe ich mir natürlich nicht bieten lassen und bin dermaßen auf die zwei los, dass ihnen Sehen und Hören vergangen sind."

„Ich verstehe nicht ganz.", unterbrach ich ihn. „Gerade eben haust du noch vor ihnen ab und dann gehst du auf sie los?"

Paul zuckte die Schultern.

„Eigentlich hatte ich vor ihnen fliehen und mich erst einmal in Sicherheit bringen wollen, um ihnen heimlich eins über zu wischen. Aber das wäre hoffnungslos gewesen. Die zwei hatten viel zu gute Pferde. Meines musste wohl die halbe Nacht über geritten sein oder es war uralt. Jedenfalls war es oben auf der Anhöhe kurz vor dem Zusammenbrechen. Und zu Fuß fliehen wäre der absolute Wahnsinn gewesen."

„Verstehe..."

„Frag nicht, wie genau der Kampf vonstattenging. Jedenfalls habe ich es dabei geschafft, den beiden ein Reagenzgläschen mit - ich nehme doch an - deinem Blut und ein Reagenzgläschen mit einem Haar abzunehmen. Ich habe beides ordnungsgemäß augenblicklich vernichtet, nachdem ich wieder hier im 21. Jahrhundert angekommen bin."

„Oh, Paul!" Ich konnte nicht länger sitzen bleiben, sondern war aufgesprungen und ihm um den Hals gefallen. Tränen der Freude rannen über meine Wangen. „Ich bin ja so froh, dass du wieder hier bist!"

„Und ich bin so froh, dass du noch lebst!", hauchte er mir ins Ohr.

„Bitte, versprech mir, dass ich dich nicht noch einmal in irgendeiner Zeit zurücklassen muss, ja?"

„Ich verspreche es."

Am Abend traf auch John ein. Mum hatte ihn natürlich längst per Handy über Pauls und mein Abenteuer informiert. So kam es, dass er, obgleich er noch nicht einmal seine Schuhe ausgezogen hatte, gleich auf dem Flur lautstark losbrüllte, dass er alles haarklein erzählt haben wollte. Paul blieb das ganze Abendessen über und so erzählten wir zwei abwechselnd von allen Erlebnissen, angefangen bei unseren ersten Vermutungen bis hin zu unserem halsbrecherischen Abenteuer rund um München ein paar Jahrhunderte zuvor.

Irgendwann war uns vor lauter Essen und Erzählen so schlecht, dass wir beschlossen, nur noch eines von beiden zu tun. Wir entschieden für uns für Letzteres. John hing förmlich an unseren Lippen und ein klein wenig schien er sich zu ärgern, dass er nicht *live* bei unserer Zeitreise dabei gewesen war. Aber alles in allem war ihm sein Cello-Seminar wohl wesentlich besser bekommen als Paul und mir unser kleiner Abstecher ins 17. Jahrhundert. Mein Freund hatte es gesundheitlich mit ein paar blauen Flecken (inklusive seinem Veilchen), einem fehlenden Schneidezahn und einer kleinen Schnittwunde am Schlüsselbein zu tun. Er hatte jedoch keinen Arzt aufgesucht, sondern hatte sich selbst versorgt. Angeblich fühlte er sich so fit wie nie, was ihm allerdings weder John noch ich wirklich abnahmen. Zumindest was die Zahnlücke betraf, würde Paul in den nächsten Tagen einen Fachmann aufsuchen.

Mum schrieb mich für die nächsten Tage krank und so blieb ich bis zum letzten Schultag zu Hause.

Ein bisschen ärgerte ich mich, dass ich dadurch den verpassten Schulstoff aufholen musste, aber immerhin gab es Susan. Und meine beste Freundin würde mir mit Sicherheit all ihre Hefteinträge zur Not auch fünffach kopieren. Natürlich würde sie wissen wollen, was ich denn angestellt hatte. Doch auch wenn sie meine allerbeste Freundin war, würde ich ihr nicht von der Zeitreise erzählen. Das war mein Geheimnis und das würde es auch bleiben. In Anbetracht der derzeitigen Wetterlage würde daher die Ausrede, dass ich vom Fahrrad gefallen war, ganz logisch klingen. Das fand sogar mein Bruderherz großartig.

„So blöd, vom Fahrrad zu fallen und sich dabei den Arm ein klein wenig aufzuschlitzen, kannst nämlich nur du sein!", meinte er und kniff mich brüderlich in die Nase.

Leider musste Paul viel zu früh gehen. Er fühlte sich erschöpft und brauchte dringend etwas Pause, um sich zu erholen und wieder zu Kräften zu kommen. Doch er versprach, mich am nächsten Abend zu besuchen.

Die Zeit bis dahin ging überraschend schnell vorbei. Als Paul an der Türe klingelte und kurz darauf eintrat, trug er ein dickes Buch unter seinem Arm.

Er verriet mir natürlich nicht sofort, was es mit diesem Buch auf sich hatte. Da half alles Nachfragen nichts. Ich musste warten, bis er seine Schuhe ausgezogen und seinen Mantel aufgehängt hatte. Erst als er auf dem Wohnzimmersofa Platz genommen hatte, verkündete er mir das Geheimnis seines Mitbringsels.

„Heute ist der einundzwanzigste Dezember, schon vergessen?"

Nein, wie hätte ich das vergessen können.

„Und?", fragte ich, weil ich nicht wusste, was er damit genau bezwecken wollte.

„Ich war heute in der Bibliothek, weil Herr Albrecht wieder im Lande ist."

Ja, richtig! Wieso war ich nicht gleich darauf gekommen! Verärgert schüttelte ich meinen Kopf.

„Er hat mir erlaubt, ein Buch auszuleihen."

„Ja - und was ist das für ein Buch?"

Paul strahlte mich an.

„Eine Art Ahnenbuch. Und zwar von der ganz speziellen Sorte. Dreimal darfst du raten, wo es in der Bibliothek seinen Platz hat."

Ich überlegte nicht lange. Wenn Paul von diesem Buch so geheimnisvoll sprach, dann konnte es nur...

„Im hinteren Raum.", sagte ich schnell.

„Exzellent!" Paul nickte mir zu. „Und jetzt kommt der Knüller: Dieses Ahnenbuch beschäftigt sich nur mit den Leuten, die in enger Verbindung mit dem *Vermächtnis* stehen."

„Ist denn von dem Vermächtnis auch die Rede?", erkundigte ich mich und kratzte mich verwundert am Kopf. Wie viele Zufälle würde es denn noch geben? War Albrecht etwa auch in die Sache eingeweiht?

„Nein." Paul schüttelte den Kopf. „Das nicht. Nur von Isaac Newton und den Rosehills."

„Und weshalb nicht von Turner und Morgan?"

„Bin ich denn Hellseher?" Er schlug das Buch auf. „Jetzt erst kommt das Interessante: Du weißt doch, dass bei dem Kampf in Newtons Wohnung der Rosehill Junior ums Leben gekommen ist."

Oh ja, an diese Szenen erinnerte ich mich nur zu gut. Eine schaurige Gänsehaut krabbelte über meinen Rücken.

„Kein schöner Anblick...", murmelte ich und Paul pflichtete mir mit einem stummen Nicken bei.

„Zu diesem Zeitpunkt hatte der Rosehill aber gar keine Kinder.", meinte er.

„Wieso Kinder?" Jetzt verstand ich irgendwie nur noch Bahnhof.

„Naja, haben Ron und David nicht behauptet, Nachfahren von Rosehill Junior zu sein?"

Ratter, ratter - meine Gedanken überschlugen sich.

„Doch! Na klar!" Jetzt war es mir wieder eingefallen. Paul lächelte mich an.

„Genauer gesagt ist nur David ein Nachkomme. Ich habe es noch per Zufall auf meiner verlängerten Zeitreise erfahren. Habe ich dir das noch nicht erzählt?"

„Selbst wenn, kann ich mich gerade nicht daran erinnern."

„Naja, ist ja egal. Auf jeden Fall ist es doch komisch, dass David ein Nachfahre vom Junior ist, wenn der doch eigentlich *kinderlos* gestorben ist, oder?"

Ja, das leuchtete mir durchaus ein.

„Und das Buch beweist, dass David nicht gelogen hat. Hier steht es schwarz auf weiß." Er zeigte mit dem Finger auf die betreffende Stelle. „Der Stammbaum ist ewig lang und ich habe keine Ahnung, ob das tatsächlich stimmt. Aber laut dieser Buchstaben hier ist unser David tatsächlich ein Nachfahre von Rosehill, auch wenn er nicht den Namen Rosehill trägt, sondern Dixon heißt."

„Puh! Also ehrlich gesagt - mir ist das ein klein wenig zu kompliziert."

„Macht ja nichts. Ich dachte, vielleicht wüsstest du zufällig, wie die so miteinander verwandt sind und wie es sein kann, dass der Rosehill kinderlos gestorben ist, obwohl er ja doch Nachfahren hat..."

„...die merkwürdigerweise Dixon heißen.", ergänzte ich.

„Genau."

„Tut mir leid - das weiß ich nicht."

Paul legte das dicke, merkwürdige Buch beiseite.

Den Rest des Abends verbrachten wir damit, Tee zu trinken und Kekse zu knabbern. Dabei überlegten wir uns, was wohl aus Ron und David seit ihrem Aufenthalt auf der *Sternenhöhe* geworden war. Paul war der festen Überzeugung, sie auf keinen Fall umgebracht zu haben. Er habe sie „lediglich ein klein wenig windelweich geklopft".

Als ich am nächsten Morgen die Zeitung aufschlug, staunte ich nicht schlecht, als ich auf folgenden Artikel stieß...

**ZWEI JUNGE MÄNNER VERLETZT**

## Einbruch bei Juwelier gibt Polizei Rätsel auf

**Am frühen Vormittag des 20.12. wurden zwei junge Männer blutüberströmt vor dem Juweliergeschäft *Zur Silberschmiede* aufgefunden. Bisher ist unklar, ob es sich um einen Einbruch handelte.**

MÜNCHEN. Gegen 7:45 Uhr ging bei der Polizei der Notruf ein. Eine Angestellte des Juweliers teilte mit, sie habe vor den eingeschlagenen Schaufensterscheiben zwei junge Männer verletzt auf der Straße gefunden. Der verständigte Notarzt traf wenig später ein und brachte die beiden 21 und 22 Jahre alten Männer in ein Krankenhaus, wo sie mit mittelschweren Verletzungen behandelt wurden. Wie sich bald herausstellte, fehlte in der *Silberschmiede* jedoch kein einziges Schmuckstück. Wie es zu dem Vorfall kam und ob es sich bei den Verletzten um die eigentlichen Täter handelt, ist derzeit noch unklar. Bei den Männern wurden zwei Feueropale gefunden, die allerdings nicht aus dem Geschäft entwendet worden sind. Die Ermittlungen der Polizei dauern an.

Kaum hatte ich den Artikel zu Ende gelesen, als ich nachdenklich den Kopf schüttelte. Zwei junge blutüberströmte Männer vor einem Juweliergeschäft mit zwei Feueropalen. *Mich soll der Affe lausen, wenn das nicht Ron und David sind!*

So viel zu Pauls Aussage, er habe die beiden Kerle lediglich ein bisschen windelweich geklopft...

## 9

Der Heilige Abend war vorüber, die ersten beiden Weihnachtsfeiertage ebenfalls. Mit schweren Schritten ging es
auf das Ende des Jahres zu.

Während ich mich von dem jüngsten Abenteuer in der Vergangenheit erholte und so ganz nebenbei den verpassten
Schulstoff lernte, hatte mein großer Bruder nichts besseres
zu tun, als sich ein Buch nach dem anderen aus sämtlichen
Bibliotheken auszuleihen und durch zu wälzen. Ganze Tage
und Nächte verbrachte er hinter seinem Schreibtisch oder
auf dem Sofa und fraß sich lesend durch dicke Lektüren als
Abwechslung zu seinem täglich mehrstündigen Cello-
Übungs-Programm.

Natürlich hatte ich ihm erzählt, dass es sich bei David Dixon um einen Nachfahren der Rosehills handelte und dass
weder Paul noch ich daraus klug wurden. Denn erstens war
Rosehill unseres Wissens nach kinderlos gestorben und
zweitens hieß David mit Nachnamen ja nicht Rosehill,
sondern eben Dixon. Gut, deswegen konnte man ja trotzdem miteinander verwandt sein. Aber weshalb genau David
Dixon mit einem kinderlos verstorbenen Rosehill...?

Paul und ich hatten die Hoffnung schon aufgegeben, dieses
Rätsel zu lösen. Es würde wohl für immer eines bleiben
müssen. Und da es wahrlich wichtigere Dinge im Leben
gab, wollten wir es bei der Tatsache dieser merkwürdigen
Verwandtschaftsbeziehung der Rosehills und Dixons belas-
sen und nicht weiter nach den Gründen und Ursachen forschen.

Mein Bruder hingegen sah das ein bisschen anders: Ihn
hatte es ein klein wenig geärgert, dass er sich nicht an unserem Abenteuer beteiligen hatte können, auch wenn er sich
der damit verbundenen Gefahr sehr bewusst war. Aber zu
gerne wäre er einfach dabei gewesen. Ferner war nun sein
intensiver Scharfsinn für jegliche Geheim-Recherchen
wieder einmal zum Leben erwacht. Früher hatte er solche
Phasen nicht gerade selten durchlebt. Das war noch vor

seinem Abitur gewesen und damals hatte er sich immer wieder die Frage gestellt, ob er nicht Detektiv werden sollte.

So wälzte John sich nun durch sämtliche Bücher, nur um herauszufinden, wie es sein konnte, dass David und der Junior verwandt waren, und weshalb Ron und er sich in die Sache mit dem Vermächtnis eingemischt hatten.

Durch Kontakte zu seinen Kommilitonen fand mein Bruder bald heraus, dass David tatsächlich Chemie studierte, so wie er es mir im 17. Jahrhundert erzählt hatte. Sein Komplize Ron dagegen widmete sich dem Studium der Geschichte.

Täglich trafen mein Bruder und ich uns vor dem Schlafengehen in meinem Zimmer, um seine neuesten Errungenschaften zu besprechen.

„Wenn wir alles wissen wollen, müssen wir es schaffen, mehr über das Leben der beiden herauszufinden.", verkündete John schließlich eines Abends.

„Wie meinst du das?"

Verwundert sah ich meinen Bruder an. Über das Leben eines Menschen etwas herausfinden - das konnte man schließlich auf ganz unterschiedliche Weise tun.

„Nun ja, ich denke, dass die zwei sich lange damit auseinandergesetzt haben - mit dem Vergangenheitszeug, meine ich. Und eine Zeitreise muss schließlich auch geplant werden." Er machte eine kurze Pause, nur um kurz darauf unter strengen Blicken fortzufahren: „Es sei denn, man ist so unvorsichtig wie du und dein lieber Freund Paul."

„Also im Klartext: Du erhoffst dir, irgendwelche Aufzeichnungen, Notizen oder sonstige Hinweise zu finden, die Aufschluss darüber geben, wie und wann sich Ron und David mit dem Vermächtnis, dem Junior und dem Zeitreisen auseinandergesetzt haben?"

Einen Augenblick lang schaute John mich ganz verdutzt an. Dann meinte er höchst erstaunt: „Katharina, einen solch glorreichen Lichtblick erlebst du selten, was?"

Ich schüttelte nur den Kopf.

„Wie stellst du dir das denn bitteschön vor? Glaubst du, dass Ron und David ein geheimes Büchlein haben, indem sie alles aufschreiben? Dass da dann drinnen steht, wann sie vorhaben, in die Vergangenheit zu reisen, von wem sie nur ein bisschen Blut brauchen und wen sie lieber ganz umlegen? - Nein, glaub mir: Das wäre zu einfach."

Doch mein Bruderherz war da anderer Meinung: „Überleg doch mal: Die zwei waren auch so dumm und haben durch Benutzung von Notizzetteln, die sie in ein Buch legen, darüber kommuniziert, wann sie sich heimlich treffen! Das musst du dir erst einmal geben. In einer Zeit, in der sich die halbe Welt über soziale Netzwerke jeglicher Art austauscht, verwenden Ron und David eine so billige Methode! Schieben sich Zettel in irgendwelche Bücher..."

„Ok, du meinst also, dass die zwei, wenn sie schon eine, ich zitiere 'so billige Methode' verwenden, den Rest sicherlich nicht per SMS, facebook oder sonst wie erledigen."

„Ganz exakt."

„Na, wunderbar!" Ich seufzte. „Und hast du auch schon eine Idee, wie du an Rons oder Davids geheime Aufzeichnungen kommen willst, vorausgesetzt, dass sie *existieren*?"

John grinste mich vielsagend an. Um seine Lippen huschte dabei ein geheimnisvolles Lächeln.

„Ich habe eine recht gute Studienfreundin...", fing er an.

„Mensch, davon weiß ich ja noch gar nichts!", unterbrach ich ihn.

„So ein Quatsch! Wo du gleich wieder hindenkst!" Bei diesen Worten boxte er mich brüderlich in die Seite. „Wir sind nur gut befreundet und mehr nicht."

„Hui!"

„Ja, hui! Und wenn du nicht aufpasst, setzt es gleich noch was drauf!"

„Oh nein! Bitte nicht! Ich bin ja schon still..."

Ich wusste nur zu gut, dass mein Bruder körperlich schon immer die Oberhand hatte und wohl auch weiterhin behalten würde.

„Über ihre Schwester habe ich erfahren, dass Ron Geschichte studiert. Die zwei verbringen nämlich regelmäßig ihre Kurse zusammen."

„Läuft da was zwischen denen?"

„Nein, nicht das ich wüsste. Wieso?"

„Na, weil es dann vielleicht noch einfacher wäre, an irgendwelche Privatsachen ranzukommen."

„Ach so... Meinst du, ich soll mal kuppeln?"

„Nein, das nimmt nur zu viel Zeit in Anspruch. Wir wollen doch möglichst bald herausfinden, was es mit den zwei Typen und dem Junior und Newton und dem Vermächtnis und so weiter auf sich hat."

„Na schön. Dann werde ich über meine Verbindungen an der Uni versuchen, noch mehr über unseren Spezialfall herauszufinden. Und du wirst in der Bibliothek Ausschau halten, klar?"

„Sicher doch."

Sobald die Schule wieder los ging, würde ich nämlich wieder die Aufsicht in Albrechts Bibliothek übernehmen, da Herr Albrecht eine ganz spontane Einladung in die USA erhalten hatte. Weil er diese nicht abschlagen hatte wollen, würde er gleich am siebten Januar wieder in den Flieger steigen, obgleich er ja erst kurz vor Weihnachten zurückgekommen war.

Durch seine Abwesenheit würde ich jedenfalls genügend Gelegenheit dazu haben, die Bücher des hinteren Raumes nach sämtlichen Zetteln und Notizen, die dort nicht hingehörten, zu durchsuchen.

Die Tage verstrichen. Ganze Nachmittage verbrachte ich damit, die Bücher in der hinteren Abteilung der Bibliothek zu wälzen. Aber erfolglos. Ob Paul irgendwelche Fortschritte machte hinsichtlich seiner privaten Nachforschungen über Ron und David, wusste ich nicht. Wir hatten uns seit dem Beginn des neuen Jahres so gut wie kein einziges Mal mehr gesehen.

Überdies tat John die letzten Tage höchst geheimnisvoll. In mir keimte die leise Ahnung, er könnte etwas sehr Bedeutendes herausgefunden haben. Aber solange er nicht von selbst damit herausrückte, musste ich schweigen und durfte ihn nicht mit irgendwelchen Fragen konfrontieren - außer ich wollte mich später von ihm dafür ärgern lassen.

Mit großen Schritten näherten wir uns bereits dem Ende des ersten Monats dieses noch so jungen Jahres. Eines schönen Nachmittags - ich stand vor den an Büchern übervollen Regalen in der Bibliothek und war ganz darin vertieft, nach geheimen Aufzeichnungen von Ron und David zu suchen - meldete sich mein Bruder per SMS. Er wollte sich noch heute Abend mit Paul bei uns zu Hause treffen. In dem Moment, als ich die Nachricht las, begann mein Herz schneller zu schlagen. Wenn John so etwas schrieb, konnte das nur bedeuten, dass er etwas Bedeutendes herausgefunden hatte!

Nachdem ich die Nachricht gelesen hatte, fiel es mir schwer, jegliche Konzentration auf meine Arbeit in der Bibliothek zu richten. Am liebsten wäre ich sofort nach Hause geradelt. Aber natürlich war mir klar, dass ich erstens meine Aufgaben hier zu erfüllen hatte und dass ich zweitens ohnehin nicht eher eine Antwort auf meine gefühlt tausend Fragen erhalten würde, als bis John und Paul eingetroffen waren. Und dieses Treffen war um 20:00 Uhr angesetzt. Irgendwann waren die Zeiger der Uhr oft genug über das Ziffernblatt gewandert, die Sonne hinter dem Horizont verschwunden und die Sterne auf ihre Plätze am Firmament gerückt. Wie eine Verrückte machte ich mich auf den Nachhauseweg. Und als ich endlich angekommen war, empfing mich Paul mit einem strahlenden Lächeln.

„Paul!", schnaufte ich atemlos, während ich von meinem Fahrrad sprang.

„Sieht man dich auch mal wieder, Katharina!" Er trat auf mich zu und umarmte mich kurz.

„Na, immerhin musste ich meine wenige freie Zeit in der Bibliothek zubringen!"

„Ich dachte, du liebst es, unter Büchern zu sein?" Er musterte mich mit hochgezogenen Augenbrauen.

„Natürlich!" Ich wischte mir eine Strähne aus dem Gesicht. „Aber irgendwann möchte man doch auch zu einem Ende kommen, oder?"

Paul sah wohl ein, dass er mir in diesem Punkt zustimmen musste.

„Bist du eigentlich schon lange hier?", fragte ich ihn.

„Nein, gerade erst gekommen."

„Mit dem Auto, wie ich sehe."

„Ist nicht jeder so sportlich wie du, Katharina."

„Wer ist hier bitteschön sportlich?"

Überrascht drehten Paul und ich uns nach der Stimme um, die meinem Bruder gehörte, der gerade auf seinem Fahrrad daher brauste.

„Schönen guten Abend allerseits! Wer wagt es bitte zu behaupten, meine kleine Schwester sei sportlich veranlagt?"

Er grinste vergnügt in die Runde.

„Ich, falls es dir nichts ausmacht."

Einen Augenblick lang schien John zu überlegen, ob er Paul nun etwas erwidern sollte oder nicht. Aber er meinte schließlich nur: „Wieso steht ihr eigentlich draußen rum? Ist doch drinnen viel gemütlicher."

Gesagt, getan: Ich zog meinen Haustürschlüssel aus der Tasche und sperrte auf. Mum erwartete uns mit einem frisch aufgesetzten Rosenblättertee und ließ uns in der Küche allein zurück.

Endlich hatten wir uns gesetzt und in jede Tasse etwas Tee eingegossen, sodass es losgehen konnte.

„Wir treffen uns, weil ich etwas sehr, sehr Wichtiges herausgefunden habe.", verkündete mein Bruderherz triumphierend. Paul nickte bestätigend.

„Ich habe mich mit Beatrice in Verbindung gesetzt.", fing mein Bruder an.

„Beatrice? Du meinst deine Kommilitonin?", unterbrach ich ihn kurz.

„Genau." John nickte. „Und deren kleine Schwester, sie heißt Susanne, studiert mit Ron im 1. Semester Geschichte."

„Moment mal: Ron ist doch - wesentlich älter, oder?"

„Richtig erfasst, Schwesterlein. Susanne hat im vergangenen Jahr ihr Abitur geschrieben und im Wintersemester mit dem Studium begonnen. Ron dagegen ist 22. Er hat vorher irgendwas anderes studiert. Frag jetzt bitte nicht was! Auf jeden Fall hat er im Sommer ganz plötzlich umgeschwenkt. Einfach so auf Geschichte. Und jetzt verbringt er die meisten seiner Kurse zusammen mit Susanne."

Gespannt lauschte ich den Worten meines Bruders. Aber so richtig schlau schien ich noch nicht daraus zu werden.

„Ich habe mich mit Susanne in Verbindung gesetzt und sehr schnell etwas herausgefunden: Ron ist im Besitz eines Büchleins, das er stets mit sich herumträgt, niemals aus den Augen lässt und so streng bewacht wie seinen Augapfel."

„Ein Büchlein, sagst du?" Stutzig griff ich nach meiner Tasse und schlürfte etwas von dem Tee in mich hinein.

„Ja, Rons Kommilitonen haben sich schon hinter seinem Rücken darüber amüsiert, was er denn da wohl so Geheimes mit sich herumträgt. Er tut schon so, als wäre es eine Schatzkarte, aber eine, die wirklich funktioniert und einen wirklichen, extrem wertvollen Schatz verschlüsselt."

„Du meinst, es könnte etwas mit dem Vermächtnis zu tun haben?", platzte es aus mir heraus und hätte beinahe meine Tasse fallen lassen.

Mein Bruder nickte heftig.

„Ich habe Susanne gefragt, ob sie Ron beobachten könnte, ob er das Buch wirklich überall mitnimmt und ob es nicht vielleicht einmal eine Gelegenheit gibt, in der das Ding unbeaufsichtigt ist."

„Und?" Ich brannte vor Neugierde.

„Ron trägt das Buch wirklich in jeder freien Minute mit sich herum. Sogar aufs Klo nimmt er es mit. Allerdings verbringt er jeden Mittwoch um 15:00 Uhr eine Stunde in der Bibliothek. Und dazu..." John senkte seine Stimme, um die Spannung noch mehr zu steigern. „Dazu schließt er sein Büchlein in einen der Spinde auf dem Gang."

„Du willst jetzt aber nicht...?"

John grinste mich an.

„Doch - ich will schon."

Unsicher blickte ich zu Paul.

„Schau nicht so, Katharina.", meinte der. „John und ich, wir wollen das beide."

„Ok!", seufzte ich. „Dann tut, was ihr nicht lassen könnt. Aber wisst ihr überhaupt, welcher Spind das ist?"

„Ganz einfach: Ron benutzt jede Woche den gleichen Spind. Seine Nummer ist die 1675."

„Ich fass es nicht! Das Jahr, in dem das Vermächtnis entstanden ist!" Ich schlug mir mit der Hand auf die Stirn. „Also wenn ich dich richtig verstanden habe, dann ist jetzt geplant, dass wir uns das Büchlein aus dem Spind mit der Nummer 1675 besorgen und durchfilzen?"

„Bingo! Manchmal merkt man halt doch, dass wir zwei verwandt sind, gell?"

Ich verdrehte kurz die Augen.

„Jetzt schau nicht so kritisch, Katharina!" John warf mir aufmunternde Blicke zu. „Wir besorgen uns jetzt erst einmal das Büchlein von unserem Geschichts-Studenten und dann schauen wir weiter."

„Also schön. Und wann besorgt ihr euch das Büchlein?"

„Nächsten Mittwoch.", antwortete Paul sogleich. „Wir treffen uns um 14:30 Uhr vor dem Herrenklo. Das ist gleich gegenüber von den Spinden. Auf diese Weise haben wir alles im Blick und können Ron problemlos abpassen."

„Eine Frage hätte ich dann doch noch."

„Nur zu!"

„Wie können wir sicher gehen, dass Ron uns nicht entdeckt und wiedererkennt?"

Mein Bruder lächelte.

„Ganz einfach: Paul und du, ihr werdet euch im Hintergrund dezent zurückhalten. Meine Aufgabe wird es sein, den Spind aufzuknacken, das Buch zu holen und zu kopieren. Und wenn Ron früher aus der Bib kommen sollte oder uns irgendwas dazwischen kommt, dann seid ihr beide dafür verantwortlich, dass ich genügend Zeit habe, um zurückzukommen und das Buch an den alten Platz zu legen."

„Wenn das auch so leicht wäre, wie du das sagst!", seufzte ich und nahm einen großen Schluck von Mums Rosenblättertee.

„Na dann - ich schlage vor: Wir treffen uns nächsten Mittwoch!"

Der Mittwoch ließ nicht lange auf sich warten und ehe ich es mir versah, stand ich mit Paul und meinem Bruder vor dem besagten Herrenklo. John erteilte die letzten Anweisungen und dann ging es auch schon los.

Während Paul in nicht allzu großer Entfernung vom Spind wartete, sollte ich mich am Kopierer anstellen, damit mein Bruder, sobald er mit dem Buch kam, alles sogleich abziehen konnte. Als ich mich in die Schlange der Wartenden einreihte, verstand ich, weshalb John seinen Plan ein klein wenig geändert und mich nicht mit Paul zusammen postiert hatte, sondern wollte, dass ich am Kopierer wartete. Vor mir hatte sich eine Schlange aus Studenten gebildet, die allesamt kopieren oder scannen wollten.

Während ich da stand und den Studenten beim Kopieren zusah, überlegte ich mir, wie lange es wohl noch dauern musste, bis mein Bruder aufkreuzte. Der Zeiger meiner Uhr war schon beträchtlich fortgeschritten. Ein Student nach dem anderen verließ den Kopierraum und schließlich hatte ich nur noch einen vor mir, der aber auch gleich fertig sein würde. Nervös kaute ich auf meiner Unterlippe herum. Wenn John nicht gleich kommen würde, stünde ich ziemlich blöd vor dem Kopierer da. Immerhin hatte ich kein Buch und nichts bei mir, sodass ich nicht einmal so tun konnte, als ob ich etwas kopieren müsste. Doch in dem Moment, als der Student vor mir seine Kopierkarte schnappte und sich davon machte, tauchten Johns Wuschelhaare im Türrahmen auf.

„John!", seufzte ich erleichtert. „Hast du das Buch?"

Er nickte und legte wortlos das schmale Büchlein auf die Glasplatte. Der Drucker spuckte ein Blatt nach dem anderen aus und nach ein paar Minuten war die Arbeit erledigt.

John verschwand so wortlos, wie er gekommen war, um das Buch an seinen alten Platz zurückzubringen. Ron sollte nur keinen Verdacht schöpfen, dass sein Spind aufgeknackt worden war nur wegen der Aufzeichnungen! Wenn er das aufgebrochene Schließfach bemerken würde, würde er nur feststellen, dass nichts abhanden gekommen war.

Während mein Bruder zurück zu Spind 1675 eilte, gesellte ich mich möglichst unauffällig zu Paul, der noch immer in der Nähe des Bibliothekseingang stand, die Arme lässig verschränkt, und mit Argusaugen alles um sich herum unter die Lupe nahm. Sobald ich eingetroffen war, schlenderten wir - wie ausgemacht - in Richtung Ausgang. Dort stießen wir wieder auf meinen Bruder.

„Puh!", schnaufte der. „Das wäre geschafft." Er wischte sich den Schweiß von der Stirn. „Ich dachte schon, ich krieg das blöde Schloss nicht auf. Ein paar Kommilitonen haben schon dumm gegafft. Aber es hat niemand was gesagt. Wahrscheinlich dachten die, dass ich meinen Schlüssel verloren habe."

„Hast du schon einen Blick in die Kopien werfen können?", wollte Paul aufgeregt wissen. Doch John verneinte mit einem Kopfschütteln.

„Am besten schauen wir uns alles in Ruhe zu Hause an. Nicht, dass uns noch jemand über den Weg läuft, für den unsere Kopien möglicherweise von großem Interesse sind."

Kaum waren wir zu Hause angekommen, nahmen wir die Blätter genauestens unter die Lupe. Schon auf der ersten Seite wurde uns klar, dass die Vermutungen meines Bruders gestimmt hatten: Die Aufzeichnungen befassten sich mit nichts anderem als dem Vermächtnis.

Fassungslos hielt ich die erste Seite in den Händen und traute meinen Augen nicht. Es handelte sich offenbar um eine Art Tagebuch. Der erste Eintrag begann damit, wie

Ron schilderte, dass David ihm erzählt habe, dass er einen Brief der Newton-AG bekommen habe.

„Hört euch das mal an!", rief ich und wedelte vor Begeisterung mit dem Blatt in der Luft herum. „Da steht: *David hat heute einen Brief bekommen von einer gewissen Newton-AG. Offensichtlich ist er der Nachfahre eines Mannes namens Rosehill, der irgendwann einmal im 17. Jahrhundert gelebt haben soll. Keine Ahnung, wie und warum. Wie mir David erzählt hat, meinten die Herren, dass es um eine äußerst wichtige Angelegenheit geht, die mit exakt einem Wort auf den Punkt zu bringen ist: Vermächtnis.*"

Als ich meinen Blick von der krakeligen Schrift löste, starrten mich zwei Paar Augen fassungslos an.

„Das gibt es doch nicht!", flüsterte mein Bruder. „Sag, dass das nicht wahr ist!"

Ich schüttelte den Kopf.

„Es ist wahr, John. - Ron und David wissen seit Sommer letzten Jahres darüber Bescheid. Jede Aufzeichnung trägt nämlich ein Datum."

„Los, weiter!", drängte Paul.

Mit feuchten Fingern hob ich das Papier an, um die Schrift besser entziffern zu können.

„*Sie* - also das bezieht sich immer noch auf die AG - *haben nicht viel gesagt, nur das: Es handelt sich um eine Art Anleitung für ein Elixier, mit dem man in der Zeit reisen kann, unendlich viel Macht bekommt und - das Beste! - unsterblich wird! Echt verrückt, was es heutzutage alles so gibt! Ich hab im Internet versucht, mich schlauzumachen, konnte beim besten Willen aber rein gar nichts finden. Ob diese Typen nur irgendwelche Spinner sind?*"

„Also wenn du mich heute fragst: Ich würde dem glatt zustimmen. Bei der Newton-AG handelt es sich wirklich um Spinner, um geisteskranke, machtsüchtige Spinner.", unterbrach mich mein Bruder kurz, bevor er mich mit einem kurzen Nicken dazu aufforderte, weiterzulesen, was ich auch tat.

148

*„Außerdem meinten diese Typen, dass bereits jemand für sie gearbeitet habe, aber die Mission nicht erfolgreich zu Ende bringen konnte. Hierbei soll es sich um die Nachfahren von einem gewissen Turner handeln, der bei der Herstellung des Vermächtnisses beteiligt gewesen sein soll.*

*Ich merke schon: Das hier ist alles ziemlich schräg und wirklich kompliziert. - Wie es nun weiter gehen soll? Geplant ist, dass David nun nähere Einweisungen erhält und sich dann auf eine Zeitreise begibt. Er soll das wieder gut machen, was seine beiden Vorgänger in den Sand gesetzt haben."*

„Na, ich würde sagen, da hat er sich gelinde ausgedrückt." Paul grinste meinen Bruder und mich neckend an. „Jetzt wisst ihr, was die Newton-AG über euch denkt: Nämlich, dass ihr totale Versager seid."

„Lieber in deren Augen ein Versager als jemand, der die Welt ins Unglück zu stürzen versucht.", erwiderte John. Er hatte verstanden.

„Ok, Leute, sammeln wir Fakten: Ron und David wissen also seit letztem Sommer von der Sache.", lenkte Paul das Gespräch auf das eigentliche Thema zurück. „Die Newton-AG hat sich also gleich nach der in ihren Augen nicht erfolgreichen Mission mit David in Verbindung gesetzt, weil der angeblich ein Nachfahre von Rosehill ist."

„Ja!", bestätigte ich. „Die haben immer noch nicht aufgehört, daran zu glauben, das Vermächtnis in ihre Hände zu bekommen. Jetzt versuchen sie es mit David!"

John runzelte die Stirn.

„Und was hat dann Ron damit zu tun? Der weiß davon doch nur, weil David sein Freund ist und ihm alles ausplaudert."

Verwundert legte ich meine Stirn in Falten. Die Frage meines Bruders war natürlich berechtigt. Allerdings wollte sich mir keine Antwort auftun.

„Du meinst also, weshalb dann auch Ron im Besitz eines Zeitreisesteins ist und im Dezember gemeinsam mit seinem Kumpel einen Abstecher in die Vergangenheit unternommen hat?", vergewisserte sich Paul, während ich bereits in den Aufzeichnungen zu kramen begann.

Hastig blätterte ich eine Seite nach der anderen durch. Irgendwo musste sich doch ein Hinweis darauf finden, dass...

„Ha! Hier steht was!" Triumphierend hatte ich das Blatt hervorgezogen, überflog es kurz und erklärte dann: „Ron schreibt, dass David ihn eingeweiht hat als seinen besten Freund."

Aus den Augenwinkeln sah ich, wie John zu einer Unterbrechung ansetzte. Ohne auf ihn Rücksicht zu nehmen, fuhr ich fort: „Jetzt kommt erst das Interessante: Die beiden waren sich sofort einig, der Newton-AG einen ordentlichen Strich durch die Rechnung machen zu wollen. Ihr Plan: David soll die Herren in dem Glauben lassen, dass er für sie arbeitet. Aber letztlich macht er sich mit Ron auf eigene Faust daran, das Rätsel um das sagenumwobene Vermächtnis zu lösen."

„Nicht schlecht.", meinte mein Bruder anerkennend.

„Ron und David haben also die Newton-AG ausgetrickst und sich daran gemacht, das Vermächtnis in ihre Gewalt zu bekommen?", vergewisserte sich Paul.

Ich nickte.

„Klingt doch auch verlockend, oder? Macht, Unsterblichkeit - was will man mehr?"

Rasch blätterte ich weiter und stieß erneut auf eine interessante Notiz.

„Seht mal!" Sofort rückten John und Paul näher heran, um die Aufzeichnungen genauer betrachten zu können. „Vergangenen Oktober haben Ron und David eine Reise in die Vergangenheit unternommen. Und zwar sind sie Anfang Dezember des Jahres 1674 nach London."

„Wie bitte?" Paul schaute entgeistert drein. „Was wollten sie denn da?"

„Wartet, ich lese es euch vor: *David und ich sind heute in die Vergangenheit. Stichtag: 02.12.1674. Unser Ziel: Wir verabreden ein Treffen mit Rosehill für den 18.12.1675. -* Nun, was sagt ihr jetzt?"

„Wow, ich wusste gar nicht, dass man sogar auf andere Zeiten reisen kann."

Verwirrt hob ich meinen Kopf.

„Wie meinst du das, Paul?"

„Na, dass man zwar im Oktober startet, aber im Dezember ankommt."

Einen Augenblick lang dachte ich nach.

„Stimmt! Wir sind immer an dem Tag angekommen, an dem wir auch gestartet sind."

„Was schließen wir daraus?" Paul legte eine kunstvolle Pause ein, um seinen Worten, die gleich darauf folgen sollten, besonderen Nachdruck zu verleihen. „Die beiden Jungs müssen sich saumäßig gut mit dem Zeitreisen auseinandergesetzt haben. Sogar besser als wir."

„Wahrscheinlich sind die beiden sogar schlauer als die Newton-AG.", mischte sich John mit ein. „Wie sonst hätten sie es geschafft, die Herren auszutricksen und auf eigene Faust dem Vermächtnis nachzujagen?"

„Moment mal!", unterbrach Paul die Überlegungen meines Bruders. „Das ist ja alles schön und gut. Aber was helfen uns diese Erkenntnisse nun? - Wir wissen jetzt nur, wie Ron und David da hinein geraten sind und was sie beabsichtigen. Aber steht da auch geschrieben, was sie bald planen?"

Noch einmal blätterte ich den gesamten Stapel an Papieren durch. Aber vergeblich.

„Nein, die letzte Aufzeichnung beschäftigt sich lediglich damit, dass die Mission im Dezember gescheitert ist und dass die beiden Jungs noch immer das Vermächtnis in ihre Hände bekommen wollen."

„Hm." John legte die Stirn in Falten und dachte nach. „Vielleicht müssen wir uns die gesamten Aufzeichnungen näher und intensiver anschauen. Möglicherweise gibt es einen Hinweis an einer früheren Stelle, die Katharina in der Eile überblättert hat."

„Tu dir keinen Zwang an!" Schon rückte ich den Stapel in Johns Richtung.

„Es sind zwar nicht Unmengen an kopierten Seiten. Aber findest du nicht, dass das für heute ein bisschen viel ist?", brachte Paul seine Bedenken ein.

„Jaja, schon gut." John griff nach den Blättern. „Mir ist klar, dass wir auch noch ein anderes Leben haben und kriminelle Beschäftigungen nicht unser einziges Hobby sind." Mit diesen Worten legte er die einzelnen Seiten fein säuberlich aufeinander. „Dann schlage ich vor: Jeder geht wieder seinen Pflichten nach. Ich werde die Aufzeichnungen intensiv durchwälzen. Wir treffen uns dann Freitagabend. Bis dahin müsste ich mich durch alles durchgelesen haben."

Der Freitagabend war schneller gekommen als meinem Bruder lieb gewesen war. Er hatte ziemlich lange dafür gebraucht, die krakeligen Buchstaben unseres Zeitreisekollegen auszuwerten. Immerhin war ihm dabei doch noch so viel Zeit geblieben, sich auch gleich noch Gedanken zu unserem weiteren Vorgehen zu machen.

„Ich will es kurz machen.", eröffnete John den Gesprächsabend. „Es gibt in keinster Weise irgendwelche Erläuterungen oder auch nur Andeutungen über das Verwandtschaftsverhältnis zwischen David und Rosehill. Es steht ziemlich viel Unfug da drinnen, um genau zu sein: Alle Überlegungen, die im Vorfeld der Reise für den besagten Tag im Dezember geplant worden sind."

Paul und ich lauschten schweigend den Worten meines Bruders, der die erste Seite seines bekritzelten Notizblocks umblätterte.

„Ziemlich am Anfang der Aufzeichnungen ist mir jedoch ein Eintrag besonders ins Auge gestochen. Es handelt sich um einen Bericht über eine Reise in das Jahr 1673, die erste Zeitreise von Ron und David." Mit gewichtiger Miene ließ John seine Augen über unsere gespannten Gesichter wandern. „Ron und David sind also in das Jahr 1673 gereist, in dem ein Ball bei Lady Dorothy stattgefunden hat. Bei diesem sommerlichen Stelldichein müssen die beiden eine äußerst aufschlussreiche Entdeckung über das Vermächtnis gemacht haben. Um was es sich bei dieser Entdeckung genau handelt, das verschweigen die Aufzeichnungen leider. Tatsache ist: Dieses Erlebnis auf Lady Dorothy Sommernachtsball war der Auslöser für das weitere Vorgehen der beiden Jungs. Und daher bleibt uns eigentlich nur eine Möglichkeit, wenn wir herausfinden wollen, was sich auf dieser besagten Veranstaltung ereignet hat: Ihr beide müsst noch einmal in die Vergangenheit reisen und euch auf dem Ball bei Lady Dorothy einfinden."

Ein kurzer Blick zu Paul verriet mir, dass er nicht sonderbar begeistert zu sein schien.

„Also ich finde das ja grundsätzlich wirklich genial mit dem Zeitreisen. Aber eigentlich bin ich zurzeit ganz gut mit meinen universitären Veranstaltungen und Verpflichtungen ausgelastet.", meinte er.

„Ich schließe mich dem an. Mein Abi steht vor der Tür. Und ich will auf keinen Fall, dass unsere Zeitreise so endet wie im Winter.", erklärte ich.

„Das habe ich mit einberechnet.", seufzte John. „Es soll auch nicht lange sein. Maximal zwei Tage. Ich habe mir bereits alles überlegt."

Mein Bruder wollte uns also vor (fast) vollendete Tatsachen stellen. Aber immerhin hatte er sich Gedanken gemacht. Im Gegensatz zu Paul und mir war er dadurch einen großen Schritt weiter.

„Wenn wir meinen Plan umsetzen, dann reist ihr ebenfalls in das Jahr 1763, also noch bevor das Vermächtnis entstanden ist. Ron und David müssen eine sehr aufschlussreiche Entdeckung gemacht haben. Und was den beiden gelungen ist, wird euch zwei sicher nicht entgehen." Er grinste. „Ihr werdet euch erst einmal in London bei Ellinor einfinden. Irgendwie müsst ihr ja an die Einladung zum Ball bei Lady Dorothy gelangen."

Das leuchtete mir ein. Wir konnten ja schlecht bei Lady Dorothy aufkreuzen, wenn wir womöglich gar nicht erwünscht waren.

„Wieso genau zu Ellinor?", wunderte sich Paul. „Wir könnten doch auch zu Newton oder Turner."

„Ellinor ist die Schwester von Turner und bestens informiert, da sie mit Lady Dorothy superdick befreundet ist und ihre Schnüffelnase immer überall mit drinnen hat.", erklärte John. „Wenn es einen Ball bei Lady Dorothy gibt, dann wird Ellinor gewiss davon Bescheid wissen. Und Katharina als ihre vermeintliche Cousine erhält bestimmt eine Einladung."

„Und ich? Mich kennt doch in der Sippschaft niemand. Schon vergessen? Ich stehe als Morgan auf der Seite der Bösen." Pauls Einwand war berechtigt.

„Das ist in der Tat nicht gerade leicht. Du könntest dich als mich ausgeben. Aber da wir zwei leider keine allzu große Ähnlichkeit besitzen, wird es wohl eher nicht gelingen. Daher meine Idee: Du spielst einen Bekannten Katharinas vom Land."

„Vom Land?" Pauls runzlige Stirnfalten ließen mich lächeln. „Was ist, Katharina? Lachst du mich aus?"

„Nein.", wehrte ich ab. „Du schaust nur so süß."

„Danke."

John räusperte sich geräuschvoll.

„Darf ich wieder um Aufmerksamkeit bitten?", grunzte er. „Danke. Dann kann ich ja fortfahren: Katharina wird mit ihrem Bekannten vom Land bei Ellinor einen netten Abend verbringen und - sofern die Einladung folgt und davon gehe ich aus - am nächsten Morgen zu Lady Dorothy aufbrechen. Der Ball findet erst am Abend statt. Wenn also nichts dazwischen kommt, dürfte es kein Problem sein, rechtzeitig im Schloss einzutreffen."

„Klingt logisch. Allerdings zweifle ich schon allein daran, dass die Reise glatt verläuft.", meinte ich. „Und wie kommen wir überhaupt nach London? Wir können doch nicht einfach mal so eben einen Flug buchen. Außer du bist großzügig und plünderst dein Sparschwein, verehrtes Bruderherz."

„Ätsch, Schwesterlein, dieses Problem haben schon ein paar Leute vor dir zu lösen gewusst." John grinste mich an. „Ron und David haben herausgefunden, dass man nicht nur in verschiedene Zeiten, sondern auch zu verschiedenen lokalen Punkten reisen kann. Erinnerst du dich nicht? Bei deinem ersten Zeitsprung bist du doch auch woanders rausgekommen als eigentlich geplant war - oder sagen wir lieber: anders als die Newton-AG es uns vorgegeben hat. Wenn du mich fragst, haben die dich mit Absicht da hin versetzt."

„Ist ja egal.", mischte sich Paul mit ein. „Weißt du denn, wie das funktioniert mit dem Sich-an-einen-anderen-Ort-Versetzen?"

„Ron hat einige Hinweise in Bezug auf die Zeitreiseanleitung notiert, die er, weiß Gott woher hat. Wahrscheinlich ist er heimlich bei der Newton-AG eingebrochen. Ich will es lieber gar nicht wissen. - Aber zur Sache: Paul, du müsstest mir deine Abschrift der Reiseanleitung ausleihen oder du gehst sie selbst durch. Bei Letzterem werde ich dir selbstverständlich die Hinweise von Ron aushändigen."

„Oh, ich glaube, das überlasse ich gerne dir." Paul lächelte.

„Na schön." Mein Bruder seufzte, strich sich eine Strähne aus der Stirn und fuhr fort: „Ron und David konnten von hier aus nach London springen. Wenn die beiden das geschafft haben, dürfte es für euch eigentlich auch kein Problem sein. Allerdings hat Ron vermerkt, dass sie sich im Voraus nicht sicher waren, ob ihre Reise funktioniert. Eine gewisse Gefahr bleibt nämlich bestehen. Das ist sozusagen das Risiko. Aber wie heißt es so schön? No risk - no fun!"

„Genial! Es könnte also schief gehen..." Ich stöhne. „Klingt wirklich extrem prickelnd. Ich würde sagen, wir fangen am besten morgen an."

„Wunderbar, Schwesterlein! So habe ich das auch gesehen." Mein Bruder überhörte geflissentlich meine Ironie und verkehrte meine eigentliche Intention ins Gegenteil. „Ihr müsst die Sache so schnell wie möglich hinter euch bringen. Wer weiß, was die zwei Jungs sich inzwischen alles ausdenken und noch anstellen."

## 10

Es war also abgemacht: Paul und ich sollten noch einmal ins 17. Jahrhundert zurück. Ein Besuch bei Ellinor und von dort direkt zu Lady Dorothy. Eigentlich kein großes Hexenwerk. Blieb nur noch zu hoffen, dass mein Bruder Recht hatte und es wirklich funktionierte, in die Vergangenheit und dabei auch noch von Bayerns Landeshauptstadt nach London zu „springen". Doch John war zutiefst überzeugt davon, dass es klappen würde. Er hatte beinahe eine ganze Woche lang nur Pauls abgeschriebene Zeitreiseanleitung studiert und war zu fast nichts anderem mehr gekommen. Inzwischen war er ein richtiger Zeitreise-Experte und würde uns, zumindest seinen eigenen Aussagen nach, sicher und wohlbehütet in das Jahr 1673 schicken.

Paul hatte sich in den letzten Tagen darum gekümmert, einen möglichst authentischen Degen zu ergattern. Woher er ihn letztlich bekam, hat er mir bis heute nicht verraten. Ich jedenfalls sprach mit unserem Lehrer im Schultheater und durfte ein paar Gewänder ausleihen, die zwar nicht zur 100% der Zeit entsprachen, in die wir reisen wollten, aber mit denen wir zumindest nicht aus der Reihe fallen würden. Ich hatte für mich ein Kleid ausgesucht, das ich während der Reise zum Schloss tragen wollte und eines, das so festlich war, dass der einzige Anlass, um es anzuziehen, nur der Sommernachtsball sein konnte.

Von Herrn Albrecht hatte ich in den vergangenen Tagen nichts mehr gehört und so ging ich davon aus, dass er noch einige Zeit im Ausland sein würde. Einen Tag vor unserer geplanten Abreise brachte ich einen Aushang an den Eingang zur Bibliothek an, dass diese für die nächsten fünf Tage geschlossen sei. Vorsichtshalber hatte ich lieber ein paar Tage länger angegeben als Paul und ich eigentlich beabsichtigten.

Morgen Nachmittag wollten wir los. Wir würden also an einem Freitag in London eintreffen. Am Samstag wäre der Ball und spätestens am Sonntag hatten wir unsere Rückreise eingeplant. Auf diese Weise würde auch niemandem auffallen, dass Paul und ich gar nicht im 21. Jahrhundert waren. Ich würde nicht in der Schule fehlen und Paul nicht in seinen Vorlesungen.

Meiner Mum hatte ich erklärt, dass ich über das Wochenende bei Paul wäre und Paul hatte seinen Eltern etwas Ähnliches erzählt.

An besagtem Tag war ich gleich nach der Schule zu Paul nach Hause geradelt, wo wir uns in seinem Zimmer einfanden, einer noch aufgeregter als der andere. Wir schlüpften in die altertümlichen Klamotten, die ich aus dem Fundus unseres Schultheaters mitgenommen hatte, und bemühten uns, möglichst stilecht auszusehen. John kaute die ganze Zeit über nervös an seinen Fingernägeln herum.

„Jetzt hab dich nicht so, John!", meinte Paul, der ihn, während er seiner Frisur den letzten Schliff gab, die ganze Zeit über im Spiegel beobachtete. „Du bist es ja nicht, den ein vielleicht waghalsiges Abenteuer erwartet."

„Genau das ist es ja!" John stöhnte und raufte sich die Haare. „Wenn euch was zustößt, bin ich schuld!"

„Jetzt hör aber auf!", mischte ich mich ein. „Es ist immerhin noch unsere Entscheidung, ob wir bei deinem bescheuerten Plan mitmachen oder nicht."

John nickte.

Wir beide kannten uns zu gut, um zu wissen, was der andere gerade fühlte. Und nicht nur meinen Bruder quälte ein schlechtes Gewissen, ob die Sache, die wir vorhatten, auch wirklich funktionieren würde.

„Wie sieht es aus, Katharina? Bist du fertig?" Paul kehrte seinem Spiegelbild den Rücken zu und lächelte mich an. „Wie ich sehe, steht unserer Reise nichts mehr im Wege."

Auch er wirkte ein wenig blasser als sonst. Wahrscheinlich die Aufregung.

„Okay.", sagte ich. „Dann jetzt oder nie."

Paul und ich griffen nach unseren Steinen. Der meinige fühlte sich überraschend kühl an, beinahe so, als wolle er mich abweisen.

„Am besten reicht ihr beide euch die Hände. Sollte es nicht klappen, dass ihr nach London übersetzt, seid ihr wenigstens zusammen.", gab John seine erste Anweisung. „Es war nicht gerade einfach, herauszufinden, welche Formel ihr benötigt. - Und ich hoffe schwer, sie stimmt. Solltet ihr irgendwo rauskommen, wo ihr nicht hinwollt, sagt ihr den Spruch einfach noch einmal auf - dann kommt ihr wieder zurück. Klar?"

Wir nickten.

„Und lasst während der gesamten Reise kein einziges Mal eure Hände los! Ich würde es mir nie verzeihen, wenn irgendwas schief läuft und einem von euch etwas zustoßen würde."

Mit einem erneuten Nicken gaben wir John zu verstehen, dass wir begriffen hatten.

„Also dann... Ihr wisst den Spruch. Es kann eigentlich losgehen." Mein Bruder ging einen Schritt zurück, damit Paul und ich genügend Platz hatten, um uns nebeneinander aufzustellen. Doch so leicht ließ ich John nicht davon kommen. Mit zwei schnellen Schritten war ich auf ihn zugehastet und ihm um den Hals gefallen.

„John!", flüsterte ich. „Ich passe auf mich auf, versprochen!"

„Mach's gut, Schwesterlein.", presste er mühsam hervor. Offensichtlich kämpfte er mit den Tränen.

„Ich verspreche es. Großes Indianerehrenwort, versprochen!"

„Hm, Katharina, kommst du?"

Gehorsam, wenngleich auch ungern, löste ich mich aus der Umarmung und folgte Pauls Worten.

Wir fassten uns an den Händen und atmeten einmal tief durch. Dann sprachen wir die Formel aus, gemeinsam. Kaum war der letzte Buchstabe verklungen, als ich spürte, wie ein kräftiger Windstoß durch meine Haare fegte. Meine Füße schienen jeglichen Halt verloren zu haben. Vollkommen orientierungslos wirbelte ich durch ein farbloses Nichts. Mein Gefühl sagte mir, dass dieser Zustand nur

158

wenige Sekunden andauerte. Ob dem die Realität tatsächlich entsprach, sei dahingestellt. Als ich jedenfalls wieder bei klarem Bewusstsein war, stellte ich fest, dass ich mit dem Rücken auf einer staubigen Straße lag. Über mir konnte ich einen mit schwarzen Wolken verhangenen Himmel erkennen. Rechts und links von mir waren Hauswände. Anscheinend war ich in einer schmalen Gasse gelandet. Na, dann blieb nur noch zu hoffen, dass es auch tatsächlich London war!

Doch mich belastete noch eine weitere Ungewissheit: War ich doch eben mit Paul gemeinsam durch die Zeit gereist, befand ich mit einem Mal mutterseelenallein hier. Wohin war mein Begleiter verschwunden? Sollte unsere Zeitreise letzten Endes aus dem Ruder gelaufen sein? War Paul irgendetwas zugestoßen?

Schnell richtete ich mich auf - und stellte fest, dass nicht nur mein Begleiter, sondern auch mein Feueropal fehlte. Das ging ja gut los!

Und kaum stand ich wieder auf sicherem Boden, als sich von dem düsteren Himmel über mir der erste Regentropfen löste und mir mitten auf die Nase klatschte.

„So ein Scheißdreck!", fluchte ich und hatte dabei ganz vergessen, dass ich mich ja dringend an die Etikette des Jahrhunderts zu halten hatte.

Sei es drum. In dieser menschenleeren Gasse würde mich ohnehin niemand hören. Noch etwas wackelig auf den Beinen ging ich ein paar Schritte nach vorne und traute meinen Augen nicht: Keine zwei Meter entfernt von mir lag etwas Glitzerndes im Staub. Mein Feueropal!

Wie der Blitz schnellte ich darauf zu und schnappte mir meinen Reisestein.

„Katharina?", hörte ich da eine Stimme meinen Namen rufen, die nur von Paul stammen konnte.

„Paul?", rief ich, um sicherzugehen, dass er es auch wirklich war.

„Katharina, wo bist du?"

„Hier!"

Ohne zu überlegen lief ich in die Richtung, in der ich Paul vermutete. Und tatsächlich: Kaum hatte ich das Ende der Gasse erreicht, wäre ich beinahe mit ihm zusammengestoßen.

„Katharina, was bin ich froh, dass du wohlbehalten angekommen bist!" Paul schloss mich in seine Arme und drückte mich fest an sich.

„Und ich erst!", antwortete ich mit erstickter Stimme. „Ich dachte schon, dass irgendwas nicht geklappt hätte..."

„Ja, auf jeden Fall sind wir in London. Wahrscheinlich hat es uns bei unserem krassen Zeitsprung auseinandergerissen." Paul lächelte. „Naja, jetzt sind wir ja wieder zusammen." Er löste die Umarmung und blickte um sich. „Wir sind gar nicht weit weg von Ellinors Haus. Am besten suchen wir die Dame gleich auf. Also, du weißt, was wir zu tun haben?"

Ich nickte.

Keine zehn Minuten später standen wir vor besagter Haustüre.

„Ich hoffe inständig, dass Ellinor da auch wirklich drinnen wohnt! Immerhin haben wir sie das letzte Mal im Jahr 1686 besucht. Jetzt sind wir ganze 13 Jahre früher dran.", murmelte Paul neben mir, während er nach dem Türklopfer griff.

Es dauerte ein Weilchen, bis hinter der schweren Türe Schritte zu vernehmen waren. Mit einem leisen Knarren öffnete sie sich einen Spalt weit.

„Sie wünschen?" Die junge Frau Mitte zwanzig, deren Kopf hervor lugte, war wohl so etwas wie ein Hausmädchen.

„Ich bin Katharina Turner.", gab ich als Antwort, ganz so, wie es mit John und Paul abgemacht war.

Doch das Hausmädchen zeigte keinerlei Reaktion.

Verwundert ließ ich meinen Blick zu Paul gleiten. Was war nur los? Bei unseren letzten Aufenthalten hier in London hatte man mich immer als Cousine Richard Turners und damit auch als Cousine Ellinors identifiziert. Wieso funktionierte das ausgerechnet jetzt nicht?

„Wir kennen keine Katharina Turner.", erwiderte die Frau spitz. Gerade war sie dabei, die Türe wieder zu schließen.

„Nein!", platzte es aus mir heraus. Im selben Augenblick hielt ich erschrocken meine Hand vor den Mund. „Entschuldigen Sie, ich bin die Cousine dieser Dame, die hier wohnhaft ist.", erklärte ich.

„Sie sprechen von Lady Ellinor?" Das Hausmädchen zog die Augenbrauen nach oben. „Ja, dies ist ihre Wohnung. Aber ich glaube nicht, dass sie eine Cousine hat. Davon hat sie noch nie gesprochen."

Au, Backe! Was um alles in der Welt lief nur schief?

„Und wer ist der Herr neben Ihnen?", erkundigte sich das Hausmädchen von Ellinor weiter.

„Das ist Herr Paul Evening.", erklärte ich höflich. „Er ist ein Nachbar meiner Eltern und war so freundlich, mich nach London zu begleiten."

„Also ein Bekannter von Ihnen." Die Frau rümpfte die Nase. „Wer sind Sie, dass Sie es sich anmaßen, so dreist an unsere Tür zu klopfen und um Einlass zu bitten?"

„Ich sagte es doch schon: Ich bin die Cousine der hier lebenden Lady."

„Na schön!" Sie seufzte. „Nachdem Sie so aufdringlich sind, werde ich Sie bei der Dame anmelden. Bitte gedulden Sie sich so lange."

Mit diesen Worten hatte das Hausmädchen die Türe wieder geschlossen und war im Innern des Hauses verschwunden.

„Das gibt es doch nicht!" Nervös strich ich mir eine Strähne hinter die Ohren. „Die scheinen mich nicht zu kennen! Warum bloß?"

„Hm." Mein Begleiter legte die Stirn in Falten. „Hast du nicht mal erzählt, wie verwundert du warst, dass man dich bei deinem ersten Aufenthalt hier im 17. Jahrhundert immer für die Cousine der Turners gehalten hat, obwohl es dich hier ja eigentlich gar nicht gibt?"

Mein Gehirn fing an, auf Hochtouren zu arbeiten.

Ich nickte. Was Paul gesagt hatte, leuchtete mir irgendwie ein.

„Ja, damals dachte ich schon, dass es mich doppelt gibt oder so. Oder - dass ich vielleicht später wiedergeboren wurde."

„Siehst du, da haben wir wahrscheinlich schon die Lösung des Problems!"

Irritiert starrte ich Paul an. Das meinte er jetzt nicht ernst, oder?

„Na, ganz einfach: Dich kann es hier ja eigentlich auch gar nicht geben. Und dass Ellinor und Richard Turner tatsächlich eine Cousine haben, die dir bis ins kleinste Detail gleicht, ist so gut wie unmöglich. Deine erste Zeitreise hat für dich zwar schon stattgefunden, aber sie betrifft das Jahr 1686, also eine Zeit, die Ellinor und Richard jetzt gerade, also im Moment noch gar nicht kennen. Was du bisher erlebt hast, wissen die beiden jetzt noch nicht. Für sie wird es erst noch passieren, dass du sie besuchst."

Das leuchtete mir ein. Aber worauf wollte Paul hinaus?

„Dass sie dich im Jahr 1686 kennen, liegt daran, dass sie dich vorher schon einmal getroffen haben. Und das muss hier und jetzt sein!"

„Du meinst also, es gibt überhaupt keine Cousine von Ellinor?"

„Genau. Und die wird es auch niemals geben. Das muss eine Ausrede sein."

„Aber wie..."

„Du wusstest doch bei deiner ersten Zeitreise nicht, dass sie dich hier als Cousine Ellinors identifizieren. Und genauso wenig weiß Ellinor nun darüber Bescheid. Wir müssen das Spiel jetzt also umgekehrt noch einmal durchmachen, allerdings sind wir diesmal die Wissenden. Wir müssen es schaffen, der Lady klarzumachen, dass es dich in Wirklichkeit gibt."

„Oh je!"

Das klang ja ganz schön kompliziert! Wenn das mal nicht schief ging...

Mit einem Ruck ging die Türe wieder auf.

„Ich habe mit der Lady gesprochen. Auch sie kennt keine Cousine. Außer ihren Bruder gibt es niemanden in ihrer Familie." Das Hausmädchen bedachte uns mit einem kühlen Lächeln. „Aber die Dame ist neugierig geworden und möchte gerne das freche Persönchen kennenlernen, das es sich anmaßt, so dreist zu sein."

Ohne zu zögern traten Paul und ich in den Eingangsbereich des Hauses. Alles sah genauso aus wie es auch in 13 Jahren der Fall sein sollte, nur wirkten das ganze Mobiliar und die Teppiche nicht so verstaubt.

„Geradeaus. Die Lady erwartet Sie beide schon."

Den Feueropal fest umklammert tappte ich den Flur entlang und öffnete die Türe, auf die das Hausmädchen gedeutet hatte.

Als ich meinen Kopf durch den Türspalt steckte, fand ich ein hell möbliertes Wohnzimmer vor. Lady Ellinor saß mit dem Rücken zu uns.

„Los, geh schon rein!", zischte mir Paul von hinten ins Ohr. Zusätzlich gab er mir mit dem kleinen Köfferchen, das er bei sich trug, einen sanften Stoß, sodass ich gezwungen war, einzutreten.

„Guten Tag, Lady Ellinor.", begrüßte ich die Dame. Auf meine Worte hin hob sie ihren Kopf und drehte sich nach uns um.

„Ah, Sie sind also die besagte junge Dame, die es wagt, sich als meine Cousine auszugeben." Lady Ellinor sah genauso aus wie im Jahr 1686, nur ein kleines bisschen jünger. Ihre Stimme klang genauso. Hoffentlich hatte sie nicht auch die gleichen merkwürdigen Teegewohnheiten!

„Treten Sie doch näher!"

Ich fühlte mich sichtlich betreten, als ich einige Schritte auf sie zuging.

„Sie sind also Fräulein Katharina Turner?", fragte sie spitz.

„Sehr richtig. Sie haben sich nicht verhört.", erwiderte ich steif.

„Ich wusste gar nicht, dass ich eine Cousine habe!", fuhr Ellinor ungehindert fort.

*Ok, jetzt oder nie!*, schoss es mir durch den Kopf.

„Um ehrlich zu sein, wusste ich das bis vor wenigen Wochen auch noch nicht." Freundlich lächelte ich die Dame an. „Wissen Sie, ich bin auf dem Land großgeworden."

„Sie kommen vom Land?" Ellinor rümpfte die Nase. „Was führt Sie nach London?"

„Ich soll die Stadt kennenlernen."

„So wie Sie aussehen, sind Sie im besten heiratsfähigen Alter, meine Liebe. Wenn ich Sie richtig verstehe, kommt Ihr zukünftiger Bräutigam von hier?"

Dankbar über die Notlösung, die mir die Dame soeben serviert hatte, nickte ich und erzählte weiter: „Sehr richtig. Es ist ein adeliger junger Mann, nicht weit von hier."

„Verraten Sie mir lieber nicht seinen Namen!" Ellinor kicherte. „Sonst mache ich ihn Ihnen nur abspenstig!"

Auch wenn ich Paul nicht sehen konnte, wusste ich nur zu gut, dass er gerade die Augen verdrehte. Als ob Lady Ellinor jemandem den Mann wegnahm! Die musste eher aufpassen, dass sie wegen ihres vorlauten Mundwerks nicht von irgendwem umgebracht wurde...

„So, dann erzählen Sie mir doch, wie Sie dazu kommen, ausgerechnet einen Adeligen aus der Stadt zu ehelichen, wo Sie doch vom Land stammen.", forderte mich Ellinor auf und gab mir mit einer kurzen Handbewegung zu verstehen, dass ich mich setzen sollte.

„Das ist ein wenig umständlich, wissen Sie."

„Ach, das ist ja herrlich! Wissen Sie, ich liebe umständliche Geschichten."

Na, dann konnte das ja heiter werden!

So erzählte ich der Dame also davon, dass ich die Tochter des Bruders ihres Vaters war, der aber bereits in jungen Jahren die Familie aus Streitigkeiten über das Erbe verlassen hatte und angeblich aus diesem Grund bei Ellinors Eltern totgeschwiegen worden war. Irgendwie musste ich der guten Frau ja erklären, wie es dazu kam, dass sie nichts von einem Bruder ihres Vaters wissen konnte. Dann plapperte ich weiter, dass auch meine Eltern mir nie davon berichtet hätten, bis sie schließlich die Hochzeit arrangiert hätten. Immerhin konnte ich keinen Adeligen heiraten, wenn eigentlich nicht selbst auch etwas blaues Blut in meinen Adern floss. Auf diese Weise, so machte ich ihr klar, seien wir darauf gekommen, dass ich ja eigentlich mit Ellinor und Richard Turner verwandt war, dem Richard Turner, der mit Isaac Newton in Kontakt steht und sich mit ihm seit Jahren gemeinsam über wissenschaftliche Neuigkeiten austauscht.

Ja, das stimme in der Tat, lenkte Ellinor ein. Ihr Bruder sei ein äußerst begabter junger Wissenschaftler, der - zumindest war sie felsenfest davon überzeugt - das Zeug dazu habe, die Weltgeschichte zu verändern. Angeblich seien ihr Bruder und Newton mit einem dritten Mann namens Morgan drauf und dran, eine bahnbrechende Erfindung umzusetzen. Es handle sich um ein Elixier, mit welchem man unsterblich werde und zu unendlicher Macht gelange. Nebenbei könne man auch noch in der Zeit reisen. Letzteres halte sie jedoch für belangloses Geschwafel.

Es war erstaunlich, wie schnell ich Ellinor davon überzeugt hatte, dass es mich, ihre „Cousine", tatsächlich gab! Kaum zu glauben! Wie gut, dass ich in der Schule als Wahlfach Theater belegt hatte. Ellinor glaubte mir jedenfalls. Damit war ich für sie eine Cousine, die auf dem Land groß geworden war, weil sich ihr Vater mit seinem Bruder wegen des Erbes gestritten hatte. Aufgrund dieser Auseinandersetzung war die jeweilige Familie des anderen Bruders totgeschwiegen worden und keines der Kinder hatte je davon gewusst, dass es die andere Familie überhaupt gab. Eigentlich wirklich logisch. Nur stimmte es ja im Grunde nicht.

Ganz nebenbei erkundigte sich Ellinor auch noch nach Paul, der ja einen Bekannten von mir spielte. Als sogenannter Paul Evening fiel ihm die ehrenvolle Aufgabe zu, mich nach London zu begleiten, um dabei gleich noch die Stadt und ihre Menschen mitsamt der Umgebung kennenzulernen.

„Da trifft es sich ja ausgezeichnet, dass ich von meiner verehrten Bekannten eine Einladung erhalten habe!", zwitscherte Ellinor fröhlich. Paul und ich spitzten die Ohren. „Lady Dorothy, eine Dame meines Alters - sie lebt in einem Schloss außerhalb Londons - gibt morgen Abend einen Sommernachtsball. Und Richard und ich sind auch dazu eingeladen." Sie blinzelte verträumt. „Ich liebe Bälle!" Paul warf mir einen vielsagenden Blick zu.

„Zwar sind Sie dabei, die Stadt kennenzulernen, doch kann ein Ball auf dem Schloss der Lady Dorothy keineswegs fehl am Platze sein. Meine Freundin wird sicherlich nichts dagegen einzuwenden haben, wenn Sie uns morgen Abend dorthin begleiten."

Gebongt! Damit wäre unser Ausflug zum Sommernachtsball gesichert. Paul und ich würden also morgen Abend gemeinsam mit Ellinor und ihrem Bruder Richard das Schloss der Lady Dorothy besuchen. Und wenn alles glatt lief, würden wir dort auf Ron und David treffen.

Da es bereits später Nachmittag war und das Abendessen anstand, blieb uns nicht mehr allzu viel Zeit übrig. Lady Ellinor hatte sich dazu entschlossen, noch heute aufzubrechen. Sie wollte auf keinen Fall zu spät auf dem Schloss eintreffen. Immerhin liebte sie rauschende Bälle über alles. Es gab also nur ein kleines Abendessen und wenig später befanden Paul und ich uns bereits neben der plappernden Dame und ihrem schweigenden Bruder in einem Wagen in Richtung Schloss.

## 11

Paul und ich hatten noch bei Lady Ellinor einen Kleiderwechsel vorgenommen. Mit schickem Ballkleid und toller
Hochsteckfrisur saß ich nun neben Paul im Wagen und es
fiel mir äußerst schwer, nicht nach seiner Hand zu greifen.
Wie auch bei seinen letzten Zeitreisen sah er einfach unglaublich gut aus.
Die Fahrt gestaltete sich als äußert ruhig und gefahrlos. Es
wäre womöglich das Gefühl von Langeweile aufgekom-
men, wenn der Wagen nicht so schrecklich geschaukelt
hätte. Durch das viele Ruckeln und Rütteln wäre mit zwischenzeitlich beinahe schlecht geworden. Glücklicherweise
hielt sich meine Reiseübelkeit in Grenzen, sodass ich lediglich ein Bauchgrummeln und eine leichte Übelkeit verspürte.
Richard Turner und Lady Ellinor saßen Paul und mir gegenüber. Fast die ganze Fahrt über hielt unser werter Herr
Urahn seine Augen geschlossen. Ich vermutete, dass es
entweder daran lag, dass er mit der Unbequemlichkeit des
hiesigen Reisens zu kämpfen hatte und dies seine Art der
„Entspannung" war oder dass er möglicherweise eine
schlaflose Nacht zugebracht hatte (es war immerhin nicht
auszuschließen, dass er wieder einmal mitternächtliche
Experimente in seinem gruseligen Arbeitszimmer mit den
Totenschädeln im Regal angestellt hatte) und deshalb den
verpassten Schlaf nachholen wollte. Ein letzter Aspekt
meiner Überlegung stützte sich auf die Tatsache, dass Lady
Ellinor pausenlos und in einem fort vor sich hin schwafelte.
Vielleicht war Turner einfach nur von ihrem vergnügt vor
sich hin plappernden Mundwerk genervt und hoffte inständig, durch das Schließen seiner Augen ihrem langweiligen
und teils wirklich ätzenden Gedöns zu entkommen. Welcher Grund auch immer die Ursache für sein äußerst un-
kommunikatives Verhalten war, konnte mir letztendlich
egal sein. Fest stand, dass er seine Augen den größten Teil
der Reise über geschlossen hielt und genauso wenig etwas

sagte. Zuweilen blinzelte er ein wenig oder rümpfte seine Nase. Paul und mich schien er gar nicht wirklich wahrzunehmen. Dafür beanspruchte Lady Ellinor unsere Aufmerksamkeit umso mehr, indem sie ununterbrochen vor sich hin plapperte. Sie schien wohl über jeden Baum, jeden Strauch und jeden noch so kleinen Stein am Wegrand Bescheid zu wissen und kommentierte sämtliche Erscheinungen der Umwelt durch eine mehr oder weniger interessante, dafür meist aber ziemlich lange Geschichte. Manchmal wusste ich am Ende ihrer Erzählungen schon gar nicht mehr, wie sie eigentlich begonnen hatten. Nur von Sir Hunter erzählte Lady Ellinor nichts. Wahrscheinlich lebte er noch und würde erst in ein paar Jahren den Löffel abgeben.

Als unserer netten Reisebegleitung ausnahmsweise einmal keine spannende Geschichte zu irgendeinem Haus oder Baum einfiel, gab sie einen ihrer Witze zum Besten, über den seltsamerweise nur sie selbst lachen konnte. Paul und ich taten so, als fänden wir ihre Erzählungen amüsant und gaben unser Bestes, um nicht gelangweilt zu wirken. Wir hatten nicht vor, die von Lady Ellinor uns gegenüber entgegen gebrachte positive Offenheit und Gastfreundlichkeit durch unhöfliches Verhalten zu verletzen. Schließlich waren wir auf ihre Kontakte zu Lady Dorothy und dem Schloss inklusive Sommernachtsball angewiesen. Also spielten wir das Spielchen mit und kicherten hin und wieder scheinbar belustigt über ihre Witze und Erzählungen.

Zwischenzeitlich wurde ein kleiner Stopp eingelegt, um die Pferde zu wechseln, sehr zu Pauls und meiner Erleichterung: Erstens stand der Wagen in dieser Zeit still und konnte weder wackeln noch rütteln, zweitens hatte Lady Ellinor das Bedürfnis, sich ihre Füßchen zu vertreten, sodass der labernde Wasserfall seine Selbstgespräche außerhalb der Kutsche fortsetzte und unsere Ohren für ein kurze Zeit von jeglicher Lärmbelästigung verschont blieben.

Irgendwann kehrten wir in einem Gasthof ein, um vor der einbrechenden Nacht unsere vom vielen Reisen hungrigen Mägen zu füllen. Ich verspürte keinen sonderbaren Hunger.

Meinetwegen hätten wir die Nacht ohne Halt durchfahren können, um schneller am Ziel zu sein. Aber Lady Ellinor bestand darauf. Kein Wunder: Sie hatte ja auch ganze Höchstleistungen vollbracht! Vom vielen Reden musste man ja einen Bärenhunger bekommen...

Als die Sonne hinter dem Horizont verschwunden war und sich eine tiefe Nachtstille ausgebreitet hatte, saßen wir wieder alle im Wagen und setzten die Fahrt fort. Wie lange Lady Ellinor uns noch unterhielt, wusste ich am Ende nicht mehr zu sagen: Irgendwann musste ich wohl eingeschlafen sein.

Paul und ich waren ziemlich froh, als wir gegen Mittag des neuen Tages das Anwesen der Schlossherrin erreichten. Nach gefühlten tausend Stunden waren wir endlich am Ziel, die Strapazen der Reise hatten ein Ende genommen. Zufrieden grinsten wir uns an. Wir waren mehr als nur erleichtert. Allerdings breitete sich ein flaues Gefühl in meiner Bauchgegend aus. Insgeheim hoffte ich, dass alles gut gehen würde: Dass Ron und David tatsächlich hier aufkreuzen würden, es zu keinem Zwischenfall käme und Paul und ich möglichst viel Nützliches in Erfahrung bringen konnten. Angesichts der freundlichen Herzlichkeit, mit der Lady Dorothy uns begrüßte, und der Vorfreude auf den bevorstehenden Sommernachtsball verflogen meine Sorgen und Bedenken jedoch ziemlich schnell.

Wir vier waren nicht die einzigen Gäste, die bereits am Mittag eingetroffen waren. Auch andere Eingeladene hatten sich eingefunden. Mit fortschreitender Zeit trudelten immer mehr Besucher ein, die meisten von ihnen im jungen bis mittelfrischen Alter, mit eleganten Kleidern, schicken Frisuren, geschminkten Gesichtern und glitzerndem Schmuck. Sie lachten fröhlich und plauderten über mehr oder weniger belangloses Zeug, spazierten gemütlich durch die Gartenanlage des Schlosses oder gesellten sich im Tanzraum zu einer gemütlichen Runde zusammen. Lady Ellinor hatte ihre Freundin gebeten, Paul und mir das vornehme Anwesen zu zeigen. Und so lustwandelten wir, Lady Ellinor im

Schlepptau, von einem Zimmer zum nächsten. Wir bestaunten sämtliche Räumlichkeiten, mit kostbaren Teppichen ausgelegte Flure und betraten schließlich auch das Heiligtum der Hausherrin: Die vielbesagte Bibliothek, die Paul und ich ja eigentlich schon kannten. Lady Ellinor wusste über die Ahnen und Vorfahren ihrer Freundin mindestens genauso Bescheid wie über die Botanik entlang unseres Reiseweges und so ließ sie es sich natürlich nicht nehmen, über jedes der Gemälde, von denen uns edle Männer mit Adlernasen und schöne, manchmal beinahe gebrechlich wirkende Frauen mit blassen Wangen und großen Augen stolz und unnahbar anblickten, zu berichten. Sie beließ es dabei aber nicht einfach bei Namen, Zahlen und Fakten, sondern bezog auch deren gesamte Familiengeschichte mit ein. Zwischenzeitlich stellte ich mir die Frage, ob es wirklich so eine gute Idee gewesen war, diesen Sommernachtsball zu besuchen. Doch wenigstens hatten wir durch Ellinors Ahnenberichte die Zeit bis zum offiziellen Ballbeginn totgeschlagen, ohne dabei durch unsere Pseudokostüme oder aus anderen Gründen unangenehm aufzufallen. Paul schien dennoch unzufrieden zu sein: Er war der Meinung, dass Ellinors Geschwafel uns aufgehalten hatte und wir stattdessen besser die Gesellschaft kennen gelernt hätten.

Als Ellinor dem letzten Gemälde den Rücken zukehrte und wir uns gemeinsam auf den Weg zum Ball machten, stand die Sonne bereits tief im Westen. Nur noch wenige Minuten und der rauschende Ball würde beginnen.

Lady Ellinor begleitete uns von einem der oberen Stockwerke hinunter in den Empfangssaal, wo inzwischen noch mehr Menschen eingetroffen waren. Und doch waren längst noch nicht alle Gäste versammelt. Einen Augenblick lang blieb mein Blick an den Kleidern der Damen hängen, die meine ganze Aufmerksamkeit fesseln wollten. Ein leichter Stups von Pauls Ellenbogen in meine Seite erinnerte mich daran, dass ich unsere Zeitreise nicht aus modischen Gründen, sondern wegen einer ganz anderen Sache angetreten hatte. Rasch wandte ich meinen Blick von den prächtigen Gewändern ab und lächelte Paul an.

Lady Dorothy, die jeden Besucher einzeln begrüßte, war von Pauls und meinem Erscheinen keineswegs abgeneigt gewesen. Im Gegenteil: Sie schien sich sogar zu freuen, dass Lady Ellinor, ihre beste Freundin (wie sie mehrmals betonte), zwei solch wohlerzogene, attraktive und blutjunge Gäste mitgebracht hatte, und war zutiefst an meiner Familiengeschichte interessiert. Glücklicherweise bot Lady Ellinor an, ihr von meiner Herkunft zu berichten, wodurch ich, wie ich geplant hatte, den größten Teil des Abends dafür Zeit hatte, mich unter den Anwesenden umzusehen.

Ehe ich jedoch dazu kam, meine Blicke über die männlichen Gäste schweifen zu lassen, hatte sich eine Dame mit Vollmondgesicht lachend zwischen Paul und mich gequetscht und mir ein Glas mit einer stark alkoholhaltigen Flüssigkeit in die Hand gedrückt.

„Etwas Punsch gefällig, die Dame?", lachte sie. Weil ich nicht unhöflich sein wollte, wies ich das Getränk nicht ab, sondern prostete der Frau zu und nippte vorsichtig am Glasrand. Nur mit Mühe konnte ich ein Husten unterdrücken. Das Gesöff war wirklich stark, aber zugleich auch ziemlich süffig. Ich lächelte der Vollmonddame freundlich zu, wandte mich dann von ihr ab und kippte das Glas auf Ex runter, um das Zeug loszuwerden und ich auch meine Hände wieder frei hatte.

Paul war inzwischen ein paar Schritte weitergegangen und hatte seine Augen über die Anwesenden wandern lassen. Ich schob mich durch die trinkende und plaudernde Menge und tippte ihn von hinten an der Schulter an.

„Und? Schon fündig geworden?"

Doch mein Begleiter schüttelte nur stumm den Kopf.

„Scheinen noch nicht da zu sein, die beiden."

„Vielleicht haben sie sich auch einfach nur gut in Schale geschmissen, sodass wir sie nicht auf den ersten Blick erkennen?", flüsterte ich zurück.

„Möglich wäre es. Aber Gesichter kann ich mir eigentlich recht gut merken." Plötzlich drehte er sich ruckartig nach mir um. „Na, hat der Punsch geschmeckt?"
Ich zuckte die Schultern.

„Süffig - ja, ganz ok. Aber auch ziemlich stark."

„Pass bloß auf, dass sie dir nicht so viel andrehen. Auf Alkoholleichen bin ich nicht so scharf."
Von der Seite musterte ich meinen Begleiter. Irgendwas setzte ihm offensichtlich ganz schön zu. Er wirkte heute extrem angespannt und schien nicht in Top-Laune zu sein. Vielleicht ärgerte er sich noch über Lady Ellinors ausführliche Ahnenbelehrung. Vielleicht empfand er aber auch Unmut darüber, dass Ron und David noch nicht zu identifizieren waren, obwohl es draußen bereits dämmrig wurde. Oder aber er war enttäuscht darüber, dass ich Punsch bekommen hatte und er nicht.
Ich beschloss, Paul in Ruhe zu lassen und widmete mich stattdessen meiner Umgebung. Durch die geöffnete große Tür hinaus in den Garten strömten noch immer Gäste hinein. Glücklicherweise auch die laue Sommerluft. Sie füllte den von den vielen anwesenden Gästen inzwischen ziemlich stickigen Raum mit neuem Sauerstoff. Leises Vogelgezwitscher mischte sich unter die heiteren, größtenteils vom Alkohol lustigen Stimmen. Das Fest war in vollem Gange: Der Punsch floss in Strömen und während man sich unterhielt, ein paar Häppchen zu sich nahm oder miteinander tanzte, fidelten die Musikanten um die Wette.
Ich ertappte mich dabei, wie ich einige Sekunden lang verträumt durch die Gartentüre schaute und die ersten Sterne bewunderte, die sich auf ihren Plätzen am Firmament eingefunden hatten. Wären Paul und ich nicht in geheimer Zeitreisemission unterwegs gewesen, hätte ich den Abend hier sichtlich genießen können. So aber musste ich mir in Erinnerung rufen, weshalb ich eigentlich hier war und dass es nicht meine Aufgabe war, mich meinen Gefühlen hinzugeben und den Sternenhimmel zu betrachten.

„Möglicherweise sind die beiden gar nicht als Gäste hier.", raunte Paul mir unauffällig zu.

„Du meinst, sie haben sich eher eingeschlichen und halten sich hier unerlaubt und irgendwo versteckt auf?" Ich runzelte die Stirn. Das würde zumindest erklären, weshalb wir sie nicht hier im Saal unter den andern Gästen antrafen. Aber irgendwie ergab das für mich keinen Sinn.

„Glaube ich nicht." Ich schüttelte den Kopf. „Es wird ja nicht nur hier im Erdgeschoss gefeiert. Lass uns doch noch woanders schauen! Vielleicht sind sie in einem der Zimmer im oberen Stockwerk."

Paul war mit meinem Vorschlag einverstanden. Gemeinsam schoben wir uns durch die Menge in Richtung Ausgang. Schon hatten wir den Empfangssaal verlassen und schritten die Treppe nach oben ins erste Obergeschoss, in dem sich ebenfalls eine üppige Anzahl feiernder Leute aufhielt und feucht-fröhlich den Abend genoss. Aus den Zimmern tönten Musik und Gelächter. Es gab, wie auch im Empfangssaal, reichlich zu essen und zu trinken.

„Saufen, Fressen und Spaß haben - das geht immer.", murmelte Paul gedankenverloren. „Hoffentlich finden wir die zwei!"

„Beruhige dich doch.", versuchte ich ihn aufzumuntern. „Vielleicht kommen sie ja erst noch. Laut Lady Dorothy geht die Party bis weit in die Nacht und es sind wohl noch immer nicht alle geladenen Gäste hier."

Auf einmal drehte sich Paul zu mir um.

„Bleib du mal hier, Katharina.", sagte er nur. „Ich schau noch in den zweiten Stock und check dort die Lage. Vielleicht habe ich dort mehr Glück."

Noch ehe ich etwas erwidern hätte können, war Paul auch schon verschwunden. Etwas unschlüssig stand ich da und blickte um mich. Sollte ich in eines der Zimmer gehen, aus denen es verlockend nach Köstlichkeiten duftete und Tanzmusik erklang?

Unentschlossen ging ich ein paar Schritte vorwärts und warf einen Blick in das erstbeste Zimmer. Hier oben ging es noch bunter zu als eine Etage tiefer. Nein, wenn ich hier reinging, würde ich wahrscheinlich so schnell nicht wieder rauskommen. Und so viel ich erkennen konnte, befanden sich Ron und David nicht unter den Gästen. Sicherlich hatten sie sich ebenso wie wir in Schale geschmissen wie wir. Aber bis jetzt war mir kein Mann aufgefallen, der den beiden auch nur annähernd ähnlich sah.

Unsicher tappte ich den Gang entlang und wurde von einem Pärchen überholt, das es anscheinend ziemlich eilig hatte. Die beiden verschwanden hinter der Tür eines abgelegenen Raumes am Ende des Ganges. Was die zwei vorhatten, konnte ich mir ausmalen, wollte es aber lieber gar nicht wissen.

Hilfesuchend tasteten meine Augen die Wände ab. Dabei wurde ich das ungute Gefühl nicht los, dass sich die ernst dreinschauenden Gesichter der Adeligen und anderer vornehmer Personen, deren Namen Lady Ellinor uns zwar genannt, die ich aber alle längst wieder vergessen hatte, über mich lustig zu machen schienen.

„Ja, lacht nur!", murmelte ich leise. „Ihr steckt nicht so in der Klemme wie wir."

Ich hoffte inständig, dass Pauls und meine Zeitreise nicht umsonst sein würde - und vor allem, dass sie nicht so gefährlich werden würde wie die letzte.

Obwohl die Luft nur so von Stimmen und Gelächter erfüllt war, fühlte ich mich einsam und verlassen. Mir war nicht wohl in meiner Haut und ich wurde das Gefühl nicht los, dass hier etwas nicht stimmte. Aber ich konnte dieses Gefühl des Unwohlseins beim besten Willen auf keine Ursache zurückführen.

Vorsichtig bewegte ich mich über den weichen Teppichboden. Während meine Augen weiterhin auf die Bilder an der Wand starrten, wäre ich beinahe ins Stolpern geraten. Gerade noch rechtzeitig hatte ich abgebremst, sonst hätte ich einen Zusammenstoß mit der Kommode neben mir nicht verhindern können. Einen Moment lang blieb ich bewegungslos stehen und starrte auf das hölzerne Ding.

Hm, ob das auch ein Geheimgang war?

Bei unserem ersten Besuch im Schloss waren wir ja durch Zufall darauf gekommen, dass man durch einen geheimen Gang in die Bibliothek der Hausherrin kommen konnte, dem - zumindest bei unserem damaligen Aufenthalt - Aufbewahrungsort für das *Vermächtnis*.

Schon beugte ich mich nach vorne, um die Türe zu öffnen und nachzusehen, ob man über die Kommode möglicherweise in einen weiteren Geheimgang käme, als ich hinter der Türe, die sich neben der Kommode befand, aufgeregte Stimmen vernahm. Ohne hinter die hölzerne Kommodenwand zu blicken, schloss ich die Türe wieder und drückte mich mit dem Rücken eng an die Wand, damit ich - für den Fall, dass die Türe aufging - nicht das erste Objekt war, dass die heraustretenden Personen in den Blick bekamen. Angestrengt lauschte ich. Den Stimmen nach zu urteilen, musste es sich um Männer handeln. Sie schienen über irgendetwas Geheimes zu sprechen.

„Und du meinst, es funktioniert?", fragte die eine Stimme.

„Sicher doch! Niemand wird merken, dass wir unsere Rollen vertauscht haben."

Mein Herz klopfte schneller. War hier etwa eine Verschwörung im Gange?

„Und wenn doch?", fuhr die erste Stimme fort.

„Dazu wird es nicht kommen." Ein trockenes Husten. „Wir sehen uns zu ähnlich, als dass jemand es bemerken würde. - Also: Du bist von nun an jetzt ich und ich bin von diesem Augenblick an du."

„In Ordnung."

„Um dich zu beruhigen: Wir werden gleich wieder auf dem Ball sein und so tun, als wäre nichts geschehen. Ich versichere dir: Keinem der anderen Gäste wird auch nur der geringste Unterschied auffallen, Brüderchen!"

„Na schön, dann bin ich jetzt also William Rosehill und du Henry Dixon."

Moment mal: Waren das tatsächlich zwei Brüder, die da miteinander sprachen? Und war das *der* Rosehill?

Atemlos stand ich neben der Türe und lauschte angespannt, ob die beiden Brüder noch weitere Worte wechseln würden.

„Du wirst in Zukunft in unserer Villa auf dem Land wohnen und meine Rolle einnehmen. Du bist der junge William Rosehill, derjenige, der alles einmal erben wird." Die Stimme lachte.

„Und ich bin ab sofort Henry Dixon, dein Stiefbruder, der Sohn unserer Mutter aus vergangener Ehe. Versprich mir, dass du alles, was du über die Sache mit dem geplanten Vermächtnis rausbekommst, an mich weitergibst!"

„Versprochen!"

Schon hörte ich, wie die Schritte hinter der Türe näher kamen. Aus Angst, entdeckt zu werden, drückte ich meinen Rücken noch enger an die Wand. Hoffentlich würden die Männer mich nicht sehen, wenn sie gleich auf den Gang treten würden!

Ein leises Knarren verriet mir, dass die Türe aufsprang. Sekunden später liefen zwei blutjunge Männer an mir vorbei, die zwar verschieden gekleidet waren, aber dennoch einander ähnlich sahen wie ein Ei dem anderen. Unterwegs wechselten sie noch ein paar Worte, allerdings über ein völlig belangloses Thema. Dabei drehte der eine sein Gesicht. Sein Aussehen in Kombination mit seiner Stimme ließ es mir wie Schuppen von den Augen fallen: Wir hatten es tatsächlich mit Rosehill Junior zu tun!

In meinem Kopf fuhren die Gedanken Achterbahn. Was hatten die beiden Herren soeben noch gesprochen?

Wenn ich das Gehörte zu einem Ganzen zusammenfügte, dann konnte das eigentlich nur bedeuten, dass die beiden ein Brüderpaar waren, allerdings von zwei verschiedenen Vätern. Der eine nannte sich Dixon, der andere Rosehill. Und offensichtlich hatten sie ihre Rollen getauscht, sodass nun derjenige, der eigentlich Dixon hieß, ab sofort Rosehill war - und umgekehrt. - Und der Grund?

Es war das Wort *Vermächtnis* gefallen. Auch Lady Ellinor hatte ja bereits Andeutungen dazu gemacht. Sollte dies etwa bedeuten, dass Newton und seine beiden wissenschaftlichen Komplizen bereits daran arbeiteten, die Formeln für die besagte Erfindung herzustellen? Richard Turner hatte die ganze Fahrt über eisern geschwiegen. Aber so wie es aussah, gab es bereits erste Pläne. Und wenn mich nicht alles täuschte, dann wollte das Brüderpaar auch dahinter steigen. Wen gab es eigentlich, der nicht zufällig seine Finger hier mit im Spiel hatte?

Verwirrt schüttelte ich meinen Kopf und löste mich aus meiner unangenehmen Stellung, sobald die beiden Herren außer Sichtweite waren.

Hatten wir uns nicht gewundert, als wir in Rons Aufzeichnungen auf die Bemerkung gestoßen waren, dass David ein Nachfahre der Rosehills war?

Wir hatten uns gefragt, wie das sein konnte, denn William Rosehill Junior war unseres Wissens nach kinderlos gestorben: Immerhin hatte man ihn vor unseren Augen ermordet. Nachdem er aber mit seinem Bruder offensichtlich die Rollen getauscht hatte, bedeutete das, dass derjenige, den wir für Rosehill hielten und der auch als Rosehill starb, eigentlich ein Dixon war. Genauso war derjenige, der sich jetzt als Dixon ausgab, eigentlich ein Rosehill.

Einige Sekunden lang stand ich da und hielt die Augen geschlossen.

Gut, das würde einen Sinn ergeben: David Dixon war also ein Nachfahre Rosehills. Er hieß Dixon, weil der Nachname über die Generationen hinweg weitergegeben worden war. Aber eigentlich stammte er von einem Rosehill ab. Dixon hieß er ja nur, weil der eigentliche Rosehill mit seinem Bruder, der im Grunde ja wirklich Dixon und nun aber Rosehill hieß, die Rolle getauscht hatte.

Oh Mann, war das alles schrecklich kompliziert!

Ich spürte, wie die in meinem Gehirn wild herumwirbelnden Gedanken eine unangenehme Übelkeit in mir aufstiegen ließen. Im Geheimen hoffte ich, dass nicht auch noch der Punsch zu meinem Unwohlsein beitrug.

Leicht wankend machte ich mich auf den Weg in Richtung Treppe. Mein Ziel war das Erdgeschoss. Vielleicht würde ich dort noch etwas herausfinden, nachdem die beiden Brüder ebenfalls dorthin verschwunden waren. Außerdem brauchte ich dringend etwas zu trinken. Alkohol hin oder her. - Mir war wirklich schon ganz schlecht.

Kaum hatte ich die letzte Treppenstufe hinter mich gebracht, als mir zwei Personen auffielen, die mir irgendwie merkwürdig bekannt vorkamen. Unruhig ließ ich meine Augen über die restliche Schar der Anwesenden schweifen und mischte mich möglichst unauffällig unter all die Gäste. Im Vorübergehen nahm ich mir von einem der zahlreichen Tabletts einen kleinen Happen zu essen. Zusammen mit einem Glas, das mir eine freundliche Dame reichte, so hoffte ich, würde mein Unwohlsein sicher nicht von langer Dauer sein. Außerdem fiel ich auf diese Weise unter all den anderen Anwesenden am wenigsten auf.

Während ich mir das Häppchen in den Mund schob und einen kräftigen Schluck aus meinem Glas nahm, rückte ich immer weiter in die Nähe der beiden besagten Personen, die ich für niemand anderes als Ron und David hielt. Wenn sie es tatsächlich waren - und davon ging ich aus -, dann hatten sich die beiden hinsichtlich ihrer „Verkleidung" keine besonders große Mühe gegeben: Beinahe sahen sie so aus wie auch im 21. Jahrhundert. Lediglich die Klamotten, die sie anhatten, ließen darauf schließen, dass sie sich ein paar Jahrhunderte früher befanden. Aber ansonsten wiesen sie keine große Veränderung auf. Kein Bart, keine auffällige Frisur.

Sie standen etwas abseits der übrigen Gäste und führten ein offensichtlich ziemlich interessantes Gespräch mit meinem Vorfahren Richard Turner. Während sie miteinander sprachen, gestikulierten sie immer wieder mit den Armen in der Luft herum. Ron zog bisweilen eine überraschte Fratze und David klebte nur so an Richards Lippen. Es schien äußerst spannend zu sein, was die drei da beredeten. Wenn ich ihre Worte doch nur verstehen hätte können!

Doch auch ohne zu wissen, was das Thema des Gesprächs war, hätte ich meine Hand dafür ins Feuer gelegt, dass es inhaltlich um nichts anderes ging als das geplante Vermächtnis.

Schritt für Schritt arbeitete ich mich anhand des Buffets und der mir angebotenen Drinks immer weiter durch die heitere Menge vor, bis ich nur noch ein paar wenige Meter von der Dreiergruppe entfernt war. Ich kehrte ihnen bewusst den Rücken zu (denn von hinten würde man mich gewiss nicht so leicht erkennen) und ging ein paar Schritte rückwärts. Jetzt war ich nahe genug herangekommen, um zu verstehen, über was sich die Männer so angeregt unterhielten.

„Wir danken Ihnen, werter Herr, für das so aufschlussreiche Gespräch!" Diese Stimme gehörte eindeutig zu Ron.

„Nichts zu danken!", erwiderte mein Vorfahre. „Ich bin so froh, endlich einmal mit vernünftigen jungen Männern zu sprechen. Sie müssen wissen, als Wissenschaftler bin ich meist nur für mich allein. Meine Schwester interessiert sich zwar sehr dafür und lässt mir große Bewunderung zuteilwerden, doch ist sie schrecklich unbegabt im Denken." Daraufhin stimmten die drei Männer ein leises Lachen an.

„Das muss wohl in der Natur der Frauen liegen!", gab David seinen Senf dazu.

Schade, dass wir uns hier im 17. und nicht im 21. Jahrhundert befanden. Aber diese blöde Bemerkung würde ich ihm schon noch heimzahlen.

„Und meine Base scheint auch nicht die hellste unter den Leuchten zu sein.", lachte Richard noch. „Ihr Begleiter genauso wenig. Sie haben während der gesamten Fahrt nur über die albernen Witze meiner Schwester gelacht. Sehr einfältig diese beiden!"

*Oh ja, wie einfältig!*

Verärgert biss ich die Lippen aufeinander. Wenn mein hochverehrter Urahn wüsste, dass das alles nur Tarnung gewesen war, um nicht aufzufallen, würde er sicherlich nicht so reden.

„Wir werden uns nun ein wenig zurückziehen." Rons Worte ließen mich schlussfolgern, dass das Gespräch damit endgültig beendet war und die drei Herren sich nun voneinander trennen wollten. Und richtig: Noch während ich mir erneut ein kleines Häppchen vom Buffet schnappte, waren Ron und David aus dem Saal verschwunden. Ich sah, wie Richard sich einer Gruppe Damen zuwandte, hielt es aber nicht für angebracht, ihn dabei zu beobachten. Viel mehr interessierte es mich, wohin die beiden Jungs verschwunden waren. Schnurstracks verließ auch ich den Saal und konnte gerade noch erkennen, wie die beiden in einem Schrank verschwanden, der gleich neben dem Treppenaufgang stand. Unwillkürlich wurde ich daran erinnert, dass auch wir damals bei unserem heimlichen Eindringen in genau einen solchen Schrank gestiegen waren.

Woher wussten Ron und David nur davon? Ob sie den geheimen Gang zufällig gefunden hatten?

Ohne zu zögern folgte ich den beiden, öffnete die Schranktür und schlüpfte hinein. Ich dachte nicht darüber nach, dass die Jungs mich womöglich entdecken konnten. Ich wollte unbedingt mehr herausfinden. Mein Instinkt sagte mir, dass es die Begegnung mit Richard gewesen sein musste, die für die zwei von so aufschlussreicher Bedeutung gewesen war. Mein Vorfahre war bei der Entwicklung des Vermächtnisses nicht unbeteiligt, weshalb ich mir sicher war, dass er durchaus einige Informationen vorliegen hatte, die andere nicht wussten. Mit diesen „anderen" meinte ich die Newton-AG. Eine innere Stimme sagte mir, dass Richard den zwei heimlichen Zeitreisenden etwas sehr Wichtiges mitgeteilt hatte - und zwar hinsichtlich des Vermächtnisses.

Hinter mir schloss ich die Türe lautlos. Froh wäre ich gewesen, wenn Paul an meiner Seite gewesen wäre. Aber nachdem von ihm ja noch immer weit und breit nichts zu sehen war, blieb mir fast nichts anderes übrig, als Ron und David alleine hinterherzuschleichen. Schließlich waren wir nur wegen ihnen noch einmal hierhergekommen! Und wenn ich sie schon einmal ausfindig hatte machen können...

Kaum hatte ich die Schranktüre hinter mir geschlossen, als es vollkommen dunkel um mich herum wurde. Eine modrig-feuchte Luft schlug mir entgegen, die eine bittere Übelkeit in mir aufsteigen ließ. Bei unserem letzten Besuch war mir der Geruch überhaupt nicht aufgefallen. Vielleicht gab es ihn da aber auch nicht mehr.

Schnell presste ich mir die Hand vor den Mund und wagte mich zu einer zweiten Türe vor, die, wie ich vermutete, in den Geheimgang führte, in dem Ron und sein Gefährte verschwunden waren. Vorsichtig und behutsam ging ich einen Schritt vorwärts. Das Blut rauschte in meinen Ohren. Hoffentlich würde mich niemand sehen!

Vorsichtshalber blieb ich stehen und horchte.

„Dieser Richard scheint sie aber auch nicht alle zu haben.", hörte ich David sagen. „Wer plaudert schon einfach alles aus, noch dazu, wenn es um etwas so Wichtiges geht wie das *Vermächtnis*?"

Rons Antwort war ein leises Kichern.

Mist! Richard war also wirklich so dumm gewesen und hatte den beiden etwas sehr Bedeutendes mitgeteilt.

Verärgert und auch ein wenig enttäuscht biss ich mir auf die Unterlippe.

„Um das Elixier für die Unsterblichkeit herzustellen, benötigt man die Spucke eines Nachfahren von Morgan und das Blut eines Nachkommen von Turner. Klingt ziemlich abstrus. Was meinst du?"

Aha, daher rührte also die Nacht-und-Nebel-Aktion im Dezember her!

„Ist ein bisschen unrealistisch.", lautete die Antwort. „Aber wenn das wirklich stimmt..." Ron kicherte schon wieder so dämlich. Womöglich war er am Ende auch noch mit Turners verwandt, vielleicht ein Nachfahre von Ellinor. Immerhin würde dies sein albernes Kichern erklären.

Die Jungs waren hinter einer Biegung verschwunden. Ich konnte sie nun nicht mehr sehen, dafür aber noch immer deutlich hören. Daher beschloss ich, ihnen nicht weiter hinterherzulaufen, sondern zunächst einmal weiter zu lauschen. Sicher war sicher.

„So ganz kann ich nicht glauben, dass das, was Richard uns erzählt hat, auch stimmt.", fuhr David fort.

„Hat nicht Rosehill vorhin gesagt, dass er mit Newton in engster Verbindung steht? Das Vermächtnis ist gewissermaßen dessen eigenes Verdienst. Turner und Morgan sind nur ein paar Gehilfen, die die Drecksarbeit machen und sonst nichts weiter. Aber die eigentliche Leistung stammt von Newton. Und dessen engster Vertrauter ist Rosehill, sogar noch vor der Newton-AG.", gab Ron zu bedenken.

„Wenn wir also herausfinden wollen, ob das, was Richard uns erzählt hat, auch tatsächlich stimmt, müssen wir uns mit Rosehill treffen."

„Aber nicht mehr heute. Zu diesem Zeitpunkt wissen alle noch zu wenig, selbst Newton. Immerhin ist es ihm bis jetzt nicht gelungen, einen vollkommenen Unsterblichkeitstrank herzustellen. Die Elixiere, die er in den vergangenen Monaten gebraut hat, sind lediglich Vorstufen dazu."

*Moment mal: Vorstufen?!*

Was bedeutete das bitte nun schon wieder?

„Und was schlägst du vor?"

„Wir treffen uns wieder, wenn die Zeit reif ist. Im Jahr 1675. Bis dahin müsste Rosehill genügend herausgefunden haben."

„Aber das Vermächtnis wird doch erst 16...?"

„Das spielt hier keine Rolle. Das Vermächtnis besteht ja nicht nur aus dem Unsterblichkeitsgebräu. Die anderen beiden Aspekte stehen im Moment ja noch nicht einmal zur Debatte. Wahrscheinlich ist sich Newton auch noch nicht im Klaren darüber."

„Na schön." Die Stimmen waren inzwischen ziemlich leise geworden. „Dann also 1675, aber in München. Rosehill soll kommen. Ich finde diese Zeitreisen inklusive Länderwechsel nicht sehr prickelnd. Davon wird einem so übel."

Die Jungs wechselten noch ein paar Worte, die ich allerdings nicht mehr verstehen konnte, was mir aber ziemlich egal war. Ich hatte genug gehört. Innerhalb weniger Stunden hatte ich zwei bahnbrechende Entdeckungen gemacht: Ich hatte erstens herausgefunden, dass der Rosehill und sein Bruder die Rollen getauscht hatten, was wiederum erklärte, weshalb David Dixon ein Nachkomme der Rosehills war. Zweitens hatte mein Urahn mit Ron und David über die Herstellung des Unsterblichkeitselixiers gesprochen, was zur Folge hatte, dass sich die zwei Jungs im Jahr 1675 mit Rosehill treffen wollten. Für mich war dieses Ereignis ja bereits geschehen, für Ron und David dagegen stand es noch an.

In der Tat hatte ich genug gehört. Aus den Informationen, die ich erhalten hatte, würden wir das Rätsel um das Vermächtnis nun sicher endgültig lösen können, da war ich mir sicher. Jetzt musste ich nur noch Paul finden und dann konnten wir eigentlich sofort zurück ins 21. Jahrhundert.

Ohne zu überlegen, machte ich kehrt und kroch aus dem Wandschrank hervor. Glücklicherweise bemerkte keiner der herumspazierenden Gäste mein merkwürdiges Auftreten. Erleichtert strich ich mein Kleid glatt und mischte mich unbefangen unter die Gästegesellschaft. Von Paul war jedoch weit und breit noch immer nichts zu sehen.

Wie ich so allein inmitten der Gästeschar stand, fing ich an, mir allmählich ernsthaft Sorgen um meinen Begleiter zu machen. Hoffentlich war er in kein Problem geraten! Waren wir doch bei unseren bisherigen Schlossbesuchen mit der ein oder anderen „netten" Überraschung konfrontiert worden...

Etwas unschlüssig stand ich da und wusste nicht so recht, was ich jetzt tun sollte. Am liebsten würde ich nach Paul suchen. Wenn wir Pech hatten (und so wie ich unser Glück kannte, würde sicherlich irgendwas schief laufen), befand sich hier unter den Anwesenden auch die Newton-AG. Womöglich hatten sie Paul beim Herumschnüffeln ertappt...

Ein weiteres Punschglas, das mir soeben angeboten wurde, lehnte ich dankend ab. Wenn ich heute Nacht keinen Schwips haben wollte, musste ich jetzt wirklich aufpassen. Das Zeug war für meinen Geschmack zu stark.

Aus den Augenwinkeln merkte ich, wie mich ein Herr schon ein paar Augenblicke lang von der Seite musterte. Plötzlich ging er einen Schritt auf mich zu.

„Junge Lady, Sie sehen so bekümmert aus.", sprach er mich unvermittelt an. Zwar hatte ich ihn kommen sehen, doch war ich keineswegs darauf gefasst gewesen, dass er ausgerechnet zu mir wollte. Dementsprechend überrascht war ich zusammengezuckt.

„Aber - ich wollte Sie doch nicht erschrecken!", lächelte er mich entschuldigend an.

Neugierig, wer sich denn da einen so dreisten Annäherungsversuch erlaubte, wandte ich mich nach der Gestalt um und staunte nicht schlecht, als ich bemerkte, dass ich es mit einem ziemlich jungen Gegenüber zu tun hatte, der noch dazu unverschämt gut aussah.

„Wenn es gestattet ist, mich Ihnen vorzustellen: Edward von Clustershire."

„Katharina Turner.", stellte ich mich ihm vor und knickste höflich.

„Haben Sie keinen Begleiter?", erkundigte sich der für dieses Zeitalter wirklich nicht schlecht aussehende Typ freundlich und versuchte, mir mit einem gekonnt schleimigen Lächeln zu schmeicheln.

„Doch...", erwiderte ich und verstummte. Tja, von meinem Begleiter war im Moment leider weit und breit keine Spur. Was stand ich eigentlich da mit diesem Edward und blubberte sinnloses Zeug - ich musste herausfinden, wo Paul abblieb!

„Dann scheint Ihr Begleiter aber von keiner höflichen Natur zu sein."

Darauf wusste ich keine Antwort.

„Immerhin lässt er Sie hier ziemlich allein.", fuhr mein Gegenüber fort. „Ich beobachte Sie schon eine ganze Weile." Edward lächelte noch breiter. „Sie sind ausgesprochen hübsch und ich möchte nicht leugnen, dass Sie nicht die geringste Anziehungskraft auf mich ausüben."

Noch so ein verliebter Gockel! Und noch dazu so direkt! Reichte das denn nicht, dass 1686 schon dieser Rosehill auf mich abfährt?!

Genervt wollte ich mich von ihm abwenden, als er sich vor mir verbeugte.

„Möchten Sie mir nicht die Freude machen und mich ein wenig zum Tanz geleiten?"

„Eigentlich habe ich dies schon meinem Begleiter versprochen.", erwiderte ich und hoffte inständig, dass mich dieser aufdringliche Edward endlich gehen ließ. Unruhig trat ich von einem Bein auf das andere.

„Er wird gewiss bald erscheinen." Edward schien wohl keine Widerrede zu akzeptieren. „Solange können Sie ja mit mir Vorlieb nehmen."

Er ließ mir keine Zeit zu einer Antwort, sondern zog mich mit sich. Gerade noch konnte ich verhindern, dass ich über meine eigenen Füße stolperte.

Mit Knien weich wie Butter fügte ich mich in die Tanzreihe ein. Mein letzter historischer Tanz lag schon eine geraume Zeit zurück. Hoffentlich würde ich keinen Patzer machen! Denn dann würde man bestimmt schnell herausfinden, dass ich gar nicht hierher gehörte...

Zu meiner Überraschung beherrschte ich die Tanzschritte noch immer außerordentlich gut. Und ich musste gestehen, dass dieser Edward ein wirklich talentierter Tänzer war. Wahrscheinlich machte er den ganzen lieben langen Tag auch nichts anderes.

Ich seufzte und dachte dabei an Paul. Wie gerne wäre ich mit ihm an meiner Seite über die Tanzfläche geschwebt! So aber bewegte ich mich mit einem verliebten Gockel zwischen den anderen Tanzenden im Rhythmus der Musik. Bereits nach wenigen Minuten spürte ich, wie mir unter meinem dicken Kleid ganz warm wurde. Sicherlich trug auch der Punsch seinen Teil dazu bei.

Leicht schwitzend beobachtete ich aus den Augenwinkeln, wie nochmals ein neuer Schwung an Gästen eintraf. Zwar war der Ball schon in vollem Gange, doch hieß Lady Dorothy jeden der späten Ankömmlinge herzlich willkommen. Im Grunde hätte es mir ja egal sein können, wer denn da so unpünktlich verspätet eintraf, aber meine Neugier siegte letztlich doch und so warf ich einen raschen Blick in Richtung Eingang. Beinahe wäre ich meinem Tanzpartner auf die Füße gestiegen - vor lauter Schreck, weil ich erkannte, um welche Gäste es sich handelte. Es war - die Newton-AG!

Nachdem sich mein Herz von seinem plötzlichen Purzelbaum erholt hatte, atmete ich erleichtert auf: Wenn Paul noch immer irgendwo im Schloss herum suchte, konnte er bis jetzt wenigstens nicht diesen machtgierigen Menschen in die Hände gefallen sein.

Nun, da die unheimlichen Herren aufgetaucht waren, änderte sich dies natürlich.

Ich bemerkte, wie Sir Eduards Argusaugen jeden einzelnen der anwesenden Gäste musterten.

Bildete ich es mir nur ein oder täuschte ich mich? Jedenfalls glaubte ich zu meinen, dass er mich besonders lange anstarrte.

Edward, mein Tanzpartner, schien von alledem nichts zu bemerken. Stattdessen fing er an, mir von irgendwelchen „geheimen Gemächern" zu erzählen, in die er mich gerne entführen wollte. Mir waren seine „geheimen Gemächer" so was von schnurzpiepegal! Ich hatte gerade wirklich andere Probleme...

Während wir uns hin und her bewegten und sich um mich herum alles zu drehen begann, entging mir nicht, dass die Newton-Anhänger blitzartig verschwunden waren. Aus den Augenwinkeln konnte ich gerade noch erkennen, wie sie die Treppe zum ersten Stock erklommen. Was hatten sie nur vor? Wollten sie sich mit jemandem treffen? Suchten sie jemanden? Was führten sie im Schilde?

Ich wollte ihnen unbedingt hinterher spionieren. Dumm nur, dass ich diesen nervigen Edward nicht mehr los wurde. Der verliebte Heini wollte einfach nicht von meiner Seite weichen. Was bitteschön war an mir nur so attraktiv?!

„Mein Fräulein, weshalb sprechen Sie nicht mit mir? Sie machen ein Gesicht wie fünf Tage Regenwetter." Er zog eine breite Schnute. „Bereite ich Ihnen denn keine Freude mit meinen geheimen Gemächern? Sie müssen noch nicht einmal weit laufen, denn sie befinden sich hier im oberen Geschoss."

Oberes Geschoss. - Das war das Stichwort! Vielleicht bot sich dadurch eine Möglichkeit, seinen liebessüchtigen Klauen zu entfliehen, eventuell die Newton-AG zu verfolgen und mich am besten mit Paul gemeinsam aus dem Staub zu machen.

In der Hoffnung, damit diese beiden Ziele zu erreichen, willigte ich zum Schein ein und ließ mich von meinem Tanzpartner „in die geheimen Gemächer entführen".

Überglücklich führte mich Edward wie ein wahrer Gentleman aus dem Empfangsaal. Wir ließen den Punsch, die Musik und die Gäste hinter uns und begaben uns in den ersten Stock. Noch während ich eine Treppenstufe nach der anderen hinter mich brachte, überlegte ich, wie oft ich heute schon hoch und runter gelaufen war.

„Sie waren noch nie auf einem Ball bei Lady Dorothy.", schwafelte Edward fröhlich vor sich hin. Mein Schweigen fasste er wohl als eindeutige Zustimmung auf, denn er fuhr fort: „Sie müssen wissen, wertes Fräulein, dass die Lady unzählbar viele geheime Gemächer in ihrem Schloss beherbergt. Ich werde Sie in mein liebstes Gemach führen. Es liegt sehr abseits der anderen Zimmer und bietet die einmalige Gelegenheit, nicht gestört zu werden. Glauben Sie mir, ich werde Ihnen die schönste Nacht Ihres Lebens bereiten."

Also eigentlich hatte ich überhaupt nicht das Bedürfnis, die schönste Nacht meines Lebens mit einem liebessüchtigen Barockheini zu verbringen!

Mein Begleiter plapperte noch immer über sein Lieblingsgemach und wie schön es dort sei und dass er mich zur glücklichsten Frau der ganzen Umgebung machen wolle und so weiter und so fort. Ich hörte ihm nur mit halbem Ohr zu und überlegte stattdessen, unter welchem Vorwand ich ihm entkommen könnte.

Auf dem obersten Treppenabsatz angekommen, blickte ich kurz um mich, um zu sehen, ob die Newton-AG noch irgendwo in der Nähe war. Doch von Dracula und Co. war zu meiner großen Enttäuschung weit und breit nichts zu sehen. Dafür kam uns Paul auf seinem Rückweg von der zweiten Etage entgegen. Mit einem hilfeflehenden Blick wollte ich ihm zu erkennen geben, dass er mich aus meiner misslichen Lage befreien sollte. Doch er funkelte mich mit finsterer Miene an. Offenbar war er heute wirklich nicht gut in Stimmung.

„Sie werden es nicht bereuen, mit mir zu gehen!", säuselte Edward neben mir mit seiner Marzipanstimme.

*Mach doch was, Paul! Hol mich hier weg!*, wollte ich schreien, aber ich brachte keinen Ton heraus. Pauls Blicke waren zu verletzend. Er starrte mich an, als wäre ich ein leibhaftiges Monster. Dachte er etwa, ich fände diesen Barockfritzi toll und hatte Lust auf eine heiße Nacht?!

Wenn ich doch nur für eine Minute alleine wäre, könnte ich ohne Weiteres zurück ins 21. Jahrhundert. Aber wenn ich jetzt plötzlich nach meinem Stein fasste und mich aus heiterem Himmel in Luft auflöste, würde das sicherlich alles andere als gut sein.

Notgedrungen schluckte ich den dicken Kloß in meinem Hals hinunter. Vielleicht war die einzige Möglichkeit die, diesem Fritze zu folgen. Paul würde bestimmt hinterherkommen. In fünf Minuten wären wir sicherlich weg von hier. Doch Paul schüttelte verständnislos seinen Kopf und schlenderte noch eine Treppe weiter, hinunter ins Erdgeschoss.

Zu meinem Bedauern hielt Edward sein Versprechen: Das Zimmer, in welches er mich zu bringen beabsichtigte, lag wirklich am Arsch der Welt. Ein noch weiter abseits liegendes Zimmer bot das Schloss gewiss nicht.

Prima! Meine Stimmung sank auf den Nullpunkt.

Wir verharrten vor der Türe und Edward spähte hinein, um sicherzugehen, dass sein „geheimes Gemach" auch tatsächlich „geheim" war und somit noch als freier Raum zur Verfügung stand.

In diesem Moment vernahm ich schnelle, auf dem dicken Teppichboden dumpf klingende Schritte, die sich in unsere Richtung bewegten. Verwundert darüber, wer es denn so eilig hatte, zu uns zu kommen, drehte ich meinen Kopf und staunte nicht schlecht, als ich feststellte, dass es sich um Paul handelte. Schon wollte ich mich umdrehen und auf ihn zulaufen. Bloß weg von hier!

„Paul, du bist zurückgekommen?", fragte ich leise, sodass Edward es nicht hören konnte.

„In der Tat." Paul hüstelte affektiert. Eines stand fest: Er schien stocksauer zu sein. Die Frage war nur: Warum?

„Hast du sie eigentlich noch alle?", fauchte er mich an. „Mich lässt du das halbe Haus durchsuchen und du selber machst fett einen auf Party!" Er schnaubte aufgebracht und strich sich eine Haarsträhne aus seinem Gesicht. „Ah, wie ich rieche, hast du auch reichlich Alkohol getrunken."

Er schien sich gar nichts dabei zu denken, dass er mich auf derart unverschämte Art anfuhr.

„Paul, was soll das?", erwiderte ich und verstand mit einem Mal die Welt nicht mehr. Was war bloß mit Paul los?

„Die Frage müsste ich eigentlich *dir* stellen." Paul ging einen bedrohlichen Schritt auf mich zu. „Da behauptest du immer, meine Freundin zu sein - und dann gehst du auch noch heimlich auf einer Party fremd und denkst allen Ernstes, dass ich das nicht merke? Für wie blöd hältst du mich eigentlich?!"

Ok, Paul musste offensichtlich wirklich etwas missverstanden haben. - Wie gut nur, dass wir uns in unserer Muttersprache unterhielten und niemand uns verstehen konnte!

Paul wollte mich gerade mit der Hand an den Schultern packen, als Edward von Clustershire, mein lästiger Verehrer, zurück aus seinem „geheimen Gemach" kam. Der glotzte nicht schlecht, als er sah, wie ein wütender Herr in schicker Ballkleidung wie ein Verrückter auf mich losgehen wollte.

„Was fällt Ihnen eigentlich ein, sich an meiner Geliebten zu vergreifen?", quiekte er und ging sogleich auf Paul los, der dadurch von mir abließ und seine volle Konzentration auf meinen Verehrer lenkte.

Mir blieb nicht einmal Zeit, um richtig nach Atem zu schnappen, als auch schon die erste Faust durch die Luft flog. Gerade noch rechtzeitig hatte ich mich mit einem beherzten Sprung zur Seite retten können. Ansonsten hätte mich die Faust mitten ins Gesicht getroffen. Das hätte dann mehr als nur ein blaues Veilchen gegeben. Mindestens ein Schneidezahn hätte gefehlt.

„Sie vermaledeiter Dreckskerl!", hörte ich einen der beiden rufen und konnte die Stimme in dem Gewühl aus Fäusten und verschwitzten Gesichtern keinem der beiden Kämpfenden zuordnen. Erschrocken wich ich noch einen Schritt zur Seite und starrte entsetzt auf die beiden Kampfhähne. Paul schien die Oberhand zu gewinnen und drängte seinen Gegner immer weiter zurück. Der geriet ins Taumeln, strauchelte rückwärts und eierte, um nicht gänzlich zu stürzen, mit dem Rücken voran direkt in sein „geheimes Gemach". Es gab einen dumpfen Aufprall, was, wie ich vermutete, darauf schließen ließ, dass die Schwerkraft endgültig gesiegt hatte und Edward sich mit dem Hosenboden auf dem Boden befand.

Erleichtert darüber, dass Paul offensichtlich nichts zugestoßen war, wollte ich gerade in das Zimmer spähen. Vielleicht würde mit meinem Zeitreisebegleiter leichter zu reden sein, wenn er erst einmal diesen Sieg in der Tasche hatte. Doch so weit kam es nicht, denn plötzlich spürte ich eine kalte, klebrige Hand auf meinem Mund. Noch bevor ich um Hilfe schreien oder mich mit Händen und Füßen wehren konnte, hatte man mir einen Sack über den Kopf gestülpt und die Arme auf den Rücken gedreht. Wie ein Klotz wurde ich über den Gang geschleift und die Treppe nach oben. Alles ging so rasend schnell, dass ich glaubte, mein Herzschlag würde einen Moment lang aussetzen.

*Eine Entführung!*, schoss es mir durch den Kopf.

Moment: Wie oft wollte man mich eigentlich noch aus dem Weg räumen?

Und vor allem: Was hatte man diesmal mit mir vor?

## 12

Mit einem dumpfen Aufprall landete ich mit meinem Hintern auf dem Boden. Unsanft zog mir jemand den Sack von meinem Kopf. Meine Frisur war damit ruiniert, aber wenigstens war ich nicht erstickt, sondern konnte nun wieder frei atmen.

Einige Atemzüge lang saß ich auf meinem Hosenboden und wusste nicht so recht, wie mir geschah, bis mir eine fleischige Hand die Wange tätschelte.

„Aua!", rief ich empört und drehte meinen Kopf weg, um der tätschelnden Hand zu entgehen.

„Wie schön, die Dame ist bei klarem Verstand.", raunte eine Stimme, die ich von irgendwoher zu kennen glaubte.

Natürlich war ich das! Hielt man mich etwa für nicht ganz zurechnungsfähig?!

Verärgert, aber auch erschrocken, drehte ich meinen Kopf und hätte mir vor Schreck fast in die Hose (Verzeihung: ins Kleid) gemacht, als ich erkannte, wer da vor mir saß: Das Gesicht, das mir mit breitem Grinsen entgegen lachte, trug einen Schnauzer. Die Äuglein wirkten fast ein wenig wie die von Mastschweinen, klein und zusammengedrückt, aber zugleich verdächtig funkelnd, gefährlich und bösartig.

*Robert John!*, durchfuhr es mich eiskalt. Oder anders ausgedrückt: Mr Schnauzbart.

Er war mir bereits bestens bekannt, wenngleich auch aufgrund anderer Umstände. Um genau zu sein, hatte ich das „Vergnügen" gehabt, mit ihm und seinen Komplizen im 21. Jahrhundert zusammenarbeiten. Und da ich mich gerade in einem völlig anderen Zeitalter befand, konnte man es durchaus als anderen Umstand bezeichnen, wie ich fand.

Einige Atemzüge lang musterte ich die Schweineaugen und den Schnauzbart, bis mir bewusst wurde, dass Robert John nicht die einzige Person um mich herum war. Schräg hinter ihm erkannte ich eine bleiche, hagere, beinahe magere Gestalt mit ausgezehrten Gesichtszügen und einem verräterischen Grinsen auf den Lippen, die mir seltsam blutleer vorkamen. Die spinnenartigen Finger klammerten sich an der Lehne eines Stuhles fest, der neben ihm stand und Platz für einen weiteren Herrn mit ernstem Blick bot. Wenn ich nicht vollkommen unter Wahnvorstellungen litt, konnte die vampirähnliche Person niemand anderes sein als Sir Eduard höchstpersönlich, Dracula in leibhaftiger Gestalt. Sein sitzender Komplize dagegen war Lord Timothy.

Entsetzt über diese Erkenntnis hätte ich beinahe aufgeschrien. Aber der Schreck lag mir so in den Gliedern, dass ich erst einmal überhaupt keinen Ton von mir brachte und stattdessen am ganzen Körper zu zittern anfing. Meine Knie wabbelten wie Wackelpudding, mein Herzschlag hatte sich mehr als verdoppelt. Eine unangenehme Übelkeit breitete sich in meiner Magengegend aus. Und als wäre mein körperliches Unbehagen nicht schon schlimm genug gewesen, fingen nun auch noch meine Gedanken an, verrückt zu spielen. Wie ein kranker Geisterfahrer fuhren sie in meinem Gehirn vorwärts und rückwärts, rauf und runter und schlugen Loopings.

Aus weit aufgerissenen Augen starrte ich die drei Herren an. Wussten sie, wer ich war? Also - ich meine, wussten sie, dass ich Katharina Turner war, eine Zeitreisende, aus dem 21. Jahrhundert und hier eigentlich völlig fehl am Platz? Wenn sie meinen Namen kannten und wussten, dass ich aus einem anderen Jahrhundert stammte und hier in geheimer Mission unterwegs war, und wenn sie damit über Pauls und mein Vorhaben Bescheid wussten: Was würden sie tun? Würden sie mich umlegen?!

Apropos Paul: War ihnen klar, dass ich nicht alleine hier war? Wussten sie von der Anwesenheit meines Begleiters? Stopp: Wo war der überhaupt?

Hilfesuchend blickten meine Augen umher. Aber um mich herum befand sich nur ein Tisch mit Stuhl, auf dem - wie bereits erwähnt - der Lord Platz genommen hatte. Neben der Türe stand eine Kommode, ihr gegenüber ein Schrank - beide in hellem Holz gehalten und mit denselben Schnitzereien verziert. Die Möbel waren offensichtlich aufeinander abgestimmt. Die schweren Vorhänge am Fenster waren zugezogen, sodass der gesamte Raum in ein unheimliches Dämmerlicht getaucht wurde. Den Boden bedeckte ein dunkler Teppich, von dem ein merkwürdig muffiger Geruch ausging. Aber sonst war nichts zu sehen. Möbel, Vorhänge, ein Teppich, von Paul weit und breit keine Spur, dafür aber drei Verrückte von der Newton-AG.

Augenblick mal: Wo war der Rest der Sippschaft? Es gab ja noch mehr von ihnen: Nickelbrille und der Earl fehlten...

Auf einmal dämmerte mir etwas: Was, wenn die Newton-AG herausgefunden hatte, dass auch Paul hier war? Was, wenn sie ihn entdeckt und möglicherweise - wie mich - in ihre Gewalt gebracht hatten?

Nervös schloss ich meine Augen.

Wieso musste eigentlich immer irgendetwas schief laufen auf unseren Zeitreisen?!

In Gedanken ging ich unsere Planung für die momentane Mission durch: Hatten wir irgendetwas übersehen?

Welchen Aspekt hatten wir außer Acht gelassen?

Wo hätten wir genauer planen müssen?

Gleich darauf schüttelte ich verärgert meinen Kopf: Jetzt half es auch nichts mehr, sich über das Vergangene Gedanken zu machen. Geplant war geplant. Jetzt waren wir hier. Und ändern ließ sich sowieso gar nichts mehr.

Wieder einmal befand ich mich in den Klauen dieser unheimlichen Männer, wusste nicht so recht, was die mit mir vorhatten, und hatte, so ganz nebenbei bemerkt, keinen blassen Schimmer, wie ich mich aus meiner verzwickten Lage befreien konnte.

„Wenn du sprichst, machen wir es kurz.", riss mich Draculas knarrende Stimme aus meinen Gedanken.

Kurz? Wie bitte meinte er das?

Beabsichtigten die etwa, mich aus dem Weg zu räumen?

Ok, wenn ich hier weg wollte, musste mir etwas einfallen - und dafür benötigte ich *Zeit*.

„Was soll ich sprechen?", erwiderte ich steif.

„Ah, die Dame ist wohl doch nicht so einfältig, wie uns erzählt worden ist."

Moment mal: Wer hatte diesen Lackaffen eingeredet, dass ich einfältig sei?! Das war doch die Höhe!

Ich schnappte nach Luft, als vor meinem inneren Auge die Szene von Ron und David im Gespräch mit meinem Urahn auftauchte. - Ja klar! Unser lieber Richard Turner hatte sich über Paul und mich lustig gemacht. Und in gewisser Weise kannten er und die Herren der Newton-AG sich ja auch, sie waren ja sozusagen Geschäftskollegen. Bestimmt hatte er ihnen von Paul und mir erzählt. Prima!

Ich seufzte.

„Offensichtlich scheint sie kooperieren zu wollen.", fuhr Schnauzbart fort. „Vielleicht glaubt sie, uns so entkommen zu können."

In der Tat, das hatte ich insgeheim gehofft: War es nicht immer in Krimis so, dass man als Opfer bessere Chancen hatte, wenn man tat, was der Täter verlangte? Zumindest könnte ich so tun, als ob...

„Schön, dann raus mit der Sprache: Lady Dorothy hat uns erzählt, dass du eine Verwandte von Richard Turner bist."

*Wie bitte?!*

Lady Dorothy hatte den Typen ausgeplaudert, wer ich war? Mit wem steckten die finsteren Herren eigentlich noch alles unter einer Decke?

„Das stimmt doch, oder?", fuhr mich Schnauzbart an.

So erschrocken über die Tatsache, dass man offensichtlich über mich Bescheid wusste, nickte ich - und bereute es im selben Augenblick.

„Wunderbar! Es scheint alles nach Plan zu laufen." Dracula lachte. Seine Stimme klang so hohl, dass mir eine schaurige Gänsehaut den Rücken entlang kroch.

„Hör zu: Die nette Hausherrin hat uns erzählt, dass dein Verwandter Richard wohl nicht so große Stücke auf dich hält. Sie selbst aber ist der Meinung, dass in dir wesentlich mehr steckt als in ihm, dem ach so begnadeten Wissenschaftler." Er hüstelte verächtlich.

Aha. Und was bedeutete das nun?

Besorgt, auf was das Gespräch hinausführen sollte, runzelte ich meine Stirn.

„Aber, junges Fräulein, keine Sorge!" Der Lord nickte mir aufmunternd zu. „Das gibt nur hässliche Falten, wenn man die Augenbrauen zusammenzieht."

Also ehrlich: Im Moment hatte ich weitaus wichtigere Probleme als ein paar hässliche Falten auf meiner Stirn!

„Dein Verwandter ist im Moment leider nicht sonderbar kommunikativ gegenüber uns, obwohl er bereits in Newtons geheime Machenschaften eingeweiht ist.", fuhr Schnauzbart fort.

Durfte ich davon ausgehen, dass mit den „geheimen Machenschaften" das Vermächtnis gemeint war?

„Entweder ist er ein solcher Einfaltspinsel, dass er noch nicht hinter die genialen Entwicklungen Newtons dahinter gestiegen ist - oder er ist einfach nur ein sturer Dummkopf, der nicht kooperieren will." Schnauzbart lachte. „Aber Lady Dorothy, die ja wunderbare Verbindungen zum Hause Turner pflegt, ist der festen Überzeugung, dass wir in dir eine wahre Expertin gefunden haben."

Unbewegt saß ich da. Was mir da soeben erzählt wurde, klang in meinen Ohren wie Bahnhof.

„Die Schlossherrin war ganz angetan von deiner Familiengeschichte. Sie glaubt, dass deine Herkunft in einem engen Zusammenhang mit Turners und Newtons Zusammenarbeit stehen könnte."

So ganz konnte ich die Worte immer noch nicht nachvollziehen. Entweder hatte Turner Recht und in meinem Hinterstübchen funktionierte wirklich etwas nicht so ganz, sodass ich durchaus als schwachsinnig oder anderweitig verrückt gelten konnte, oder die Herren vor mir hatten mächtig einen an der Klatsche.

Schweigend blickte ich die Gestalten an, in der Hoffnung, dass sie ihre für mich rätselhaften Worte entschlüsseln würden.

„Lady Dorothy hat uns erzählt, in welcher Gegend du aufgewachsen bist, fern von Turner."

Langsam dämmerte mir etwas...

„Wir sehen das ebenfalls so: Man hat dich in fern von allem aufgezogen, um dich in aller Heimlichkeit über alle wichtigen Details der Machenschaften einzuweihen."

Ich nickte - zum Zeichen, dass ich verstanden hatte.

„Wunderbar.", seufzte der Lord. „Dann kommen wir nun zur Sache: Du musst uns nur eine Frage beantworten, nämlich die, wie man das Elixier der Unsterblichkeit herstellt."

Ich schwieg, weil ich darauf zunächst keine Antwort wusste.

„Newton experimentiert schon seit einiger Zeit herum. Er hat bereits einige Tränke und Elixiere hergestellt." Schnauzbart lachte bitter. „Wir als seine Mäzene haben uns erlaubt, seine hergestellten Elixiere zu testen. Heimlich, das versteht sich natürlich von selbst! Newton weiß nichts von unseren Probeschlückchen. Aber wie wir nun erfahren haben, hat der Trottel von Wissenschaftler erst sogenannte *Vorstufen* entwickelt." Er schnaubte aufgebracht. „Das eigentliche Elixier scheint noch nicht vollständig hergestellt zu sein. Und wir kommen einfach nicht weiter in seinen Unterlagen und Aufzeichnungen. Was er aufgeschrieben hat, ergibt für uns keinen Sinn. Doch scheint er wohl Mitwisser oder Spitzel zu haben, die mehr wissen als wir. Zusätzlich hat er geheime Manuskripte hinterlegt. Da wir jedoch deren Aufbewahrungsort leider nicht kennen, können wir uns keinen Zugang zu ihnen verschaffen."

„Vorstufen?", fragte ich nach, weil ich sicher gehen wollte, dass ich mich auch ja nicht verhört hatte.

„Ja, du hast richtig gehört: *Vorstufen*." Der Lord war von seinem Platz am Schreibtisch aufgestanden und schritt unruhig auf und ab. „Das bedeutet, dass derjenige, der das Elixier trinkt, einige Jahrhunderte länger lebt und dadurch ein ziemlich langes Leben hat, aber dennoch nicht unsterblich wird."

„Eines Tages ist es also vorbei.", schlussfolgerte ich.

„Exakt. Das genaue Datum ist dabei festgelegt." Er gab einige grunzende Geräusche von sich. „Noch bleiben uns ein paar Jahrhunderte, aber irgendwann sind auch die vorüber."

Auf einmal dämmerte mir etwas: Bereits auf unserer ersten Zeitreise hatte ich mich über die Ähnlichkeit der Herren der Newton-AG im 17. Jahrhundert und ihren Vertretern in der Gegenwart, also dem 21. Jahrhundert, gewundert. Die Aussage des Lords schien jedoch alle Unklarheiten auf einen Schlag zu beseitigen. Wenn ich die Botschaft der Worte richtig verstanden hatte, dann hatte die Newton-AG sich der sogenannten „Vorstufen" des Unsterblichkeitselixiers bemächtigt und das Gebräu getrunken - in dem Glauben, damit unsterblich zu werden. Wie sich jedoch herausgestellt hatte, lebte man damit aber nicht unendlich und damit für immer, sondern verlängerte sein Leben lediglich um eine Zeitspanne, die zwar aus mehreren Jahrhunderten bestand, aber dennoch irgendwann zu Ende war. Dass die Vertreter der Newton-AG sowohl im 17. als auch im 21. Jahrhundert so große Ähnlichkeit zueinander aufwiesen, lag dann wohl - da war ich mir ziemlich sicher - daran, dass es immer noch dieselben waren. Also lebten Dracula und Co. im 21. Jahrhundert noch immer, wenngleich ihnen auch allmählich die Zeit ausging - und zwar im wahrsten Sinne des Wortes. Offensichtlich hatten sie in all den Jahrhunderten nicht herausgefunden, wie das eigentliche Unsterblichkeitselixier hergestellt wurde. Das würde auch erklären, weshalb sie in den Sommerferien so hartnäckig darauf gepocht hatten, dass John und ich das Vermächtnis zu ihnen brachten, was letzten Endes ja nicht geschehen war.

„Wir glauben, dass du uns den Schlüssel liefern kannst für die letzte Zutat, die uns noch fehlt, damit wir nicht nur einige Jahrhunderte länger leben, sondern ganz unsterblich werden."

Das war doch nicht zu fassen!

Ich war kurz vor einer Explosion. So viel Egoismus und Selbstverherrlichung auf einen Schlag - da blieb mir glatt die Spucke weg.

Wieder einmal hatte die Sprachlosigkeit von mir Besitz ergriffen. Und in der eisernen Stille, die mich umgab, während drei Paar Augen mich mit einer Mischung aus Skepsis und Hoffnung anstarrten, kam mir mein letztes Zeitreiseerlebnis in München in den Sinn: Ron und David - die beiden schienen offenbar dank Rosehill (und weiß Gott noch wem alles) gewusst zu haben, welche Mittel und Wege nötig waren, um das Unsterblichkeitselixier herzustellen: Ein Haar von Newton, Spucke eines Morgan-Nachfahren und Blut eines Turner-Verwandten.

Mir kam das zwar vollkommen abstrus vor, aber mittlerweile hielt ich nichts mehr für unmöglich.

Wenn ich alle Fakten, die mir bisher bekannt waren, zusammenfügte, dann kam ich nun auf folgendes Ergebnis: Newton war es gelungen, die Anleitung für das Vermächtnis mehr oder weniger gemeinsam mit Richard Turner und Thomas Morgan zu schaffen, was bedeutete, dass man Elixiere herstellen konnte, mit welchen man unsterblich werden, unglaublich viel Macht erlangen und in der Zeit reisen konnte. Den verzweifelten Gesichtern nach zu urteilen, mit denen mich die finsteren Herren der Newton-AG nun anstarrten, und all ihren Mühen und ihrem Streben, die sich bis ins 21. Jahrhundert hineinzogen, schien jedoch nur das mit dem Zeitreisen geklappt zu haben (denn sonst wäre ich ja nicht hier), vielleicht auch das mit der Macht. Aber zumindest die Sache mit der Unsterblichkeit wollte einfach nicht funktionieren.

„Los! Sag schon, was du über das Elixier weißt!", knurrte der Schnauzbart.

„Ich weiß nichts darüber.", entgegnete ich, merkte aber, dass meine Stimme dabei zitterte.

In diesem Augenblick waren auf einmal laute Stimmen von draußen zu vernehmen. Aufgeregt riefen Menschen meinen Namen. Anscheinend hatte sich mein plötzliches Verschwinden herumgesprochen und nun schien man mich zu suchen.

„Katharina?", tönte es über den Gang. „Katharina!"
In mir keimte die Hoffnung auf eine mögliche Flucht. Ich musste es nur schaffen, hinaus auf den Gang zu kommen. Dort wären gewiss genügend Personen, um mir ihre Hilfe anzubieten.

Die drei Herren jedoch waren da wohl anderer Ansicht. Der Lord ging einige Schritte auf mich zu und blieb in drohender Haltung vor mir stehen.

„Wir glauben sehr wohl, dass du das weißt, was wir noch nicht wissen.", fauchte Dracula. „Raus mit der Sprache! Oder sollen wir nachhelfen?"

„Selbst wenn ich es wüsste.", erwiderte ich ihm. „Aus welchem Grund sollte ich es verraten?"

„Du gemeines, hinterhältiges Luder!", fuhr der Schnauzbart mich an. „Wir haben Mittel und Wege, um alles aus dir herauszubekommen, glaub mir!"

Mit ein paar raschen Schritten war er auf mich zugesprungen und drückte mir die Klinge eines scharfen Messers an den Hals, das er von weiß Gott woher hervorgeholt hatte. Das war es dann wohl mit meinem geplanten Fluchtversuch.

Steif wie ein Hering in der Dose saß ich da, den Rücken an die kalte Wand gepresst. Meine Lungenflügel füllten sich nur spärlich mit Luft.

Gerade überlegte ich mir, ob es besser wäre, weiterhin darauf zu beharren, von Tuten und Blasen keine Ahnung zu haben, von Rons und Davids Kenntnissen zu berichten oder mir selbst irgendeine Lüge auszudenken. Letzteres wäre wohl vorläufig das Beste. Die drei Herren konnten ja nicht sofort wissen, ob das, was ich sagte, auch tatsächlich stimmte. Allerdings wusste ich auch nicht, ob sie mich laufen ließen, wenn ich erst einmal „ausgepackt" hatte.

„Was ist die Gegenleistung dafür, wenn ich alles erzähle?", keuchte ich. In meinem Nacken spürte ich bereits den ersten Schweißtropfen.

„Ah, du schlägst einen Handel vor?" Dracula lachte leise.
„Dumm bist du ja nicht. Aber vergiss nicht: *Wir* sind es, die
dich in der Gewalt haben. Also stellen *wir* die Bedingun-
gen."

„Und die wären?"

„Erzähl uns alles, was du über das Unsterblichkeitselixier
weißt!"

„Und dann?"

„Dann werden wir prüfen, ob es stimmt. Und wenn
nicht..." Er senkte seine Stimme und knurrte bedrohlich
weiter: „Wenn sich herausstellen sollte, dass du uns einen
Bären aufgebunden hast, wirst du bitter dafür zahlen müssen."

Ich schluckte.

„Und wenn ich doch die Wahrheit sage?", fragte ich.

„Dann schauen wir weiter."

Das waren ja mal Aussichten!

Ich schloss die Augen für einen Moment. Musste nachdenken.

Die Stimmen draußen hatten sich ein wenig entfernt, aber
verstummt waren sie noch nicht. Man war wohl immer
noch auf der Suche nach mir.

Ich ließ die Szenen der letzten Minuten noch einmal vor
meinem inneren Auge abspielen.

Eigentlich könnte ich dieses Spielchen mitmachen. Ich
würde den Typen einfach irgendetwas erzählen. Sollten sie
doch ihr blödes Elixier brauen! Was ich brauchte, war Zeit.
Und die würde ich hoffentlich bekommen, wenn ich ihnen
einfach erklären würde, dass der Trank ein paar Tage ziehen müsste. In dieser Zeit wäre ich gewiss einmal unbeaufsichtigt. Dann könnte ich ohne Weiteres mit meinem Feueropal zurück in mein eigentliches Jahrhundert, was im
Moment ja nicht möglich war: Meinen Reisestein hatte ich
mir nämlich, damit er mir nicht aus Versehen verloren ging
oder ihn jemand Unbefugtes entdeckte, an meinem Unterarm festgebunden. Er war vom Ärmel meines Kleides be-
deckt, sodass niemand außer mir wusste, dass ich ihn bei

mir trug. Um von hier wegzukommen, musste ich ihn in die Hand nehmen. Da ich die scharfe Messerklinge jedoch noch immer kalt und unbarmherzig auf meiner Haut spürte, wollte ich jede noch so kleine Bewegung vermeiden. Sicher war sicher.

Ich entschied mich also für die Variante *Zeit*.

„Also gut.", sagte ich und öffnete meine Augen wieder. Direkt vor mir tauchte das hämisch grinsende Gesicht von Dracula auf. Ein eiskalter Schauer kribbelte über meinen Nacken. „Ich glaube, die nötigen Zutaten für das Elixier zu kennen." Ich seufzte. „Ich sehe ein, dass es ja doch nichts bringt, wenn ich den Mund halte."

„Sehr vernünftig von dir.", bemerkte Schnauzbart spöttisch.

„Dann raus mit der Sprache!" Mit einem Satz war der Lord wieder auf seinem Platz und bewaffnete sich mit Schreibzeug. Offensichtlich sollte es gleich losgehen. Wunderbar! Dann musste ich mir jetzt schnell etwas einfallen lassen.

Noch während ich den Mund öffnete, um etwas zu sagen, wurde auf einmal die Türe zum Zimmer aufgerissen.

„Hier also!", rief eine Gestalt, die mir an diesem Abend zwar gehörig auf den Geist gegangen war, deren Erscheinung mir nun aber als eine willkommene Abwechslung erschien. Vielleicht war das sogar meine Rettung in der Not.

„Edward von Clustershire!", quiekte ich erschrocken.

„Fräulein Turner!" Bestürzt starrte er auf das Messer an meinem Hals. „Lasst sie sofort los, ihr gemeinen Schufte!" Eine Hand noch immer auf dem Türgriff richtete er sich auf und schien mit zusammengekniffenen Augen die drei Herren der Newton-AG durchbohren zu wollen.

„Was willst *du* denn hier?" Dracula hatte sich umgedreht und musterte den aufgeplusterten Herrn mit den hochroten Wangen spöttisch.

„Lasst meine Angebetete augenblicklich in Frieden!", keifte Edward aufgebracht.

„Och wie nett! Ein frisch verliebtes Pärchen!" Schnauzbart war aus seiner Kauerstellung aufgesprungen. Das Messer hatte er - zu meiner großen Erleichterung - von meinem
Hals genommen, hielt es aber nun auf Edward gerichtet.

„Am besten du machst jetzt kehrt, schließt hinter deinem
Rücken die Türe und gehst zurück auf den Ball. Dort er-
zählst du allen, die es interessiert, dass alles gut ist und sich
keiner Sorgen zu machen braucht hinsichtlich des plötzlichen Verschwindens von Fräulein Turner. Ansonsten..." Er
näherte sich mit kleinen, aber festen Schritten dem jungen
Herrn, der noch immer zwischen Tür und Angel stand.
„...werden wir mit dir und der Dame kurzen Prozess machen. Wenn dir also dein bisschen Leben lieb ist, vergisst
du das Mädchen und machst dich aus dem Staub, verstanden?"
Edward nickte langsam, als ob er die Bedeutung jedes der
Worte erst noch verdauen müsse.

„Ich verstehe...", murmelte er und wirkte einige Sekunden
lang bedrückt. „Aber das könnt ihr vergessen, ihr Halunken!"
Mit einem gewaltigen Sprung war er aus seiner steifen
Haltung erwacht. Laut schreiend stürzte er sich direkt auf
Schnauzbart. Der war für einen Moment sichtlich überrascht. Mit einer derartigen Reaktion hatte er - genauso wie
seine Komplizen - nicht gerechnet. Völlig perplex standen
sie da und rührten sich nicht.

„Ihr gemeinen Schufte!", keuchte Edward, als er
Schnauzbart das Messer aus der Hand geschlagen hatte.
„Eine Frau entführen! Pfui!"
Im Gegensatz zu mir hatten sich meine Entführer allerdings
recht schnell wieder gefasst. Während ich noch immer mit
dem Rücken an der Wand saß und ungläubig auf Edward
starrte, rissen sie sich zusammen und stürmten auf den
Überraschungsgast zu. Der jedoch tauchte unter Draculas
Faust hinweg und rammte ihm mit voller Wucht seinen
Schädel in den Bauch, sodass die bleiche Vampirgestalt
nach Luft schnappend zurücktaumelte und japsend mit

hochrotem Kopf auf dem Schreibtischstuhl Platz nahm. Edward selbst schwankte durch den heftigen Stoß einige Schritte nach vorne, wobei er mit einem Fuß an der Teppichkante hängen blieb und in Richtung Boden segelte, was letztlich aber gut für ihn war, da er auf diese Weise den Lord zu Fall brachte, der nach ihm greifen wollte, dessen Hände jedoch ins Leere fassten und der mit seinem Gewicht nach vorne taumelte. Mit der Fußspitze blieb er an Edwards Bauch hängen und purzelte dadurch über ihn. Schnauzbart kam zu Fall, indem Edward, der im Fallen irgendwo Halt zu fassen versuchte, mit seinen Händen in der Luft herum ruderte und sich dabei an Schnauzbarts Hose festkrallte. Von Edwards Klammergriff aus dem Gleichgewicht gebracht, ging Schnauzbart in die Knie und war für einen Moment so verdutzt, dass er regungslos in seiner Position verharrte.

„Schnell, Fräulein Turner! Meine Hand!"
Edward hatte sich in Sekundenschnelle aufgerichtet und streckte mir seine Hand entgegen. Zitternd schlug ich ein und ließ mich von ihm auf die Beine ziehen.

Keinen Wimpernschlag später hatten wir den Raum verlassen.

Im ersten Moment hatte ich keinen blassen Schimmer, wo genau ich mich befand. Ich ging nur davon aus, dass wir auf irgendeinem Flur im Schloss der Lady Dorothy standen.

„Rasch! Mir hinterher!", schnaufte Edward mir ins Ohr. „Wir sind im Obergeschoss des Schlosses."
Meine Hand noch immer fest umklammernd riss er mich mit sich.

„Wir müssen nach unten - zur Ballgesellschaft. Dort sind wir in Sicherheit."
Ohne eine Antwort folgte ich Edward und taumelte mit meinem bauschigen Kleid über den weichen Teppichboden in Richtung Treppe. Gerade wollten wir um die Ecke biegen, als wir beinahe mit jemandem zusammengestoßen wären.

„Paul!" Überrascht schnappte ich nach Luft.

„Katharina!", rief er nur, widmete sich dann aber meinem schwer in mich verliebten Befreier. „Pfoten weg!", knurrte er ihn an.

„Also das - das ist doch die Höhe!", empörte sich Edward. „Was wollen Sie?"

„Das geht Sie einen feuchten Dreck an, Sie unverschämter Frauenheld!", erwiderte Paul ungeniert und schlug nach seiner Hand, sodass Edward mich losließ. „Komm, Katharina!"

Noch ehe ich einen klaren Gedanken fassen konnte, hatte Paul mich an den Schultern gepackt und mit sich fortgerissen. Ein kurzer Blick nach hinten verriet mir, dass Edward wie benebelt dastand und uns fassungslos hinterher starrte.

Mehr stolpernd als normal laufend brachte ich die Treppenstufen hinter mich. Paul zog mich an meinem Handgelenk hinter sich her. Er steuerte direkt auf einen Wandschrank zu, der mir vom Aussehen zwar bekannt vorzukommen schien, den ich aber nicht zu hundert Prozent als einen von denjenigen identifizieren konnte, die ich bereits benutzt hatte.

„Rein! Schnell!", raunte Paul mir zu, riss die Türe auf und stieß mich mehr grob als sanft hinein. Mit einem gekonnten Satz sprang er mir nach und schlug dabei die Türe zu.

Stickige Dunkelheit umgab mich. Mit Mühe konnte ich ein Husten unterdrücken.

„Du weißt den Spruch für die Rückreise?", zischte Paul nur, wartete aber keine Antwort ab. Bevor ich auch nur „Piep" sagen hätte können, war er verschwunden, als habe er sich in Luft aufgelöst. Ich blieb allein zurück.

Mit zittrigen Fingern nestelte ich an meinem Unterarm herum, bis ich endlich den Feueropal zu fassen bekam. Wenige Atemzüge lang überlegte ich fieberhaft nach dem Spruch. Von draußen waren Schritte zu hören und erneut aufgeregte Stimmen. Wenn mich nicht alles täuschte, wurde die Suche nach mir fortgesetzt.

Ich lächelte, froh darüber, dass ich bald endlich in Sicherheit sein würde.

Sollten sie nur nach mir suchen. Diesmal würde mich keiner finden. Weder dieser verliebte Heini namens Edward von Clustershire noch die vollkommen Verrückten von der Newton-AG noch sonst irgendwer.

Ohne noch einen Augenblick länger zu zögern, hatte ich meinen Spruch gemurmelt und keine Sekunde später fühlte ich einen heftigen Wirbelsturm durch meine Haare fegen.

## 13

So elegant wie nach diesem Zeitsprung war ich bisher noch nie gelandet. Allerdings hatte ich mich auch noch nie so elend gefühlt.

Ich hatte zur Abwechslung einmal weder eine Bauch- noch eine Rückenlandung hingelegt, sondern saß auf den Knien, den Oberkörper nach vorne gebeugt, mit den Händen auf dem Boden abgestützt. Meine Augen starrten auf ein Paar schicke Herrenschuhe, die ich zuletzt gesehen hatte, als ich den Theaterfundus unserer Schule durchkämmt hatte. Die Herrenschuhe selbst standen auf einem blaufarbenen kuschelweichen Teppich.

„Na, auch endlich angekommen.", hieß mich eine ziemlich barsche Stimme willkommen. „Hast dir ja ganz schön Zeit gelassen."

Auch ohne diese „freundliche" Begrüßung hätte ich gewusst, wo ich mich befand: Ich war mitten in Pauls Zimmer gelandet.

Pauls kühle Worte gaben der Übelkeit, die von meinem ganzen Körper Besitz ergriffen hatte, den Rest. Schwer atmend saß ich da und hoffte inständig, nicht innerhalb der nächsten Sekunden brechen zu müssen.

Paul hingegen schien die Zeitreise ganz gut verkraftet zu haben, denn als ich meinen Blick hob und ihn anstarrte, musste ich erkennen, dass er fit und dynamisch (wie immer) auf seiner Bettkannte saß und mich missmutig aus seinen eisblauen Augen anfunkelte.

Aus Sorge, mich übergeben zu müssen, presste ich mir eine Hand vor den Mund. Ich hätte ohnehin nicht gewusst, was ich auf Pauls „warme" Begrüßungsworte hätte erwidern sollen.

„Sag mal, was ist eigentlich in dich gefahren?", platzte es plötzlich aus ihm heraus.

Was bitte sollte denn diese Frage?

Was sollte schon in mich gefahren sein?

Ich war gerade wieder einmal mit meinem kleinen beschissenen Leben davongekommen und nun kurz davor, Pauls Flauscheteppich zu bespeien - und er motzte mich an und wollte wissen, was in mich gefahren sei!

„Na, hast du dich recht nett amüsiert auf der Party? Wie viele Jungs hast du denn durchbekommen an einem Abend?"

Noch immer mit meiner Übelkeit kämpfend schüttelte ich über so viel sinnloses Geschwafel verständnislos den Kopf.

„Der Punsch scheint dir ja offensichtlich auch geschmeckt zu haben.", fuhr Pauls eisige Stimme ungehindert fort. „Viel Vergnügen beim Ausnüchtern." Er lachte herablassend.

Nun konnte ich nicht länger an mir halten. Ich würgte in einem fort und fing an, Paul direkt vor die Füße zu kotzen - mitten auf seinen flauschig-weichen Teppich. Tränen traten mir in die Augen. Mir war so speiübel. Noch immer würgte ich.

Wenigstens hielt Paul seine Klappe. Vielleicht war er doch ein klein wenig darüber erschrocken, dass ich ihm gerade seinen Teppich, der bestimmt nicht billig gewesen war, ruinierte. Vielleicht kapierte er aber auch, dass ich mir keinen Kater angesoffen, sondern mit einem wirklichen Problem zu kämpfen hatte, nämlich Reiseübelkeit im wahrsten Sinne des Wortes.

Während ich wie halb tot auf dem Teppich kauerte, auf mein Erbrochenes starrte und dabei jämmerliche Laute von mir gab, plumpste etwas neben mich auf den Boden. Gleich darauf fühlte ich einen warmen Arm auf meiner Schulter.

„Was ist nur los mit dir?", quetschte ich mühsam hervor und unterdrückte ein erneutes Würgen. „Warum warst du so abweisend auf dem Ball?"

Ich wischte mir mit der Hand über meine feuchten Augen, drehte meinen Kopf und blickte wie durch einen grauen Schleier in Pauls Gesicht, das auf einmal ziemlich zerknirscht wirkte.

„Katharina, es - es tut mir leid - ich - glaub mir - ich..." Er schluckte. Ich wendete meinen Kopf ab und presste mir die Hand erneut vor den Mund. Die Übelkeit wollte sich aber auch gar nicht legen!

„Es hat mich einfach extrem geschlaucht, dass ich bei meinem Suchgang auf dem Schloss rein gar nichts herausgefunden habe. Alles total vergeblich." Seine Stimme klang ziemlich kläglich, nahm aber gleich darauf einen vorwurfsvollen Unterton an. „Weißt du, wo ich doch gerade so viel anderen Mist an der Backe habe! Die Kacke ist gewissermaßen voll am Dampfen! Kannst du dir vorstellen, was es bedeutet, demnächst wieder einmal extrem wichtige Prüfungen schreiben zu müssen?! Ich müsste eigentlich mal für die Uni lernen, sonst kann ich mir mein Examen irgendwann mal abschminken und Kloputzer werden. Tolle Aussichten, was? Aber stattdessen eiere ich auf einer so dämlichen Sommernachtsparty rum, stochere irgendwo mit einem Zahnstocher im dampfenden Misthaufen herum und kann überhaupt keine Klarheit in die Sache *Vermächtnis* bringen. Und dann komm ich zurück zur Gesellschaft und was muss ich sehen? *Du* lässt dich mit Punsch zulaufen und machst mit so einem blöden Lackaffen rum. Sorry, aber da platzt mir halt einfach mal der Kragen."

Paul war mit seinem Monolog zu Ende.

Ich auch, aber mit meinen Nerven.

Kurz vor dem endgültigen Zusammenbruch konnte ich meine Tränen nicht länger zurückhalten. Hemmungslos fing ich an zu weinen. Wie ein kleines Kind saß ich da, zusammengekauert, hinderte meine Tränen nicht daran, über meine glühenden Wangen hinab zu rinnen. In mir fühlte ich, abgesehen von der noch immer ekelhaften Übelkeit, eine entsetzliche Leere. Was hatte ich nur falsch gemacht?

Paul saß einige Atemzüge lang schweigend neben mir. Nur mein leises Schluchzen war zu hören. Immer wieder wischte ich mir mit der Hand über die tränenverschmierten Augen. Aber dadurch wurde die Lage auch nicht besser. Noch immer kullerten dicke Krokodilstränen mein Gesicht hinab und tropften auf meine Knie.

„Katharina...", erhob sich die Stimme neben mir, brüchig, unsicher. „Sorry, es - es tut mir leid. Ich - ich wollte nicht..."

Dem Geräusch nach zu urteilen, kratzte Paul sich verlegen am Kopf.

„Es tut mir wirklich leid, was ich gesagt habe..." Er wirkte sichtlich zerknirscht. „Ich habe echt geglaubt, du genießt den Abend in vollen Zügen, während ich mir in meiner spärlichen Freizeit den Arsch aufreiße, mich wieder mal in Gefahr begebe und letztlich doch nichts ausrichten kann. Du hast mich mit deinem Verhalten einfach völlig auf die Palme gebracht."

Ich hatte ihm nur mit halbem Ohr zugehört. Zu groß waren meine Übelkeit, der Schmerz über die verletzenden Worte, mein vollkommenes Gefühlschaos.

„Paul...", presste ich leise hervor. „Ich will nach Hause."

Betroffenes Schweigen.

„Ok.", ertönte es dann. Es kostete Paul wohl ziemlich große Mühe. „Ich ruf deinen Bruder an."

Wortlos nickte ich.

Ich hörte, wie Paul aufstand und das Zimmer verließ. Mit geschlossenen Augen lauschte ich auf die Geräusche draußen auf dem Gang. Müde Schritte schlurften auf und ab, eine Stimme, leise und monoton, war zu hören. Den Inhalt der gesagten Worte konnte ich aber nicht verstehen. Es war mir auch egal.

Es kam mir vor wie eine Ewigkeit, bis ich wieder ein menschliches Wesen neben mir wahrnahm. John war auf schnellstem Wege zu mir gekommen. Besorgt stürzte er in Pauls Zimmer.

„Katharina!", rief er sorgenvoll. „Mensch, was machst du denn für Sachen?"

Ich fühlte mich zu erschöpft, um ihm etwas zu erwidern. Den Kopf auf die Brust gesenkt, das halbe Gesicht von Tränen und Erbrochenem verschmiert, kauerte ich da und war noch immer unfähig, irgendwas zu sagen oder tun. Selbst zum Denken fühlte ich mich zu erschöpft.

„Wo sind ihre Umziehklamotten, Paul?", hörte ich meinen Bruder fragen.

Paul räusperte sich.

„Moment - hier."

Vorsichtig stieg er über seinen blauen Teppich, kramte in einer Schublade herum und warf meinem Bruder ein Bündel an Kleidern zu.

„Hose, Pulli, Socken - wie vor der Zeitreise.", murmelte er.

„Komm, Katharina, du musst dich umziehen." John stand neben mir und legte seine Hand brüderlich auf meine Schulter. „Kannst du aufstehen?"

Ich nickte schwach.

„Komm, ich helf dir."

Mein Bruder hatte die Klamotten auf Pauls Bett abgelegt, griff mir unter die Achseln und zog mich nach oben. Schlapp wie ein Kartoffelsack hing ich in seinen Armen. Ich glaube, ich musste meinem Bruder wohl einen ordentlichen Kraftakt bereitet haben, bis ich endlich wieder auf meinen Beinen stand. Aber John hielt seine Klappe und gab keine spöttischen Äußerungen über mein Gewicht von sich.

„Ich helf dir beim Umziehen, ja?", fuhr mein Bruder fort. Eine Antwort meinerseits wartete er erst gar nicht ab, sondern fing einfach an, mein Kleid aufzuknöpfen.

Mit wabbelnden Knien stand ich da und musste aufpassen, dass ich vor lauter Gleichgewichtsstörungen nicht umstürzte wie ein Baum, an dem ein Biber zu lange genagt hatte.

„Tief durchschnaufen, Schwesterlein.", murmelte John und wischte mir mit einem Taschentuch über mein Gesicht, nachdem er mir das Kleid vom Körper gezogen hatte.

„Hier, schlüpf da rein.", sagte er nur und reichte mir den Pulli.

Ohne recht zu realisieren, was ich gerade tat, griffen meine Finger zitternd nach dem weichen Stoff. Ich brauchte mehrere Anläufe, bis ich mit meinem Kopf endlich die blöde Öffnung meines Pullis gefunden hatte.

Irgendwann war ich dann wieder vollständig angezogen. Trotz der warmen Kleider fröstelte es mich. Zitternd stand ich da und schlang mir die Arme fest um den Oberkörper.

„Ja, also dann... Geh'n wir mal, würde ich sagen." John fasste mich behutsam am Oberarm und führte mich auf den Gang nach draußen.

Paul sagte nicht einmal mehr Tschüss.

An alles Weitere kann ich mich nicht mehr so wirklich erinnern. Wie in Trance wandelte ich über den Flur, schlüpfte irgendwie in meine Schuhe und gelangte dank Johns großartigem Einsatz irgendwie nach Hause. Wie ich später erfuhr, war Mum bei einer Freundin zu Besuch. Das war wahrscheinlich auch besser so. Sie hätte sich sonst nur zu viele Sorgen gemacht. Es wäre besser, wenn sie von meiner miserablen Zeitreise nichts mitbekam. Bei John konnte ich mir todsicher sein, dass er eisern schweigen würde.

Mit Ach und Krach hatte er es geschafft, mich ins Bett zu bringen, wo ich sofort in einen tiefen Schlaf fiel.

Ich erwachte erst am nächsten Morgen wieder. Sanftes Sonnenlicht rieselte durch die schmalen Spalten in meinem Rollladen und tanzte in kleinen Punkten an der Wand.

Mit einem Stöhnen drehte ich mich um und schloss erneut die Augen. Ich hatte keine Lust, auf den Wecker zu schauen, um festzustellen, wie viel Uhr es war.

Irgendwann klopfte es leise an der Tür und Mum streckte ihren Kopf herein.

„Katharinalein!", rief sie leise. „Wie geht es dir, mein Schatz?"

Sie tappte in mein Schlafzimmer und schloss leise die Tür hinter sich.

„John hat mir schon erzählt, dass du gestern völlig fertig warst."

„H-h-hat er?", lallte ich.

Herrjemine, fühlte ich mich beschissen!

Nicht mal richtig reden konnte ich.

Der verdammte Zeitsprung hatte mir übel zugesetzt.

Nein, es war nicht die Zeitreise allein gewesen. Auch Paul trug einen Teil der Schuld an meinem derzeitigen Befinden.

„Hast du Fieber?"

Schon spürte ich ihre kühle Hand auf meiner Stirn.

„Oh je!", murmelte sie. „Du glühst ja richtig, mein Schatz!"

Ohne ein weiteres Wort zu verlieren, war sie verschwunden, kehrte aber keine Minute später zurück. Ehe ich recht kapiert hatte, steckte ein Fieberthermometer in meinem Mund.

„Sieht nicht gut aus.", meinte sie. „Also heute bleibst du im Bett. Und wenn es sein muss, gehst du in der nächsten Woche auch nicht in die Schule."

Sie zog das Fieberthermometer wieder aus meinem Mund.

„Ist dir noch schlecht?"

Ich schüttelte den Kopf.

Die Übelkeit war fort. Mir war einfach nur hundeelend zumute.

„Ich koche dir einen Tee, ja? Und bleib schön im Bett liegen!"

Das hätte ich heute so oder so nicht verlassen. Den ganzen restlichen Tag verbrachte ich eingewickelt in warme Decken mit heißem Tee und Mums liebevoller Fürsorge.

Ich kam mir vor wie unter einer Käseglocke. Die gesamte Zeit schien an mir vorüberzugehen. Jegliches Zeitgefühl war mir abhanden gekommen.

Bis einschließlich Dienstag ließ mich Mum nicht in die Schule, obwohl es mir am Montag bereits wieder etwas besser ging. Naja, besser insofern nur, als dass ich mit Wackelpuddingknien über den Gang schwankte, es schaffte, mir selbst einen Tee zu kochen und dabei beinahe meine Hand zu verbrühen.

Um zu verhindern, dass ich einen gesundheitlichen Rückschlag erlitt, hütete ich also auch am Dienstag noch mein Bett.

Am Dienstagabend schneite John vorbei und erkundigte sich nach meinem Befinden. Dabei fiel sein Blick auf mein Handy und mit einem kritischen Stirnrunzeln stellte er fest, dass mich wohl jemand schon etliche Male verzweifelt zu erreichen versuchte.

„Ist bestimmt dein Zeitreisebegleiter.", mutmaßte er.

„Schau bitte nicht nach, John.", antwortete ich schwach. „Ich will gar nichts davon wissen."

„Verstehe, Schwesterlein." Mein Bruder fuhr sich mit der Hand durch die Haare. „Mum meint, du darfst morgen wieder in die Schule?"

Ich nickte müde.

„Ich glaube schon.", murmelte ich, dankbar darüber, dass John das Thema gewechselt hatte.

„Dann kommst du wenigstens auf andere Gedanken." Er lächelte mich aufmunternd an. „Aber überanstrenge ich dich bloß nicht!"

Ich schüttelte den Kopf.

„Bestimmt nicht."

„Hast du Hunger?"

„Hm, eigentlich nicht."

„He, ich hab eigens Pizza gemacht!"

Er kniff mich liebevoll in die Wange.

„Ok.", murmelte ich und richtete mich in meinem Bett auf. „Dann muss ich ja wohl oder übel, was?"

John lachte.

„So gefällst du mir schon besser, Katharina."

Am Mittwoch fühlte ich mich zum Glück frisch genug, um in die Schule zu gehen. Vielleicht hatte mich Johns gestrige Pizza aufgepäppelt. Vielleicht lag es aber auch einfach daran, dass ich dringend einen Tapetenwechsel brauchte. In der Schule käme ich wenigstens auf andere Gedanken und musste nicht ständig an Paul und seine verletzenden Worte denken. Und den ganzen Mist mit der Zeitreise würde ich vielleicht auch loswerden.

Die kalte Winterluft auf dem Weg zur Schule hatte meine Lungen ordentlich durchgepustet. Zwar mit hochrotem

Kopf, aber dafür seelisch umso befreiter stapfte ich die Treppen nach oben und bog in den Gang zu unserem Klassenzimmer ab.

Ich konnte mir ein Lächeln nicht verkneifen, als ich durch die Türe trat und Susan entdeckte, die in unsere Deutschlektüre vertieft da saß und sich gerade Gedanken über die letzte noch anstehende Schulaufgabe in diesem Fach zu machen schien.

Auf leisen Sohlen schlich ich mich von hinten an sie heran, stellte vorsichtig meine Tasche ab und hielt ihr die Hände vor die Augen.

„Katharina?", fiepte sie aufgeregt, schlug das Buch zu und sprang auf, um mich zu umarmen.

Lachend fielen wir uns in die Arme. Dann löste Susan ihren Klammergriff, trat einen Schritt zurück und musterte mich mit zusammengekniffenen Augen.

„Sicher, dass es dir gut geht?", fragte sie.

„Klar.", meinte ich. „Du glaubst gar nicht, wie dringend ich Abwechslung brauche. Tapetenwechsel, wenn du verstehst, was ich meine."

„Schon klar." Sie nickte. „Dich stört es doch sicher nicht, wenn ich dir sage, dass du mit deiner Leichenblässe ein bisschen bescheiden aussiehst."

„Bitte, tu dir keinen Zwang an!"

Ich zog mir einen Stuhl herbei und ließ mich auf die Sitzfläche plumpsen.

„Hab schon gehört, dass es dich ordentlich erwischt hat." Sie schüttelte den Kopf. „Ist wirklich scheußlich: Kotzen und Fieber..."

*...und Herzschmerz.*

Aber diesen Gedanken laut auszusprechen, verkniff ich mir.

„Sonst alles in Ordnung bei dir?"

Ich nickte.

„Ja - klar."

Auweia, schon nahm meine Stimme wieder ihren brüchigen Ton an, wie sie es gewöhnlich tat, wenn eben doch nicht alles in Ordnung war, wie ich es mir gerne wünschte.

„Ja - klar.", wiederholte meine beste Freundin gedehnt und steckte die Deutschlektüre in die Schultasche. „Sag jetzt nichts. Erzähl mir lieber später alles."

„Der Unterricht geht ohnehin gleich los."

„Na, umso besser! Dann kommst du auf andere Gedanken." Susan zog ihr Geschichtsbuch hervor.

„Hä? Wir haben doch jetzt gar kein Geschichte.", wunderte ich mich.

„Nein, normalerweise nicht. Aber heute schon mal auf den Vertretungsplan geguckt? Da herrscht im Moment absolutes Chaos!"

Sie grinste.

„Übrigens habe ich dir schon alle Unterlagen der letzten zwei Tage, die du verpasst hast, kopiert. Ich geb sie dir nachher in der Freistunde."

„Oh Susan!", seufzte ich. „Du bist und bleibst einfach die Beste!"

„Kein Problem!" Sie grinste noch breiter. „Dafür sind beste Freundinnen doch da, oder?"

Auch wenn ich über die schulische Abwechslung froh war, war der Schatten aus meinem Gesicht nicht gewichen. Viel zu oft kreisten meine Gedanken zu meinem letzten Zeitreiseabenteuer zurück - und damit unwillkürlich zu Paul. Susan, meine allerbeste Freundin und Seelenkennerin, konnte ich nicht täuschen. Sie wusste nur zu gut, dass etwas mit mir nicht stimmte.

Da das halbe Lehrerzimmer von Krankheit befallen war, hatte sich der heutige Stundenplan erheblich geändert, sodass wir nachmittags eine doppelte Freistunde hatten. Und so zog Susan mich, kaum dass der Mittagsgong geläutet hatte, wortlos in Richtung Schulklo. Zielstrebig steuerte sie auf unsere gewohnte Kabine zu und nahm auf dem Klodeckel Platz.

„Jetzt spuck aus!", sagte sie. „Wo drückt der Schuh?"

Ich runzelte die Stirn und sperrte die Türe ab.

„Der Schuh?", murmelte ich verlegen. „Tja, ich glaube, mich drückt mehr als nur der Schuh."

„Ich höre."

Susan zog die Knie nach oben zu ihrem Oberkörper und schlang die Arme darum. Aus ihren großen Augen sah sie mich neugierig an.

Hm, wo sollte ich anfangen?

„Du, Susan, ich glaube, ich muss dir was beichten."

Überrascht hob meine beste Freundin eine Augenbraue hoch.

„Du weißt doch, dass ich in den Sommerferien in London war."

„Klar." Sie seufzte. „Und darum beneide ich dich echt. Ich wäre wirklich gerne dabei gewesen."

Ich lächelte schwach.

„Tja, Susan - ich - ich muss dir da noch was erzählen."

Und damit war der Zeitpunkt gekommen, an dem ich vollkommen auspackte. Ich erzählte ihr, wie die Newton-AG mit uns Kontakt aufgenommen hatte, wie John und ich uns auf unsere erste Zeitreise vorbereitet hatten, wie mir Paul zum ersten Mal begegnet war, welchen Gefahren wir ausgesetzt waren, mit wie viel Glück wir alles heil hinter uns gebracht hatten und dass wir jetzt so kurz davor gewesen waren, das gesamte Rätsel zu lösen, es aber irgendwie nach hinten losgegangen war.

Susan unterbrach mich kein einziges Mal. Geduldig hörte sie zu, wie ich ihr von dem verflixten Vorhaben meines Urahnen Richard Turner berichtete, von dem hinterhältigen Mord an Thomas Morgan und Newtons (bisher) vergebliche Pläne, ein Elixier herzustellen, mit dem man unsterblich werden konnte.

Als ich geendet hatte, starrte mich Susan aus offenem Mund an. Ihrem Gesichtsausdruck nach zu urteilen, musste sie mich für eine komplette Spinnerin halten.

Einige Atemzüge lang sagte sie nichts.

„Sag mal, bist du dir sicher, dass du kein Fieber mehr hast?", fragte sie dann.

Ich seufzte.

Klar, ich an ihrer Stelle hätte genauso reagiert. Vielleicht sogar schlimmer.

„Sag ruhig, dass du mich in die Geschlossene einweisen willst.", antwortete ich gefasst. „Aber wirklich: Ich hab kein Fieber. Hier, fühl!"

Ich nahm ihre Hand und drückte sie mir auf die Stirn.

„Echt!", murmelte Susan und schüttelte verwirrt den Kopf. „Total kühl. Nein, Fieber hast du nicht."

„Na, siehst du!"

„Das - das ist echt unglaublich." Susan schüttelte abermals den Kopf. „Du weißt schon, dass du mich gerade ziemlich überrascht hast, oder?"

Entschuldigend zuckte ich die Schultern.

„Mir ist das selber mehr als nur merkwürdig vorgekommen. Glaub mir: Zeitreisen sind kein Spaß!"

„Ich glaub dir. Keine Sorge!" Susan fuhr sich mit der Hand durch die Haare.

„Puh!", schnaufte sie. „Das sitzt. Aber ordentlich."

Schweigend sahen wir uns an.

„Aber da gibt es doch *noch* eine Sache, oder?"

Einige Atemzüge lang musterte sie mich kritisch.

„Es gibt mehr als nur das Problem mit der Unsterblichkeit, richtig?", sagte sie dann.

Ich schluckte, weil ich genau wusste, worauf Susan hinaus wollte.

„Du steckst verdammt in der Patsche." Sie lehnte sich an der Wand zurück. „He, schau nicht so! Beste Freundinnen wissen doch so was! Das spürt man einfach."

Also gut. Es würde ja doch nichts helfen. Jetzt hatte ich ihr schon so viel erzählt, da konnte sie den Rest auch noch hören.

„Weißt du, Susan - es ist so: Paul denkt, ich hätte mich auf diesem blöden Sommernachtsball köstlich amüsiert. Und er glaubt, er allein ist derjenige, der versucht, in der Sache *Vermächtnis* durchzusteigen. Aber bisher war es halt irgendwie erfolglos. Und jetzt versucht er, *mir* die Schuld in die Schuhe zu schieben." Hastig wischte ich mir eine Träne aus den Augenwinkeln. „Das ist so gemein! Er tut, als wäre ich an allem Schuld. Aber ich kann doch nichts dafür, wenn ständig so blöde Barockfritzen auf mich abfahren!" Ich schniefte.

„Nein, da kannst du wirklich nichts dafür." Susan schenkte mir ein verständnisvolles Lächeln. „Aber du darfst es Paul nicht persönlich nehmen."

Entgeistert starrte ich sie an.

Tickte sie noch ganz richtig?

„Bitte! Versteh mich nicht falsch!", sagte Susan schnell und hob abwehrend ihre Hände. „So war das nicht gemeint."

Wie dann, bitte?

„Paul hat gerade bestimmt viel zu tun mit seinem Studium."

Entrüstet verschränkte ich die Arme vor der Brust.

„Ach - und ich?", schnaubte ich. „Vielleicht macht es *dir* ja nichts aus - aber für mich ist das Abi nicht gerade Urlaub."

„Nein, nein - so war das nicht gemeint, Katharina." Unruhig rutschte Susan auf dem Klodeckel hin und her. Offensichtlich suchte sie nach den richtigen Worten. „Hör zu: Paul ist wahrscheinlich einfach nicht so stark und robust wie du. Er kann halt den Prüfungsstress nicht so leicht wegstecken." Sie bemühte sich um ein aufmunterndes Lächeln. „Männer, weißt du?"

Auf einmal musste ich schmunzeln.

„Ja, natürlich!" Ich kratzte mich an der Stirn. „Männer, was sonst?"

„So gefällst du mir schon besser, Katharina." Susan seufzte zufrieden und rutschte auf den vorderen Rand des Klodeckels. „Und dann stinkt es Paul bestimmt, dass du ständig von irgendwelchen Männern angequatscht wirst.", fuhr sie fort. „Vielleicht hat er einfach Angst, dass er dich verlieren könnte. Dass du eine so große Auswahl an Männern hast, sodass du dich irgendwann von ihm abwendest."

Ja, immer doch! Weil ich ein so großes Bedürfnis nach Männern um mich herum verspürte!

„Und was soll ich dann deiner Meinung nach tun?"

„Gib ihm eine Chance."

Skeptisch rümpfte ich die Nase.

„Hast du nicht erzählt, dass dein Handy ständig geklingelt hat?", nahm Susan den Gesprächsfaden wieder auf.

Oh ja, natürlich hatte ich ihr davon erzählt. Aber ich war in den letzten Tagen viel zu fertig gewesen, als mich mit so etwas Banalem wie einem Handyanruf zu beschäftigen.

„Und du Schnarchamsel bist nicht dran gegangen!" Susan verdrehte die Augen. „Siehst du, das ist jetzt typisch Frau: Mann ist eifersüchtig, Frau beleidigt und eingeschnappt."

„He! Pass bloß auf, was du sagst!", rief ich. „Sonst schmeiß ich dir eine Klopapierrolle ins Gesicht."

„Tu, was du nicht lassen kannst.", erwiderte Susan nur und grinste mich herausfordernd an. „Was ich damit sagen will: Es war mit ziemlich hoher Wahrscheinlichkeit dein Zeitreisebegleiter, der dich versucht hat, per Handy zu erreichen. Vermutlich hat er dich auch mit Mails bombardiert."

„Ist mir doch egal.", knurrte ich. Meine Mails hatte ich seit einer gefühlten Ewigkeit schon nicht mehr gelesen. Es gab zurzeit aber auch weitaus wichtigere Dinge.

„Und eben das darf es nicht sein.", fuhr Susan ungerührt fort. „Vielleicht hat er eingesehen, dass er Mist gebaut hat."

„Ja, vielleicht." Überzeugt war ich jedoch nicht.

„Vielleicht wollte er dich erreichen, um sich bei dir zu entschuldigen."

Ja, vielleicht.

„Vielleicht tut es ihm wirklich leid."

Ja, vielleicht.

„Sag mal, Susan, findest du nicht, dass das ein bisschen viel *vielleicht* ist?"

Susan zuckte die Schultern.

„Nö.", sagte sie dann. „Finde ich nicht."

Ich seufzte.

„Also, du alter Dickkopf: Wenn du schon nichts mehr von Paul wissen willst, dann kann mir das ja im Grunde wurscht sein. Nur so viel von meiner Seite aus dazu: Glaub mir, es ist besser, sich im Einvernehmen zu trennen als im Streit."

„Wir haben uns doch gar nicht gestritten.", warf ich ein.

„Gestritten vielleicht nicht. Aber Friede, Freude, Eierkuchen herrscht jetzt ja auch nicht gerade vor zwischen euch beiden, oder?"

„Hm." Da hatte sie auch wieder Recht. „Aber bilde dir bloß nicht ein, dass ich bei dem Trottel anrufe und -"

„Und was?" Susan lachte. „Dich entschuldigst? Mit ihm Schluss machst?" Ihre Augen funkelten belustigt. „Nein, musst du nicht. Ich rate dir nur einfach, beim nächsten Handyklingeln ranzugehen, dir deinen Zeitreisebegleiter anzuhören. Und dann könnt ihr friedlich getrennte Wege gehen."

Auch wenn es mir schwer fiel, das zuzugeben: In diesem Punkt hatte meine Freundin wohl Recht.

„Also schön. Ich nehme deinen Rat an, Frau Diplompsychologin.", gab ich mich geschlagen. „Ich verspreche es."

„Prima!" Susan strahlte wie ein Honigkuchenpferd. „Erzähl mir dann, wie es ausgegangen ist, ja?"

„Mach ich.", seufzte ich. „Und du versprichst mir, später mal eine Psychopraxis aufzumachen."

„Klar." Susan war aufgestanden. „Und immer, wenn du ein Problem hast, es dir dreckig geht oder du reden musst, kannst du kommen, dich auf meine Couch legen und blubbern. Und ich hör dir dann zu und berate dich."

„In Ordnung."

Erleichtert und froh, meiner besten Freundin endlich mein Herz ausgeschüttet zu haben, sperrte ich die Klotüre auf und trat hinaus auf den Gang.

„Och ne, nur noch zehn Minuten!", seufzte Susan hinter mir mit Blick auf die große Wanduhr gegenüber der Mädchentoilette. „Wird gerade noch für meine Wurstsemmel reichen.", meinte sie. „Aber irgendwas braucht mein Magen noch. Sonst gibt's Ärger." Sie klopfte sich auf den Bauch.

Lachend liefen wir zurück in Richtung Klassenzimmer.

„Ach ja, Katharina, bevor ich es vergesse: Gönn dir heute Nachmittag mal was, ja? Mach was, was dir richtig Spaß macht. Geh in die Bibliothek und staube alle Bücher ab oder lauf einen Marathon oder zieh dir irgendeinen Schnulzenfilm rein."

„Mach ich.", sagte ich. „Versprochen. Großes Indianerehrenwort."

## 14

Der Nachmittag war erstaunlich schnell ins Land gegangen. Schon kündigte das Läuten der Schulglocke das Ende der letzten Stunde an. Schweigend packte ich meine Sachen zusammen. Susan begleitete mich zum Fahrradstellplatz. Wir radelten ein Stück gemeinsam und verabschiedeten uns dann. Zu Hause wartete Mum mit einem köstlichen Nudelauflauf auf mich. Und obwohl es draußen wegen der noch immer vorherrschenden Winterverhältnisse schon dunkel war, machte ich mich anschließend auf den Weg ins Archiv. Mum hatte nichts dagegen. Ich brauchte dringend mal eine Abwechslung.

Diese Abwechslung bestand aus Hausaufgabenmachen und Bücherabstauben. Ich nahm mir viel Zeit und wischte die Buchrücken und Regale ordentlich ab. Besucher fanden sich an diesem Abend keine mehr ein und so hatte ich alle Ruhe der Welt, um mich ein wenig von meinem Kummer wegen Paul abzulenken.

Als der Zeiger meiner Armbanduhr auf kurz vor acht gewandert war, beschloss ich, mich allmählich auf den Heimweg zu machen. Ich wollte in aller Gemütlichkeit nach Hause radeln. Ohne Eile räumte ich die Putzutensilien auf die Seite und war gerade dabei, meine Schulunterlagen in meine Tasche zu packen, als mein Handy klingelte. Reflexartig schnellte meine Hand nach vorne und griff danach. Doch dann hielt ich inne, als ich sah, wessen Nummer da auf dem Display aufleuchtete.

„Och, ne!", stöhnte ich und war kurz davor, das rote Knöpfchen zu drücken. Da fiel mir ein, was ich Susan vor wenigen Stunden mit einem großen Indianerehrenwort versprochen hatte.

„Na schön, also gut!"

Doch zuerst schloss ich das Logbuch ab, schob es auf die Seite und hielt mir das Handy ans Ohr.

„Ja, hallo?", krächzte ich in den Hörer.

„Ähm, ja - hallo - hier - ähm - Paul."

Ach ne, das hätte ich jetzt natürlich nicht gedacht.

Ohne etwas zu erwidern, verdrehte ich die Augen und kehrte dem Tresen den Rücken zu, um nach meiner Jacke zu greifen, die ich an den Haken an der Wand gehängt hatte.

„Katharina?", quakte es aus dem Hörer.

„Ja?"

Erleichtertes Aufatmen am anderen Ende der Leitung.

„Gut, du bist noch dran."

*Ja, was denn sonst, du Heini?!*

Wenn ich aufgelegt hätte, würde es jetzt bei ihm tüten oder piepen oder sonst irgendein komisches Geräusch geben.

„Wieso fragst du?", erwiderte ich steif und bereute es, dass ich so viele Worte mit einem Typen wechselte, der es geschafft hatte, mein komplettes Gefühlsleben durcheinander zu wirbeln. Reinste Verschwendung!

„Weil - weil ich mir nicht sicher war, ob du noch dran bist."

„Das würdest du schon merken.", entgegnete ich schroff.

Schweigen am anderen Ende.

„Ähm, Katharina?"

Was wollte er denn noch?

*Sag schon endlich, dass du Schluss machen willst!*

„Ähm, ich wollte mich eigentlich nur erkundigen, ob du noch am Leben bist und wie es dir geht."

Wie nett!

Am Leben war ich offensichtlich noch. Und wie es mir ging, konnte er meinem Tonfall entnehmen, wenn er nicht ganz taub war.

„Wenn ich ins Gras gebissen hätte, hätte ich ja wohl kaum abgehoben, oder?" Meine Stimmung sank auf den Gefrierpunkt. „Und wenn du's wissen willst: Mir geht's *super*."

„Ja, klar - ähm, wie dumm von mir." Er räusperte sich. „Ja, gut - also, ich hab dann noch was zu tun."

„Ja, ich auch."

„Also gut - tschüss."

„Tschüss."

Schon hatte ich das rote Knöpfchen gedrückt, das blöde Telefon in meine Hosentasche geschoben und mir die Jacke vollständig übergezogen. Rasch wickelte ich mir meinen dicken Wollschal um den Hals, stülpte die Mütze über die Ohren und hob meine Tasche auf.

Meine Gemütlichkeit war verflogen.

Ein letzter Blick in die Bibliothek.

Nein, es war niemand mehr hier.

Also gut. Dann konnte ich ja gehen.

Mit schnellen Schritten machte ich mich auf den Weg zur Türe, knipste das Licht aus, trat ins Freie und sperrte ab. Dann lief ich hinüber zu meinem Fahrrad, werkelte am Schloss herum und wollte soeben in den Sattel steigen, als ich auf einmal Schritte hinter mir vernahm. Bevor ich mich umdrehen konnte, um zu sehen, wer sich mir da von hinten näherte, spürte ich eine schwere Hand auf meiner Schulter. Überrascht drehte ich mich um.

„Paul!", entfuhr es mir. Gleich darauf bereute ich es. Eigentlich hatte ich die Schnauze voll von ihm. Überhaupt: Was sollte das? Da rief er mich auf meinem Handy an und stand dabei nur ein paar Meter entfernt von mir. Hatte er sie noch alle?!

Paul senkte seinen Blick und schaute verlegen auf seine Schuhspitzen.

„Ähm, ja...", fing er an. Seine Stimme zitterte. „Du denkst jetzt wahrscheinlich auch, dass ich komplett spinne."

Exakt auf den Punkt getroffen!

„Ein bisschen schon, ja.", erwiderte ich und war kurz davor, seine Hand abzuschütteln.

„Tut mir leid." Er hob seinen Blick und sah mich an. „Katharina, hast du einen Augenblick Zeit?"

Ich runzelte die Stirn.

„Eigentlich nicht. Hast doch gerade gehört, dass ich noch zu tun habe."

„Hör zu, ich kann verstehen, dass du sauer bist."

Sauer?

Enttäuscht, verletzt, eingeschnappt. Nachtragend.

Ich erwiderte nichts.

„Es tut mir leid, wenn ich deine kostbare Zeit in Anspruch nehme.", fuhr mein Gegenüber fort. „Und sei mir bitte nicht böse, dass ich dir hier auflauere."

„Woher wusstest du, dass ich hier bin?", patzte ich unfreundlich zurück.

Paul lächelte schwach.

„War nicht schwer zu erraten. Entweder bist du zu Hause oder hier. Woanders habe ich dich jedenfalls sonst noch nicht angetroffen."

Verärgert biss ich mir auf die Zunge. Ich war aber auch ein Esel!

„Tja, ähm - also, wie ich sehe, bist du auf dem Nachhauseweg."

„In der Tat."

„Ja, also, weil ich dich nicht aufhalten will... Hast du was dagegen, wenn ich dich ein Stück begleite? Dann kann ich dir erzählen, was ich auf dem Herzen habe und dir geht nicht so viel Zeit verloren, wie wenn du hier nur untätig rumstehst."

Überrascht hob ich meine Augenbrauen.

So viel Verständnis auf einmal - das war ja mal ganz was Neues!

„Ok."

Meine Hände klammerten sich steif um den Fahrradlenker und ohne ein weiteres Wort drehte ich mich um und fing an, mein Rad den Gehweg entlang zu schieben. Paul folgte mir wie ein Hündchen.

„Der Grund, weshalb ich hier bin, ist, weil ich mich bei dir entschuldigen möchte."

Entschuldigen - nicht Schluss machen?

„Katharina?", fragte er vorsichtig, als ich nichts antwortete. „Hast du mir soeben zugehört?"

„Klar. Ich bin ja nicht taub."

„Ich möchte mich bei dir für mein wirklich saublödes Verhalten entschuldigen."

Ich sagte noch immer nichts.

Paul kratzte sich verlegen am Kopf. Ihm fehlten anscheinend die Worte.

„Was ich dir jetzt sage, fällt mir wirklich nicht leicht."
*Und mir fällt es nicht leicht, dich neben mir wie einen Schoßhund zu dulden. Rück endlich raus mit der Sprache!*

„Ich habe mich auf dem Sommernachtsball bei Lady Dorothy wie der letzte Volldepp benommen, der totale Trottel, wenn du verstehst, was ich meine."

„Ach ja?", erwiderte ich spitz. „Das klang neulich aber anders." Ich lachte kurz auf. „Da war ich diejenige, die Bockmist gebaut hat. Deiner Ansicht nach liebe ich es ja, mich mit Alkohol volllaufen zu lassen und einen heißen Mann nach dem anderen aufzureißen."
Paul holte tief Luft.

„Katharina, halt doch bitte einfach mal den Mund, ja?"
Erstaunt war ich stehen geblieben und starrte ihn an.

„Ich kämpfe gerade mit den Worten und du machst dich lustig über mich."

„Nein, ich bin einfach nur nachtragend."

„Das ist auch nicht viel besser." Er räusperte sich. „Also hör bitte zu, ja?"
Wortlos nickte ich und ging weiter.

„Es ist so, dass ich gerade einfach viel zu viel um die Ohren habe."
Und ich?
Dachte er, ich drehe den ganzen Tag nur Däumchen?

„Und in meinem ganzen Egoismus und meiner Selbstliebe habe ich vergessen, dass es dich auch noch gibt, dass du auch ein Leben neben unserer Zeitreisemission hast, dass dir auch jede Menge Stress an der Backe klebt und -" Er hustete leise. „Ich müsste eigentlich für die Uni lernen, du für dein Abi. Und es hat mich so extrem geschlaucht, dass ich stattdessen auf so einer Alkoholparty abhängen muss, dass ich wie ein Verrückter durch das Schloss getigert bin und dabei vollkommen erfolglos war. Ich bin zu überhaupt keinem Ergebnis gekommen. Das war richtig frustrierend für mich. Und dann komme ich zurück in den Ballsaal und sehe, wie du Punsch trinkst und sich schon wieder so ein blöder Barockonkel an dich ranschmeißt."

Empört wollte ich nach Luft schnappen - ich konnte doch gar nichts dafür, dass man mir Alkohol angedreht hatte und sich die Männer um mich stritten. Aber Paul kam mir zuvor: „Ich weiß, es ist nicht deine Schuld. Es wäre unhöflich gewesen, wenn du den Punsch abgewiesen hättest. Und dass so viele Männer auf dich stehen - tja, das hätte ich mir vorher überlegen müssen. Aber ich Trottel bin einfach vollkommen blind und eifersüchtig vor lauter Liebe."

In diesem Augenblick fiel es mir wie Schuppen von den Augen. Mein nachtragendes Ego erhielt einen ordentlichen Schlag in die Magengrube und ich konnte nicht verhindern, dass über meine Lippen ein leises, aber herzliches Lachen drang.

Paul sah mich von der Seite an. Sein Blick wirkte irritiert. Wahrscheinlich hielt er mich jetzt für vollkommen verrückt. Oder er dachte, dass ich ihn auslachte.

„Bitte, Paul, es ist nicht, was du denkst.", sagte ich schnell, bevor er womöglich noch Reißaus nahm.

Aus zusammengekniffenen Augen sah er mich verwundert an.

„Wenn du zwar nichts auf der Punschparty herausgefunden hast, dann bin wenigstens ich zu einer bahnbrechenden Erkenntnis gekommen."

„Wie?" Entgeistert starrte Paul mich einige Sekunden lang an. „Du meinst das Vermächtnis?"

Ich nickte.

„Und warum hast du nicht schon früher was davon erzählt?"

„Wie denn?" Ich schüttelte den Kopf. „Erst kotze ich mir fast die Seele aus dem Leib und dann spielst du auch noch den eifersüchtigen Liebhaber und ich darf mir ein Kompliment nach dem anderen anhören. Irgendwann hab ich auch mal die Schnauze voll."

„Katharina..." Paul legte seine Hand liebevoll auf meine. „Nimmst du meine Entschuldigung an?"

Wir waren stehen geblieben.

Einen Atemzug lang überlegte ich.

„Ja.", sagte ich dann. „Entschuldigung angenommen."

Ich hörte, wie Paul aufatmete.

„Du weißt gar nicht, wie froh ich bin.", flüsterte er und breitete seine Arme aus, um mich an sich zu drücken. Gerade noch konnte ich mein Fahrrad an den Laternenpfosten neben mir anlehnen, bevor ich mein Gesicht in seine dicke Jacke drückte.

„Ich bin so froh, dass du mir verzeihst, Katharina.", hauchte er mir ins Ohr. „Ich hab einen solchen Mist gesagt. Ich weiß nicht, was in mich gefahren ist. Aber es tut mir so leid."

Eine ganze Weile standen wir da, in fester Umarmung, schweigend. Keiner sagte ein Wort.

Irgendwo in der Ferne hupte ein Auto. In der Parallelstraße bellte ein Hund.

Auf einmal aber lösten sich Pauls Arme.

„Ähm, also, wenn es dir nichts ausmacht, würde mich interessieren, welche bahnbrechende Entdeckung dir gelungen ist."

„Wenn du es genau wissen willst: Es sind sogar drei."

„Drei?"

„Ja, aber können wir weiter gehen? Ich will heute irgendwann noch nach Hause."

„Natürlich." Er grinste.

Ich griff nach dem Fahrradlenker und setzte den Weg fort. Und die ganze Zeit über erzählte ich Paul von all dem, was ich auf Lady Dorothys rauschender Sommernachtsparty herausgefunden hatte.

„Bahnbrechende Erkenntnis Nummer eins: Wusstest du, dass Rosehill einen Bruder hat?", fing ich an.

Paul schüttelte den Kopf.

„Nein, woher auch?", fragte er.

„Zufällig habe ich die zwei belauscht und dabei feststellen müssen, dass sie ihre Rollen vertauscht haben."

Vor lauter Überraschung wäre Paul beinahe über einen Schneehaufen gestolpert.

„Rosehill und sein Bruder - also Rosehill ist sein Bruder und umgekehrt?", fragte er, nachdem er sein Gleichgewicht wiedergefunden hatte.

„Genau. Und das erklärt auch, weshalb David ein Nachkomme der Rosehills ist."

„Augenblick mal." Mein Begleiter kratzte sich an der Nase. „Dann ist der eigentliche Rosehill..."

„...ein Dixon.", ergänzte ich. „Henry Dixon und William Rosehill. So heißen - oder besser hießen - die beiden Brüder."

„Und unser werter Freund David heißt *Dixon*, obwohl er eigentlich ein Nachfahre von *Rosehill* ist."
Paul atmete tief durch.

„Wow!", schnaufte er. „Das hat es in sich! Aber gut. Die nächste bahnbrechende Erkenntnis?"
Ich lächelte.
Paul hatte erstaunlich schnell kapiert.

„Ich habe mitbekommen, wie sich Ron und David mit unserem Freund Richard Turner unterhalten haben. Es ging über das Elixier für die Unsterblichkeit. Und das wiederum hat zur Folge, dass sie sich mit Rosehill 1765 treffen. Für uns ist das ja schon passiert."
Paul pfiff anerkennend durch die Zähne.

„Nicht schlecht!", sprach er mir sein Lob aus. „Katharina, ich muss schon sagen: Du überraschst mich immer wieder aufs Neue!"

„Und die bahnbrechende Erkenntnis Nummer drei: Als du mich auf dem Gang mit diesem blöden Lackaffen namens Edward von Clustershire aufgegabelt hast und deiner blinden Liebeseifersucht verfallen bist, hat mich die Newton-AG überrascht."
Pauls Augen starrten mich gebannt an.

„Erzähl schon!", drängte er. „Mach es nicht so spannend!"

„Auf den Punkt gebracht: Newton hat wohl verschiedene Elixiere hergestellt, die die Newton-AG ausprobiert hat. Die Herren waren der festen Überzeugung, damit unsterblich zu werden. Aber wie sie festgestellt haben, verlängert man damit sein Leben lediglich um ein paar hundert Jahre, beißt aber trotzdem irgendwann ins Gras. Newton hat gewissermaßen Vorstufen entwickelt. Aber die eigentliche Anleitung, um unsterblich zu werden, fehlt den Halunken noch."

„Die Newton-AG hat also ihr Leben verlängert, wird aber irgendwann sterben." Ungläubig schüttelte Paul den Kopf.

„Ich glaube, das ist der Grund, weshalb sich die Herren von heute und von damals so überaus ähnlich sind."

„Weil es genau dieselben sind."

„Richtig.", stimmte ich Paul zu.

„Aber anscheinend ist es ihnen in all der Zeit nicht gelungen, das Elixier an sich zu bringen. Sie scheinen ja noch immer wie verrückt danach zu suchen."

„Und ich glaube auch, dass sie nicht mehr viel Zeit haben."

„Das erklärt so einiges." Paul dachte einen Augenblick nach. „Mensch, Katharina!", entfuhr es ihm dann. „Wenn wir uns von Anfang an auf diese Sommernachtsparty eingelassen hätten, wären uns vielleicht schon viel früher die Augen aufgegangen."

Er war stehen geblieben und schloss mich in die Arme. Sein ganzer Körper schien zu zittern.

Weinte er etwa?

„Katharina...", flüsterte er. „Ich weiß nicht, wie ich das wieder gut machen kann. Ich habe die ganze Zeit gedacht, die Zeitreise und alles sei völlig umsonst gewesen, nur weil du irgendeinen Mist gebaut hast und dich mit Punsch und fremden Männern amüsierst."

Schweigend barg ich meinen Kopf an seiner Schulter.

„Und jetzt scheint sich alles wie von selbst aufzulösen."

Er streichelte mir mit seiner Hand über meine Wange.

„Aber so ganz bin ich mir nicht sicher, ob die Vermächt-nis-Mission tatsächlich schon abgeschlossen ist. - Weiß dein Bruder eigentlich schon davon Bescheid?"
Ich schüttelte den Kopf.

„Nein. Woher auch? Er hat gerade auch bessere Sorgen."

„Dann wird es wohl am besten sein, wenn wir ihn mit einweihen, oder?"

„Ja, immerhin gehört er dazu."

„Dann treffen wir uns bald mit ihm und schließen die Sache mit dem Vermächtnis schnellstmöglich ab."
In stillem Einvernehmen beschlossen wir, unseren Weg fortzusetzen.

„Du, Paul...", meinte ich schließlich. Mich beschäftigte schon seit einer ganzen Weile eine Frage. „In der Zeit, wo mich die Newton-AG in ihrer Gewalt hatte - was hast du da gemacht?"

„Du meinst - auf Lady Dorothys Punschparty?"
Ich nickte.

„Naja..." Er druckste verlegen herum. „Also - als ich dich mit diesem - wie hieß der noch mal?"

„Edward von Clustershire.", half ich meinem Begleiter auf die Sprünge.

„Danke. - Also wie ich dich mit diesem Edward von Clustershire gesehen habe, hat es mir natürlich erst einmal den Vogel rausgehauen. Dem Affen hab ich ordentlich den Hintern versohlt." Paul lachte. „Und wie ich mich umdrehe und nach dir sehen will - auf einmal warst du nicht mehr da."

„Dank der Newton-AG, ja."

„Ich dachte erst, du seist zurück zur Ballgesellschaft. Aber als ich nach unten bin, um nachzusehen, war auch dort weit und breit keine Spur von dir zu sehen. Und dann habe ich angefangen, mir Sorgen zu machen."

„Inwiefern?"

„Erst dachte ich, du seist vielleicht zurück ins 21. Jahr-hundert. Aber das schien mir ein bisschen merkwürdig. Wir hatten doch ausgemacht, zusammen zurückzukehren. Jedenfalls habe ich angefangen, bei den Gästen herumzufragen, ob sie dich gesehen haben und wenn ja, wann und wo."

„Lass mich raten: Du hast anfangs nur die Antwort erhalten, dass ich wohl mit diesem Barockfritzen abhänge?"

„In der Tat. Aber ich wusste ja, dass du dort nicht sein konntest. Diesen Edward von Clustershire habe ich ja eigenhändig außer Gefecht gesetzt."

„Und das hast du den Ballgästen auch so gesagt?"

„Naja, indirekt. Also mehr oder weniger. Ziemlich bald stand fest, dass irgendetwas nicht ganz stimmte. Und die Leute haben angefangen, sich Sorgen um dich zu machen. Ich weiß ja nicht, wie du es anstellst, aber du schaffst es irgendwie immer, dass die Leute dich ins Herz schließen."

„Naturtalent, würde ich sagen.", schmunzelte ich.

„Ja, ich glaube auch. - Jedenfalls haben sich sämtliche Ballgäste aufgemacht, um nach dir zu suchen. Das halbe Schloss war zwischenzeitlich auf den Beinen."

„Das habe ich mitbekommen. Aber Edward war schneller. Und dann bist ja zum Glück du gekommen."

„Weißt du, was mir gerade durch den Kopf geht?"

„Nein, sag schon."

„Man hat dich doch bei deiner ersten Zeitreise für eine verschwundene Verwandte von Turner gehalten, oder?"

„Ja, ich habe sogar mal vorübergehend überlegt, ob es mich vielleicht sogar zweimal gibt. Im Jetzt und im Damals."

„Du meinst so etwas wie Wiedergeburt?"
Ich zuckte die Schultern.

„Eigentlich glaube ich ja nicht an so etwas. Aber seit der Sache mit dem Zeitreisen schien mir nichts mehr unmöglich zu sein."

„In der Tat. Aber ich denke, die Sache mit der Wiedergeburt hat sich dennoch geklärt: Der Grund, weshalb man dich für eine Verwandte Turners hält, die entführt worden ist, ist die Sommernachtsparty bei Lady Dorothy."

„Die Leute glauben also, dass ich zu diesem Zeitpunkt entführt worden bin?"

„Ich denke schon."

„Naja, eigentlich kann es uns ja egal sein. Hauptsache, wir hacken das Vermächtnis endlich ab."

„Dann schlage ich vor: Erzähle deinem Bruder von deinen bahnbrechenden Erkenntnissen des rauschenden Sommernachtballs. Und dann treffen wir uns baldmöglichst und machen der Newton-AG endgültig einen Strich durch die Rechnung. Denn solange Ron und David noch immer durch die Zeit geistern können, ist das Unsterblichkeitselixier nicht hundertprozentig sicher."

„Wunderbar!" Ich warf einen kurzen Blick auf meine Armbanduhr. „Oh nein, schon so spät. Ich wollte eigentlich längst zu Hause sein."

„Dann will ich dich nicht länger aufhalten." Paul umarmte mich zum Abschied. „Ruf mich an oder schreib mir, wenn du was Neues weißt, ja?"

„Klar, mache ich!"

Damit schwang ich mich in den Sattel und trat in die Pedale.

So leicht und befreit wie an diesem Abend hatte ich mich schon lange nicht mehr gefühlt.

## 15

Noch am selben Abend rief ich John auf seinem Handy an. Im ersten Moment wirkte er zwar nicht begeistert - ich hatte ihn nämlich mitten aus seinem Cello-Spiel gerissen -, aber als er merkte, dass ich mich wieder bester Gesundheit erfreute, und als ich ihm zudem von den drei Erkenntnissen der Punschparty berichtete, hellte sich seine Miene auf und es störte ihn nicht mehr im Mindesten, dass ich ihn von seiner Probe abhielt.

Er war von Pauls Vorschlag begeistert und wäre am liebsten gleich gekommen, um das große Krisentreffen zu starten. Der Blick auf die Uhr und die Tatsache, dass er (genauso wie Paul) morgen zur Uni musste und mich die Schule erwartete, ließen ihn jedoch zur Vernunft kommen. Und so vereinbarten wir einen Termin für den morgigen Abend.

Meinen Freund setzte ich davon zur Kenntnis, indem ich eine kurze SMS tippte. Keine fünf Minuten später erhielt ich die Antwort, dass wir morgen mit seinem pünktlichen Erscheinen rechnen konnten.

Dann war der morgige Abend gekommen. Und Paul erschien pünktlich auf die Minute.

Ich hatte für alle Tee gekocht und mir erlaubt, eine Schachtel Kekse aus Mums Vorratsschrank zu entwenden. So saßen wir da, im Schneidersitz, eingewickelt in dicke Decken, die dampfenden Tassen in den Händen oder einen Keks zwischen den Zähnen - und hielten Kriegsrat in meinem Zimmer. Zu meinen Füßen lag ein Schreibblock und eine Kiste voller Stifte - nur zur Sicherheit und für den Fall, dass wir so viele Ideen hatten, dass uns der Kopf zu platzen drohte.

„Wunderbar, dass es so zeitnah klappt mit unserem Treffen!", eröffnete mein Bruder die Runde. „Mein Vorschlag wäre: Katharina, du fasst noch einmal kurz deine Punschparty-Erkenntnisse zusammen."

Ich nickte.

„Erstens: William Rosehill und sein Bruder haben die Rollen vertauscht, woraus sich ergibt, dass David Dixon ein Nachfahre Rosehills ist, obgleich sein Nachname Dixon lautet."

John hatte einen Stift gezückt und war eifrig dabei, die erste Erkenntnis schriftlich zu fixieren.

„Zweitens...", fuhr ich fort. „Ron und David wissen durch das Gespräch mit Richard Turner von dem Unsterblichkeitselixier und treffen sich deshalb mit Rosehill."

„Hm - und weiter?"

„Drittens: Die Newton-AG hat eines von Newtons Elixieren ausprobiert und festgestellt, dass es lediglich eine Vorstufe für den Unsterblichkeitstrank darstellt. Anscheinend suchen sie noch immer nach der richtigen Anleitung."

Mein Bruder kritzelte die letzten Buchstaben auf das Blatt vor ihm.

„Herrlich! So viele Informationen auf einmal." Er legte den Stift beiseite. „Jetzt müssen wir nur noch schauen, wie wir die Erkenntnisse der Punschparty ausschlachten können."

Über seine Worte musste ich lächeln. Mein Bruder war wieder einmal in seinem vollen Detektiv-Element.

Paul knabberte an einem Keks und schien nachzudenken.

„Lasst uns überlegen.", meinte er. „Welches Ziel verfolgen wir eigentlich?"

„Das Vermächtnis ist an und für sich ja aus der Welt geschafft. Aber offensichtlich haben die Herren der Newton-AG nicht aufgegeben, weiterhin nach dem Unsterblichkeitselixier zu forschen." Mein Bruder griff ebenfalls nach einem Keks.

„Dann geht es jetzt darum, der Newton-AG einen Strich durch die Rechnung zu machen und die blöde Anleitung für den Unsterblichkeitstrank und den anderen Mist ein für alle Mal zu beseitigen.", schlussfolgerte Paul.

„Und vergiss Ron und David nicht!", warf ich ein. „Die beiden gibt es ja auch noch. Und ihr Ziel ist es ebenfalls, der Newton-AG eines auszuwischen."

„Wie nett! Dann könnten wir uns theoretisch ja zusammenschließen." John grinste. „Tja, dummerweise wird das nicht funktionieren. Immerhin sind die zwei selbst nicht davon abgeneigt, die Erfindungen unserer Vorfahren für sich zu verwenden."

„Also dann besser doch keine Zusammenarbeit."

„Oder vielleicht doch."

„Wie meinst du das?"

Überrascht blickten wir John an. Der stopfte den Rest seines Kekses in den Mund und strahlte uns triumphierend an.

„Die einzige Möglichkeit, der ganzen Spinnerei ein Ende zu bereiten, besteht meiner Meinung nach darin, sämtliche Zeitreisen zu unterbinden.", erklärte er mit vollem Mund.

Voller Verwunderung starrte ich meinen Bruder an.

„Die Newton-AG existiert seit einigen hundert Jahren. Und in all der Zeit haben sie es nicht geschafft, unsterblich zu werden, sondern sie befinden sich lediglich auf einer Vorstufe dazu."

Paul und ich nickten zustimmend.

„Sie selbst können schlecht zurück in die Vergangenheit. Sonst gäbe es sie ja doppelt. Das wäre irgendwie komisch."

Wir nickten erneut.

„Im Moment haben sie David damit beauftragt, nach dem Vermächtnis zu forschen, was unseren Verdacht dieser sogenannten Unsterblichkeits-Vorstufe bestätigt. Wir müssen also verhindern, dass David weiterhin in der Zeit herumreisen kann."

„Und Ron ebenfalls.", ergänzte ich.

„Und wie reist man in der Zeit?", fuhr John fort.

Verwirrt blinzelte ich.

„Hä? Ich dachte, das weißt du!"

Mein Bruder grinste wie ein Honigkuchenpferd.

„Wirklich?"

„Klar! Oder für was bitteschön brauchen wir unsere Feueropale?"

„Ach so etwas!" Mit gespielter Verwunderung schlug er sich die Hand vor die Stirn und hätte dabei um ein Haar seinen Tee verschüttet. „Daran hätte ich ja im Leben nicht gedacht!"

Wir beide mussten lachen.

„Kann mich mal jemand aufklären, bitte?", schaltete sich Paul dazwischen. Er verstand offensichtlich Bahnhof.

„Bitte, Schwesterherz, erkläre du es unserem Zeitreisekollegen."

„Wenn wir verhindern wollen, dass Ron und David weiterhin in der Zeit herum reisen, müssen wir es schaffen, die Feueropale aus dem Spiel zu bringen. Denn das ist gewissermaßen ihr Ticket zurück in die Vergangenheit. Ohne Zeitreisestein werden sie wohl nicht mehr viel ausrichten können. Die Lösung des Rätsels liegt schließlich irgendwo im 17. Jahrhundert verborgen."

Aus großen Augen starrte Paul mich an.

„Ich fass es nicht!", murmelte er. „So einfach - und doch sind wir die ganze Zeit nicht darauf gekommen!"

„Ja, nicht wahr?" Ich lächelte ihn an.

„Also, ich notiere..." John beugte sich erneut über den Schreibblock. „*Ziel*: Ron und David dürfen keinen Feueropal mehr besitzen. *Grund*: So können wir verhindern, dass sie zurück in die Vergangenheit reisen. *Folge*: Reisen sie nicht mehr in die Vergangenheit, können sie nicht mehr nach dem Vermächtnis forschen. *Ergebnis*: Keine weitere Nachforschung bedeutet damit das Ende dieser verrückten Spinnereien."

Paul und ich schauten geduldig zu, wie mein Bruder alles zu Papier brachte.

„Jetzt stellt sich uns allerdings ein neues Problem.", meinte Paul, als John den Stift aus der Hand legte. „Wie kommen wir an den Feueropal?"

Einen Augenblick lang schwiegen wir. Nur das Ticken meiner Wanduhr war zu hören.

Ja, wie sollten wir Ron und David die Reisesteine abknöpfen? Sollten wir einen Überfall planen? - Moment mal: Wo bewahrten sie eigentlich ihre Steine auf?

Unsicher blickte ich zwischen den beiden Jungs neben mir hin und her. Bis mir auf einmal ein ganz anderer Gedanke kam...

„Woher wissen wir eigentlich, wie viele Steine es überhaupt gibt?", flüsterte ich und spürte, wie mir plötzlich ganz heiß wurde.

„Paul und ich - wir beide sind jeweils im Besitz eines zeitreisefähigen Feueropals. John, du hast deinen an die Newton-AG zurückgegeben."

Mein Bruder nickte.

„Theoretisch könnte die Newton-AG deinen Feueropal an David weitergegeben haben.", ergänzte Paul meinen Gedanken.

„Ja, aber das erklärt nicht, weshalb auch Ron mit in die Vergangenheit kann.", gab ich zu bedenken.

„Vielleicht, weil er auch einen hat.", mutmaßte John.

„Ja, vielleicht." Ich schluckte. „Aber - woher hat er ihn?"

Paul zuckte die Schultern. John schüttelte ahnungslos den Kopf.

„Keine Ahnung.", murmelten sie.

„Wir müssen herausfinden, wie viele Steine es gibt!"

„Das müssen wir, in der Tat.", stimmte John meinem Vorschlag zu. „Die Frage ist nur: *Wie* finden wir das heraus? Wir haben keine Ahnung, wie viele Steine noch in das Zeitreisegebräu gelegt wurden, wer noch alles seine Finger mit im Spiel hatte."

„Und wir können schlecht zurück ins 17. Jahrhundert und fragen.", meinte ich und wollte schon mutlos meinen Kopf hängen lassen.

„Nein, zurück ins 17. Jahrhundert gehen wir besser nicht.", riss mich Pauls Stimme aus meiner vorübergehenden Hoffnungslosigkeit. „Zumindest jetzt wäre das wohl nicht so geschickt."

„Und was schlägst du dann vor?", piepste ich traurig.

„Sollen wir zur Newton-AG gehen, anklopfen und sagen: *Entschuldigung, dass wir Sie stören, aber wie viele Feueropale gibt es eigentlich?*"

Lachend schüttelte Paul den Kopf.

„Nein, das wäre wohl noch schlimmer. Aber ich kenne da jemanden, der uns weiterhelfen könnte."

Gespannt starrten mein Bruder und ich unseren Zeitreisekollegen an.

„Morgans Verwalter."

Einen Augenblick lang dachte ich, ich hätte mich verhört. Doch dann schienen sich meine Synapsen wieder zu beruhigen.

„Ach herrjemine!", stöhnte mein Bruder neben mir. „Morgans Verwalter - den haben wir ja bisher ganz außer Acht gelassen! Sag mal, Paul, ist das auch so ein Onkel, der unsterblich werden möchte und dich nur deshalb in die Vergangenheit schickt, um das echte Elixier zu erhalten?"

„Nein.", erwiderte Paul. „Morgans Verwalter - das ist gewissermaßen ein mehr oder weniger direkter Nachfahre des Personenkreises um Thomas Morgan, also nicht wirklich mit mir verwandt. Besser trifft es wohl der Ausdruck *bekannt*. Er ist hauptberuflich ganz anders tätig und hat sich mit dem Vermächtnis nur ehrenamtlich, also in seiner Freizeit, beschäftigt - als geschuldete Pflicht gegenüber dem ermordeten Thomas Morgan. Über Jahrhunderte wurden die Informationen weitergegeben. Und er ist derjenige, der damit in unserer Gegenwart vertraut ist."

„Aha. Er hatte also nie vor, das Vermächtnis in seine Gewalt zu bekommen, sondern sah sich in der Pflicht, dem bereits Verstorbenen nachträglich zur Gerechtigkeit zu verhelfen.", sprach ich meinen Gedanken laut aus.

„Richtig." Paul nickte mir zu. „Morgan wollte verhindern, dass das Vermächtnis einem Missbrauch zum Opfer fällt. Und genau in dieser Tradition steht auch Morgans Verwalter, wie er sich zu nennen pflegt. Nachdem er erfahren hat, dass das Vermächtnis gewissermaßen futsch war, hat er mich aus seinem Dienst entlassen und sein Hobby sozusagen beerdigt. Die Sache war für ihn erledigt. Die wenigen Unterlagen, die er für die offizielle Zeitreisemission aufbewahrte, hat er meines Wissens nach schon vernichtet. Aber vielleicht kann er sich noch an das ein oder andere erinnern."

Während John an seiner Tasse schlürfte, hätte er sich beinahe verschluck. Leise in sich hinein glucksend saß er da und zwinkerte mit den Augen.

„Wenn es euch nichts ausmacht...", fuhr Paul fort. „...und ich gehe mal davon aus, dass es in eurem Interesse ist -, werde ich mich auf dem schnellsten Wege mit ihm in Verbindung setzen. Er kann mir bestimmt sagen, wie viele Feueropale im Umlauf sind."

„John, notierst du?"

Rasch stellte mein Bruder seine Tasse auf die Seite.

„Aber sicher doch." Schon sauste der Stift über das Papier. „*Plan Nummer eins*: Herausfinden, wie viele Feueropale es gibt. *Beauftragter*: Paul Morgan."

„Du solltest wirklich ein Detektivbüro eröffnen.", meinte ich lächelnd.

John blieb davon jedoch völlig unbeeindruckt.

„*Plan Nummer zwei*: Nach Vollendung von Plan Nummer eins wird ein neuer Plan ausgeheckt mit dem Ziel, die Feueropale aus dem Weg zu räumen, um Ron und David und wer weiß, wen noch alles, vom Zeitreisen abzuhalten."

Paul seufzte.

„Ganz schön kompliziert.", meinte er.

„Aber irgendwie auch logisch.", grinste ich.

„Prima!" John legte den Stift zurück. „Dann würde ich sagen: Die Sitzung ist für heute beendet. Paul, du kümmerst dich um die Anzahl sämtlicher Reisesteine und informierst uns, sobald du etwas herausgefunden hast. Dann treffen wir uns erneut und beratschlagen, wie wir weiter vorgehen."

Gesagt - getan.

Wir vernichteten die restlichen Kekse, leerten den Tee und trennten uns dann.

Obwohl ich ziemlich müde war - die Zeitreise lag mir noch immer in den Knochen, die Schule und all die damit verbundenen Pflichten erwiesen sich als ziemlich kräfteraubend -, konnte ich in dieser Nacht kaum ein Auge zu tun.

Dafür war ich viel zu aufgeregt. Und auch am nächsten Morgen fühlte ich mich noch immer wie ein Flummiball. Susan blieben meine Aufregung, Nervosität und Ungeduld natürlich nicht verborgen. Aber sie sagte nichts, sondern sah mich nur immer wieder von der Seite an. Erst in der Pause flüsterte sie mir zu: „Hat es etwas mit dem Vermächtnis zu tun?"

Ich nickte.

Sie holte gerade Luft, um zu einer Frage anzusetzen, als ihr der Schulgong dazwischen kam.

„Achtung, Achtung!", ertönte es scheppernd aus dem Lautsprecher.

Genervt verdrehten wir die Augen. Was es wohl diesmal wieder für Neuigkeiten geben würde?

„Wir, die Schulball-AG, wollen euch daran erinnern, dass am Freitag in einer Woche wieder unser jährlicher Faschingsball stattfindet.", schnarrten fröhliche Schülerstimmen in das Mikrofon.

„Was? Schon wieder Fasching?", stöhnte ich und fragte mich im Stillen, warum um alles in der Welt die Zeit so rasend schnell verging. Eben war doch noch...

„Alle Schülerinnen und Schüler..."

„Immer dieses Gender-Getue!", murmelte Susan neben mir. „Sie können ruhig *Schüler* sagen. Ich fühle mich da keineswegs ausgeschlossen. Das ist in anderen Sprachen auch so, maskuliner Plural oder so heißt das, glaube ich... Jedenfalls schließt der die femininen Personen gleich mit ein."

Ich hatte ihr nur mit halbem Ohr zugehört und konzentrierte mich auf das, was der Lautsprecher gerade ausspuckte: „...ab der 10. Klasse sind herzlich dazu eingeladen! Die Party steigt ab 22:00 Uhr, der Eintritt ist für alle Schulmitglieder frei. Für alle anderen wird ein kleiner Unkostenbeitrag von 2 € erhoben."

Einen Moment lang blieb es still.

„Sind sie fertig?", rief Olle von Hinten nach vorne. „Ich will in die Pause!"

„Ich glaube schon.", meinte Susan und grinste.

„Es sei noch daran erinnert, dass man sich auf einer Faschingsparty gewöhnlich verkleidet.", quakte der Lautsprecher weiter. Die Durchsage war offensichtlich noch nicht zu Ende.

„Ach, wirklich?" Belustigt zog Susan ihre Augenbrauen hoch. „Das hätte ich jetzt aber nicht gedacht."

„Das Thema des diesjährigen Faschingsballs lautet: *Out of time*. Lasst euch also etwas einfallen! Je verrückter, desto besser! Und denkt daran: Die besten Kostüme werden wie immer prämiert."

Es knackte und knisterte. Wahrscheinlich war es nur noch eine Frage der Zeit, bis der Lautsprecher endgültig seinen Geist aufgeben würde.

„Wir freuen uns auf euer zahlreiches Erscheinen und eure Kostümierung! Eure Schulball-AG."

Ende der Durchsage.

„Na, wie sieht's aus?", fragte Susan mich und zog mich von meinem Platz. „Jetzt haben wir Pause, Zeit für ein bisschen Ratschen. Gehst du mit auf den Faschingsball?"

Ich runzelte die Stirn.

„Also eigentlich habe ich gerade genug von Bällen. Vielleicht erinnerst du dich an mein letztes Erlebnis bei Lady Dorothy?"

„Sicher doch.", kicherte Susan, wurde aber gleich darauf wieder ernst. „Entschuldige.", sagte sie schnell. „Ich wollte dich nicht damit aufziehen."

„Wie meinst du das?"

Ich quetschte mich hinter ihr durch die Klotüre und sperrte ab.

„Naja, die Sache mit Paul."

„Ach so!" Ich lächelte. „Keine Sorge. Das hat sich geklärt."

„Und zum Guten gewendet, hoffe ich doch."

„Ja, zum Glück!"

„Na, dann gibt es erst recht keine Widerrede mehr! Frag Paul, ob er nicht Lust hat, dich auf den Schulball zu begleiten."

„Und du? Mit wem hängst du dann den ganzen Abend ab?"

„Mach dir keine Sorgen um mich! Ich werde schon jemanden finden. Zur Not frage ich Olle von Hinten."
Wir kicherten.

„Herrlich! Hast du schon eine Überlegung, als was du dich verkleidest?"
Ich zuckte die Schultern.

„Keine Ahnung. *Out of time.* Vielleicht sollte ich als Großmütterchen gehen."

„Ach was! Ne, du - ich habe da eine viel bessere Idee. Du gehst als feine Dame aus dem 17. Jahrhundert."

„Sag mal, hast du sie noch alle?" Ich zeigte ihr freundschaftlich den Vogel.

„Keine Sorge, bei mir passt alles. Aber ich will dich unbedingt mal in so einem schicken Kleid sehen. Vielleicht verstehe ich dann, weshalb die Männer in allen Zeiten auf dich abfahren."

„Na schön.", seufzte ich. „Aber ich schlaf trotzdem nochmal eine Nacht drüber, ja?"

„Tu, was du nicht lassen kannst." Susan kramte in ihrer Tasche herum. „Och nö!", stöhnte sie dann. „Jetzt habe ich meine Wurstsemmel auf dem Tisch liegen lassen." Sie seufzte. „Ich fürchte, wir müssen zurück. Du hast doch sicher nichts dagegen, oder?"
Unser Beste-Freundinnen-Gespräch war damit vorläufig beendet. Wir schlenderten zurück zu unserem Klassenzimmer und Susan widmete sich ihrer Wurstsemmel. Und so kam es, dass sie mir an diesem Freitagvormittag keine weiteren Fragen mehr hinsichtlich des Vermächtnisses stellte. Nach der letzten Stunde hatte ich es eilig. Selten war ich so schnell zu Hause. Atemlos vom schnellen Radfahren sauste ich in die Wohnung und kickte meine Schuhe in die Ecke.

„Hat sich Paul zufällig gemeldet?", rief ich meiner Mum zu, die kopfschüttelnd am Ofen stand und sich über meine Hektik wunderte.

„Nein.", meinte sie nur. „Aber schau doch mal auf deinem Handy nach."

Das dumme Ding zeigte jedoch keine neue Nachricht an.

„Hm.", brummte ich und setzte mich an den Küchentisch.

„Ist es denn dringend?", fragte Mum und stellte einen großen Topf auf den Tisch.

„Ja, irgendwie schon. - Was gibt es denn zum Essen?" Neugierig hob ich den Deckel an.

„Kartoffelgulasch.", erklärte Mum. „Ich dachte, das ist mal was anderes als sonst."

„Kann ich mir schon was nehmen?", fragte ich und wollte gerade nach dem Schöpflöffel greifen.

„Sicher doch. Allerdings könnten wir auch noch ein paar Minuten warten. John wollte heute nämlich vorbei schauen."

„Prima! Dann warte ich doch gerne noch ein bisschen." Die Wartezeit beschränkte sich auf exakt zwei Minuten und zehn Sekunden.

John rumpelte laut schnaufend in den Flur, brachte wieder einmal den Jackenständer zu Fall und schimpfte, dass es doch besser gewesen wäre, er würde Geige und nicht Cello studieren.

„Augen auf!", grinste ich. „Wobei... Solange du dein Cello nicht schrottest, wenn du die Wohnung betrittst..."

„Na, bisher funktioniert es noch.", meinte mein Bruder, quetschte sich durch die Küchentüre und stellte seinen Cellokasten neben dem Kühlschrank ab. „Im Gegensatz zu dem meiner Studienkollegin."

„Du meinst Beatrice?"

Mein Bruder nickte und nahm am Küchentisch Platz.

„Sie hat es geschafft, ihr Cello zu schrotten."

„Wie denn das, bitteschön?"

„Habe ich euch das noch nicht erzählt?" Verwundert schaute John in die Runde. Mum und ich schüttelten stumm den Kopf.

„Auf unserem Seminar in Würzburg haben wir in Hochbetten geschlafen. Die Zimmer waren echt klein, um nicht zu sagen: winzig. Aber Beatrice wollte ihr Cello um keinen Preis der Welt im Übe-Raum stehen lassen, sondern hat es mit auf ihr Zimmer geschleppt."

Gespannt wartete ich, was nun kommen würde.

„Weil so wenig Platz war, hat Beatrice ihr Instrument direkt neben dem Bett abgestellt. Hochbetten, du verstehst?"

Ich nickte. Langsam aber sicher dämmerte mir etwas.

„Tja, sie hat es geschafft, in der Nacht aus dem Bett zu fallen und hat dabei ihr Cello demoliert."

„Prima!", seufzte ich. „Das hat sich dann mal gelohnt, würde ich sagen."

„In der Tat." John griff nach dem Kochtopfdeckel. „Mensch, habe ich einen Bärenhunger! Ich darf doch, oder?"

Er schaufelte sich eine ordentliche Portion auf seinen Teller und schmatzte vergnügt vor sich hin.

„Einfach köstlich!", nuschelte er mit vollem Mund. „Die ganze Woche bin ich kaum zum Essen gekommen."

„Vor lauter Üben, nehme ich an."

John nickte mir bestätigend zu.

„Schon was von Paul gehört?", fragte er dann.

Ich schüttelte den Kopf und schob mir einen vollen Löffel in den Mund.

„Das scheint ja wirklich wichtig zu sein.", meinte Mum. John und ich nickten.

In diesem Moment fing mein Handy an zu vibrieren und dabei gleichzeitig lautstark zu singen.

„Bleib sitzen, Katharina, ich hole es dir."

Mum war aufgestanden und reichte mir das Telefon.

„Hallo Paul!", schnaufte ich in den Hörer. Gerade noch rechtzeitig hatte ich meinen Bissen runterschlucken können.

„Hi - du, ich war bei Morgans Verwalter und habe einige interessante Neuigkeiten, die dich und deinen Bruder bestimmt brennend interessieren."

„Wie schön!"

„Habt ihr Zeit?"

„Klar, du auch?"

„Ja, sagen wir: In einer Stunde bei euch zu Hause?"

Abgemacht.

Genau genommen war es eine Dreiviertelstunde, bis Paul bei uns aufkreuzte. Er war geschlagene fünfzehn Minuten früher gekommen. Mit vollen Bäuchen saßen wir wieder einmal in meinem Zimmer und hielten Kriegsrat.

„Ich schlage vor, Paul berichtet, was er herausgefunden hat. Dann schauen wir weiter.", erklärte mein Bruder das geplante Vorgehen.

Neugierig, was Paul uns nun erzählen würde, lehnte ich mich zurück.

„Es war gar nicht so leicht, Morgans Verwalter anzutreffen.", fing Paul an. „Er arbeitet ja hauptberuflich eigentlich in einer ganz anderen Sparte. Aber er hat sich dennoch ein paar Minuten für mich Zeit nehmen können."

Erwartungsvoll starrten wir ihn an.

„Glücklicherweise wusste er über die genaue Anzahl der zeitreisefähigen Feueropale Bescheid."

Erleichtertes Aufatmen.

„Es gibt genau drei Stück: Katharina und ich haben je einen. Der dritte befindet sich, wie wir vermuten dürfen, in Davids Besitz. Es ist Johns ehemaliger Feueropal und die Newton-AG muss ihn an David weitergegeben haben. Es gäbe sonst keine andere Erklärung, weshalb er in der Lage ist, einfach mal so ins 17. Jahrhundert zu reisen."

John wollte gerade den Mund aufmachen, aber Paul gab ihm ein Zeichen, dass er still sein sollte.

„Jetzt stellt sich natürlich die Frage, wieso Ron ebenfalls in der Zeit reisen kann.", fuhr er fort, woraufhin mein Bruder und ich nickten.

„Das ist eigentlich ganz einfach." Paul lachte. „Viel zu einfach, um genau zu sein. Genauso wie man Gegenstände mitnehmen kann, funktioniert das auch mit Personen."

„Wieso kommen wir da erst jetzt drauf?", stöhnte John. „Mann! Dann wäre ich natürlich mit auf Lady Dorothys Party gekommen. Kostenlos Punsch - so was lass ich mir doch nicht entgehen!"

„Apropos Punsch!", fiel ich ihm ins Wort. „Freitag in einer Woche findet unser Faschingsball an der Schule statt. Herzliche Einladung an alle! Ich weiß, ist gerade unpassend, aber: Paul, ich dachte, vielleicht magst du mich begleiten?"

Einen Augenblick lang sah mich Paul verdutzt an.

„Freitag in einer Woche?", sagte er dann.

Ich nickte.

„Klar, ich glaube, da habe ich Zeit. - Muss man sich verkleiden?"

„Ja, das Motto lautet: *Out of time.*"

Seine Mundwinkel zuckten vergnügt.

„Ich glaube, ich habe da schon eine Idee..."

„Sag's mir lieber später, ja?", unterbrach ich ihn. „Jetzt bitte wieder zurück zum Thema. - Es gibt also drei Feueropale. Wenn wir zurück auf unsere notierten Pläne schauen..." Ich kramte in Johns Papierstapel herum. „Hier. Plan Nummer eins ist bereits erledigt. Paul hat bei Morgans Verwalter nachgefragt und uns über die genaue Anzahl der Feueropale informiert."

„Dann ist jetzt Plan Nummer zwei an der Reihe: Nach Vollendung des ersten Planes wird ein neuer ausgeheckt. Unser Ziel: Die Feueropale beseitigen. Also im Grunde heißt das, den dritten Stein in unsere Gewalt bringen.", ergänzte Paul.

„Das alles haben wir dir zu verdanken, John." Ich blickte meinen Bruder vorwurfsvoll an. Der rutschte erschrocken ein Stück zur Seite und sah mich fragend an.

„Naja...", meinte ich. „Hättest du damals nicht deinen Feueropal an die Newton-AG zurückgegeben, hätte ihn David wohl niemals bekommen."

„Ach du Backe!" Er legte den Kopf in den Nacken und verdrehte die Augen. „Ich Vollidiot!" Verlegen blinzelte er. „Das kann aber auch nur mir passieren, oder?"

„Mach dir nichts draus.", versuchte ihn Paul zu trösten. „Irgendwie ist es doch auch ganz nett. Sonst hätten wir nur die halbe Wahrheit erfahren und wüssten gar nicht, dass die Newton-AG schon einige Jahrhunderte auf dem Buckel hat. Das wäre doch auch langweilig gewesen."

„Auch wieder wahr. Trotzdem..." Mein Bruder schüttelte den Kopf. „Da bin ich euch echt was schuldig. Das heißt, ich klemme mich jetzt ordentlich auf meinen Hintern, um einen Plan auszutüfteln, wie wir alles wieder in Ordnung bringen."

„Na dann! Viel Spaß!" Ich verschränkte die Arme vor der Brust und schloss die Augen. Das konnte ja mal heiter werden: David den Feueropal abluchsen. Bloß wie?

„Trägt der den Stein eigentlich immer bei sich, so wie sein blödes Notizbuch?", murmelte Paul gedankenverloren.

„Frag mich was Leichteres!", erwiderte mein Bruder. „Da muss ich Susanne fragen, seine Studienkollegin."

„Die wird sich auch wundern, was du ständig willst.", sagte ich und merkte gar nicht, dass ich das, was ich mir eigentlich hatte nur denken wollen, laut ausgesprochen hatte.

„Kann mir ja im Grunde egal sein.", meinte John und zuckte plötzlich ordentlich zusammen, als mein Handy zu summen anfing.

„Wer ruft mich denn jetzt an?", wunderte ich mich und griff danach. „Ach, Susan!" Anhand der aufleuchtenden Nummer auf dem Display wusste ich sogleich, wer sich am anderen Ende der Leitung befand.

„Susan?" Verwundert sah Paul mich an.

„Ja, meine beste Freundin.", erklärte ich. „Hat die ein Glück, dass ich mein Handy gerade an habe. Eigentlich wollte ich es vorhin ausschalten. - Darf ich rangehen?"
Paul und mein Bruder hatten nichts dagegen.

„Hallo Susan, was gibt es?", meldete ich mich.

„Hallo Katharina - ich hoffe, ich störe nicht?"

„Alles gut. Schieß los! Warum rufst du an?"

„Ich wollte dich heute in der Schule fragen, ob es was Neues wegen eurer Zeitreisesache gibt. Aber dann ist ja ständig was dazwischen gekommen."

„Was Neues gibt es in der Tat.", antwortete ich und merkte, wie mich die beiden Jungs neben mir verwundert musterten.

„Hör zu, wir sind gerade in einer wichtigen Besprechung - genau wegen dieser Sache. Soll ich dich später zurück..."
Weiter kam ich nicht, denn in diesem Moment riss mir mein Bruder das Handy aus der Hand.

„Sag mal - hast du deiner Freundin etwa alles erzählt?", fuhr er mich an.

„Ähm - ja...", gab ich kleinlaut zu.

„Ich fass es nicht!" Er schlug sich mit der Hand auf die Stirn. „Ich fass es einfach nicht!"
Auch Paul starrte mich entgeistert an.

„Darf ich fragen, wem du noch alles davon Bericht erstattet hast? Weiß das Lehrerkollegium auch schon Bescheid? Und der Rektor? Und der Bürgermeister? Und der Bundespräsident?" Mein Bruder hatte sich richtig in Fahrt geredet.

„Quatsch! Sag mal spinnst du?", schnaubte ich zurück.

„Na, die Frage stelle gerade *ich* mir.", erwiderte John, noch immer aufgebracht.

„Sag mal, ist alles in Ordnung bei euch?", quakte es aus dem Handy.

„Oh ja!" John grunzte in den Hörer. „Hallo Susan! Deine beste Freundin hat uns soeben gebeichtet, dass du unser viertes Rad am Wagen bist."

„Viertes Rad?", quiekte es am anderen Ende der Leitung. Susan schien ziemlich überrascht zu sein. „Heißt das, ich darf bei euch mitmachen? Das wäre ja ganz super! Ich finde das total spannend, ehrlich!"

Wie versteinert saß ich da und starrte auf mein Handy in Johns Hand.

Mein Bruder blickte zu Paul und der drehte seinen Kopf und sah mich fragend an.

„Ich verstehe Bahnhof.", sagte er nur. „Kann mir das mal jemand bitte erklären?"

„Ich habe Susan am Mittwoch alles erzählt.", gestand ich. „Irgendwie musste ich das ja verarbeiten. Ihr beide hattet ja weder Zeit noch ein Ohr für mich."

Paul nickte schweigend.

„Und jetzt ruft Susan gerade an, weil sie wissen möchte, ob sich der Stand der Dinge geändert hat."

„In der Tat, das hat er.", grummelte mein Bruder und hielt sich das Handy ans Ohr. „Susan, bist du noch dran? - Wunderbar!" John seufzte. „Ich reich dich mal an Katharina weiter. Vielleicht hast du Glück und sie ist heute so gesprächig wie am Mittwoch."

Er drückte mir das Handy in die Hand.

„Entschuldige bitte, Susan."

Am anderen Ende kicherte es.

„Da lag wohl ein Missverständnis vor, was?"

Ich seufzte.

„Sozusagen."

Aus den Augenwinkeln nahm ich war, wie Paul und John zusammenrückten und leise zu tuscheln anfingen.

„Sag mal, Susan, du hast doch niemandem was davon erzählt, oder?"

„Von der Sache mit dem Vermächtnis?", fragte sie zurück.

„Genau."

„Nein, natürlich nicht!" Sie kicherte erneut. „Wo denkst du eigentlich hin? Wenn ich nicht deine beste Freundin wäre, hätte ich dich schon längst in die Geschlossene eingewiesen. Zeitreisen!" Ihrer Stimme nach zu urteilen, unterdrückte sie gerade ein leises Lachen. „Wenn ich das jemandem erzähle, halten die mich bestimmt für verrückt. Und glaube mir, ich will nicht ins Irrenhaus oder sonst wohin."

Erleichtert atmete ich auf.

Wenigstens auf meine beste Freundin war Verlass!

„Sag mal, hat das dein Bruder vorhin ernst gemeint? Ich darf euer viertes Rad am Wagen sein?"

„Wie, du willst bei uns mitmachen?"

„Na, logisch! Ich finde das tierisch interessant! Endlich mal eine Abwechslung zu dem ganzen langweiligen Schulkram. Du glaubst es wahrscheinlich nicht, aber ich träume sogar schon von Infinitesimalrechnung, Wurzelziehen und Stochastik."

„Ach du dickes Ei! Herzliches Beileid."

„Siehst du? Ich brauche dringend mal was Neues um die Ohren. Wie sieht's aus? Magst du mir nicht berichten, was ihr so herausgefunden habt? Der neueste Stand der Dinge interessiert mich brennend! Vielleicht kann ich euch ja weiterhelfen."

„Ja, aber warte kurz..."

Genervt von dem Getuschel der Jungs legte ich das Handy zur Seite.

„Jungs, wenn es euch nichts ausmacht, setze ich meine Freundin in Kenntnis über alles Aktuelle, ja? Aber seid bitte so freundlich und haltet die Klappe oder geht zum Lästern oder sonst was nach draußen."

Verblüfft starrten mich die zwei Jungs an, standen dann aber wortlos auf und verließen das Zimmer.

„So, Susan, jetzt hast du mich ganz allein. Die beiden Jungs sind abgedampft. Ich habe ihnen gesagt, sie sollen woanders lästern."

„Sind sie denn so schlimm?"

Ich zuckte die Schultern, auch wenn meine beste Freundin das nicht sehen konnte.

„Sie sind wahrscheinlich sauer, dass ich dir alles erzählt habe und jetzt lassen sie Dampf ab. Mir ist es egal. Sollen sie ruhig reden."

„Jetzt will ich, dass erst einmal *du* redest. Schieß los!"

In ein paar Minuten hatte ich Susan über alles aufgeklärt. Nun wusste sie darüber Bescheid, dass es insgesamt drei Feueropale gab, mit denen man in die Vergangenheit reisen konnte, und dass wir nun planten, David sein Steinchen abzuluchsen.

„Wir waren gerade am Überlegen, wie wir das wohl am besten anstellen, da hast du angerufen.", schloss ich meinen Bericht. „Deshalb kann ich dir nun leider nicht mehr erzählen."

„Das macht doch nichts." Susan lachte vergnügt. „Wie gut, dass ich selbst bereits eine Idee habe."

„Echt?! Du hast eine Idee?" Ich hatte es fast in mein Handy gebrüllt.

„He, bleib ruhig! Du hast doch meinen Vorschlag noch gar nicht gehört. Vielleicht gefällt er dir ja gar nicht und du willst mich nachher lieber erschlagen als umarmen."

„Rede schon endlich!", drängte ich.

„David wird den Stein sicher gut verwahren. Entweder er trägt ihn bei sich - dann ist es ganz unmöglich, ranzukommen. Oder er hat ihn irgendwo gut verstaut. Aber selbst wenn Letzteres der Fall ist, wird es wohl äußerst schwierig werden. Angenommen, der Stein liegt bei ihm in einem Nachtkästchen neben dem Bett - da müssten wir einbrechen oder so. Und das wäre mir zu heikel."

„Und wie lautet dann dein Vorschlag?"

Jetzt war ich wirklich gespannt, was Susan gerade durch den Kopf ging.

„David muss euch den Stein freiwillig geben."

„Freiwillig?" Hatte meine Freundin noch alle Tassen im Schrank? „Glaubst du denn, dass er so blöd ist und seinen Feueropal aus freien Stücken hergibt?"

„Du meinst, ihr geht zu ihm und fragt ihn danach?" Susan musste herzlich lachen. „Quatsch, so war das nicht gemeint! Ich habe da eine bessere Idee: David weiß doch nichts von meiner Existenz, oder? Er kennt doch nur Paul und dich. Und vielleicht deinen Bruder."

„Hm."

„Und genau das wäre unsere, also eure Chance!" Susan senkte ihre Stimme. „Es gibt ja jede Menge geheime Verschwörer in dem Club: Die Newton-AG, Morgans Verwalter, dann taucht da noch so ein Rosehill auf... Wie wäre es, wenn ich als Geheim-Agentin mitmache?"

„Als Geheim-Agentin?"

Susan hatte wirklich eine lebhafte Fantasie. Da durfte ich gespannt sein, was als nächstes kommen würde.

„Ja, du hast richtig gehört! Ich melde mich bei David und sage ihm, dass ich den Verdacht habe, sein Feueropal sei vertauscht worden."

„Moment mal: Ist das nicht ein bisschen einfach? Und außerdem: Wenn er seinen Stein Tag und Nacht bewacht? Wie soll der dann vertauscht werden?"

„Lass mich doch erst einmal ausreden!", unterbrach Susan mich. „Dafür müssten wir ohnehin prüfen, wo David seinen Stein aufbewahrt. Ohne dieses Wissen kommen wir nicht weiter. Und wenn wir herausfinden, dass er das blöde Ding doch irgendwo einmal ablegt, hat unsere Stunde geschlagen. - Du hast doch gesagt, dass er immer Tagebuch über sämtliche Belange hinsichtlich des Vermächtnisses führt, oder?"

„Ja."

„Herrlich! Wir prüfen, ob er in der letzten Zeit nochmals irgendeinen Zeitsprung unternommen hat und wenn nicht, schlagen wir zu. Ich melde mich bei David und tu so, als wäre ich eine Geheim-Agentin, die auf seiner Seite steht und der Newton-AG eines auswischen will. Ich lass mir da noch was Passendes einfallen. Und dann sage ich, ich will einfach überprüfen, ob sein Stein noch der Richtige ist. Selbst wenn David fest davon überzeugt sein sollte, dass sein Stein nicht vertauscht wurde oder so - ich binde ihm einfach auf die Nase, dass die Newton-AG Mittel und Tricks hat, damit er es nicht merkt. Ich lege dann den Stein in irgendeine Flüssigkeit - und wenn es nur Wasser ist, das muss David ja nicht wissen - und anschließend gebe ich ihm einen anderen Stein zurück."

„Und wenn er den Stein gleich ausprobieren will?", meldete ich mich zu Wort. Susans Plan gefiel mir gar nicht schlecht. Aber dennoch hatte ich noch so meine Bedenken.

„Dann sage ich ihm einfach, dass er eine Woche oder so warten sollte. Dass der Stein ein bisschen geschwächt ist und es gefährlich wäre, ihn jetzt sofort zu benutzen."

Voller Bewunderung saß ich da und war zu keiner Antwort fähig.

„Katharina, ist alles klar bei dir?"

Ich schluckte.

„Katharina?"

„Ähm - ja? Susan? Weißt du, dass du mich gerade völlig sprachlos gemacht hast?"

„Das heißt, du findest meinen Plan gut?"

„Gut?" Meine Stimme schraubte sich um eine Oktave nach oben. „Das ist mehr als gut. Das ist genial! Weißt du was? Ich muss unbedingt den beiden Jungs davon berichten."

„Oh ja, mach das!", quietschte Susan fröhlich in mein Ohr. „Und ruf mich sofort an, wenn ihr einen Entschluss gefasst habt, ja?"

„Natürlich."

„Auf der Stelle, verstanden?"

„Versprochen. Ich lass dich keine Sekunde lang warten."

„Ach, wie wunderbar! Dann bis gleich!"

Ich legte auf und keine Sekunde später wurde die Türe aufgerissen und die beiden Jungs stürmten zurück ins Zimmer.

„Neuigkeiten?", riefen sie wie aus einem Munde.

Ich nickte.

„Wenn ihr genug über mich gelästert habt, erzähle ich euch alles, ja."

„Um eines klar zu stellen: Wir haben nicht gelästert.", erklärte Paul und setzte sich.

„Aber trotzdem müssen wir dich auf etwas hinweisen: In Zukunft sprechen wir gemeinsam ab, wen wir in unsere Pläne einweihen, verstanden?"

„Verstanden." Ich nickte. „Dann kann ich ja jetzt loslegen, oder?"

Mein Bruder und Paul waren von Susans Idee sofort begeistert. Es schwang zwar eine gewisse Skepsis mit, weil der Plan sicherlich mit viel Arbeit verbunden wäre, aber wenn alles gut laufen würde, hätten wir bestimmt jede Menge Spaß und außerdem eine wunderbare Geheimagentin in unserem Bund.

Eine geschlagene Stunde saßen wir da, die Teekanne war bereits geleert und Johns Aufzeichnungen näherten sich allmählich dem Ende.

„Wenn ihr es gestattet, ziehe ich Bilanz.", sagte John und legte den Stift zur Seite. „Unser Plan sieht wie folgt aus: Ich informiere mich auf schnellstem Wege bei Susanne und erkundige mich bei ihr hinsichtlich Davids Steinchen. Susanne studiert zwar nicht mit ihm zusammen, aber durch den Kontakt mit Ron dürfte sie ihn bestimmt ein bisschen besser kennen. Zweiter Schritt: Paul setzt sich mit Morgans Verwalter in Verbindung und lässt ein möglichst getreues Abbild von seinem Reisestein machen. Die Dinger sehen alle gleich aus - wir brauchen also ein viertes Steinchen, das aber anders als seine drei Doppelgänger einem nicht die Gabe des Zeitreisens verleiht. Dritter Schritt: Wir prüfen erneut, ob und wenn ja, wann, David zum letzten Mal eine Zeitreise unternommen hat. Sicher ist sicher. Denn wenn wir ihm weiß machen wollen, dass man ihm einen falschen Feueropal untergejubelt hat, er aber gerade aus der Vergangenheit zurückkommt, wird er Verdacht schöpfen. Vierter und letzter Schritt: Sind alle bisherigen Aspekte beachtet und korrekt durchgeführt worden, kommt Susans großer Auftritt: Sie hat die Aufgabe, David von dem falschen Stein zu überzeugen und ihm das gefälschte Modell unterzujubeln. Und dann sind wir eigentlich fertig. Denn dann sind wir im Besitz der drei Feueropale und niemand Unbefugtes hat mehr die Möglichkeit, zurück in die Vergangenheit zu reisen und dort irgendeinen Unfug anzustellen. - Was haltet ihr von unserem Plan?"

„Klingt verrückt, aber erscheint mir vernünftig.", antwortete Paul.

„Ich sehe das genauso."

Lächelnd zog ich mein Handy aus der Hosentasche.

„Wenn ihr nichts dagegen habt, informiere ich unsere Geheimagentin."

## 16

Die nächsten Tage vergingen wie im Flug: Paul hetzte zwischen Bibliothek (er musste jede Menge für die Uni lernen) und Morgans Verwalter hin und her. Mit dessen Hilfe war es ihm bis zum Montag gelungen, eine täuschend echte Fälschung des Feueropals aufzugabeln.

Mein Bruder hingegen war bei seinen Nachforschungen hinsichtlich des Aufbewahrungsortes von Davids Steinchen erfolgreich: Wie Susanne ihm berichtete, sah sie Ron mit seinem Kumpel in letzter Zeit öfter zusammen. Dabei war ihr jedes Mal aufgefallen, dass David einen seltsamen Stein bei sich trug. Auf Johns Bitten hin sprach sie David am Montagnachmittag darauf an. Sie musste sich wohl ganz geschickt angestellt haben. Jedenfalls schien David keinen Verdacht geschöpft zu haben, sondern himmelte seitdem Susanne an. Rons Kommilitonin war deswegen ziemlich sauer. John versicherte ihr, dass sie noch eine Sache bei ihm gut hatte. Das lockerte ihre Stimmung zumindest etwas auf.

Und ich?

Mich hatte man mit der Aufgabe betraut, Susan weiterhin auf dem Laufenden zu halten. Meine beste Freundin, die von unserer Vermächtnis-Aktion Feuer und Flamme war und inzwischen sogar überlegte, ihr geplantes Psychologie-Studium an den Nagel zu hängen und stattdessen zur Kriminalpolizei zu gehen, dachte sich einen passenden Text aus (irgendwas musste sie David ja erzählen, wenn sie ihn als „Geheimagentin" aufsuchte) und durchwühlte ihren Kleiderschrank nach geeigneten Klamotten. Ansonsten verbrachte ich viel Zeit über meinen Büchern und war froh, dass mir das Lernen im Moment so leicht fiel. Ein klein wenig freute ich mich sogar schon auf die anstehenden Prüfungen. Dann würde ich zeigen können, was ich alles gelernt hatte. Und außerdem hätte dann die Schulzeit ein Ende. Das war zwar einerseits ein bisschen schade (denn dann würde ich Susan gewiss nicht mehr so häufig sehen und die Pausen auf dem Klo würden mir sicherlich fehlen), aber andererseits musste dieser Lernstress auch mal ein Ende nehmen.

Für den Mittwoch-Nachmittag hatten mein Bruder, Paul und ich uns verabredet, um wieder einmal den besagten Spind mit der Nummer 1765 aufzuknacken. Wir wollten sicher gehen, dass David keine weitere Zeitreise mehr unternommen hatte - und dafür benötigten wir Rons Aufzeichnungen. Obwohl wir inzwischen ja schon ein wenig geübt waren im Aufknacken von Spinden, stand ich dennoch mit einem leichten Anflug von Nervosität in der Schlange von Studenten vor dem Kopierer.

Paul hielt vor dem Herrenklo Wache und John knackte das Schloss, um Rons geheime Aufzeichnungen vorübergehend auszuleihen. Ich hatte nur noch zwei Studenten vor mir, als mein Bruder mit hochrotem Kopf in den Kopierraum stolperte.

„Puh!", schnaufte er. „Ist zum Glück alles gut gegangen. Ich bin doch jedes Mal ganz schön aufgeregt."

Der junge Mann vor mir drehte sich um und musterte meinen Bruder skeptisch.

„Keine Sorge.", meinte ich. „Mir geht es auch immer so. Vielleicht legt sich das in den kommenden Semestern."

Überrascht starrte mein Bruder mich an. Wahrscheinlich dachte er jetzt, dass ich vollkommen übergeschnappt war. Aber als er bemerkte, dass der Student vor uns noch immer mit offenem Mund da stand und uns beide blöd angaffte, schien er zu verstehen.

„Ich hoffe es!", seufzte er. „Aber immer dieses Gesuche nach den Büchern..."

„Wenn ich euch einen Tipp geben darf.", meldete sich der Student vor uns zu Wort. „Übung macht den Meister. Je öfter ihr nach Büchern sucht, desto leichter werdet ihr fündig."

„Dankeschön."

Zu unserer Erleichterung hatte er nicht viel zu kopieren. Es waren nur zehn Seiten und nach ein paar Sekunden war er verschwunden. Kopfschüttelnd verließ er den Kopierraum. Wahrscheinlich hielt er John und mich für die totalen Faulenzer. Wie mir Paul einmal erzählt hatte, gab es wohl tatsächlich Studenten, die ihr Leben lang noch nie eine Bibliothek betreten hatten oder es zumindest fast nie taten.

Das Kopieren war im Nu erledigt. Seit unserem letzten Schnüffeln hatte sich in Rons Aufzeichnungen nicht mehr viel getan und so brauchten wir nicht allzu viele Seiten auf das Kopiergerät legen. Vorsichtshalber überflog ich die Notizen kurz, um zu prüfen, ob nochmals eine Zeitreise stattgefunden hatte. Aber es sah offenbar nicht so aus.

Schnurstracks kehrte John zurück zur Nummer 1765 und verstaute das Büchlein an seinem alten Platz. Ein paar Minuten später liefen wir hinunter zur U-Bahn. Und bald darauf saßen wir bei Paul zu Hause am Küchentisch.

Mein Bruder zog den Stapel an Blättern aus seinem Rucksack und drückte ihn mir in die Hand.

„Vergnügte Lektüre.", sagte er.

„Hat jemand was dagegen, wenn ich Glückstee mache?", erkundigte sich Paul und stellte drei Tassen auf die Tischmitte. Wir nahmen Pauls Angebot gerne an. Während ich mich neugierig über Rons Kritzeleien beugte, fing der Wasserkocher an zu dampfen.

Nachdenklich blätterte ich die Seiten durch.

„Hm...", murmelte ich. „Mein Verdacht scheint sich bestätigt zu haben."

„Du meinst, dass Ron und David keine weitere Zeitreise mehr unternommen haben?" Paul füllte einen Teebeutel ab und hängte ihn in die Kanne.

„Richtig. Der letzte Zeitsprung hat im Dezember stattgefunden." Meine Augen flogen über die Zeilen. „Und da waren wir ja dabei."

Mein Bruder ließ sich neben mich auf einen der Stühle plumpsen und fing an, seine Finger zu kneten. Offensichtlich war er nervös. Der Wasserkocher blubberte weiter vor sich hin. Paul wippte unruhig auf seinen Fersen auf und ab.

„Och, bitte Jungs! Könnt ihr euch nicht ein wenig beruhigen? Ich muss mich gerade konzentrieren.", lächelte ich die beiden an.

„Entschuldige bitte..." Paul fuhr sich mit der Hand durch die Haare. „Bin gleich wieder da."

Er verschwand aus der Küche und kehrte mit seinem Anatomiebuch unterm Arm zurück.

„Na, so lange brauche ich jetzt auch wieder nicht." Ich konnte mir ein Grinsen nicht verkneifen. „Schalte lieber den Wasserkocher aus."

Wortlos legte Paul das Buch auf die Seite und drückte auf das Knöpfchen. Dann goss er das sprudelnde Wasser in die Kanne.

„So wie es aussieht, steht unserem Vorhaben nichts mehr im Wege.", kam ich zu einem ersten Fazit. „David hat laut Rons Notizen keinen Zeitsprung mehr unternommen. Wir können es also wagen und Susan ins Rennen schicken."

„Das klingt doch mal gut.", freute sich mein Bruder. „Wärst du dann so nett und würdest deine beste Freundin in Kenntnis setzen?"

„Klar, mach ich. Aber vorher noch etwas: Hier, die letzte Aufzeichnung." Ich blätterte auf die letzte kopierte Seite um. *„Kleine Ergänzung am Rande."*, las ich vor. *„In der nächsten Vollmondnacht ist um 23 Uhr ein Treffen auf der* Sternenhöhe *anberaumt. Sämtliche Vertreter der Newton-AG und David. Bin schon gespannt, was diesmal ansteht. Mein Kumpel hält mich zum Glück auf dem Laufenden."*

„In welchem Zusammenhang steht das nun bitte zu unserem Vorhaben?", wunderte sich John und schenkte sich etwas Tee in seine Tasse ein.

„Dem Datum nach zu urteilen -" Ich überlegte kurz. „Also es muss wohl die nächste Vollmondnacht betreffen."

„Na, das steht da ja auch schwarz auf weiß."

„Sei doch mal still, John! Ich muss nachdenken!" An meinen Fingern zählte ich die Tage ab. „Wir haben am Sonntag nach dem Faschingsball Vollmond."

„Und da ist ein Treffen zwischen David und der Newton-AG geplant.", mischte sich Paul in unsere Unterhaltung mit ein. „Darf ich dir etwas Tee einschenken, Katharina?"

„Ja, bitte!"

„Steht auch, wo die *Sternenhöhe* sich befindet?"

„Ja, hier." Ich schob Paul das Papier über den Tisch. Im Gegenzug erhielt ich die dampfende Tasse.

„Das ist ja interessant." Paul begutachtete Rons Notizen und lächelte. „Wenn es euch nichts ausmacht, schlage ich vor, wir wohnen diesem Treffen heimlich bei."

John und ich waren einverstanden.

„Wenn ich zu Hause bin, schreibe ich es mir gleich in den Kalender. Nicht, dass ich es vergesse."

„Ja - nicht, dass du es vergisst." John pustete lachend auf seinen Tee. „Vergiss lieber mal nicht, deine Freundin anzurufen."

„Keine Sorge, mache ich!"

Ich stand auf. Doch Paul kam mir zuvor.

„Bleib sitzen - hier." Er reichte mir das Telefon.

Wie das bei besten Freundinnen nun mal so ist, konnte ich Susans Nummer natürlich auswendig. Schon hielt ich den Hörer an mein Ohr und wartete darauf, dass Susan abhob.

„Susan Müller, hallo?", meldete sich eine mir gewohnte Stimme.

„Hi, hier Katharina."

„Juhu!", quietschte es am anderen Ende der Leitung. „Was gibt es für Neuigkeiten? Läuft alles nach Plan?"

„Vorläufig ja."

John schlürfte lautstark an seiner Tasse.

„Wir machen so, wie besprochen. Heute Abend meldest du dich telefonisch bei David."

„Herrlich! Ich freue mich schon so darauf! Weißt du, ich habe schon alles notiert, was ich sagen will."

„Vergiss nicht, ihm einzuschärfen, den Stein bis zum Treffen nicht mehr zu benutzen. David darf auf keinen Fall herausfinden, dass du ihn ordentlich hinters Licht führst."

„Keine Sorge, Katharina. Ich bin bestens vorbereitet."

„Na, dann!"

„Wenn du magst, kannst du heute noch zu mir kommen und meinem Telefonat beiwohnen."

„Und mit dem Telefon ist das wirklich kein Problem? Weißt du, ich habe Sorge, dass David deine Nummer rausfindet und -"

„Und mir Ärger macht?" Susan kicherte vergnügt. „Du machst dir zu viele Sorgen, Katharina. Unser Telefon hat eine unterdrückte Rufnummer, sodass niemand jemals je erfahren wird, dass ich diejenige bin, die bei David anruft."

„Prima, Frau Geheimagentin. Dann heute Abend um 20:00 Uhr."

„Super! Bis dann!"

Ich legte auf.

„Ich muss schon sagen, Katharina, Respekt!" Paul nahm einen Schluck von seinem Tee.

„Respekt für was?" Verwundert blinzelte ich ihn an.

„Na, dafür, dass du einen so glorreichen Lichtblick hattest und deine Freundin eingeweiht hast."

„Aber erst ward ihr eingeschnappt, was?" Ich kicherte.

„Och, nur ein ganz kleines bisschen."

Vorläufig war hinsichtlich unserer Vermächtnis-Aktion alles geklärt. Mein Bruder dampfte recht bald ab. Er musste nochmal in die Uni, weil eine Probe anstand. Paul bot mir an, den Rest des Nachmittages bei ihm zu verbringen. Und so kam es, dass ich meine Hausaufgaben für den morgigen Tag mit Glückstee erledigte. Paul saß die ganze Zeit neben mir und büffelte medizinische Fachbegriffe in sein Hirn. Zum Abendessen blieb ich auch gleich noch. Wenn schon, denn schon.

Es war schon lange dunkel draußen, als ich mich von meinem Freund und seinen Eltern verabschiedete, mich auf meinen Fahrradsattel setzte und in der frostigen Winterluft zu meiner besten Freundin radelte.

Um Punkt acht Uhr wählte sie Davids Nummer, die wir dank Susannes geschickten Recherchen herausgefunden hatten, und der Spaß begann.

Gespannt saß ich auf Susans Bett und lauschte, was meine Freundin gerade für ein Ding drehte.

„Schönen guten Abend, hier Rose Bloomfield.", meldete sie sich mit zuckersüßer Stimme. „Ich spreche mit Herrn David Dixon? - Wunderbar. Hören Sie, ich melde mich bei Ihnen wegen einer wirklich wichtigen Angelegenheit." Sie senkte ihre Stimme. „Es handelt sich um eine äußerst unangenehme Situation. Wissen Sie, ich arbeite als Geheimagentin und beschäftige mich bereits seit längerer Zeit mit einer mysteriösen Gruppe von Verschwörern. Die Newton-AG, mit denen Sie bereits seit dem Sommer Kontakt pflegen." Sie lachte kurz auf. „Über viele Monate hinweg überwache ich diese kauzigen Herren und weiß über deren Machenschaften Bescheid. Ich weiß, dass Sie zurzeit in deren Dienst stehen. Und ich möchte Sie warnen. - Die Newton-AG traut Ihnen nicht mehr voll und ganz. Sie wollen versuchen, Sie aus dem Weg zu räumen. - Ja, Sie haben richtig gehört. - Nein, natürlich lassen die sich so etwas nicht anmerken!" Sie lachte abermals. Bewundernd ließ ich meine Blicke auf ihr ruhen. Meine Freundin hatte das absolut drauf. Gar keine Frage. „Möglicherweise ist es Ihnen bereits aufgefallen - Sie werden seit längerer Zeit kritisch beobachtet. Und wie ich vermute, hat man Ihnen vor Kurzem Ihren Feueropal vertauscht. - Bitte, beruhigen Sie sich! Es besteht vorerst kein Grund zur Aufregung. - Nein, hundertprozentig sicher bin ich mir nicht, aber die Indizien sprechen dafür. - Ich an Ihrer Stelle würde das auch tun, den Stein selbst auszuprobieren. Aber hören Sie sich zuerst meinen Rat an: Es wäre besser für Sie, Sie würden den Stein gut verwahren und ihn nicht benutzen. - Nein, keineswegs benutzen! Er könnte gefälscht sein und Sie möglicherweise in große Gefahr bringen. - Dies bedeutet für Sie die Gefahr, zwar in ein fremdes Zeitalter zu gelangen, aber von der Rückkehr abgeschnitten zu sein. - Ich fasse noch einmal zusammen: Ein gefälschter Zeitreisefeueropal kann Sie in ein anderes Jahrhundert bringen, aber lässt sie mit großer Wahrscheinlichkeit dort sitzen. Glauben Sie mir, es lohnt sich nicht, diese Gefahr auf sich zu nehmen. - Hier komme ich nun ins Spiel. Als Geheimagentin bin ich darauf spezialisiert. - Ich biete Ihnen an, Ihren Stein zu überprüfen. Sollte sich herausstellen, dass es ein gefälschtes Modell ist, werden meine Kollegen und ich nach dem echten Stein fahnden. Wenn sich unser Verdacht als falsch herausstellen sollte, erhalten Sie Ihr Eigentum umgehend zurück. - Was Sie dafür tun müssen? Bitte, Sie brauchen keine Mühen auf sich zu nehmen! Kommen Sie lediglich in *Albrechts Archiv.* - Sie kennen es bereits? Wunderbar! Wann passt es Ihnen zeitlich? - Morgen Abend? Kein Problem. Sagen wir um 22:00 Uhr? Um diese Uhrzeit ist die Bibliothek normalerweise längst geschlossen. - Keine Ursache, Herr Dixon. Wissen Sie - meine Kollegen und ich sind seit Jahrhunderten die Todfeinde der Newton-AG." Susan lachte zum dritten Mal. „Und von Morgans Verwalter halten wir auch nicht viel. Wir setzen auf junge Leute wie Sie. Aus diesem Grund, seien Sie versichert, werden Sie unsere vollste Unterstützung haben. - Dann bis morgen um 22:00 Uhr am verabredeten Treffpunkt."

Als sie aufgelegt hatte, sahen wir uns an und seufzten wie aus einem Munde.

„Mensch, Susan.", staunte ich. „Hut ab! Er hat dir das einfach so abgenommen?"

„Glaub mir, leicht war es nicht. Es war nicht ganz so einfach, ihm klar zu machen, dass er den Stein besser nicht testen soll. Ich hoffe, dass er es wirklich nicht tut."

„Also ich fand deine Warnung recht realistisch."

„Wirklich?" Sie sah mich mit glänzenden Augen an.

„Ja, echt! Die Vorstellung, in irgendein vergangenes Jahr zu reisen, aber nicht mehr zurückzukommen - der reinste Horror!" Ich schüttelte mich. „Wenn ich mir vorstelle, ich hätte ewig auf Lady Dorothys Punschparty herumhängen müssen und wäre ständig von verliebten Barockheinis umgeben... Nein, danke!"

„Dann bleibt zu hoffen, dass morgen Abend alles gut gehen wird."

„Hast du alle Utensilien?"

„Ja, bis auf den Stein."

Erschrocken fasste ich mir in die Hosentasche.

„Oh, ich glaube, der liegt noch in meiner Tasche." Rasch war ich aufgesprungen und kramte aus meiner Tasche den gefälschten Feueropal hervor.

Susan drehte das Steinchen in ihrer Hand.

„Sieht genauso aus wie deiner."

„Ja, auf den ersten Blick sieht er den andern Steinen zum Verwechseln ähnlich."

„Und auch auf den zweiten." Susan legte die Fälschung grinsend auf den Schreibtisch. „Das gibt morgen einen Riesenspaß!", freute sie sich.

„Na, hoffentlich geht auch wirklich alles glatt!"

„Mach dir nicht zu viele Sorgen." Meine Freundin war aufgestanden, um das Telefon in die Küche zu bringen. „Mach dich auf was gefasst!", rief sie mir über die Schulter zu. „Wenn ich wiederkomme, will ich wissen, was für ein Kostüm du am Faschingsball trägst. Wir haben schließlich nur noch eine Woche Zeit."

Ich Esel hatte mir natürlich immer noch keine Gedanken gemacht. *Out of time* - was sollte man zu solch einem Motto auch Passendes finden? Wo es doch gerade so viel wichtigere Dinge gab!

„Und? Ich höre!" Strahlend wie ein Honigkuchenpferd kehrte Susan zurück und plumpste neben mich aufs Bett.

„Ich bleibe beim Großmütterchen.", murmelte ich und zupfte an meiner Unterlippe herum.

„Juhu, dann darf ich endlich als Modedesignerin einsteigen?"

Verblüfft starrte ich meine Freundin an.

„Tu, was du nicht lassen kannst. Aber bitte verwandle mich nicht in ein Monster."

„Keine Sorge!" Lachend zog Susan einen Block von ihrem Regal. „Hier - als ihr mit Spind Nummer 1765 beschäftigt wart, habe ich ein paar Modelle entworfen. Welches gefällt dir am besten?"

266

Kritisch begutachtete ich ihre Skizzen, die wirklich gelungen waren. Meine Freundin hatte echt Stil.

„Also ich bin für so ein blaues Rokokokleid, am besten so..." Susan blätterte um. „Der Ausschnitt ist gerade richtig, findest du nicht?"

„Meinst du nicht, dass ich da total aus dem Rahmen falle?"

„Sag bloß, dir gefallen meine Vorschläge nicht!" Schon wollte Susan den Block enttäuscht zuklappen.

„Bitte, so war das nicht gemeint, Susan!" Ich zuckte entschuldigend die Schultern. „Ich habe einfach nur Sorge, dass ich die einzige bin, die vollkommen aus der Reihe tanzt."

„Bestimmt nicht.", lächelte mich meine Freundin an.

„Als was gehst du, wenn ich fragen darf?"

„Als das Gegenteil von dir."

Wie bitte durfte ich das denn verstehen?

„Na, du gehst als feine Dame aus einer vergangenen Zeit. Und ich gehe als Zukunftsprojektion."

„Aha."

„Ich finde die Vergangenheit ja echt spannend.", erklärte Susan. „Aber die Zukunft ist noch viel spannender. Die ist ja noch nicht passiert."

Klar, sonst wäre es ja auch nicht die Zukunft.

„Und aus diesem Grund werde ich mich als schicke Dame aus der Zukunft verkleiden."

„Marsmensch?"

„So ähnlich."

Susan blätterte ein paar Seiten weiter. Stolz deutete sie mit dem Finger auf ihre neueste Zeichnung.

„Hier, ein enges Glitzerkleid, tailliert, silbern gehalten, mit Pailletten, vorne etwas kürzer, hinten etwas länger. Dazu kleine Polster auf den Schultern, vom Ellenbogen bis zu den Handgelenken Fransen, der Ausschnitt in U-Boot-Form, aber dennoch dezent. Und hier oben möchte ich kleine Steinchen aufnähen. Von meiner Mutter darf ich mir eine Strumpfhose ausleihen, so eine richtig schicke."

„Und die Frisur, trägst du die auch so wie auf dem Bild?"

„Klar, warum nicht? Lange Haare habe ich genug. Für die Hochsteckfrisur müssten die locker reichen."

„Wow!"

„Gefällt es dir?"

Ich nickte.

„Hast du jetzt eigentlich schon einen Ballbegleiter?"

„Nein, aber ich dachte mir, ich frage einfach deinen Bruder. Der hat doch bestimmt Lust, oder?"

„Tu, was du nicht lassen kannst. Aber mach dich darauf gefasst, dass er vielleicht als Beethoven gehen will."

„Überhaupt kein Problem für mich. Solange er nicht als Neandertaler kommt."

„Och, im Lendenschurz mit durchtrainiertem Sixpack - du glaubst ja gar nicht, wie sexy mein Bruder aussieht!"

„Ja, sagst du vielleicht!"

Susan hatte den Block zugeklappt und ihn zur Seite gelegt.

„Ich freue mich schon richtig auf die Faschingsparty."

„Ja, ich mich auch." Rasch warf ich einen Blick auf meine Armbanduhr. „Oh nein, schon so spät! Tut mir leid, aber ich fürchte, mein Fahrrad ruft mich. Ich wollte heute nicht so spät ins Bett. Morgen steht doch der Bio-Test an."

„Sag bloß, du musst noch lernen?"

„Nein, aber eine Mütze Schlaf täte mir gut."

Susan wollte mich nicht länger aufhalten. Sie begleitete mich bis zur Türe und winkte mir zum Abschied hinterher.

## 17

Zu Hause angekommen schälte ich mich aus meiner dicken Winterjacke und zog mich sofort um. Ich fühlte mich hundemüde und verspürte kein anderes Bedürfnis mehr außer meiner weichen Bettdecke und dem kuscheligen Kopfkissen. Mum freute sich, mich zu sehen, und wünschte mir eine gute Nacht. Wenig später war ich ins Land der Träume gewandert.

So frisch und gestärkt, wie ich am nächsten Morgen erwachte, hatte ich mich schon lange nicht mehr gefühlt. Ich streckte mich ordentlich und drückte dann das Knöpfchen auf meinem Wecker, damit er verstummte. Nach meinem morgendlichen Frühstück und der ersten Ladung Sauerstoff auf dem Fahrrad saß ich gute Zeit später über dem Bio-Test. Die Fragen waren nicht besonders leicht, aber ich hatte mich gut vorbereitet und so konnte ich zu jeder Aufgabe etwas auf mein Blatt schreiben. Dabei hatte ich sogar das Gefühl, dass das meiste Zeug richtig war.

Da die Krankheitswelle an unserer Schule noch immer nicht vorüber war und deshalb einige Stunden nach vorne verschoben wurden oder sogar ganz ausfielen, hatte ich genügend Zeit, um den Nachmittag in Albrechts Bibliothek zu verbringen. Pünktlich um 18:00 Uhr schloss ich dort ab und freute mich auf ein leckeres Abendessen zu Hause. Eine halbe Stunde vor Susans Treffen mit David kreuzte ich erneut im Archiv auf. Irgendwie musste meine Freundin ja Zugang zur Bibliothek erhalten. Und ganz alleine wollte ich sie nicht lassen. Zu groß war meine Sorge, dass David doch irgendwie dahinter kommen könnte, dass sich meine Freundin einen gewaltigen Scherz erlaubt hatte. Womöglich rastete er aus, wenn er von unserem Vorhaben erfuhr.

Außerdem interessierte mich, wie sich Susan in Schale geschmissen hatte. Denn ihr Kostüm gehörte fest zu dem Plan, in den sie uns eingeweiht hatte.

Als ich von meinem Fahrrad stieg, staunte ich nicht schlecht: Meine Freundin wartete bereits vor dem Bibliothekseingang und grinste mich verschmitzt an. Sie trug einen pechschwarzen Minirock. Darunter kam eine kaum sichtbare Strumpfhose zum Vorschein (ich wunderte mich wirklich, dass Susan nicht vor lauter Kälte bibberte). Ihre kleinen Füße steckten in knöchelhohen Stiefeletten, die sie, wie sie mir zwischen Mathe und Deutsch stolz zugeflüstert hatte, erst vor einer Woche gekauft hatte. Ihre eng anliegende Lederjacke glitzerte im fahlen Laternenlicht und ihre Haare hatte sie hochgesteckt, fast genauso wie auf der Skizze, die sie mir am gestrigen Abend gezeigt hatte.

„Nicht schlecht!", begrüßte ich sie. „Du siehst wirklich gut aus."

„Ja, nicht?" Sie drehte sich vergnügt einmal um die eigene Achse. „Meine Mutter hat mich zwar beim Abschied gefragt, ob ich in den Puff gehen will - sie meint, ich sehe um zehn Jahre gealtert aus. Aber mir macht das nichts."
Einige Sekunden lang musterte ich meine Freundin von Kopf bis Fuß.

„Also älter siehst du schon aus.", gab ich zu. „Aber in den Puff würde ich dich trotzdem nicht stecken." Ich holte den Schlüssel für die Bibliothek aus meiner Jackentasche und sperrte auf. „Hereinspaziert in die gute Stube!"
Wir blinzelten ein wenig, denn das grelle Lampenlicht blendete unsere Augen.

„Jetzt lerne ich deinen Arbeitsplatz auch endlich einmal kennen!" Susan trat durch die Türe und blickte neugierig um sich. „Ich muss schon sagen: Echt gemütlich hier! Könnte mir auch gefallen. So viele schöne Bücher!"
Sie ging ein paar Schritte in den Raum hinein und öffnete ihre Jacke.

„Was hast du deiner Mutter denn gesagt, wohin du gehst?", fragte ich sie und schloss die Türe hinter uns.

„Ich habe ihr erzählt, dass ich mich mit einer Freundin treffe und wir zusammen einen spaßigen Faschingsabend verbringen wollen. Das ist ja nicht gelogen."
Nein, das war es nicht.

„Häng deine Jacke dort drüben an die Wand.", sagte ich, als ich ihren fragenden Blick sah.

„Und du?", wollte Susan wissen, während sie aus ihrer engen Lederjacke schlüpfte und zum Wandhaken lief. „Willst du wirklich hier bleiben und dich dem Risiko aussetzen, entdeckt zu werden?"

„Keine Sorge, ich passe schon auf mich auf.", versicherte ich meiner besten Freundin und wickelte den dicken Schal ab. „Ich werde mich still und heimlich unter dem Tresen verkrümeln. Wenn du nicht gerade auf die Idee kommst, David zu bitten, die Aufsicht über das Logbuch übernehmen zu lassen oder ihn über den Boden krabbeln lässt, dürfte es meiner Meinung nach keinen Grund geben, weshalb er mich finden sollte."

„Ach ja, stimmt!" Meine Freundin lachte. „Das hätte ich jetzt natürlich ganz vergessen. Ich muss mich aber hoffentlich nicht im Logbuch eintragen, oder?"

„Vergiss es!"

Ich hatte meine Jacke ausgezogen, legte sie ordentlich zusammen und platzierte sie unter dem Tresen. Mütze und Schal gesellten sich dazu. In der Zwischenzeit stellte Susan ihre Tasche auf dem Tisch ab und holte alle nötigen Utensilien hervor. Professionell, wie sie nun einmal war, hatte sie selbstverständlich an alles gedacht. Zunächst platzierte sie eine bauchige Blumenvase, in die sie eine orangefarbene Flüssigkeit füllte, die sie in einer Plastikflasche aufbewahrt hatte.

„Ist das Orangensaft?", wollte ich wissen.

„Nein, nur Färbemittel.", erklärte meine Freundin. „Und noch dazu völlig harmlos. Erst wollte ich nur Wasser nehmen, aber das erschien mir dann doch als zu banal. Farbe macht einfach mehr Eindruck. Aber es musste eine helle Farbe sein. David soll sehen, wie ich den Stein hineinlege." Deswegen also auch das durchsichtige Gefäß.

„Und wann tauschst du die Steine?", erkundigte ich mich vorsichtig.

„Wenn ich den Stein heraushole. Schau!" Sie zog ein Tuch aus ihrer Tasche hervor. „Darin ist der gefälschte Stein eingewickelt. Während ich den nassen Stein hineinlege, um ihn vermeintlich abzutrocknen, hole ich den anderen heraus."

Erleichtert atmete ich auf. Das müsste eigentlich funktionieren. Zumindest hoffte ich es.

„Hast du denn keine Angst, dass es schief gehen könnte?"

„Wieso denn? Meinen Text habe ich auswendig gelernt. Ein bisschen improvisieren kann ich. Und wenn du unter deinem Tresen sitzen bleibst und den Mund hältst, kann im Grunde nichts passieren."

„Verrätst du mir noch etwas?"

„Was willst du denn wissen?" Susan bückte sich, um ihre Tasche zu verstauen.

„Aber bitte verhau mich nicht, ja?"

„Wieso sollte ich?"

„Weil meine Frage echt blöd ist."

„Schon vergessen, was unser Geschichtslehrer immer zu sagen pflegt: *Blöde Fragen gibt es nicht*. Also raus mit der Sprache: Was willst du jetzt von mir wissen?"

„Wie viele Beruhigungstabletten hast du vorher geschluckt?"

Mit weit aufgerissenen Augen starrte Susan mich einen Atemzug lang an.

„Ok, glaube niemals deinem Lehrer.", sagte sie dann. „Es gibt wirklich blöde Fragen." Leicht verärgert schob sie ihre Tasche mit der Fußspitze unter den Tresen. „Wenn du es so genau wissen willst: Keine einzige Tablette."

„Entschuldigung, aber - du wirkst so cool, da dachte ich..."

Doch Susan winkte ab.

„Schon ok.", unterbrach sie mein Gestotter. „Du dachtest einfach, ich muss irgendetwas zur Beruhigung genommen haben. - Tja, ist halt nicht jeder so ein Profi wie ich, nicht wahr?"

Sie warf einen Blick auf ihre Uhr.

„Muss ich schon unter den Tisch?"

„Ist wohl am besten. Wir wollen lieber kein Risiko eingehen."

Leise seufzend ging ich in die Hocke und krabbelte unter den Tresen.

„Weißt du, wann ich das letzte Mal hier unten gehockt bin?", murmelte ich nach oben.

„Mit Paul. Ich weiß schon."

Über mir vernahm ich ein Geräusch, als ob jemand auf der Tischplatte herum kratzte. Anscheinend platzierte Susan das bauchige Gefäß neu.

„So, jetzt ist alles fertig. Von mir aus kann es losgehen."

Vorerst musste sich meine Freundin allerdings noch ein Weilchen gedulden. Sie setzte sich auf den Stuhl hinter dem Tresen und schlug die Beine übereinander. Ihre rechte Fußspitze wippte im Sekundentakt auf und ab. Auch wenn sie sich noch so cool gab: Ich wusste ganz genau, dass auch sie inzwischen ein leichtes Flattern in der Magengegend verspürte.

Laut meiner Armbanduhr traf David um Punkt 22:00 Uhr ein. Es klopfte kurz an der Türe, die sich gleich darauf mit einem leisen Knarren öffnete. Schwere Schritte waren zu hören.

„Bloomfield, richtig?", sprach eine junge Männerstimme. Kein Zweifel: David war gekommen.

„Rose Bloomfield.", erwiderte Susan und erhob sich von ihrem Platz. „Sehr angenehm."

Ihre Schritte staksten über den Boden. Schade, dass ich nicht sehen konnte, wie sie David die Hand reichte und ihn schleimig angrinste.

„Wie schön, dass Sie so zeitig eingetroffen sind, Herr Dixon.", fuhr meine Freundin fort. „Bitte, wenn Sie mir folgen möchten. - Ach, die Jacke lassen Sie besser an. Es wird nicht lange dauern. Ich möchte Ihre kostbare Zeit nicht unnötig in Anspruch nehmen."

„Sie sind sich wirklich sicher, dass mein Feueropal vertauscht wurde?", lautete der erste richtige Satz, den ich von David an diesem Abend hörte.

„Nun, verstehen Sie mich bitte nicht falsch, junger Freund." Mittlerweile war Susan um den Tresen herumgelaufen und hatte sich auf den Stuhl gesetzt. „Meine Kollegen und ich haben den unguten Verdacht, Ihr Stein könnte vertauscht worden sein. Wie ich Ihnen bereits gestern Abend erklärt habe, liegen uns mehrere Indizien vor, die darauf schließen lassen, dass es sich bei dem Feueropal, der sich momentan in Ihrem Besitz befindet, um eine sogenannte Fälschung handelt."

Eine Weile blieb es still.

„Wenn Sie den Stein schon gerade in der Hand haben - es ist überhaupt kein Problem für mich, zu überprüfen, ob es sich um ein Original handelt oder um eine billige Kopie. Wenn Sie gestatten..."

Susan war wieder aufgestanden und beugte sich über den Tresen.

„Hm, ja, ganz wie ich vermute.", murmelte sie.

Mit klopfendem Herzen kauerte ich noch immer unter dem Tresen und wagte kaum zu atmen.

„Von außen lässt sich das freilich nicht entscheiden. Sie haben doch sicherlich nichts dagegen, wenn ich einen kurzen Test durchführe?"

„Nein - natürlich. Sicher nicht. Aber - der Stein wird doch dabei keinen Schaden nehmen?"

Susan wusste David sofort zu beruhigen: „Selbstverständlich nicht. Wenn es sich um eine Fälschung handelt, wird die Flüssigkeit in dem Gefäß zu brodeln beginnen und der Stein wird eine graue Färbung annehmen. Ansonsten ist keine große Änderung zu erkennen."

David holte erleichtert Luft.

„Dann wird es also nicht lange dauern?", fragte er weiter.

„Nein, überhaupt nicht. Glauben Sie mir: In wenigen Minuten ist der ganze Spuk vorbei."

Ein leises „Platsch" ließ darauf schließen, dass der Feueropal in der orangefarbenen Flüssigkeit gelandet war.

„Bitte, sehen Sie." Susan rückte das Gefäß in Davids Richtung, der auf der anderen Seite des Tresens stand und gebannt auf seinen Stein starrte.

„Nichts zu sehen.", murmelte er. „Wollen Sie mich veräppeln?"

„Aus welchem Grund sollte ich?", entgegnete Susan freundlich. „Wir wollen lediglich verhindern, dass Ihnen etwas Unangenehmes zustößt. - Ist Ihnen in der letzten Zeit denn nichts merkwürdig vorgekommen?"
Sie tauchte ihre Hand in das Gefäß und holte den Stein wieder hervor.

„Hm..." David schien zu überlegen. „Bei meinem Freund ist in letzter Zeit zweimal der Spind aufgebrochen worden."

„So."

„Aber gefehlt hat nichts."

„Das hat nichts zu bedeuten.", sagte Susan. „Jemand hat offensichtlich etwas gesucht. - Wenn Sie nichts dagegen haben, trockne ich Ihren Stein für Sie ab, ja? Dann können Sie ihn gleich wieder mit nach Hause nehmen."
Jetzt kam die Nummer mit dem Handtuch!
Gespannt hielt ich die Luft an und presste die Lippen aufeinander.

„Und kann ich ihn dann wieder gefahrlos benutzen?", erkundigte sich David.

„Sicher doch.", antwortete Susan. „Hier - Ihr Feueropal. Allerdings sollten Sie mit einer Zeitreise noch eine Woche warten. Die Flüssigkeit hat die Kraft des Steines nicht beschädigt, aber vorübergehend ein wenig geschwächt. Seine volle Wirkung wird er in etwa sieben Tagen wieder erreicht haben."

„Das spielt keine Rolle. Wenn ich daran denke, dass ich mich womöglich in viel größerer Gefahr befinden hätte können."

„Sie sind ein äußerst gerissener junger Mann.", schleimte Susan weiter. „Solche Leute wie Sie brauchen wir."

„Das ist sehr freundlich, aber im Moment fühle ich mich eigentlich ganz glücklich mit meinem Studium. Aber bitte, wenn Sie Bedarf haben, melden Sie sich bei mir."

„Vielen Dank für Ihre Bereitschaft."

Susan lief um den Tresen herum.

„Darf ich Sie zur Türe begleiten?"

Ich hörte, wie sich die Schritte entfernten, die Türe leise knarrte und Susan kurz darauf zurückkehrte.

„Puh!" Mit einem erleichterten Aufseufzen ließ sie sich auf den Stuhl plumpsen.

Eine gefühlte Viertelstunde blieb sie jedoch noch ruhig sitzen. Auch ich rührte mich nicht. Zu groß war unsere Furcht, dass David vielleicht noch einmal zurückkäme. Aber es blieb alles ruhig.

Als ich das Gefühl hatte, dass meine Beine komplett einge-schlafen waren, und mir das Kinn langsam auf die Knie sank, zischte Susan, ich solle wieder herauskommen.

„Die Luft ist rein.", flüsterte sie. „Ich habe gerade raus auf die Straße geschaut. Alles paletti."

„Was für ein Glück!"

Schnaufend wie eine alte Dampflock aus den Wildwest-Filmen der 60-er Jahre kroch ich unter dem Tisch hervor.

„Siehst ganz schön fertig aus.", meinte Susan, als sie mich sah.

„Wunderst du dich?" Leise stöhnend massierte ich mir die schmerzenden Knie. „Ich habe gerade eine Höchstleistung vollbracht!"

„Ach - und was soll ich dann sagen?" Susan schnappte sich das Gefäß und begann, den Inhalt zurück in die Plastik-flasche zu kippen.

„Pass bloß auf, dass es keine Überschwemmung gibt!", warnte ich sie.

„Alles im grünen Bereich.", versicherte mir meine Freun-din. „War ich nicht spitze?"

„Mehr als das! Ich habe soeben einen neuen Traumjob für dich gefunden."

„Schauspielerin?"

Ich nickte.

„Dann brauche ich mir keine Sorgen zu machen."
Verwundert musterte ich sie.

„Na, bezüglich meines späteren Arbeitsplatzes. Psychologie, Geheimagentin und Schauspielerin. Irgendwo wird schon ein Plätzchen für mich frei sein, oder?"

„Ja, bestimmt!"
Ich half ihr beim Aufräumen und legte das Handtuch zusammen.

„Das ist einfach nicht zu fassen: David hat uns einfach so seinen Feueropal überlassen."
Susan kicherte.

„Lustig, nicht wahr?" Sie stopfte das Handtuch, das ich ihr reichte, in ihre Tasche. „Ich bin gespannt, wann er den Schwindel bemerkt."

„Wenn er sich an deine Anweisungen hält, wird er seine Überraschung in einer Woche erleben."

„Schade, dass wir da nicht dabei sein werden. Ich würde zu gerne sein Gesicht sehen. Er schaut ja jetzt schon so aus, als könne er nicht bis drei zählen."

„Ich bin mir auch nicht so ganz sicher, ob er das schafft. Du erinnerst dich an die Geheimbotschaft in dem Buch?"
Natürlich erinnerte Susan sich. Meine beste Freundin hatte ein Gehirn, das einem Geheimagenten wirklich Konkurrenz machen konnte.

„Thomas de Padova.", sagte sie nur. „Sag nichts. Ich weiß, wo es steht: Hinterer Raum. - Wirklich banal, eine solche Geheimschrift. Es gibt viel schlauere Möglichkeiten."

„Aber so wie es aussieht, sind Ron und David eben nicht so klug wie andere Leute."

„Nein, aber sonst hätten wir auch nur halb so viel Spaß, oder?"
Ja, Spaß hatten wir gehabt. Ich zweifelte nur daran, ob David es auch spaßig finden würde, wenn er in der kommenden Woche (oder wann auch immer) seine nächste

Zeitreise unternehmen wollte und feststellen musste, dass sein Steinchen nicht mehr funktionierte.

Aber das würde dann ja nicht unser Problem sein.

Zumindest dachten wir das.

## 18

Den Freitagnachmittag nutzte ich, um erst einmal ausgiebig den Schlaf, den ich am gestrigen Abend verpasst hatte, nachzuholen. Die Aktion mit Susan im Archiv war für meine Nerven doch ganz schön aufregend gewesen und hatte mir jede Menge Kraft gekostet. Hinzu kam ein anstrengender Freitagvormittag in der Schule, der sich langsam und zäh dahin zog, wie ein Kaugummi, den man schon viel zu lange im Mund hatte. Meine Freundin wirkte im Gegensatz zu mir kein bisschen erschöpft oder zeigte auch nicht im mindestens den Anflug einer leichten Müdigkeit. Sie war wie immer frisch wie ein Gummiball und sorgte mit ihrer guten Laune dafür, dass ich den Vormittag heil überstand und nicht auf der Schulbank einschlief.

Nach dem Mittagsgong schlenderten wir nach draußen über den Schulhof, wo uns der Winter mit eisiger Hand in Empfang nahm. Das Wetter zeigte sich wieder einmal von seiner „besten" Seite - klirrend kalt, der Himmel von grauen Wolken verhangen, kein Sonnenstrahl. Dazu waberte eine trübe Nebelsuppe über die Straßen.

„Heute noch was vor?", erkundigte sich Susan neben mir.

„Hm, wie wäre es mit ausschlafen?" Gähnend hielt ich mir die Hand vor den Mund.

„Oh ja!", lachte meine Freundin und sperrte ihr Fahrradschloss auf. „Ich glaube, du hast eine Mütze voll Schlaf dringend nötig!"

„Und was machst du, wenn ich fragen darf?"

„Ich gehe heute ins Tanzstudio. Du weißt doch: Unser großer Auftritt steht bald an."

„Wo du eine der Solo-Rollen übernehmen darfst?"

„Ja, genau! He!" Sie knuffte mich freundschaftlich in die Seite. „Ich bin echt stolz auf dich: Du hast dir ja mal was gemerkt."

„Dankeschön." Ich gähnte erneut. „Ich warte übrigens immer noch auf eine Einladung. Wenn ich keine erhalte, komme ich nicht zur Aufführung."

„Keine Sorge, Katharina, sobald der Flyer gedruckt ist, bekommst du einen. Der Termin steht aber schon in deinem Kalender, oder?"

Ich nickte.

„Sonntag in drei Wochen, richtig?"

Susan strahlte von einem Ohr zum anderen.

„Seit den Sommerferien hast du dich so verändert!", erklärte sie und schob ihr Fahrrad durch das Schultor. „Das mit dem Zeitreisen hat dir richtig gut getan. - Vielleicht liegt das aber auch an Paul."

Ich zuckte die Schultern.

„Solange es sich zum Positiven gewendet hat.", meinte ich. „Der Grund dafür ist mir egal."

Wir stiegen auf unsere Räder und fuhren los. Weil der kalte Fahrtwind erbarmungslos auf unseren Gesichtern brannte, hielten wir die ganze Zeit über unseren Mund. Erst an der Kreuzung, wo Susan abbog, wechselten wir wieder ein paar Worte. Susan wünschte mir einen guten Erholungsschlaf, ich ihr dagegen viel Erfolg bei der anstehenden Tanzstunde. Und nach einem ausgiebigen Mittagessen legte ich mich erleichtert in mein Bett, wo ich erst am nächsten Morgen wieder hervorkroch.

Das ganze Wochenende über war ich damit beschäftigt, meine Hausaufgaben zu erledigen und für die anstehenden Kurzarbeiten in Mathe und Englisch zu lernen. Sicher, es gab weitaus spannendere Dinge. Aber erstens ließ das Wetter zu wünschen übrig: Bei Nieselregen und ekelhaft kalten Temperaturen zog ich die warme Stube der frischen Luft gerne vor. Zweitens hatte ich, aus schulischer Sicht betrachtet, bereits die Zielgerade erreicht. In absehbarer Zeit wären die Prüfungen zu Ende. Drittens hatte im Moment ohnehin niemand für mich Zeit: Susan verbrachte ihr Wochenende im Tanzstudio, wo sie für ihren großen Auftritt am Sonntag in drei Wochen übte. Mein großer Bruder traf sich mit Kommilitonen, um sich auf ein Konzert vorzubereiten. Und Paul pendelte zwischen Bibliothek, Schreibtisch und Krankenhaus hin und her. Ich hatte also drei gute Gründe, um meine freie Zeit hinter dem Schreibtisch zu verbringen und mich mit Mathe und Englisch zu beschäftigen.

Am Sonntagabend erhielt ich von meiner besten Freundin eine Nachricht, dass mein Ballkleid endlich fertiggestellt sei. Eine Freundin ihrer Mutter arbeitete in einer Schneiderei und hatte sich bereit erklärt, gegen einen kleinen Obolus die Herstellung unserer Kostüme zu übernehmen. Wir wollten uns am Dienstagabend treffen, um die Kleider anzuprobieren. Vorher aber musste der Mathe-Test überstanden werden.

Hierfür hatte sich die Gregory wieder jede Menge fieser Aufgaben einfallen lassen. Aber die vielen Stunden über meinem Mathebuch schienen sich gelohnt zu haben: Als ich mein Blatt am Ende der Stunde abgab, war ich mir ziemlich sicher, dass ich eine zufriedenstellende Note erreichen würde.

Weil ich mich nach dem Abendessen gleich zu meiner Freundin aufmachte, blieb die Bibliothek an diesem Tag geschlossen. Da der Besuch in der vergangenen Zeit aber ohnehin zu wünschen übrig gelassen hatte, fand ich das nicht schlimm. Und Albrecht gegenüber war ich keine Rechenschaft schuldig. Wann er von seinen Auslandsreisen wieder in München Einzug halten würde, stand derzeit noch in den Sternen. Von den USA war er direkt nach Edinburgh weitergereist. Was er dort wollte, war mir schleierhaft. Auf jeden Fall schien der gute Mann bestens beschäftigt zu sein. Er forderte keine Rechenschaft für das, was ich in der Bibliothek tat. Seine einzige Bedingung war, dass bei seiner Rückkehr alles in Ordnung zu sein hatte. Es durfte kein Buch fehlen oder beschädigt sein, der Boden sollte keinen Dreck aufweisen, über das Logbuch war ordentlich Regie zu führen. - Auf einen Öffnungstag hin oder her kam es nicht an.

Die Temperaturen waren auf dem Thermometer ein wenig nach oben geklettert und hatten die Grade um den Gefrierpunkt verlassen. Dafür goss es in Strömen, dass man selbst einen Hund nicht aus dem Haus jagen konnte.

Als ich vor die Türe trat, war mir klar, dass ich an diesem Abend auf mein Fahrrad verzichten würde. Mit einem Regenschirm bewaffnet machte ich mich auf den Weg zur Bushaltestelle. Weil es irgendwo einen Unfall gegeben hatte, musste ich zehn Minuten länger warten, klingelte aber trotzdem pünktlich zum verabredeten Zeitpunkt an Susans Wohnung.

Meine Freundin ließ mir kaum Zeit, um meine nassen Sachen loszuwerden, und zerrte mich sogleich in ihr Zimmer. Voller Stolz präsentierte sie die Kunstwerke, die sie selbst entworfen hatte.

Ich staunte nicht schlecht. Mein blaues Rokokokleid hätte meiner Meinung nach in jedem Historienfilm mitspielen können.

„Für deine Zeitreisen wäre es sicherlich nichts gewesen.", erklärte Susan. „Hier - man sieht schon, dass es nicht ganz stilecht ist."

„Ach nein! Ich finde es umwerfend. - Und außerdem... Du willst lieber gar nicht wissen, in welchem Zustand die Kostüme auf dem Theaterfundus sind."

„Nun, die habe ich auch schon begutachtet." Susan nahm das Kleid vom Bügel. „Wer auch immer die angefertigt hat, hat ganze Arbeit geleistet: Die schauen wirklich unglaublich echt aus. Man muss mindestens dreimal hinschauen, bis einem der Unterschied auffällt."

„Ein Nicht-Profi, vielleicht."

Rasch war ich aus meinem Pulli geschlüpft.

„Nein, ich meine das wirklich ernst.", widersprach Susan und hielt mir das Kleid entgegen. „Bei euren Zeitreisen ist doch auch niemandem etwas aufgefallen, oder?"

In diesem Punkt musste ich ihr zustimmen.

Vorerst aber galt meine ganze Aufmerksamkeit dem Ungetüm an Stoffen. Es war gar nicht so einfach, mich durch die Öffnung zu quetschen. Aber dank Susans tatkräftiger Unterstützung steckte ich schließlich in ihrem ersten selbst entworfenen Rokokokleid.

„Du siehst bezaubernd aus!" Bewundernd lief meine Freundin einige Male um mich herum.

„Darf ich mich auch mal anschauen?", bat ich sie.

„Klar, aber warte noch kurz. Ich will mich auch erst umziehen."

Zügig war sie in ihr Kostüm geschlüpft. Ihre Zukunftsprojektion sah sehr originell aus und stand ihr ausgesprochen gut.

Gackernd wie ein lustiger Hühnerhaufen stolzierten wir wenig später über den Gang und begutachteten uns gegenseitig vor dem Spiegel.

„Also meinetwegen kann die Party schon heute beginnen.", seufzte Susan.

„Ich weiß nicht." Nachdenklich zuckte ich die Schultern. „Mir ist der Freitag lieber. Vorher steht noch Englisch an, schon vergessen?"

„Da hast du auch wieder Recht."

Wir trotteten zurück in Susans Zimmer, wo wir unsere Kostüme gegen unsere richtigen Klamotten tauschten. Zur Abwechslung fragten wir uns anschließend noch ein paar Englisch-Vokabeln ab und als der Zeiger meiner Uhr auf halb zehn vorgerückt war, beschloss ich, mich auf den Nachhauseweg zu machen.

Der Rest der Woche ging sang- und klanglos an mir vorbei. Außer ein paar langweiligen Unterrichtsstunden, einem viel zu leichten Englisch-Test (im Nachhinein hatte sich herausgestellt, dass ich nur halb so viel hätte lernen müssen und trotzdem das gleiche Ergebnis erzielt hätte) und miesem Wetter gab es nichts Neues. Seit wir im Besitz des dritten Feueropals waren, schien auch das Vermächtnis aus der Welt geschafft zu sein. Es war wohl wieder alles beim Alten. Die Zeit der Abenteuer würde ab nun vorbei sein.

Susan bedauerte es ein klein wenig, dass sie Davids Gesichtsausdruck nicht sehen konnte, wenn er dahinter kommen würde, dass man ihn ordentlich ausgetrickst hatte. Mir machte das nicht viel aus. Die bisherigen Begegnungen mit ihm hatte ich als nicht so angenehm empfunden und ich war wirklich nicht scharf darauf, ihn noch einmal zu treffen.

So war der Freitag endlich da. Der Tag des Faschingsballs. Und ein Tag voller Überraschungen.

Es hatte damit begonnen, dass wir unsere Mathe-Arbeit korrigiert zurückbekamen und ich mit Susan punktgleich Klassenbeste war. Miss Gregory freute sich wie ein Schnitzel, was mit Sicherheit auch daran lag, dass sie schon lange mehr keinen so erfolgreichen Test austeilen hatte dürfen. Die vielen Stunden des quälenden Mathe-Unterrichts hatten sich offensichtlich gelohnt. Für sie und für uns.

Nachmittags war mein Bruder kurz zu Besuch gewesen. Und nun standen Susan und ich vor dem Schultor und warteten darauf, dass er und Paul endlich eintreffen würden. In wenigen Minuten würde die *out of time*-Party steigen.

Leicht fröstelnd trat Susan unruhig von einem Bein auf das andere. Ihr kurzes Kleid reichte gerade bis zu den Knien und die Strumpfhose, die sie darunter trug, diente eher optischen Zwecken.

Meine Freundin musste jedoch nicht lange in der kühlen Winterluft zittern: Schon bald kreuzten unsere Ballbegleiter auf. Paul hatte sich für das Kostüm seiner ersten Zeitreise entschieden und sah wieder einmal umwerfend aus. Mein Bruder dagegen hatte ein altes Verkleidungsstück unseres Vaters gewählt. Es passte ihm wie angegossen und stand ihm gar nicht einmal schlecht. Susan war davon überzeugt, dass er Elton John imitieren wolle.

Nachdem wir nun also vollzählig waren, beschlossen wir, uns in die Schlange der Wartenden einzureihen. Susan und ich mussten keinen Eintritt zahlen - eine kleine Entschädigung für so manch erlittene Schülerschmach der letzten Schuljahre.

„Herzlich willkommen zur diesjährigen Faschingsparty *out of time*!", dröhnte es uns aus den Lautsprechern entgegen, als wir mit zahlreichen anderen Ballgästen die Aula betraten, die kaum mehr wiederzuerkennen war. Das Schulball-Team hatte keine Mühen gescheut, um unser sprödes Schulgebäude in einen echten Tanzsaal zu verwandeln: Girlanden, Blumenschmuck, Luftballons - die ganze Decke war eingetaucht in ein buntes Meer aus Regenbogenfarben. Am einen Ende der Aula hatten viele fleißige Helfer eine Bühne zusammengebaut, auf welcher, wie mir Susan (die eifrig Kontakte zur Schulball-AG knüpfte) erklärte, die Sieger des Kostümwettbewerbs geehrt werden sollten. Auf der anderen Seite war ein Buffet mit köstlichen Speisen und leckeren Häppchen platziert. An eine Reihe verschiedener Nudelsalate in den verrücktesten Kreationen schloss sich eine Salatbar an, gefolgt von einem Stand mit heißen Leberkässemmeln und mehreren Töpfen voll von Weißwürsten. Das Ende des Buffets bildete eine Anzahl verschiedener Varianten sämtlicher Süßspeisen, angefangen bei Kuchen und Muffins bis hin zu einer dreistöckigen Torte. Schräg gegenüber wurde soeben die erste der insgesamt drei Cocktailbars eröffnet, an der bereits reger Betrieb herrschte. Die Klassenzimmer, die sich im Erdgeschoss befanden, hatte man zu sogenannten „Aktionsräumen" umfunktioniert. Jeder Raum war einem bestimmten Thema zugeordnet worden. Damit auch der letzte Volldepp kapierte, wo genau er sich befand, prangte an jeder Tür ein großes Schild aus Pappe, das die Fünftklässler im Kunstunterricht gestaltet hatten. Um ein wenig in Stimmung zu kommen und uns einen allgemeinen Überblick zu verschaffen, schlenderten wir die Gänge im Erdgeschoss entlang und warfen neugierige Blicke in die einzelnen Aktionsräume. Der erste Raum, den wir betraten, trug den Titel „Undenkbarer Urknall". Wie sich herausstellte, handelte es sich um eine Tanzbar, in der man sich zu Techno und Funk bewegen konnte. Dem Urknall folgte die „Steinzeit", ein Raum mit Aktionen, die besser auf eine Unterstufenparty gepasst hätten, vollgestopft mit Spaßveranstaltungen wie Dosenwerfen und Glücksraddrehen. Fehlte nur noch das Kochtopfschlagen. Wir machten kehrt und lugten in den dritten Aktionsraum mit Namen „Düsteres Mittelalter" hinein. Das Klassenzimmer beherbergte ein Gruselbuffet: Komplett in

Finsternis gehüllt konnte man kaum die Hand vor den Augen erkennen und wusste nicht, welchen Glibberschleim man sich gerade in den Mund steckte, wenn man sich einen Happen vom Buffet gönnte.

„Oh je!", stöhnte Susan, als wir dem Mittelalter den Rücken zugekehrt hatten, uns auf den Weg zur nächsten Türe machten und ihr Blick auf das Plakat der nächsten Türe fiel. „Ich glaube, ich werde später Deutschlehrerin und erkläre meinen Schülern, wie man die Artikel unterscheidet!"
Sie schüttelte dezent deprimiert den Kopf.

„Seht doch!", sagte sie und deutete mit der Hand auf das Türschild. „*Heiterer Rokoko.*", las sie vor, was eine krakelige Fünftklässlerschrift zu Papier gebracht hatte.
Einen Moment lang stand ich auf dem Schlauch.

„*Das* Rokoko!", belehrte uns Susan. „Es heißt *das* Rokoko. Das Ding ist Neutrum!" Sie blickte mich vorwurfsvoll an. „Ich dachte, das weißt du, Katharina! Immerhin kennst du dich doch mit Zeitreisen aus, oder?"
Entschuldigend zuckte ich die Schultern.

„Ich hatte eigentlich nicht vor, heute Abend Deutschkurse zu unterrichten.", meinte ich. „Stattdessen habe ich mich auf einen gemütlichen Tanzabend eingestellt."
Dem Rokokoraum, der ebenfalls eine Tanzbar war, schloss sich die „Kuschelige Romantik" an, wobei sich uns der Sinn nicht ganz erschloss, weshalb man einer Karaoke eine solche Bezeichnung zuteilwerden ließ. Insgesamt gab es noch zwei weitere Karaoke-Bars, die die Namen „Wilder Westen" und „Losgelöst im Weltraum" trugen. Der vorletzte Veranstaltungsraum „*out of time* im heißen Süden" bot Platz, um seine Hüften zu heißen Rhythmen zu schwingen. Und wer wollte, konnte im Raum der „Zukunft" sein persönliches Orakel befragen.
Die Schulball-AG hatte alles daran gesetzt, um jegliche Form von Langeweile in dieser Nacht zu unterbinden. Vergnügt schlenderten wir zurück in die Aula, wo inzwischen poppige Tanzmusik aus den Lautsprechern schallte und in unseren Ohren dröhnte. Die meisten anwesenden Gäste

scharten sich um das Buffet und die Cocktailbars, sodass die Tanzfläche noch genügend Platz für mein bauschiges Rokokokleid bot. Paul ließ es sich nicht nehmen, mich um einen Tanz zu bitten. Wie wir gemeinsam über die Tanzfläche wirbelten, fühlte ich das gleiche wunderschöne Kribbeln in meinem Bauch wie bei meinem ersten Tanz mit ihm. Dass uns einige der Besucher, die sich am Rand der Tanzfläche mit Cocktails vergnügten und den Tanzenden zusahen, uns verwunderte Blicke zuwarfen, störte mich nicht im geringsten.

„Erinnerst du dich an unseren ersten Tanz?", flüsterte mir Paul leise zu.

Ich nickte kaum merklich.

„Ja, das war auf Rosehills Fest." Ich kicherte. „Ich war damals ganz schön aufgeregt."

„So?" Überrascht zog Paul eine Augenbraue nach oben. „Doch nicht etwa wegen mir?"

„Wer weiß?"

„Und heute? Bist du da auch ein wenig aufgeregt?"

„Ein paar Schmetterlinge flattern auf jeden Fall in meinem Bauch herum."

„Nur ein paar? Keine Millionen?"

„Jetzt sei doch nicht so ungeduldig!", grinste ich meinen Freund an. „Wenn du mich später zu einem Walzer einlädst, werden es vielleicht noch mehr."

„Das lässt sich einrichten." Er zwinkerte mir zu.

In diesem Moment wirbelten Susan und John an uns vorbei. Mein Bruder hatte bereits einen hochroten Kopf.

„John ist wohl etwas aus der Übung, was?", amüsierte sich Paul.

„Tja...", meinte ich verschmitzt. „Seine sportliche Betätigung hält sich derzeit in Grenzen. Ich glaube, er sitzt den ganzen Tag nur da und übt auf seinem Instrument."

„He, Katharina!", rief mir Susan zu und brüllte dabei über die halbe Tanzfläche. „Wenn du beim Kostümwettbewerb mitmachen willst, musst du dich beeilen! Um 23:00 Uhr ist Bewerbungsschluss."

„Ich will aber gar nicht am Kostümwettbewerb mitmachen.", rief ich zurück.

„Nicht?", wunderte sich Paul. „Also ich finde ja, dass du umwerfend aussiehst und mit Sicherheit einen Preis gewinnst!"

„Danke! Aber ob das die Jury auch so sieht?"

„Natürlich! Du hast definitiv das schönste Kleid des Abends."

„Ja, deiner Meinung nach." Ich schüttelte den Kopf. „Vergiss es!"

„Was muss man denn tun, um sich zu bewerben?", wollte Paul von Susan wissen.

„Nicht viel!", rief sie zurück. „Man muss lediglich zu dem Stand dort drüben neben der Bühne gehen. Dann lässt man ein Foto von sich machen, gibt seinen Namen an und wartet die Entscheidung der Jury ab. Wirklich kein Hexenwerk!"

„Also ich verstehe echt nicht, weshalb du dich sträubst, am Wettbewerb teilzunehmen.", wandte sich mein Tanzpartner wieder an mich.

„Ach ja? Und aus welchem Grund, bitteschön, scheust *du* davor zurück?"

„Ganz einfach." Er grinste mich vielsagend an. „Ich bin ein Mann. Und ich habe definitiv kein Interesse an Einkaufsgutscheinen."

„Das ist doch bloß eine faule Ausrede!", lachte ich. „Du hast ja nur Angst, dass du dich total blamierst."

„Bingo!"

Ich seufzte.

„Also schön: Damit du siehst, dass ich keine Angst davor habe, mich zu blamieren, werde ich mitmachen."

„Ist das dein Ernst?" Ungläubig blickte er mich an.

„Natürlich!"

„Na, dann los!" Er zog mich von der Tanzfläche. „Worauf wartest du noch?"

Es war in der Tat kein Hexenwerk, sich für das beste Kostüm des Abends zu bewerben. Das Foto war schnell geschossen und hing gleich darauf neben zahlreichen anderen an einer Pinnwand.

„Du musst deinen Namen noch drauf schreiben." Paul reichte mir einen schwarzen Edding.

„Oh je!", seufzte ich. „Jetzt oder nie!"

„Ach was, wird schon."

Als ich mich umdrehte, um zu sehen, wo mein Bruder abgeblieben war, wäre ich beinahe in Susan gestolpert.

„Sobald ich gesehen habe, dass du dich endlich traust, konnte ich nicht länger Nein sagen.", schmunzelte sie. „Du brauchst doch eine würdige Konkurrentin, oder?"

Mit diesen Worten ließ sie sich fotografieren und nahm mir den Edding ab.

„Schau sie dir doch mal an, die ganzen Saftflaschen.", kicherte sie und deutete auf die schrägen Kostümbilder an der Pinnwand. „Wenn es ein bisschen spannend werden soll, wer das Rennen macht, muss ich mich natürlich bewerben. Sonst wird es ja richtig langweilig für dich."

„Na, dann sind wir mal gespannt, wer von euch beiden Hübschen das Siegertreppchen erklimmen wird.", hüstelte John mir in den Nacken.

„Da müsst ihr euch noch ein kleines bisschen gedulden."

„Wie sieht es aus: Lust auf Cocktails?", erkundigte sich Paul.

Gemütlich schlenderten wir durch die kostümierte Menschenmasse und stellten uns an einer der Cocktailbars an.

„Jetzt holen wir das nach, was wir bei Lady Dorothy verpasst haben.", murmelte Paul neben mir und schlürfte an seinem Cocktail.

„Das wird dich freuen." Ich lächelte ihn an. „Diesmal musst du dir keine Sorgen machen, dass ich zu viel Punsch in mich hineinlaufen lasse oder mich fremden Männern hingebe."

„Na, ich werde vorsichtshalber ein Auge auf dich haben."

Bevor es zur großen Kostümsiegerehrung kam, schlossen wir uns der großen Polonaise durchs Schulhaus an. Und dann war der lang ersehnte Moment gekommen...

„Liebe Gäste unseres diesjährigen Faschingsballs!", plärrte ein Mädchen aus der Schulball-AG ins Mikrofon. „Endlich ist es soweit: Die Jury des heutigen Kostümwettbewerbs hat sich zusammengesetzt und die drei Erstplatzierten ausgewählt!"
Ein leises Raunen ging durch die Reihe. Susan schob mich aufgeregt zwischen all den anderen Gästen, die sich neugierig um die Bühne versammelt hatten, nach vorne.

„Gleich kommt's raus!", flüsterte sie mir ins Ohr. „Gleich kommt's raus!"

„Wie in den vergangenen Jahren haben sich auch heuer viele toll kostümierte Gäste beworben. Die Auswahl ist nicht leicht gefallen...", fuhr das Mädchen fort.

„Die Nuss soll schon endlich sagen, wer es aufs Treppchen geschafft hat!", nörgelte meine Freundin neben mir ungeduldig.

„Wir beginnen mit dem dritten Platz..." Das Mädchen spickte vorsichtshalber auf den Zettel in ihrer Hand. „Der dritte Platz geht an Jana Schuster!"
Aus den Lautsprechern ertönte ein lauter Tusch. Ein Haufen laut kreischender Mädchen sprang jubelnd in die Höhe und schien sich gar nicht mehr einzukriegen. Offensichtlich hatte Jana einen ganzen Fanclub mitgebracht.
Mit einem stolzen Lächeln auf den Lippen stakste die glückliche dritte Preisträgerin nach vorne auf die Bühne. Dort erhielt sie den wohlverdienten Umschlag mit einem Einkaufsgutschein. Sie warf ihren weiblichen Fans einen Kussmund zu und stolzierte anschließend mit wackelndem Hintern wieder zurück.

„Wir gehen weiter - den zweiten Platz erhält..."
Nie im Leben hätte ich damit gerechnet, ausgerechnet meinen Namen zu hören. Als das Mädchen ihn vergnügt ins Mikrofon quietschte, dachte ich einen Augenblick lang, ich hätte das alles nur geträumt.

„Los, los! Du musst auf die Bühne!" Meine Freundin war völlig aus dem Häuschen. Wie von Sinnen schob sie mich nach vorne.

Mit unsicheren Knien erklomm ich die Bühne, ließ mir die Hand schütteln, stand wenige Sekunden später wieder neben meiner besten Freundin in der Reihe und starrte, noch immer fassungslos über meinen errungenen zweiten Platz, nach oben zu dem Mädchen, das in diesem Moment die Siegerin des Abends kürte.

„Hey, Glückwunsch!" Ehe ich es mir versah, hatte John mich brüderlich in den Arm genommen. „Das hast du dir selbst nicht zugetraut, was?"

Neben ihm tauchte Pauls lachendes Gesicht auf.

„Schade für Susan.", meinte er.

„Ach was, ist nicht schlimm.", meinte die und fiel mir freudestrahlend um den Hals. „Ich freu mich für dich, Katharina!"

Die Jungs zogen ab, um uns neue Cocktails zu besorgen. Susan wollte sich gerade bei mir einhaken und mich hinter den Jungs herziehen, als mich eine mir bekannte, jedoch nicht mit positiven Erinnerungen konnotierte Stimme hinter mir aus meiner fröhlichen Stimmung riss.

„Katharina Turner, sieh einmal an."

Erschrocken hatte ich mich umgedreht und starrte in das spöttisch grinsende Gesicht von David.

David Dixon höchstpersönlich.

„David - Dixon...", stammelte ich und taumelte fassungslos ein paar Schritte zurück.

„In der Tat. Damit hast du wohl nicht gerechnet, was?"

Sein Gesicht verzerrte sich zu einer aufgebrachten Fratze. In seinen Augen spiegelten sich Wut und Empörung.

„Offensichtlich hast du unsere letzte Begegnung nicht vergessen.", fuhr er fort.

Wie hätte ich auch?

Susan, die neben mir stand, drehte sich um und starrte überrascht und erschrocken zugleich in das ihr bestens bekannte Gesicht.

„Ah, unsere Geheimagentin Rose Bloomfield ist ja auch hier. Was für eine Überraschung!" David lachte herablassend. In diesem Moment tauchte neben ihm sein Komplize auf.

„Ron!", presste ich unter zusammengebissenen Zähnen hervor. Was um alles in der Welt wollten die beiden hier?

„Ja, da staunst du, was?"

„Was habt ihr beide hier zu suchen?", fauchte ich die Jungs an.

„Och, wir dachten, wir leisten euch bei eurem amüsanten Abend ein wenig Gesellschaft." Ron ging einen bedrohlichen Schritt auf uns zu. Hilfesuchend schaute ich mich nach Paul und meinem Bruder um. Doch von den beiden war weit und breit nichts zu sehen. Wahrscheinlich standen sie gerade in einer Schlange an einer der Cocktailbars und unterhielten sich prächtig.

„Dachtet ihr wirklich, wir seien so blöd und würden uns von so ein paar dummen Gören reinlegen lassen?", übernahm David das Wort.

Auf einen Schlag verwandelte sich Susans farbiges Gesicht in aschfahle Leichenblässe.

„Scheiße...", murmelte sie betroffen. „Der Feueropal."

„Ja, dämmert es langsam, was?", machte sich David über meine Freundin lustig. „Ihr dachtet wohl, ihr könnt uns übers Ohr hauen. Aber da habt ihr euch getäuscht." Er verschränkte seine muskulösen Arme vor der Brust. „Zuerst dachte ich wirklich, dass *Rose Bloomfield* Recht hat. Die beiden Einbrüche in Rons Spind kamen mir schon äußerst verdächtig vor. Und vorsichtshalber habe ich die Woche abgewartet und den Stein nicht mehr angerührt. Aber gestern Abend dachte ich mir, jetzt wäre eigentlich der Zeitpunkt gekommen, um auszuprobieren, ob das mit dem Zeitreisen noch funktioniert."

In meinem Hals fühlte ich einen dicken Kloß. Vergeblich versuchte ich, ihn loszuwerden.

„Aber es hat nicht ums Verrecken geklappt." Davids Stimme wurde nun lauter - und aggressiver. „Weil *du* meinen Stein kaputt gemacht hast!", schrie er Susan an und wollte gerade auf sie losgehen.

Ohne zu überlegen war ich zwischen die beiden gesprungen und stellte mich schützend vor meine Freundin.

„Platz da!", fuhr mich David an. „Du hast mir gerade noch gefehlt. Du und dein beschissener Freund. Wenn ihr nicht gewesen wärt, hätten wir schon längst das Unsterblichkeitselixier."

„Haut ab!", rief Susan und schob mich zur Seite. „Habt ihr nicht gehört? Ihr sollt verschwinden!"

„Ja, das werden wir.", lachte Ron böse. „Aber vorher haben wir noch was zu erledigen. Dein netter Freund Paul hat uns in besagter Dezembernacht um ein bisschen Blut und Spucke gebracht. Das holen wir uns wieder."

In meinem Hirn ratterte es wie verrückt.

Blut und Spucke.

Dann hatte er also Newtons Haar noch?!

„Glotz nicht so blöd, Turner.", fuhr Ron mich an. „Ja, Newtons Haar hat uns dein netter Freund nicht komplett abluchsen können. Wir haben uns vorsichtshalber ein bisschen mehr von ihm geborgt. Du siehst also: All eure Versuche waren vollkommen erfolglos. Wir werden das holen, was wir brauchen und damit unsterblich werden."

„Wie habt ihr uns gefunden?", zischte Susan und wich erschrocken einen Schritt zur Seite.

„Ach, das war nicht schwer. Die Schule hier ist in halb München für ihre Faschingspartys bekannt. Und dazu das Motto: *Out of time*. Das sagt doch schon alles. Wir dachten uns: Wenn ihr nicht hier seid, wo dann?" Blitzschnell hatte Ron ein Messer gezogen. „Das perfekte Motto für unser Vorhaben. Besser hätten selbst wir es nicht planen können, nicht wahr?"

„Mach schon!", knurrte David genervt. „Zapf ihr ein bisschen Blut ab! Dann knöpfen wir uns diesen Morgan vor und dann weg hier!"

Mit einem spitzen Aufschrei sprang Susan zur Seite. Doch Ron hatte es ohnehin nur auf mich abgesehen. Ich wusste, dass er hinter meinem Blut her war. Meine Freundin wür-

293

den sie sich höchstens vorknöpfen, um sich an ihrer Geheimagentenmission zu rächen.

Ich hatte ebenfalls zur Seite springen wollen, rumpelte aber mit meinem dicken Rock an irgendeinen Ballgast, stolperte dabei auch noch fast über meine eigenen Füße und ruderte nun mit den Armen in der Luft herum, um nicht endgültig mein Gleichgewicht zu verlieren. Im Nu hatte mich David gepackt und in den Schwitzkasten genommen.

„Still gestanden, du blödes Huhn.", fuhr er mich an und drückte mir den Hals zu, sodass ich kaum noch Luft bekam. Aus den Augenwinkeln sah ich Rons scharfes Messer aufblitzen.

Ich wollte Johns Namen rufen, bekam aber nicht mehr als ein röchelndes Gekeuche heraus.

„Hilfe!", fing Susan in diesem Moment an zu schreien. „Hilfe! Zwei Verrückte!"

Während ich mit den Händen wild um mich schlug und David abzuschütteln versuchte, hatte sich Ron von mir abgewendet und ging nun, mit dem Messer drohend, auf meine Freundin los, während mich sein Komplize noch immer im Schwitzkasten hatte. Die um uns herumstehenden Ballgäste wichen erschrocken zur Seite und gafften verdutzt. Susan schrie noch immer wie am Spieß.

Wie aus dem Nichts tauchte da plötzlich der hochrote Kopf meines Bruders auf.

„Platz da!", hörte ich ihn brüllen und mit einem gewaltigen Sprung stürzte er sich auf Ron. Die beiden gingen zu Boden. Gläser klirrten. Erschrockene Aufschreie. Keinen Atemzug später löste sich Davids Klammergriff. Nach Luft schnappend sackte ich zu Boden, die Hand an meinen Hals gelegt, um zu fühlen, ob auch ja alles heil geblieben war.

„Du blöder Dreckskerl, du!", hörte ich eine aufgebrachte Stimme rufen. In diesem Moment wusste ich, dass es Paul gewesen war, der David von mir losgerissen hatte. Die beiden rangen miteinander und waren kurz davor, sich gegenseitig totzuschlagen. Neben mir wälzten sich mein Bruder und Ron wie zwei Verrückte auf dem Boden.

„Die Polizei! Ruft jemand die Polizei?!", quiekte Susan und stürzte zu mir. Mit der einen Hand zog sie ihr Handy aus der Handtasche, die andere Hand legte sie mir schützend um die Schulter.

Endlich ging ein Ruck in die Menge der umstehenden Gaffer. Ein paar Jungs aus der Oberstufe griffen beherzt ein und halfen John und Paul, die beiden Störenfriede außer Gefecht zu setzen. Wenige Sekunden später lagen Ron und David bäuchlings auf dem Boden der Schulaula, die Arme auf den Rücken verdreht und entwaffnet.

Ich saß noch immer zusammengekauert auf dem Boden und starrte auf die Menschen vor mir. Plötzlich fühlte ich eine warme Hand auf meiner Wange. Vor mir tauchte Pauls verschwitztes Gesicht auf.

„Alles in Ordnung bei dir, Katharina?"

Ich nickte.

„Wo ist John?", röchelte ich.

„Dein Bruder ist nach draußen gegangen und wartet auf die Polizei. Die müsste jeden Moment hier sein."

Es dauerte nicht lange, bis eine Polizeistreife mit Blaulicht auf den Schulhof fuhr. Die Aufregung war natürlich groß und die Mehrzahl der Ballgäste wollte unbedingt sehen, was passiert war. Zahlreiche Schaulustige versperrten den beiden Polizeibeamten den Weg, die sich aber tapfer durch die Menge kämpften und Ron und David in Empfang nahmen.

„Schweinerei!", empörte sich David lautstark. „Aber denen werden wir es schon noch zeigen!"

„Genau.", pflichtete Ron ihm bei. „Verlass dich drauf, Turner: Wir zapfen dir dein Blut ab und Morgan legen wir auch um. Scheiß auf die Spucke. Er soll ganz ins Gras beißen!"

Die Polizeibeamten zogen verwundert die Augenbrauen nach oben.

„Und dann stellen wir unser Unsterblichkeitselixier her!", fuhr Ron ungehindert fort und versuchte, einen der beiden Polizisten zu beißen. „Dann sind wir unsterblich und werden ewig leben. Ewig! - He, du Mistkerl! Lass mich los! Pfoten weg! Was soll das?!"

Er versuchte, nach dem Mann zu treten und mit den Händen um sich zu schlagen. Aber der Polizist hatte ihn in seiner Gewalt.

„Haben wohl zu viel getrunken, was?", raunte er seinem Kollegen zu. Der Alkohol- und Drogentest ergab jedoch, dass sowohl Ron als auch David stocknüchtern waren.

„Die beiden haben versucht, meine Freundin umzubringen.", wandte sich Susan an einen der beiden Polizisten. „Dabei haben sie die ganze Zeit davon geredet, dass sie einen Zeitreisestein verloren haben und jetzt nicht mehr in die Vergangenheit können. Und angeblich haben sie eine Anleitung für ein Elixier, mit dem sie unsterblich werden können. Und dafür wollten sie meine Freundin töten, um an ihr Blut zu kommen."

Verwundert blickte der Polizist meine Freundin an.

„Sie können gerne einen Alkoholtest bei mir durchführen.", erklärte Susan. „Ich habe nur alkoholfreie Cocktails getrunken. Wissen Sie, mir schmeckt kein Alkohol."

## 19

So hatte also die Faschingsparty in einer Schlägerei geendet, bei der John eine blutige Lippe bekommen und Susan sich ein wenig den Knöchel verknackst hatte. Ron und David wurden von der Polizei abgeführt und würden vorerst keinen Ärger mehr machen.

Ich hatte es meiner Freundin überlassen, den zwei Männern von der Polizei alles zu erzählen. Sie erklärte ihnen, dass sie keine Ahnung davon hatte, warum Ron und David ausgerechnet auf uns losgegangen waren. Ihrer Meinung nach handelte es sich um zwei völlig Verrückte, die der festen Überzeugung waren, dass man mithilfe eines Feueropals Reisen zurück in die Vergangenheit unternehmen konnte, und die außerdem daran glaubten, dass sie mit verschiedenen Zutaten, zu denen unter anderem mein Blut gehörte, einen Trank herstellen konnten, mit dem man unsterblich werden könne.

Ron und David waren so aus dem Häuschen, dass sie auch noch alles bestätigten, was Susan den Polizisten berichtete. Voller Stolz erzählten sie, was sie auf ihren bisherigen Zeitreisen alles erlebt und wen sie alles getroffen hätten.

„Stellen Sie sich vor!", rief Ron aus dem Polizeiwagen. „Sogar Isaac Newton habe ich schon persönlich die Hand geschüttelt! Stellen Sie sich das mal vor!"

Im Lauf der nächsten Tage und Wochen wurde von den beiden Verrückten ein fachärztliches Gutachten erstellt. Zur Abwechslung durften wir unsere Aussagen erneut wiederholen und den Vorfall noch einmal schildern. Irgendwann erfuhr ich, dass man die beiden in die Geschlossene eingewiesen hatte, worüber ich mich ziemlich erleichtert fühlte. Ein bisschen taten mir die beiden schon leid. Aber für sie waren Spiel und Wirklichkeit verschwommen. Das Vermächtnis existierte noch immer in ihren Köpfen. Sie konnten sich nicht damit abfinden, eines Tages ins Gras zu beißen, und hegten noch immer Hoffnung, irgendwann nicht nur unsterblich, sondern auch unglaublich mächtig zu sein. Das Zeitreisen war für sie eher eine Nebensache.

Den Feueropal, den wir David abgeknöpft hatten, hatte mein Bruder wiederbekommen. Wie er mir verriet, bewahrte er ihn in einer kleinen hölzernen Kiste neben seinem Kopfkissen auf. Und manchmal, wenn er nicht schlafen konnte, öffnete er die Kiste und schaute hinein und dann kam es ihm jedes Mal so vor, als hätte er das alles nur geträumt.

Auch Paul und ich wollten uns von unseren beiden Steinen nicht trennen. Vorerst jedoch beschlossen wir, die Sache mit dem Zeitreisen zu lassen. Vielleicht würde es später einmal einen Zeitpunkt geben, wo wir uns noch einmal auf ein Abenteuer einlassen würden. Im Augenblick erschien es uns allerdings besser, ein wenig Abstand zu früheren Jahrhunderten zu wahren.

Die Faschingsparty in der besagten Winternacht hatte für uns vier also früher geendet, als wir es geplant hatten. Nachdem sich die Aufregung in der Aula gelegt hatte und der Polizeieinsatz beendet war, machten wir uns auf den Nachhauseweg. Ein wenig erschrocken waren wir schon, dass unsere Feueropal-Aktion solche Folgen hervorgerufen hatte. Aber gleichzeitig schwang auch Erleichterung mit. Wir waren froh darüber, dass alles so gut ausgegangen war und die brenzlige Situation ein glückliches Ende genommen hatte.

An diesem Abend brachten wir zuerst meine Freundin nach Hause. Als wir uns von Susan verabschiedeten, drehte sie sich auf der Schwelle der Wohnungstür noch einmal um.

„Katharina, hast du auch ja nichts vergessen?", fragte sie mich.

Was bitte sollte ich denn vergessen haben? Oder besser: An was sollte ich mich denn erinnern?

„Die besagte Vollmondnacht, weißt du noch? Du hast mir doch davon erzählt?"

„Ach ja, richtlg!" Ich klopfte mir mit dem Zeigefinger an die Stirn und grinste schief. „Manchmal klemmt es ein bisschen."

„Seid ihr dabei? Bei Vollmond auf der *Sternenhöhe*?" Mein Bruder und Paul stutzten einen Moment lang. Anscheinend mussten auch sie erst ihre Gedanken sortieren.

„Ja...", meinte John schließlich mit gedehnter Stimme. „Natürlich! Wie konnten wir das nur vergessen?" Über Pauls Lippen huschte ein flüchtiges Grinsen.

„Ich dachte, wir haben mittlerweile mit Zeitreisen und allem Drumherum um das Vermächtnis abgeschlossen?"

„Fast!" Susan vollführte trotz verknacktem Knöchel eine Drehung auf den Zehenspitzen. „Also: Ich gehe schwer davon aus, dass ihr dabei seid, oder? Uhrzeit, Treffpunkt - alles wie besprochen."

Damit wünschten wir einander eine gute Nacht und begleiteten Paul nach Hause. Am Ende stiefelten mein Bruder und ich zu unserer Wohnung.

In dieser Nacht konnte ich lange nicht schlafen. Zu viel ging mir durch den Kopf. Irgendwann hatte mich aber dann doch die Müdigkeit übermannt und ich war eingeschlafen. Susan hatte uns keine Ruhe gelassen und so sehr darauf gedrängt, zu erfahren, um was es in dem Treffen zwischen David und der Newton-AG hätte gehen sollen, dass wir ihr nachgegeben hatten und uns in besagter Vollmondnacht auf den Weg zur sogenannten *Sternenhöhe* machten. Dank Rons Aufzeichnungen fiel es uns nicht schwer, den Ort zu lokalisieren: Es handelte sich um einen kleinen Hügel etwas außerhalb von München. Mit U-Bahn, Bus und einem Spaziergang durch die Dunkelheit hatte es uns einige Zeit gekostet, bis wir den Hügel am Rand der Großstadt erreichten. Von den Herren der Newton-AG war aber weit und breit noch nichts zu sehen. Nun ja, wir waren auch überpünktlich eingetroffen.

„Ich bin schon so gespannt, wie die Typen wohl aussehen.", flüsterte Susan ganz aufgeregt neben mir.

„Mach dir lieber nicht zu viel Hoffnung!", lachte ich leise. „So umwerfend schauen sie meiner Meinung nach nicht aus."

„Ach, ich finde es einfach nur faszinierend, dass ich gleich jemandem begegne, der schon ein paar hundert Jahre alt ist."

„Hm.", brummte ich und merkte, wie mir eine schaurige Gänsehaut über den Rücken kroch. Die Erinnerung an unsere bisherigen Zusammenkünfte ließ mich zittern. „Ich finde den Gedanken, dass wir uns von so alten Säcken an der Nase herumführen haben lassen, ziemlich gruselig."

„Wohl eher die Vorstellung, dass so etwas möglich ist: Sein Leben um ein paar hundert Jahre zu verlängern.", wisperte mir John ins Ohr, woraufhin ich nur stumm nickte. Paul hatte inzwischen ein passendes Versteck gefunden. Gut getarnt zwischen kahlen Sträuchern kauerten wir auf dem Boden. Ich hoffte inständig, dass ich mir in dieser Eiseskälte weder eine Blasenentzündung noch eine Erkältung oder gar noch Schlimmeres holte. Aber immerhin hatten wir ein Plätzchen gefunden, von dem wir glaubten, dass wir alles, was gesprochen werden würde, gut verstehen konnten, ohne dabei selbst gesehen zu werden.

„Wie sie wohl reagieren, wenn sie merken, dass David nicht kommt?", quasselte Susan munter weiter.

„Ich frage mich gerade, wie sie wohl reagieren, wenn sie merken, dass wir hier sitzen und sie heimlich beobachten.", unterbrach John sie. „Bitte, Susan, tu uns den Gefallen und halte ausnahmsweise mal deine Klappe, ja?"

„'Tschuldigung...", murmelte Susan. „War nicht so gemeint."

„Wir wissen schon: Du bist einfach so aufgeregt."
Der Zeiger meiner Armbanduhr wanderte von halb elf auf zwanzig vor elf. Dann rückte er auf Viertel vor. Um exakt 22:47 Uhr erschien die erste finstere Gestalt auf der Lichtung. Es war Sir Eduard, besser bekannt als Dracula. Im Licht des Vollmonds sah er noch hagerer aus als sonst. Seine Gestalt wirkte wie ein dürres Gerippe. Mich hätte

nichts mehr gewundert, wenn er sich plötzlich in einen Werwolf oder ein Zombie verwandelt hätte, wobei ich inständig hoffte, dass er es nicht tat. Er schien mir so schon gefährlich genug zu sein.

Unruhig schritt er auf der matschigen Hügelspitze auf und ab. Seine Augen wanderten dabei immer wieder in unsere Richtung. Ahnte er etwas?

Bibbernd vor Kälte, mehr aber noch vor Angst, kauerte ich da und wagte kaum zu atmen. Hoffentlich käme Dracula nicht auf die Idee, in den Sträuchern nach möglichen Lauschern zu suchen!

Mit klopfendem Herzen beobachtete ich, wie die unheimliche Vampirgestalt einige Schritte in unsere Richtung ging. Seine bleiche Haut schimmerte silbern im Mondlicht. Noch wenige Meter und er würde, wenn wir Pech hatten, erkennen, dass sich vier dunkle Gestalten in den Büschen versteckt hatten und gerade dabei waren, Wurzeln zu schlagen.

In dem Moment, in dem ich glaubte, er habe uns entdeckt, waren jedoch leise Schritte zu hören und Dracula drehte sich auf dem Absatz um.

Erleichtert atmete ich auf.

Sir Eduards ganze Aufmerksamkeit galt nun dem Lord, dessen vollständiger Name eigentlich Lord Timothy lautete. Neben mir warf Paul einen flüchtigen Blick auf seine Armbanduhr.

„Noch fünf Minuten.", flüsterte er kaum hörbar.

In diesen fünf Minuten trudelte der Rest der Sippschaft ein: Gregory Ashton (die Nickelbrille), Robert John (der Schnauzbart) und zum Schluss Edgar Earl. Sie begrüßten einander knapp und scharten sich dann im Kreis zusammen, um gemeinsam den Vollmond zu begaffen.

„Das ist alles?", raunte mir Susan ins Ohr. „Die alten Säcke treffen sich und heulen den Mond an?"

Zum Zeichen, dass sie besser den Mund halten sollte, legte ich stumm meinen Zeigefinger auf die Lippen.

„Heute ist der Tag der Entscheidung gekommen.", erhob Dracula seine gruselige Geisterstimme.

Der Tag der Entscheidung.

Mir war, als bliebe mein Herz stehen. So etwas Schauriges hatte ich noch nie in meinem ganzen Leben erlebt. Zusammengekauert saßen wir zwischen picksenden Sträuchern, froren uns trotz unserer warmer Kleidung den Hintern ab und sahen zu, wie ein Haufen fanatischer Weltverschwörer sich bei Vollmond um kurz vor Mitternacht auf einem Hügel irgendwo in der Pampa versammelte. Und dabei stellte ich mir die ganze Zeit die Frage, was um alles in der Welt diese finsteren Herren vorhatten. Ursprünglich hatten sie sich ja hier mit David verabredet. Aber aus welchem Grund? Was war der Anlass?

Und vor allem: Wie würden sie reagieren, wenn sie feststellten, dass David nie und nimmer kommen würde - weil er nämlich zurzeit in Verwahrung war (aber das wusste die Newton-AG natürlich nicht - zumindest hatte sie niemand informiert, nicht einmal die Zeitung).

„In wenigen Augenblicken wird sich entscheiden, ob unsere Mühen Frucht tragen. Das Licht der Erkenntnis wird sich über uns ausgießen. Wir werden die Gabe der Unsterblichkeit erlangen - oder für immer zugrunde gehen."

Langsam dämmerte mir etwas...

Anscheinend hoffte die Newton-AG darauf, dass David ihnen das Elixier der Unsterblichkeit bringen würde.

Der Tag der Entscheidung.

Der Tag der Entscheidung, ob der teuflische Plan dieser Verrückten endlich ein Ende nehmen würde.

Oh ja, ein Ende würde er nehmen. Stellte sich nur die Frage, ob es ein positives oder negatives Ende sein würde. Aber das kam ganz auf die Sichtweise an.

David würde nicht aufkreuzen. Er konnte ja nicht. Also würde auch niemand das Unsterblichkeitselixier bringen.

Was würde dann passieren?

„Wo bleibt er nur?", ertönte die ungeduldige Stimme des Schnauzbarts. „23:00 Uhr war ausgemacht."

„Beruhige dich, Robert. Noch ist Zeit. Wir haben erst 23:15 Uhr.", sprach der Earl mit sanfter Stimme.

„Und wenn er nicht kommt?" Der Schnauzbart gab sich mit Earls Antwort nicht zufrieden.

„Er wird kommen."

„Woher bist du dir da so sicher?"

„Lange genug hat er treu mit uns zusammengearbeitet. Er wird uns nicht enttäuschen." Diesmal war es Ashton, die Nickelbrille.

Eine Weile blieb es still.

Die Männer setzten ihre Vollmondmeditation fort.

*Wenn die wüssten!*, dachte ich mir.

David hatte die Newton-AG von Anfang an ausgetrickst. Er hatte stets nur seinen eigenen Vorteil im Blick gehabt. Sein Ziel war es gewesen, selbst das Unsterblichkeitselixier zu trinken. Bis zuletzt hatte er darum gekämpft. Johns noch nicht verheilte Lippe war der Beweis dafür.

„Ich traue dem Burschen nicht.", unterbrach der Schnauzbart nach einiger Zeit das Schweigen. „Wer weiß: Vielleicht hat er uns hintergangen?"

„Das hätten wir gemerkt.", versuchte Ashton ihn zu beruhigen.

„Anfangs dachten wir auch, Katharina und John wären auf unserer Seite.", fuhr Schnauzbart aufgebracht fort.

„Ach was!", schnaubte Dracula. „Die beiden waren Versager, auf der vollen Linie. Ich habe es gewusst - von Anfang an."

John warf mir vielsagende Blicke zu. Unwillkürlich musste ich an Rons Aufzeichnungen denken.

„Versager - genau wie ihr Vorfahre." Der Lord räusperte sich. „Richard Turner, dieser Dummkopf!"

Von fern kündigte eine Kirchenglocke an, dass es inzwischen halb zwölf war.

„Vielleicht hat er sich nur verspätet.", überlegte Nickelbrille.

„Verspätet?" Der Schnauzbart war offensichtlich kurz vor einem Kreislaufzusammenbruch.

„Jetzt beruhige dich endlich, Robert!", wies Edgar ihn zurecht. „Deine Nervosität macht die Sache nicht gerade besser."

„Wenn er sich unterwegs verlaufen hat?", gab der Schnauzbart weiterhin zu bedenken.

„Wo denkst du hin? Unsere Beschreibung war mehr als nur ausführlich!"

Oh ja! Das war sie gewesen. Ron hatte alles haargenau aufgeschrieben. Wer hier nicht herfand, hatte sie wirklich nicht mehr alle.

„Außerdem hat er sonst auch sämtliche Orte gefunden.", fuhr die Stimme fort. „Oh nein, er wird einen triftigen Grund haben, weshalb er noch nicht erschienen ist."

Ja, den hatte er: Im Moment befand er sich in ärztlicher Behandlung und polizeilichem Gewahrsam. Und da würde er gewiss nicht so schnell wieder rauskommen.

Die Zeiger der Uhr wanderten weiter. Minute um Minute verstrich. Und je näher wir der Mitternachtsstunde kamen, desto unruhiger wurden die Herren der Newton-AG. War erst nur Schnauzbart derjenige gewesen, der gemurrt und seine Bedenken an der Loyalität und Treue ihres Komplizen geäußert hatte, schlossen sich bald darauf auch die anderen an. Schließlich war es fünf vor zwölf. Die Aufregung der Newton-AG hielt sich kaum noch in Grenzen. Empört liefen sie auf und ab, verfluchten den Tag, an dem sie David zu sich eingeladen hatten, schimpften über Newtons dämliche Experimente und verwünschten das Jahr, in dem sie die Vorstufe des Unsterblichkeitselixiers gekostet hatten.

Meine Vermutung schien sich zu bestätigen: Heute war der Tag, an dem ihre Lebensverlängerung endete. Das Elixier, das sie vor langer, langer Zeit zu sich genommen hatten, würde seine Wirkung verlieren. Die Lebenszeit der finsteren Herren wäre damit abgelaufen, all ihre Mühen, ihr Streben, ewig hier auf Erden zu wandeln, wären damit dahin. Die ganze Zeit über hatten sie gehofft, David würde das Unsterblichkeitselixier besorgen. Die *Sternenhöhe* war der

Treffpunkt, an dem die Übergabe hätte stattfinden sollen. Und nun standen sie hier und David kam nicht. Er würde nie kommen und niemals würde der Trank der Unsterblichkeit ihre Lippen benetzen.

Ihr Plan war gescheitert.

Die Kirchenglocke schlug zwölf.

Mitternacht. Geisterstunde.

Mit einem verzweifelten Aufschrei auf den Lippen sank Schnauzbart in sich zusammen. Keine Sekunde später gab es ein lautes Geräusch, eine Art „Plopp", wie wenn man den Korken einer Sektflasche knallen lässt.

Ich traute meinen Augen nicht: Wo gerade noch der verzweifelte Schnauzbart im Matsch gekniet war, war jetzt plötzlich nichts mehr. Luft. Er war wie vom Erdboden verschluckt.

Gleich darauf ertönten abermals ploppende Geräusche. Wie einen Luftballon, den man mit einer spitzen Nadel zersticht, zerplatzte Gregory Ashton und fast zeitgleich mit ihm Edgar Earl.

„Verflucht sei der Tag, an dem wir von dem Elixier gekostet!", röchelte Lord Timothy und schwankte einige Schritte vor und zurück.

„Verflucht sei der Tag, an dem man uns hintergangen hat!", rief Dracula mit eisiger Stimme. „Ewig, ewig könnten wir leben!"

Neben ihm verschwand der Lord, zerplatzt wie eine Seifenblase. Ein Augenblinzeln später war auch Sir Eduard verschwunden.

Wie vom Blitz getroffen saßen wir da und starrten eine ganze Weile regungslos auf den Fleck, wo soeben noch fünf verrückte Weltverschwörer gestanden hatten.

John war der erste von uns, der seine Fassung wiederfand. Zitternd erhob er sich und stakste aus dem Gebüsch hervor. Leicht schwankend kämpfte er sich bis zu der Stelle vor, an der die Newton-AG so spektakulär verschwunden war.

„Ihr könnt kommen!", rief er uns leise zu. „Es besteht keine Gefahr."

Einer nach dem anderen kraxelten wir aus dem Gebüsch. Nur mühsam konnte ich mein Gleichgewicht halten. Wäre Paul nicht gewesen, der meine Hand hielt, wäre ich wahrscheinlich zurückgeplumpst und auf meinem Hosenboden gelandet.

„Alles klar, Katharina?", erkundigte er sich besorgt.

Rasch nickte ich.

„Sicher doch. Mach dir keine Sorgen."

Gemeinsam mit Susan liefen wir zu meinem Bruder hinüber, der in die Hocke gegangen war und seine Augen unruhig über den Boden schweifen ließ.

„Ich fass es einfach nicht!", murmelte er. „Die haben sich einfach vor unseren Augen aufgelöst. Zack - und weg sind sie!"

Kopfschüttelnd beugte ich mich über ihn und musterte das matschige Fleckchen.

„Ist das Asche?", fragte ich vorsichtig.

„Ja, Asche und Staub.", antwortete John. „So wie es aussieht, kommen die wohl nicht wieder."

Einige Minuten lang standen wir da und sagten nichts. Kalter Wind wehte uns ins Gesicht. Irgendwann merkte ich, dass meine Zähne klapperten.

„Was machen wir jetzt?", fragte Susan leise. Sie war sichtlich geschockt.

Paul zuckte die Schultern.

„Nach Hause gehen?", schlug er vor.

„Und die Aschehäuflein?", flüsterte ich.

„Was willst du damit?" Überrascht blickte er mich an. „Sag jetzt nicht, du willst sie mit nach Hause nehmen!"

Ich schüttelte den Kopf.

„Nein, natürlich nicht."

„Nein, nach Hause nehmen wäre wirklich das Letzte. Aber vergraben."

Alle drei starrten wir John an.

„Irgendwie tun sie mir schon leid. Ich finde, sie sollten wenigstens ein Grab haben. Vielleicht erhalten sie so ihren Frieden.", erklärte mein Bruder.

„Den Frieden, den sie zu Lebzeiten nie hatten.", ergänzte ich und nickte zustimmend. Dann kniete ich mich neben meinen Bruder und zog meine Handschuhe aus. Ohne zu zögern griff ich in den kalten, klebrigen Matsch und schaufelte ihn mit der Hand auf den ersten Aschehaufen.

John tat es mir gleich. Und auch Paul und Susan gingen in die Hocke und bedeckten die Überreste mit dem schlammigen Boden.

„Mögen sie ihren Frieden finden.", murmelten wir und erhoben uns, als von Staub und Asche nichts mehr zu sehen war.

Dann kehrten wir der schaurigen Stätte den Rücken zu und verließen die *Sternenhöhe*.

Kein einziges Mal kehrte ich je an diesen Ort zurück.

## 20

In dieser Nacht konnte ich lange nicht einschlafen. Immer wenn ich die Augen schloss, tauchte Draculas fahles Gesicht vor mir auf. Ich konnte seine geisterhafte Stimme in meinen Ohren hören.

„Versager...", hallte es gespenstisch in der Dunkelheit. „Versager..."

Dann wiederholten sich die Seifenblasenszenen. „Plopp", machte es immer wieder. „Plopp, plopp, plopp." Aber es wollten immer nur vier Herren zerplatzen. Der fünfte blieb stets übrig. Und jedes Mal war es Dracula.

Halb im Dämmerschlaf, die Decke tief über den Kopf gezogen, lag ich in meinem Bett und hatte dabei ständig das Gefühl, in dem kahlen Strauch auf der *Sternenhöhe* zu kauern. Ich fühlte den beißend kalten Wind in meinem Gesicht und hörte Draculas schlurfende Schritte auf dem kalten, matschigen Schlammboden.

„Ich weiß, dass ihr hier seid. Du und John. Ihr Versager. Ihr allein tragt die Schuld dafür, dass wir sterben mussten. Ihr allein habt versagt. Wenn ihr nicht versagt hättet, hätte sich alles zum Guten gewendet. Wir wären unsterblich geworden und wir hätten unglaubliche Macht erlangt! Ihr Versager..."

Er hatte sich mir mit schnellen Schritten genähert. Nun stand er kurz vor mir. Seine bleiche, hagere Gestalt beugte sich nach vorne, schob die kahlen Zweige vor meinem Gesicht auseinander und seine kalten Augen blickten mich aus tiefen Höhlen an.

Mit einem entsetzten Aufschrei auf den Lippen schlug ich die Decke weg und schoss kerzengerade in die Höhe. Meine Hand tastete zitternd nach dem Schalter. Heilfroh war ich, als meine Nachttischlampe anging und ich mich nicht mehr auf der *Sternenhöhe* befand, sondern auf meinem Bett saß.

Müde und erschöpft wischte ich mir mit feuchten Fingern über meine Augenlieder.

Die Worte aus meinem Traum (zumindest glaubte ich, dass ich geträumt hatte) kamen mir in den Sinn.

*Versager.*

Immer wieder tauchte das Wort *Versager* auf.

Waren wir tatsächlich Versager?

Hatten John und ich, hatten John, Paul, Susan und ich versagt?

Ich rutschte auf meiner Matratze nach hinten, bis mein Rücken die kalte Wand berührte - und überlegte.

Nein, wir waren keine Versager. Wir hatten uns dem Auftrag der Newton-AG widersetzt, weil ihr Vorhaben in unseren Augen nicht mit unseren Wertvorstellungen übereingestimmt hatte. Ihr Plan war es gewesen, Newtons Vermächtnis komplett in ihre Gewalt zu bekommen. Als sie nach unserer (in ihren Augen) letzten Rückkehr aus der Vergangenheit kapiert hatten, dass das Vermächtnis zerstört worden war, hatten sie uns aus ihrem Dienst entlassen und sich stattdessen an David gewandt. Ihr neuer Plan bestand nun daraus, wenigstens das Elixier der Unsterblichkeit zu erhalten. Und die Zeit drängte: Sie hatten nur noch ein paar Monate, bis die Vorstufe des Trankes, den Newton eigentlich herzustellen gedacht, aber letztlich nie zu Ende gebracht hatte, seine Wirkung verlieren würde. Aber David hatte sie alle miteinander reingelegt und sie waren so dumm gewesen und hatten nichts gemerkt. Paul, John, Susan und mir war es gelungen, alle drei Feueropale in unseren Besitz zu bekommen. Auch David war damit der Weg zum Unsterblichkeitselixier abgeschnitten.

Nein, wir waren keine Versager.

Die Newton-AG allein war für ihr Schicksal verantwortlich. Sie hätten aus dem Leben, das ihnen geschenkt worden war, etwas Sinnvolles gestalten können. Sie hätten mit Newton, mit Turner und mit Morgan konstruktiv zusammenarbeiten können. Vielleicht wäre ihnen eine bahnbrechende Erfindung gelungen, die die Menschheit entscheidend bereichern hätte können. So aber, in ihrer Gier nach Macht und ihrem grenzenlosen Streben nach Unsterblichkeit, waren sie selbst in die Schlingen des Schicksals geraten, hatten sich ihr eigenes Grab gegraben. Geschickt hatten sie es eingefädelt und Morgan um sein Leben gebracht. Turner hatten sie in ihrer Gewalt und von Newton erhofften sie sich das gewünschte Elixier. Aber der Trank, den er zusammengebraut hatte, war nur ein erstes Experiment und funktionierte noch nicht so, wie es ursprünglich geplant war. Zu spät hatten die Herren der Newton-AG erkannt, dass sich das Blatt gewendet hatte und sie auf fremde Hilfe angewiesen waren, um das in Ordnung zu bringen, was sie in der Vergangenheit selbst versemmelt hatten. Sie hatten lediglich ihr Leben verlängert, aber an der Unsterblichkeit waren sie letztlich gescheitert.

Ihr ganzes Leben hatte daraus bestanden, andere in ihrer Gewalt zu haben, über andere zu bestimmen und zu entscheiden, Kommandos zu erteilen und anzuschaffen. Anstatt etwas Sinnvolles aus ihrem Leben zu machen, hatten sie es verwirkt. So waren sie zerplatzt, sang- und klanglos wie Seifenblasen.

„Versager...", murmelte ich leise und schüttelte meinen Kopf. „So ein Quatsch!"

Dann legte ich mich zurück auf mein Kopfkissen, zog mir die Decke bis zum Kinn, schloss die Augen und war eingeschlafen.

## 21

Seit unserem Abenteuer auf der *Sternenhöhe* waren Monate vergangen. Von Susan hatte ich doch tatsächlich noch eine Einladung zu ihrem großen Tanzauftritt erhalten. Paul hatte mich an besagtem Sonntagnachmittag begleitet und gemeinsam hatten wir Susans graziöse Bewegungen bestaunt. Sie tanzte wie eine Primaballerina und ich war mir sicher, sie hätte an einer Hochschule große Chancen gehabt, aufgenommen zu werden. Voraussichtlich wollte sie sich aber doch einem Psychologie-Studium widmen und das Tanzen als ihr Hobby beibehalten.

Außerdem hörte ich meinem Bruder auf seinem Semester-Abschluss-Konzert zu und wunderte mich, wie er es nur angestellt hatte, sich trotz intensivster Beschäftigung mit unserem Zeitreiseprojekt so perfekt auf seinen musikalischen Auftritt vorzubereiten. Aber John war einfach ein Alleskönner. Mein lieber Bruder eben.

Von meinem Freund hörte ich am Ende des Semesters zwischenzeitlich gar nichts mehr. Es herrschte gewissermaßen Funkstille zwischen uns, deren Ursache aber die lästigen Klausuren darstellten, denen sich Paul nicht entziehen konnte. Wie ein Verrückter saß er Tag und Nacht an seinem Schreibtisch und büffelte sich sämtliches Fachwissen in den Kopf hinein. Eines schönen Nachmittages stand er dann plötzlich mit verstrubbelten Haaren, müden Augen und blassem Gesicht vor unserer Wohnungstür, einen Strauß bunter Blumen in der Hand und einem schiefen Grinsen auf den Lippen - gewissermaßen eine Entschädigung dafür, dass er mich so lange sitzen hatte lassen. An diesem besagten Nachmittag besetzten wir das Sofa in unserem Wohnzimmer, vernaschten die Reste von Mums gebackenem Apfelkuchen, tranken heißen Rosenblättertee und quatschten vergnügt.

Irgendwann war auch Albrecht wieder von seinen Auslandsreisen zurückgekehrt. Bis zu meinen Abschlussprüfungen verbrachte ich beinahe täglich mehrere Stunden im

Archiv und lernte wie eine Blöde. Als dann die letzte Prüfung vorüber war, hatte der Frühsommer Einzug gehalten und ich schaute nur noch ab und zu in der Bibliothek vorbei, weil ich nun die meiste Zeit im Englischen Garten verbrachte, wo ich mit Susan oder Paul spazieren ging, mir gelegentlich ein leckeres Eis gönnte und Pläne für die Sommerferien schmiedete. Meine Freundin würde eine Woche nach unserer Abi-Entlassungsfeier für mehrere Wochen ins Ausland gehen: Sie hatte eine Amerikareise geplant, freute sich schon riesig darauf und versprach mir immer wieder, jede Menge Post zu schicken. Vorher aber stand noch der große Sommerschulball an. Und den wollten wir uns natürlich nicht entgehen lassen. Diesmal, so hofften wir, würde uns das Vermächtnis hoffentlich keinen Strich durch die Rechnung machen. Da wir aber von Ron und David schon seit einer gefühlten Ewigkeit nichts mehr gehört hatten, gingen wir schwer davon aus, dass wir an diesem Abend unsere Ruhe hätten.

„Kommst du eigentlich zum Sommerball?", fragte ich Paul eines Abends am Telefon.

Aber er war sich noch nicht ganz sicher und meinte, in der Zeit müsse er für seine Prüfungen pauken.

Natürlich konnte ich nachvollziehen, dass seine Klausuren extrem wichtig waren und er möglichst gut abschneiden wollte. Ich versuchte, möglichst viel Verständnis dafür aufzubringen, war aber trotzdem ein bisschen enttäuscht, als er mich letztlich darauf vertröstete, dass er mir noch rechtzeitig Bescheid geben würde.

Allerdings erhielt ich keine Rückmeldung mehr von ihm. Entweder schien er es völlig vergessen zu haben oder er hatte tatsächlich keine Zeit. Es war mir unangenehm, mich bei ihm zu erkundigen, ob er denn nun Zeit hätte oder nicht, da er ja versprochen hatte, sich von selbst bei mir zu melden, um mir Bescheid zu geben. Aus diesem Grund entschied ich mich dafür, nicht weiter nachzufragen. Stattdessen klagte ich Susan mein Leid.

Meine beste Freundin ertrug mein Jammern gelassen und tröstete mich mit den Worten, dass das eben in der Natur von Jungs liege. Um mich ein wenig aufzuheitern und mir wieder gute Laune ins Gesicht zu zaubern, wurde Susan kurzerhand kreativ und stürzte sich auf ihren Malblock. Wenige Tage später stand ich in einem Sommernachtsballkleid vor Susans großem Wandspiegel und bewunderte die neueste Kreation meiner besten Freundin. Es war ein wahres Prinzessinnenkleid, exakt von der Art, wie ich es mir schon als kleines Mädchen immer gewünscht hatte, ein Traum in Fliederfarben, bodenlang und federleicht.

Susan hatte ihre kreative Arbeitsphase genutzt, um auch sich selbst passend einzukleiden: Ein Tüllkleid in Rottönen, in dem sie ein bisschen aussah wie eine Erdbeere, süß und lecker.

Und obwohl - oder vielleicht gerade weil - mein Ballkleid so herrlich war, stand ich mit hängenden Schultern vor Susans großem Wandspiegel und blickte traurig zu Boden.

„He, Kummer wegen Paul?", fragte sie leise und legte ihre Hand auf meine Schulter.

Ich nickte stumm.

„Ich dachte eigentlich wirklich, dass er sich doch noch Zeit für mich nehmen würde. Aber er meldet sich einfach nicht."

„Wieso erkundigst du dich nicht einfach noch einmal bei ihm?", schlug Susan vor und ging in die Hocke, um mein Kleid zurecht zu zupfen.

Unmotiviert schüttelte ich meinen Kopf.

„Er wirkte in letzter Zeit so zerstreut. Wahrscheinlich sind ihm seine Prüfungen einfach wichtiger als ich." Ich seufzte schwer. „Und glaub mir: Ich will nicht die Verantwortung dafür tragen, dass er eine seiner Klausuren möglicherweise in den Sand setzen könnte."

„Ein bisschen viel *könnte*, was?" Susan stand auf und zuckte die Schultern. „Naja, musst du wissen. Ich habe dir ja schon gesagt, was ich an deiner Stelle tun würde: Ruf an oder besuch ihn und frag ihn. Zwei Tage hast du noch Zeit."

In diesen zwei Tagen verspürte ich jedoch nicht die geringste Lust darauf, meinen Freund anzurufen. Er war es, der mir versprochen hatte, sich bei mir zu melden. Dann wäre ich gewiss die letzte, die bei ihm anrief, um mich nach dem Sommerball zu erkundigen!

So kam es also, dass Susan und ich uns allein, also ohne männliche Begleitung, auf den Weg zum Sommerschulball machten. Unsere Schulball-AG hatte sich wieder einmal mächtig ins Zeug gelegt und zur Freude aller spielte das Wetter mit und würde einen wunderschönen, sternenklaren Nachthimmel bei lauen Sommertemperaturen bieten. Der ideale Abend, um das Tanzbein zu schwingen oder im Schatten der alten Kastanien ein Gläschen Wein zu trinken.

„Du ziehst ein Gesicht hin wie sieben Tage Regenwetter!", nörgelte Susan neben mir, als wir in der Warteschlange standen, um endlich eingelassen zu werden. „Tu mir einen Gefallen und reiß dich ein bisschen zusammen! Es ist doch keine Beerdigung, auf die wir hier gehen!"

Freundschaftlich knuffte sie mich in die Seite.

„He, lass das!" Ich schubste ihre Hand zur Seite, konnte aber nichts gegen das Grinsen unternehmen, das sich über meine Lippen stahl.

„So gefällst du mir schon besser." Susan zeigte unsere Eintrittskarten und schob mich am Einlasspersonal vorbei. „Weißt du was?", raunte sie mir ins Ohr. „Dann angeln wir zwei uns einfach irgendwelche netten Jungs aus der Oberstufe."

„Olle von Hinten? Oder Carlos?" Genervt verdrehte ich die Augen. „Jetzt mal ehrlich: Die sind in ihrer geistigen Reife noch nicht mal über die Mittelstufe rausgekommen. Da spielt das Abi, das jetzt hinter uns liegt, überhaupt keine Rolle."

Susan kicherte.

„Prima!", lachte sie. „Dann können wir wenigstens den ganzen Abend über ratschen."

„Susan, das ist ein Ball, keine Ratsch-Veranstaltung!"
Alle Widerrede half nichts: Susan brachte mich schließlich doch dazu, den Schulhof zu betreten. Die Abendsonne hatte sich längst dem Westen zugeneigt und war gerade dabei, hinter der Schulmauer zu verschwinden. Es würde ein lauer, schöner Sommerabend werden, unsere Schulball-AG hatte eine Band organisiert, es gab wie immer reichlich zu essen und zu trinken. Eigentlich wäre es ein perfekter Schulball gewesen, wenn... Tja. Verärgert nagte ich an meiner Unterlippe herum. Jetzt konnte ich es auch nicht mehr ändern. Paul war nicht hier. Und er würde wohl auch nicht mehr kommen.

Susan hatte bereits ihr drittes Cocktailglas (alkoholfrei, das versteht sich von selbst) geleert und nun lachte und gackerte sie, dass man meinen hätte können, der Inhalt ihrer Gläser wäre hochprozentiger Schnaps gewesen.

„Was für ein herrlicher Abend!", seufzte sie und tanzte vergnügt wie eine Feder über den Schulhof. Rings um uns herum schunkelten verliebte Pärchen zum Rhythmus der Musik hin und her.

„Und was für bezaubernde Gäste!"
Überrascht drehte ich mich um, als ich die Stimme hinter mir wahrnahm und einen warmen Atem auf meiner Nackenhaut fühlte.

„Das gibt es doch gar nicht!", murmelte ich und starrte verblüfft in Pauls strahlendes Gesicht.

„Oh doch, das gibt es!" Er streckte mir lachend seine Hände entgegen. „Was dagegen, wenn ich dich zu einem Tanz bitte?"
Schon hatte er seine Hand auf meine Hüfte gelegt und führte mich galant über die Tanzfläche. Aus den Augenwinkeln sah ich, wie sich Susan zu ein paar Jungs aus unserer Oberstufe gesellte, sich zu alkoholfreien Cocktails einladen ließ und sich prächtig amüsierte.

Irgendwann war die Sonne untergegangen und eine sternenklare Nacht breitete sich über uns aus. Und immer noch tanzten Paul und ich, die Welt um uns herum vergessend.

„Ich habe wirklich gedacht, du hättest keine Zeit und meldest dich nicht bei mir...", flüsterte ich meinem Tanzpartner zu.

„Mit der Zeit ist das wirklich so eine Sache...", erwiderte er leise. „Ich hatte den Termin anfangs total verschwitzt. Aber deine Freundin hat bei uns angerufen, bis das Telefon schon fast heiß gelaufen ist und sie mich irgendwann dann doch noch erreicht hat."

„Jetzt sag nicht, du lässt eigens wegen mir deine Medizinbücher liegen?"

„Sozusagen."

„Ach, Paul!", seufzte ich. „Jetzt machst du mir ein schlechtes Gewissen."

„Brauchst du nicht zu haben. Dafür lege ich morgen eine Nachtschicht ein."

„Ich habe wirklich gedacht, du lässt mich einfach so hängen. Aber jetzt bist du ja doch noch gekommen."

„Ja, als mich Susan an den Termin erinnert hat, konnte ich nicht anders. Die Vorstellung, an meinem Schreibtisch zu sitzen und zu wissen, dass du todunglücklich sein wirst, hätte ich nicht ertragen."

„Wirklich?"

„Ja, dafür mag ich dich viel zu sehr. Und glaub bloß nicht, dass ich dich wieder hergebe. Das kannst du vergessen!"

# - *Epilog* -

Ein Rückblick in die Vergangenheit...

Ein triumphierendes Lächeln huschte über seine schmalen, ausgetrockneten Lippen. Hastig leckte er mit seiner Zunge darüber.

„Das also waren dann die letzten der noch vorzunehmenden Schriften?", hallte seine hohle Stimme dumpf durch den Raum, an dessen Wänden geisterhafte Schatten tanzten.

„Ja, Lord Timothy. Jedes Werk, welches über Newton, Turner und Morgan berichtet, wurde nachträglich verändert.", erklang die sachliche Antwort.

Timothys Grinsen wurde noch breiter.

„Dann ist es gut.", murmelte er, zuckte aber plötzlich zusammen.

Die Flammen der Kerzen vor ihm auf dem Tisch waren ruckartig aufgeflackert. Ein kühler Luftzug wehte durch den Raum. Jemand war eingetreten.

„Lord Timothy!", schnaufte es atemlos. „Ich bringe das allerletzte Buch, welches noch einer Änderung bedarf..."

Eine tiefe Falte durchfurchte die Stirn des Sitzenden.

„Dann geben Sie her, John."

Der Schnauzbärtige nickte und reichte artig das gewünschte Buch.

„Tatsächlich.", grummelte der Lord in sich hinein. „Hier steht es:

*Newton, Isaac: geboren 1643 in Lincolnshire* (es folgt eine unleserliche Stelle)
*Begnadeter Wissenschaftler; schuf gemeinsam mit R. Turner und T. Morgan das Vermächtnis;*
*Spezialgebiet: Physik und Mathematik*

*Morgan, Thomas: geboren 1639 in Kensington, verheiratet mit Sophia Morgan - geborene Gransen -*
*ermordet 1686 in London;*

317

*Begnadeter Wissenschaftler; schuf gemeinsam mit R. Turner und I. Newton das Vermächtnis;*
*Spezialgebiet: Chemie und Physik*

**Turner, Richard:** *geboren 1640 in Wiltshire, verheiratet mit Elisabeth Turner - geborene Dawson -*
*gestorben 1715 in London;*
*Begnadeter Wissenschaftler; schuf gemeinsam mit T. Morgan und I. Newton das Vermächtnis;*
*Spezialgebiet: Chemie und Physik*

Das ist ja die Höhe! Diese Seite wird sofort abgeändert."
Mit einem empörten Schnauben hatte Lord Timothy persönlich die Seite herausgerissen. Sein Gehilfe, eine kleine, schüchterne Gestalt, reichte ihm verlegen ein neues Blatt Papier.
Mit vor Zorn zitternden Fingern begann der Lord zu schreiben.
„Das ist die Höhe!", hörte man ihn unentwegt murmeln. Erst als er fertig war, hielt er in seinem aufgebrachten Wortschwall inne.
Mit stolzem Blick musterte er die Seite vor sich. Geschrieben stand nun:

**Newton, Isaac Sir:** *geboren 1643 in Lincolnshire;*
*Berühmter Wissenschaftler: Alchemist, Mathematiker, Physiker, Astronom*

Von Richard Turner oder gar Thomas Morgan war weit und breit kein einziges Wort zu lesen.
„Genauso muss es sein!", grunzte der Lord zufrieden.
„Ja, genauso - und nicht anders.", bestätigte ein hinter ihm stehender Mann, dessen leichenblasses Gesicht ihm das Aussehen von Dracula persönlich verlieh. „Alle Welt soll von Newton erfahren. Von Sir Isaac Newton. Er, der begnadete, berühmte Wissenschaftler!"
Dracula lachte leise.

„Sorgt dafür, dass niemand mehr von Thomas Morgan und Richard Turner erfährt! Die beiden sollen nicht nur tot auf dem Papier sein, sondern tot in den Köpfen der Menschen. Nicht existent. Ausgelöscht. Für immer und alle Zeiten."

Ein leises Raunen ging durch die Reihen der Anwesenden.

„Nur wir, die engsten Freunde Newtons, sollen weiterhin dieses Geheimnis bewahren, solange, bis die Zeit gekommen ist, um die Vergangenheit unsterblich werden zu lassen."

**Die wichtigsten Personen dieses Buches:**

*...in der Gegenwart:*

*Katharina Turner* ist 17 Jahre jung und die Nachfahrin des mittlerweile völlig unbekannten Wissenschaftlers Richard Turner.

*John Turner* ist Katharinas großer Bruder und studiert Musik.

*Margarete Turner* ist Katharinas und Johns Mum.

*Paul Morgan,* 19 Jahre jung und Nachfahre des heute mindestens genauso unbekannten Wissenschaftlers Thomas Morgan; verdreht dank seiner eisblauen Augen Katharina immer wieder erneut den Kopf.

*Susan Müller* ist Katharinas allerbeste Freundin und seit kurzer Zeit auch Geheimagentin in der Sache *Vermächtnis*.

*Newton-AG* - ein Haufen fanatischer Weltverschwörer, bestehend aus (u.a.)
>    **Gregory Ashton** alias Nickelbrille,
>    **Sir Eduard** bekannt als Dracula,
>    **Edgar Earl** oder einfach nur Earl,
>    **Lord Timothy** - der Lord - und
>    **Robert John** (kurz genannt: Mr Schnauzbart)

*David Dixon* steckt als Nachfahre von Grayson Dixon mit *Ron Thunder* unter einer Decke.

*Miss Gregory* unterrichtet zu Katharinas Leidwesen Mathematik, *Mr Bryn* ist Katharinas Geschichtslehrer und *Mr Rowland* der wohl einzige Lehrer, der an Katharinas Schule auch noch „normalen" Unterricht betreibt, nämlich Schulspiel ;)

Dann gibt es noch Katharinas Mitschüler, ein paar Polizisten, einen gewissen Herrn Gutmann, jede Menge junger Leute auf den Schulbällen, Reisende in der U-Bahn und gelegentlich eine rote Ampel...

*...in der Vergangenheit:*

**Richard Turner**, ein Wissenschaftler, der von 1640-1715 lebte. Ihn kennt heute kein Mensch mehr, abgesehen von denjenigen, die um das Vermächtnis wissen.

**Thomas Morgan**, 1639-1686, mindestens so unbekannt wie sein wissenschaftlicher Kollege Richard Turner...

**Isaac Newton**, 1643-1727, gemeinsam mit Turner und Morgan schuf er das sagenumwobene *Vermächtnis...*

**Lady Ellinor**, Schwester von Richard Turner und äußerst begabt im Viel-Reden...

**Lady Dorothy** ist Ellinors beste Freundin, stolze Besitzerin einer Bibliothek und Bewohnerin eines Schlosses mit rauschenden Sommernachtsbällen.

**Edward von Clustershire** lernt auf Lady Dorothys Sommernachtsball Katharina kennen und verliebt sich unsterblich in sie.

**William Rosehill** und dessen Stiefbruder **Henry Dixon** vertauschen ihre Rollen und sorgen dabei für ziemlich Verwirrung...

## Zum Schluss...

*Jetzt ist es also soweit: Teil 4 und damit das Ende der Zeitreisereihe ist fertiggestellt. Vier Jahre sind vergangen, in denen sich vieles um Zeitreisen, verrückte Wissenschaftler und seltsame Elixiere gedreht hat. Vier Jahre, in denen ich manchmal bis tief in die Nacht an meinem Schreibtisch gesessen bin und mir der Kopf geraucht hat...*

*Nun ist der Zeitpunkt gekommen, um mich von Katharina und John zu trennen. Es hat mir viel Freude bereitet, meine kleinen und großen Leser in die Geheimnisse um das Vermächtnis einzuweihen. Doch auch wenn die beiden Geschwister und ihre Freunde nun keine weiteren Abenteuer mehr erleben werden, ist das sicher nicht das Ende meiner Schreibtätigkeit. Wer die Augen offen hält, wird in den nächsten Jahren sicherlich das ein oder andere Buch von mir zwischen die Finger bekommen. Viel Spaß dabei!*

*Ganz zum Schluss möchte ich mich noch einmal bedanken:*
*Bei allen kleinen und großen Fans, die das Lesen von Büchern noch zu schätzen wissen!*
*Bei all denjenigen, die mich über all die Jahre hinweg begleitet und letztlich dazu beigetragen haben, dass das Buch nun so ist, wie es ist!*
*Ein ganz besonders dickes Lob geht dabei in diesem Jahr an Leah, Kili, Bertel und Tante Berta: Ihr seid einfach die Besten!!*

*Bis bald!*
*Eure Judith Pientschik*

*P.S.: Versucht gar nicht erst, die Sternenhöhe ausfindig zu machen! Ihr würdet sie nicht finden. Und falls doch, ist es dort ziemlich gruselig...*

*P.P.S.: Jegliche Fehler (Tipp-, Rechtschreibung...) mögen mir verziehen werden. Wie heißt es so schön? Non cum perfectis hominibus vivitur, denn: errare humanum est.*